光文社 古典新訳 文庫

# ロビンソン・クルーソー

デフォー

唐戸信嘉訳

kobunsha classics



光文社

Title : ROBINSON CRUSOE
1719
Author : Daniel Defoe

目次

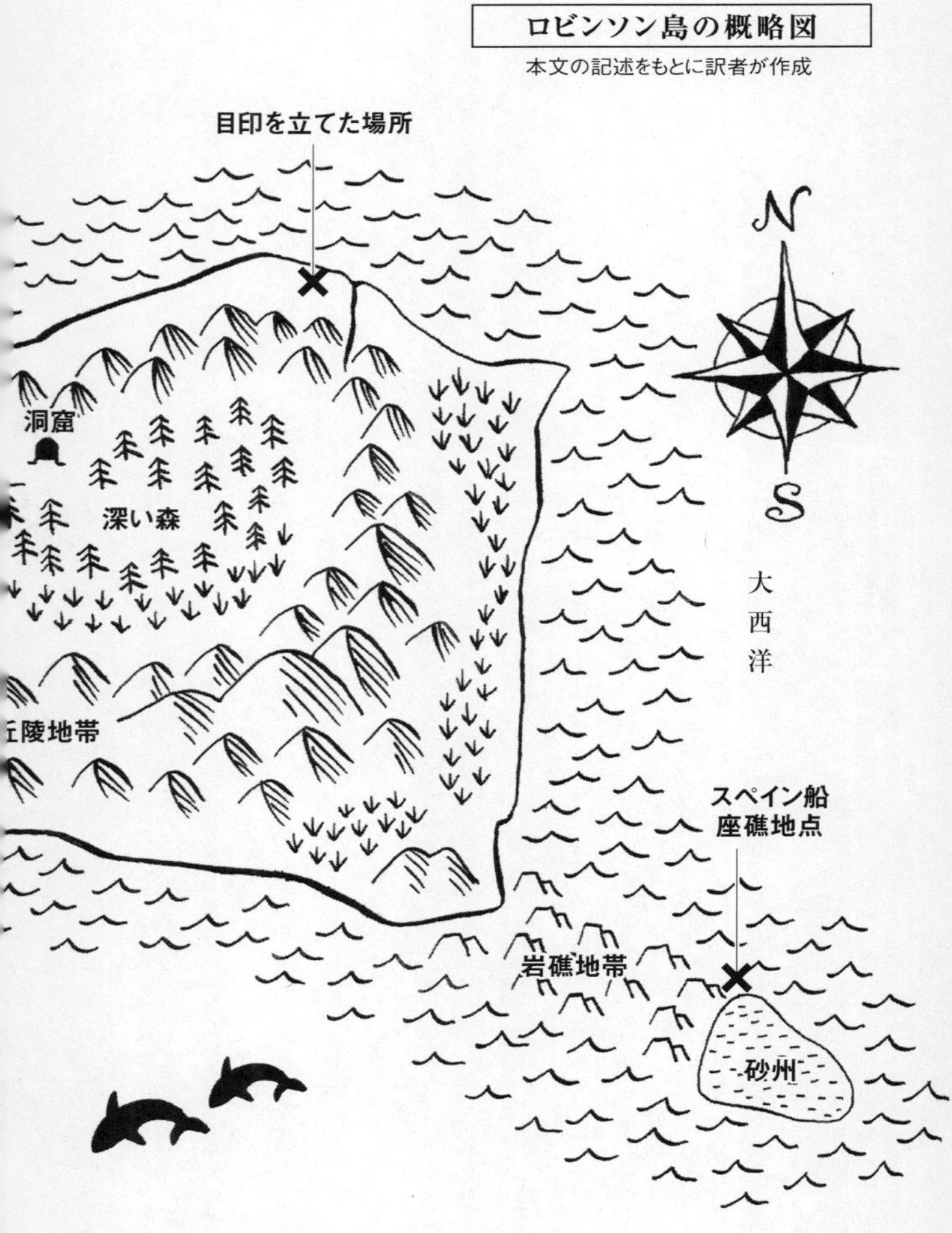
ロビンソン島の概略図
本文の記述をもとに訳者が作成
目印を立てた場所
N
S
洞窟
深い森
丘陵地帯
大西洋
スペイン船
座礁地点
岩礁地帯
砂州

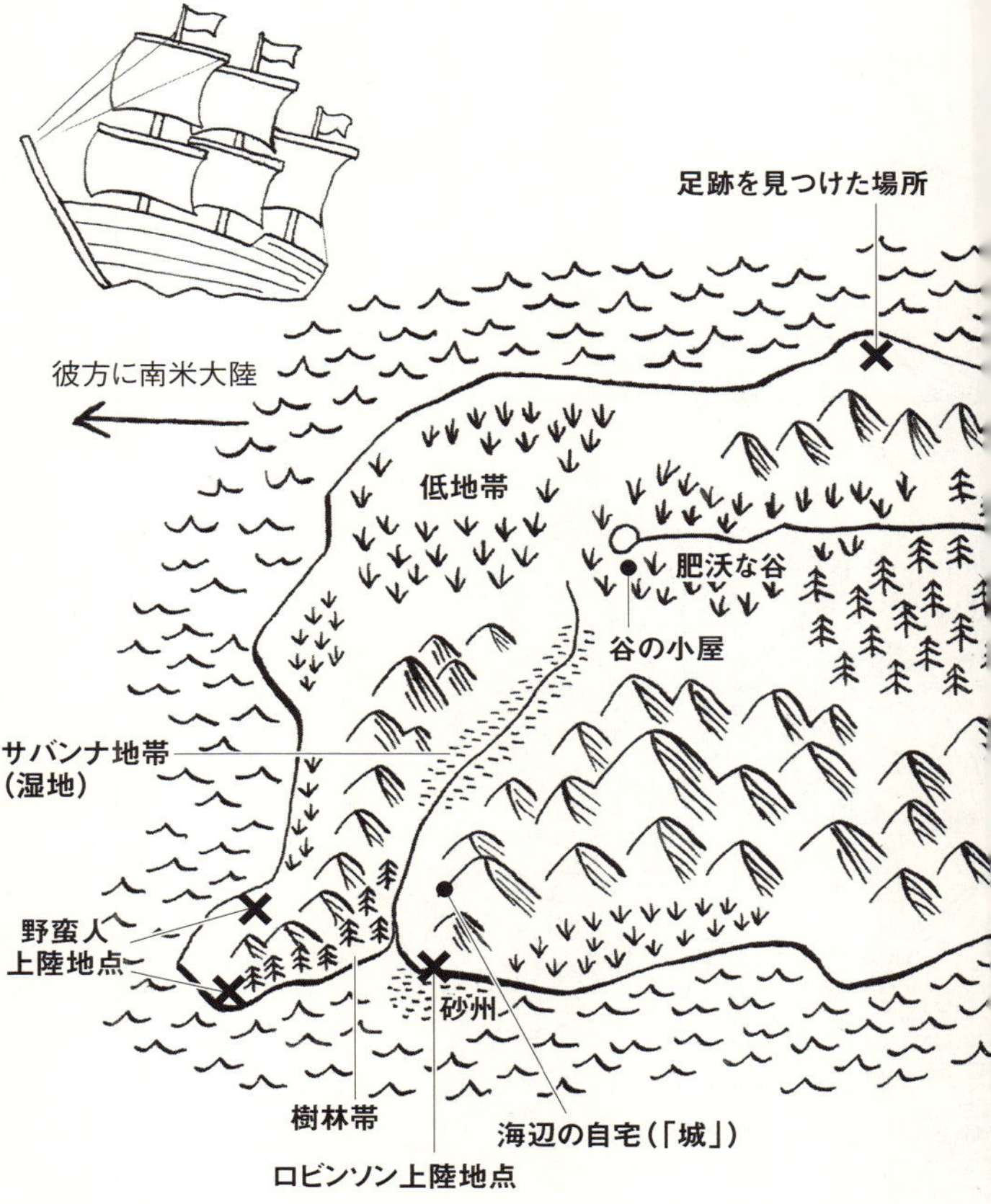
足跡を見つけた場所
彼方に南米大陸
低地帯
肥沃な谷
谷の小屋
サバンナ地帯
(湿地)
野蛮人
上陸地点
砂州
樹林帯
海辺の自宅(「城」)
ロビンソン上陸地点

18世紀の帆船

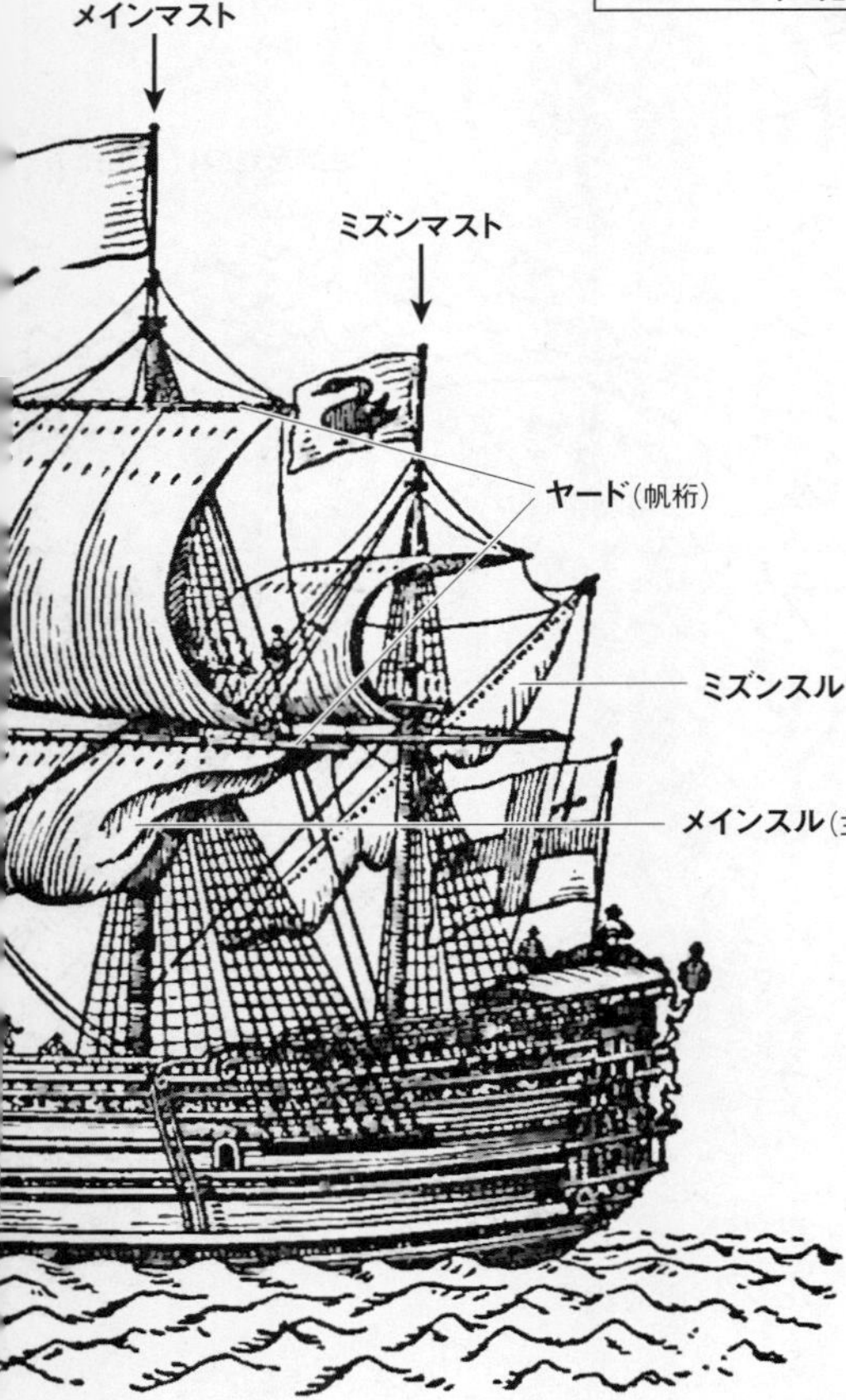

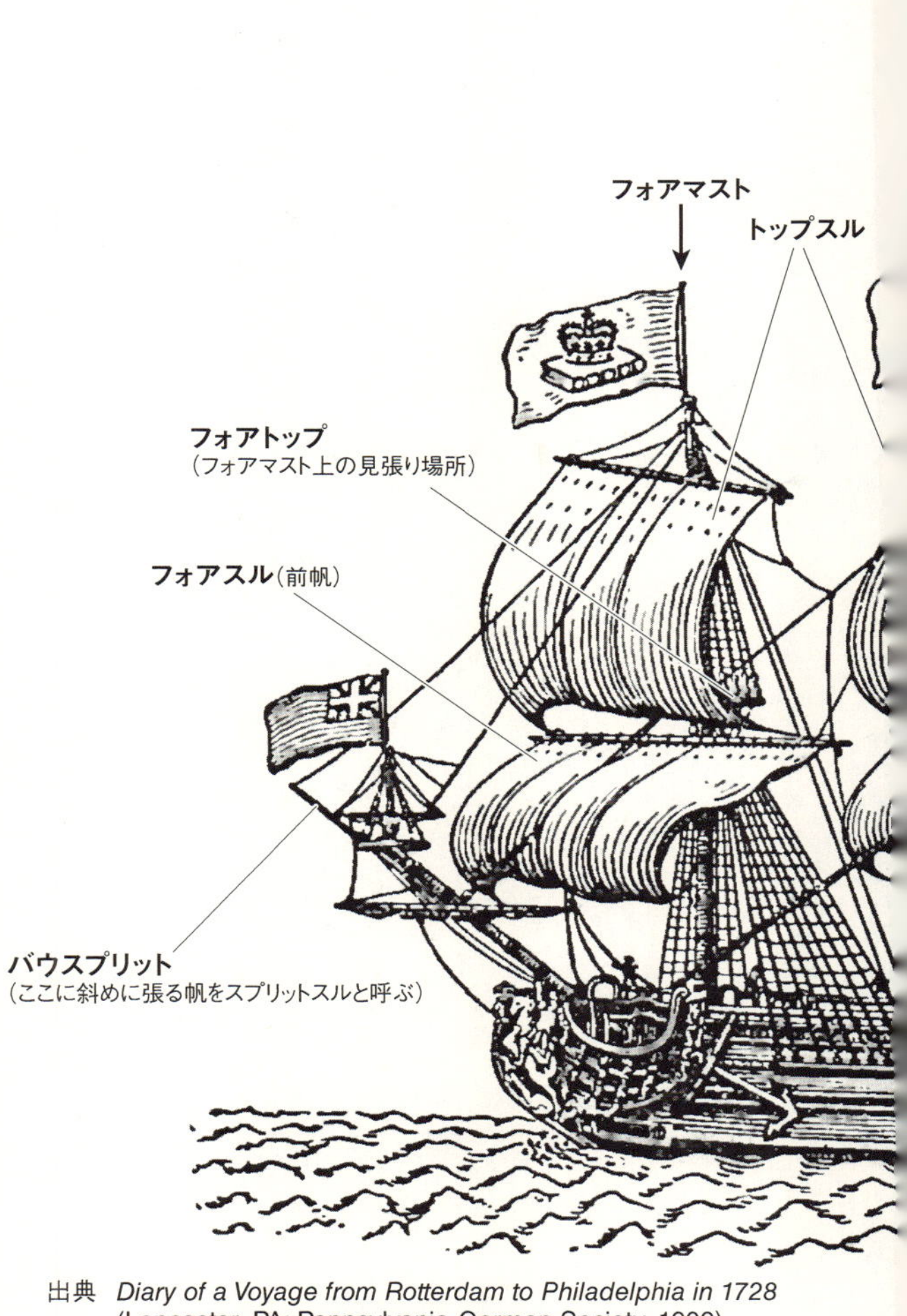


出典　*Diary of a Voyage from Rotterdam to Philadelphia in 1728*
(Lancaster, PA: Pennsylvania-German Society, 1909)

# 船が難破し、ただ一人生きて陸にたどり着き、
# オリノコの大河の河口近く、南米大陸沿岸の無人島で
# 二十八年の歳月をたった一人で暮らした、
# ヨークの水夫
# ロビンソン・クルーソーの人生
# および驚嘆すべき冒険の数々
# そしてまた、その後、奇妙な経緯により
# 海賊に助け出された事実の記録

本人著

9 月 30 日、無人島に上陸

# 序文

もし無名の人間についての記録が公表されるに値し、出版されて読者諸氏に歓迎されることがあるとすれば、この書物こそそうだと編者は考える。

この書物に登場する男がその人生で遭遇した驚異の数々は――編者が考えるに――これまで記録されたどんな話にも勝る。これほど波瀾万丈の人生など他にはまずあるまい。

この話の語り手は、控えめかつ真面目であり、賢明な人々がいつもそうするように、遭遇した出来事から人々のためになる教訓を引き出すべく努めている。そしてまた、われわれがどんな境遇に陥ろうと、境遇をあるがままに受け入れ、そこに神の英知を認め、讃えるよう促している。

ここで述べられていることは、事実の正確な記録であると編者は信じる。作り話めいた点はどこにも見当たらない。もっとも、こうした話は真偽の詮索などする暇もなくひと息に読まれるものなので、実際がどうであれ、読者がこの話を楽しみ、また教訓を得ることができる点には変わりがないであろう。これ以上くだくだと述べたてることは止めておくが、編者はこの書の刊行が読者諸氏に資するものと信じて疑わない。

# 1

私は一六三二年にヨークで生まれた。家庭は裕福であったが、土地の者ではなく、父はブレーメン生まれのドイツ人で、英国にやってきた当初はハル[1]に居を構えていた。父は商いで財を成し、それから商売を辞めてヨークへとやって来た。そこで私の母と結婚した。母の実家はその土地では大変な金持ちで、ロビンソン家といった。そうした事情で、私はロビンソン・クロイツナーという名前になった。[2]けれども、クロイツナーといういかにもドイツ風の名前はいつしか英国式にクルーソーと呼ばれるようになり、私たち家族も自らそう名乗るようになった。以来、私はクルーソーで通って

1 前出のヨークと同じくヨークシャー地方に属するイングランド北東部の湾岸都市。

2 主人公の名「ロビンソン」は、ここに記述されているように母の姓に由来する。「ロビンソン」は姓としては一般的だが、名として用いられることは珍しい。

いる。
私には二人の兄がいた。上の兄は、その昔かの有名なロッカート大佐[3]が指揮をとっていた、フランダース駐留の英国歩兵連隊の中佐だったが、ダンケルク近郊で生じたスペイン軍との戦いで戦死してしまった。下の兄については、私はその消息を知らない。それは私の両親が、私の出奔後の消息について知らなかったのと同様である。

三男坊でのびのびと育てられたためか、幼い頃から私はどこか遠くへ旅することばかり考えていた。ただ父は昔かたぎな人間だったので、それなりの教育を施してくれた。家庭教育、次いで地元の公立学校で受ける教育程度であったが。そしてゆくゆくは私を法律家にしようと考えていた。けれども私はその頃すでに海に出るのだと心に決めていた。私の決意はとても固く、父の意志や命令にも、また母や友人たちの懇願や説得にも耳を貸さなかった。今にして思えば、後にふりかかる不幸へと私を駆り立てたこの自然の導きのうちには、何か宿命に似たものがあったように思われる。

賢明かつ堅物だった父は、私のもくろみを察すると実のある助言を与えてくれた。ある朝、父は私を自室に呼んだ。その頃父は痛風を患い、部屋から出られなかったのである。父は愛情深く私を教え諭した。ただ単にふらふら旅をしてみたいという気まぐれ以外の、どんな理由があって、この家を去り故郷を出て行こうとするのかと、彼

父の反対にあう

は訊ねた。父のいう通り、故郷にとどまれば、立派に世間で通用し、努力と勤勉さ次第で財を成すこともでき、安楽な人生が送れることは間違いなかった。父にとって、危険を冒して外国へ行き、冒険によって身を立て、常ならぬ仕事で名を揚げようなどというのは、経済的に逼迫してどうにもならない連中か、野心があって金に恵まれた連中のすることだった。そして、私はそのどちらでもなかった。私はその中間、労働者階級のなかでもかなり上のほうにおり、父の長年の経験によれば、この世で一番恵まれた階級に属しているのだった。その階級は、人間らしい幸福を味わうのにもっとも適していた。そこにいれば下層の労働者が味わう惨めさや苦難とは無縁で、上流階級の傲慢さや奢侈、野心や嫉妬といった感情にも心煩わされずに済んだ。父はいうのだった。

「今の地位がどんなに幸福であるか、これから話すことを考えてみればお前にもすぐに合点がゆくだろう。われわれの生活は、世のすべての人々が羨む生活なのだ。王たちも高貴な家に生まれたことをしばしば嘆き、貴賤のちょうど真ん中に生まれたかったといっている。賢者ソロモンも、貧乏人にも金持ちにもなりたくないといい、この中流の身分こそ真の幸福を享受できる身分だといっていたではないか。[4]
よく考えてみるがいい。そうすればお前にも、人生の不幸というものが富める人と貧しい人に多く、その中間にいる人々には少ないことがわかるはずだ。中間にいるわれわれのような人間は、彼らほど人生の浮沈に見舞われることもない。金持ちは乱れた生活や贅沢によって、貧乏人は辛い労働や衣食住の欠如、栄養不良によって、病気になったりする。しかし幸い、われわれのような人間は心身ともにそうした不安や病気とはあまり縁がない。中産階級こそ、あらゆる美徳や喜びを享受するのにもっとも適しているのだ。この生活に侍女のように控えているもの、それは安楽と充足だ。節制や平穏、健康や社交、好ましく望ましい楽しみのすべてが、この中間の生活には約束されている。われわれは心静かに穏やかに毎日を生き、くつろいだ気分でこの世を去って行く。くたくたになるまで働いたり、頭を悩ませたりすることもなければ、日々のパンのために奴隷に売られる心配もない。魂から平安を、身体から休息を奪うような、のっぴきならない状況に陥ることもなければ、嫉妬に狂うこともない。何か

3　ウィリアム・ロッカート（一六二一～一六七五）。オリバー・クロムウェル麾下の軍人。後述の「ダンケルク近郊で生じたスペイン軍との戦い」は、一六五八年に英仏の連合軍とスペイン軍のあいだで行われた「砂丘の戦い」を指す。

4　旧約聖書「箴言」三十章八～九節参照。

どでかいことをやってやろうという秘めたる野心に煩わされることもない。われわれはただ気楽に、のんびりと生き、分別をもって生活の楽しみを味わう。われわれは自分たちが幸福であることを感じ、日々の経験はそうした確信を深めてゆくばかりなのだ」

父はこのように話し、熱っぽく、愛情深く、若者にありがちな過ちを犯さぬようにと懇願した。

「お前の生まれついた境遇や身分に、どう考えてもふさわしからぬ不幸に自ら飛びこんでいくのはやめておくれ。お前は日々のパンに事欠いているわけではない。お前のためなら力になるし、ほどほどの身分でお前が暮らして行けるよう、十分に手は貸すつもりだ。もし、そうした生活にお前が心から満足できないというのなら、それはひとえにお前の運命か、あるいは愚かさというものだ。お前にとって災いにしかならない生き方に警告を与え、父親としての義務を果たした今、もはや私に責任はない。もしお前がいうことを聞いて、ずっと家にいるというなら、いろいろと面倒をみてやる。だが向こう見ずにも出て行くというんだったら、どんな力も貸すことはできない」

この話の締めくくりに、上の兄の話が引き合いに出された。かつて兄がオランダでの戦争に加わろうとした際にも、父は同じように強く反対したのだ。しかし兄は聞き入れなかった。若さゆえの情熱に駆られるまま軍隊に入り、戦死した。最後に父はいった。

「私はお前のために祈ることを止めたりはしない。しかし、これだけはいっておきたいのだが、もしお前が愚かな選択をすれば、神はお前を見放すだろう。誰もお前を救いに現れず、父の助言に従わなかったことを後悔する、そうした時が来るだろう」

父は意識していなかっただろうが、話の最後のこの文句に、私は何か真に予言めいたものを感じた。いい添えておくならば、この話のあいだ父は顔を涙で濡らしていた。戦死した兄に話がおよび、救いの手もなく私が一人後悔するというくだりまで来ると、父は感情が昂って言葉に詰まり、胸がいっぱいでこれ以上は話ができないと告げたのだった。

父のこうした言葉に私は強く心動かされ、その言葉に従おうと心から思った。外国へ行くなどとはこれ以上考えず、父の希望通り家にいようと決心した。しかし自分でも呆れたことに、その決心はたったの数日しか続かなかった。数週間が過ぎたとき、これ以上父の懇願を聞かなくて済むよう、私は思いきって家を出て行くことにした。だが勢いに駆られて性急に行動を起こしたわけではない。母の機嫌がよいときを見計らい、こう話をもちかけた。

「僕はどうしても世の中をこの目で見たいので、母さんから父さんを説得して、出て行くことを承諾してもらえないでしょうか。父さんの言葉に逆らって出て行くのは、僕としても心苦しいのです。僕はもう十八歳で、商家に奉公したり、弁護士の見習いになるには遅すぎます。そうした道へ進んでも、年季が明ける前にきっと嫌気がさして飛び出してしまうことでしょう。一度限りでいいのです。母さんから父さんに話して、外国行きを許してもらうことはできないでしょうか。もし旅から帰って飽き飽きしたということになれば、もう二度と出て行ったりはしません。無駄にした時間を取り戻すために、人の倍は働くつもりです」

これを聞いて母はかんかんになった。「そのことでは何をいおうと無駄ですよ。お父さんは、何がお前のためになるか、ちゃんとわかっていらっしゃる。お前のためにならないことに、よしわかったというはずがありません。本当にお前には呆れます。あれほど懇々と言い聞かされたのに、まだそんなことを考えているなんて。それほど身を滅ぼしたければ勝手になさい。ただし、いいですか、私もお父さんもそんなことを許しはしませんよ。お前の身の破滅に手を貸すなんて、そんな真似ができるわけはない。お父さんが許さないのに、私が許すとでも思っているのですか」

母は私の話を父には伝えないでおくといったが、後に聞いたところによると、その

母に助力を拒まれる

一部始終を父に報告したということだった。それを聞いた父は、ひどく憂慮して、ため息をついてこういったそうである。

「この家にじっとしていてくれれば、あの子も幸せになれるだろうに。外国に行ったら間違いなく惨めな目に遭う。だから私としては、どうしても認めてやることはできないのだ」

私が家を飛び出したのは、それから一年ほど後のことである。両親は仕事に就くように口やかましくいってきたが、私は頑としてそれに耳を貸さなかった。そればかりか、自分がやりたいということになぜそれほど反対するのかといい返す始末だった。

そんなある日、私は港町のハルへ出かけて行った。ただぶらりと出かけただけで、家出をしようという魂胆はなかった。しかし、そこで出くわした私の友人が、ちょうど父親の船でロンドンへ行くところであった。彼は、一緒に来ないかと私に声をかけた。おまけに、金の心配などしなくていいというのだ。私は、父にも母にも相談しなかったばかりか、事情を知らせる便りも出さなかった。そのうち二人の耳に入るだろうと考えて、成り行きにまかせることにした。神の祝福も、父の祝福も求めなかった。魔がさしたというのか、自分の置かれている状況や、この先どうなるといったことも深く考えなかったのである。こうして一六五一年の九月一日、私はロンドンへと向かう船に乗りこんだのだった。

だが、私のようにたちまち不幸に遭い、しかもそうした不幸にずっと見舞われ続けた冒険家は他にいないだろう。船がハンバー川[5]を下りはじめると、ほどなくして風が起こり、まもなく、恐ろしいまでに波が高くなった。私にとって、海に出るのはこれが初めてだったから、ひどく気分が悪くなり、生きた心地がしなかった。私はすぐに自分の行いを反省しはじめた。これは、私のとった不埒な行動、本分をわきまえず、父の家を捨てたことに対する天の正当な裁きだと思われた。両親の助言と父の涙、そして母の懇願する様子が、鮮明に脳裏へと浮かんで来た。そのときはまだうぶな子供だったので、忠告を聞かなかったことや、神や父に背いたことに対し、良心の咎めに苛まれたのである。

嵐はますます激しさを増し、海はひどい荒れ模様となった。しかしその後に出会う海と比べたら、この時の荒れ方は何でもなかった。事実、わずかこの数日後に、私はもっとひどい海に出くわすことになるのだ。しかし駆け出しの船乗りで、何の経験もない当時の私にとってはこれで十分だった。波は、ひと口で船を呑みこんでしまうの

5 ハルを流れ北海へ注ぐ川。

ではないかと思われた。船が波間に落下してゆく度に、もう二度と浮き上がれないのではと私は恐れ、おののいた。この苦悶のうちに、幾度となくこう心に誓い、祈った。もし、この航海を生きのびることが神の御心にかない、再び陸に上がることができたら、まっすぐ父のいる家に帰り、船に乗ることなどもう考えまいと。そして、父の忠告を聞き、これ以上不幸へ自ら飛びこんで行くことは絶対にしない、そう誓ったのである。中間の身分の暮らしについて父がいったことがいかに正しかったか、ようやく私は理解した。父のような人々は、心穏やかに日々の生活を送り、海の嵐ばかりでなく、地上の災いとも無縁に生きているのだ。聖書に出て来るあの放蕩息子のように[6]、悔い改めて父のもとへ帰ろうと私は固く決心した。

　こうした殊勝な思いは、嵐が去った後もなおしばらくは続いた。けれども翌日になって風が和らぎ、海も凪いでくると、私は少し落ち着きを取り戻した。といっても、その日のうちはまだ船酔いが残っていて、不安を抱えて過ごしたのであるが。だが陽の傾く頃に天候はすっかり回復し、風も止んで、穏やかな素晴らしい夕暮れを迎えた。鮮やかな太陽が海に没し、翌日も澄みきった空に向けて太陽が昇った。ほとんど無風で静かな海の上に、太陽が照り輝いていた。これほど美しい光景に、それまで私は出会ったことがなかった。

夜よく眠ったせいで、船酔いは治り、私はすっかり元気になった。前日あれほど猛々しく荒れた海が、今はこうして美しく穏やかな姿を見せている。私はその変貌ぶりを驚きをもって眺めた。このとき、昨日の私の誓いに横槍を入れるように、私を海に連れ出した友人がやって来て肩を叩いた。

「やあ、ボブ[7]。気分はどうだ。昨日の夜は怖かったろう。ちょいとばかし風が吹いたからな」

「ちょいとばかしだって？　ひどい嵐だったじゃないか」

「嵐だって？　何を馬鹿なことをいってる。あの程度を嵐だって？　嵐でも何でもないさ。これが立派な船で海がもっと広けりゃ、あれぐらいのにわか雨は何でもなかったんだ。けれどまあ、君はまだ駆け出しの船乗りだからな、ボブ。パンチ酒でもやって、忘れるといい。見ろよ、こんないい天気だぜ」

要するに、水夫たちの長年の慣習に従って私たちはパンチ酒を作り、私はそれを飲

6　新約聖書「ルカによる福音書」十五章十一～三十二節参照。

7　ロビンソン（Robinson）は、Robert's son からの派生なので、愛称として Robert の短縮形ボブ（Bob）が用いられる。

嵐のあと友人にひやかされる

んで酔い、わずか一晩のうちにおのれの行動に対する悔恨や反省、未来への決意を、情けなくもすっかり忘れてしまったのである。嵐が止んで海が穏やかさを取り戻したことで私の興奮もおさまり、海に呑まれるという恐れも不安も消し飛んでしまい、欲望が息を吹き返したというわけだ。嵐のなかで苦悶のうちに誓った言葉の数々は、こうして忘れ去られた。もっとも、ときおり神妙な考えが戻って来て、考えこむこともあった。しかしその都度、それを振り払い、宿痾《しゅくあ》のごとき深刻な思いと戦った。酒を飲み、友と語らうことで、発作――と私は呼んでいた――のぶり返しにまもなく私は打ち勝った。ものの一週間足らずで、良心の呵責に対して見事に勝利を収めたのである。反抗したい盛りのどんな若者と比べても、見劣りしないほど見事に良心を欺いたのだった。しかしそんな私を、次なる試練が待ち受けていた。神は、こうした場合いつもそうするように、どんな弁解もできないような状況へと私を追いこんだのである。私は先日の嵐を生きのびたことについて、それを神の恵みとは信じなかった。だが次なる試練は、どんな荒くれた悪党の船乗りでも、そこに神の力と慈悲を認めずにはおれなかったであろう。

　海に出て六日目、私たちはヤーマス[8]の碇泊地にたどり着いた。例の嵐の後は凪が続き、風は吹いても向かい風だったので、船は思うように進まなかった。そんなわけで船はこの場所で投錨して碇泊することになった。一週間ほど逆風で、風は南西から吹き続けた。その間、ニューカッスル[9]からの船が次々とこの錨地へ入って来た。テムズ川へと向かう船は、皆この湾で追風を待つのが常だったのである。

私たちはここでもたもたせずにテムズ川に入る予定だったが、風が強くてなかなか出航できなかった。四、五日が過ぎたが、風はますます強くなるばかりだった。とはいえ、ここの碇泊地は港同様に安全だといわれていて、船の碇泊装備もしっかりしたものであったので、私たちは気楽に構え、微塵も不安を覚えず、船乗りの流儀に従って呑気かつ陽気に時をやり過ごしていた。けれども八日目の朝、風が一層強まったので、総出でトップマスト[10]をたたみ、船が流されないように慌ただしく動きまわらねばならなかった。昼になると波はきわめて高くなり、甲板は波をかぶって水浸しになった。次いで、錨が外れたのではないかという不安に私たちは襲われ、船長は特大の錨を下ろすようにと命じた。結果、船は二つの錨で係留され、鎖[11]が長さいっぱいにくり出されることになった。

このときまでに海は大しけとなっていて、船員たちの顔にも狼狽と恐怖の色が浮かびはじめた。船長は船を守ろうと忙しなく立ち働き、船室を出たり入ったりしていたが、すれ違いざま、「もうだめだ。おしまいだ。神よ、どうか御慈悲を」と呟くのを耳にした。

この騒動の最初の頃、私は船尾のキャビンで呆然としてベッドに臥せていた。そのときの感情を、私は言葉にすることができない。あれほど徹底的に踏みにじり、反故にした懺悔の言葉を、今一度くり返すことは不可能だった。もう死の危険はなく、今度の嵐も前回のものと大差ないのだと私は思い直した。だから、上述のごとく船長が「もうだめだ」と呟くのを聞いたとき、私は戦慄した。キャビンを出て外へ目をやると、かつてない恐ろしい光景が目の前に広がっていた。波は山のような高さとなって、数分おきに船めがけて崩れ落ちて来た。周囲を見渡すと、どの船も危機的な状況にあった。すぐそばに碇泊していた二隻の船は、荷が重すぎたためにマストを切り倒して海に捨てていた。それから誰かが「一キロ半前方の船が沈んだぞ」と叫んだ。やが

8 イングランド東部の港町で、ハルから南東に約百八十キロの地点。
9 イングランド北東部の都市。イプスウィッチとともに造船で有名。
10 マスト（帆柱）が二段に継いである場合、下部をロアーマストと呼ぶのに対し、上部をトップマストと呼ぶ。巻頭の図を参照。
11 錨と船をつなぐ鎖。ケーブルとも。

て近くの二隻の船の錨が外れ、一本のマストもない状態で沖へと流されて行った。荷の軽い船は揺れも少なく持ちこたえていたが、やがてスプリットスル[12]だけを揚げた二、三隻の船が私たちの船をかすめて流されて行った。

日暮れ時、航海士と水夫長の二人は、フォアマスト[13]を切り倒す許可を船長に求めた。船長は大いにためらったが、そうしないと船が沈んでしまうと水夫長が強く主張したので、結局承諾した。フォアマストを失うとメインマストがぐらつき、船の揺れは一層ひどくなった。そのためメインマストも結局切らざるをえず、かくして船はすべてのマストを失うに至った。

駆け出しの船乗りで、前回の嵐であれほどすくみ上がったこの私が、このときどんな心境であったか多くを語る必要はないだろう。当時の自分を振り返り、そのときの心情をあえて言葉にしてみるならば、私の感じた恐怖は死を前にしての恐怖の十倍ほどであった。なぜなら、一度は自らの行いを悔いて深く反省したにもかかわらず、たちまちそれを忘れ、決意を翻した罪の重さをよく自覚していたからである。そこに嵐の恐怖が加わったせいで、私の感情は筆舌に尽くし難いものとなった。しかし、最悪の事態はまだこれからだった。嵐は勢いを緩めずに荒れ狂った。船員たちも、これほどひどい嵐に遭ったのは初めてだと認めざるをえなかった。われわれの船は立派な船

再び嵐に遭いひどくおびえる

であったが、積荷が多く、揺れ方は凄まじかった。そのため船員たちも堪えきれず、幾度も「覆没《ファウンダー》するぞ」と叫んだ。私はこの言葉の意味がわからなかったが、そのことはむしろ幸いであった。あまりに凶暴に荒れ狂う嵐を前に、とうとう船長や水夫長や信心深い船員たちが、船が今にも沈むのではないかと思い、祈りの文句を唱えるのを私は見た。こんな光景は滅多に見られるものではない。

深夜、この災難に追い打ちをかけるように、船倉の様子を確認しに行った船員の一人が「浸水だ」と叫んだ。それから別の船員が、もう床から一メートル以上の高さまで水が来ていると告げた。ただちに総出で水の汲み出しをせよとの命令が下った。船長のその命令を聞いたとき、私は心臓が止まりそうになった。船室のベッドの端に腰かけていたが、そのまま仰向けに倒れこんでしまった。しかし船員たちが起こしに来て、ここまで何の役にも立たなかったお前も水の汲み出しくらいは出来るだろうといわれた。その言葉に私は奮起し、排水作業に加わって一生懸命に立ち働いた。

私たちがこの作業をしている間、船長はそばを通りかかった何隻かの小さな石炭船の姿に気づいた。嵐に耐えられず海へと流された船だった。そこで船長は、救難信号の大砲を発射するよう命じた。私は救難信号というものを知らなかったので、もの凄い音に肝を潰し、船が大破したか、もしくは何か別の恐ろしいことが起こったものと

驚愕から卒倒する

勘違いして、驚愕のあまりそのまま卒倒してしまった。しかし皆、我が身の心配で手一杯の状況であったから、誰も私のことなど気にとめなかった。やがてポンプのところへやって来た船員が、死んでいるものと思い、足で押しのける始末であった。私が意識を取り戻したのは、それからだいぶ後になってのことである。

排水作業は懸命に続けられた。けれども船倉の水は減るどころか増す一方で、このままだと沈没は確実であった。嵐はやや弱まりを見せはじめたが、いずこかの港まで沈まずたどり着けるとは到底思われなかった。船長はなおも救難信号を発し続けた。このとき、前方に漂っていた小さな船がボートを出し、大変な危険を冒して救助に来てくれた。だが、われわれがそのボートに乗り移ることも、ボートを船に横づけすることも困難を極めた。それでも彼らは懸命にボートを漕ぎ、命を賭して私たちを救おうと努力してくれた。そこで、私たちは船尾から浮きのついたロープをボートに向かって投げ、長さいっぱいにくり出した。ボートの乗組員は必死の努力の末にそのロープを捕まえ、私たちは船尾近くまでボートを引き寄せることに成功した。かくして、われわれは救助のボートに何とか乗り移った。だが彼らの親船までボートを戻すことは無理な注文であった。そこで、とりあえずボートを漕ぎ、最寄りの岸を目指そうということで全員の意見が一致した。われわれの船長は救助の人たちに対し、もし岸に乗り上げてボートが壊れたら、そちらの船長にボートは弁償すると約束した。漕ぎつつ、また流されつつ、私たちの乗ったボートは北へと向かい、とうとうウィンタートン岬[14]近くの岸辺まで流れ着いた。

脱出してまだ十五分も経たないうちに私たちの船は沈没した。そのとき初めて、海における船の沈没がいかなるものか、私は理解した。正直にいえば、仲間が「船が沈むぞ」と告げたとき、私はほとんど船を正視することができなかった。なぜなら、ボートに乗りこんだ――放りこまれたといったほうが正確であろうが――とき以来、戦慄と恐怖、そして今後への不安などから、死んだも同然だったからである。

船員たちは死にものぐるいでボートを漕ぎ、なんとか岸に近づこうとした。その甲斐あって、ボートが高波を越えるときとうとう陸地が姿を現した。われわれに気づい

12　スプリットスル（スプリットセイル）は、船首から斜めに突き出た円材（これをバウスプリットと呼ぶ）に張る帆。巻頭の図を参照。

13　三本マストの帆船の場合、前方のマストをフォアマスト、中央のマストをメインマスト、後方のマストをミズンマストと呼ぶ。巻頭の図を参照。

14　ヤーマスの北約十六キロメートル地点にある岬。

た大勢の人たちが、救助しようとボートに向かって駆け寄って来た。ボートはゆっくり岸との距離を縮めていったが、ようやく接岸できたのは、ウィンタートンの灯台を過ぎ、西のクローマーの方角に向かって海岸が湾曲した場所まで来たときだった。そこまで来ると風も勢いをそがれて穏やかになった。苦労の末にようやく全員無事に上陸を果たし、その後、私たちはヤーマスに徒歩で向かった。そこで私たちは遭難者として手厚く迎えられた。商人や船主は私たちにとても親切で、役人は良い宿舎をあてがってくれたばかりでなく、ロンドンやハルまで戻る費用の工面までしてくれたのだった。

もしそのとき、ハルへ帰って実家に戻る分別があれば、私はきっと幸せな人生を送っていただろう。主イエスの寓話さながら、父は一番肥えた子牛を潰して息子を迎え入れたに違いない。[15]なぜなら父は、私の乗った船がヤーマスの投錨地から流されたと聞き、ずっと後まで息子が溺死したものと思いこんでいたからである。

しかし、運命は抗し難い力で私の背中をぐいぐいと押した。理性は何度もやめろといい、冷静な判断は家に帰るべきだと告げていたが、私はどうしてもその声に従うことが出来なかった。私を突き動かした力、それを何と呼ぶべきか私にはわからない。破滅へとわれわれを駆り立てる力——目の前にあるものが破滅だと承知しつつも、そこへ飛びこんで行けと人を促す人智を超えた力――、そうした力が私に作用していたのだと主張するつもりはない。けれども私は、何らかの不幸な運命が私には逃れ難く課せられていて、それゆえ、落ち着いて理性を働かせ、熟慮の末に下した判断や確信に逆らってまで突進した。そう考えざるをえない。そうでなければ、この最初の旅で二度も明らかな教訓を得ていたにもかかわらず、それを無視して突き進んだ説明がどうにもつかないのである。

船長の息子である私の友人は、当初は私を励まし鼓舞する立場にあったが、今や私以上に元気がなかった。私たちが言葉を交わしたのはヤーマスに帰着して二、三日も後のことであった。私たちは別々の宿舎をあてがわれたからだ。彼はもはやいつもの調子ではなく、憂うつそうな表情をして頭を振りながら、私に気分はどうだいと訊ねた。それから父親に、私がどこの誰で、どういった経緯であの船に乗ることになったかを話した。つまり、私が遠く海外へ出かけたいと思っていて、そのための試験的な乗船であったことを説明したのである。彼の父は私を見ると、厳粛な、心配そうな面持ちでいった。

15　新約聖書「ルカによる福音書」十五章十一～三十二節参照。

「もう二度と海に出てはいけない。今度の事は、海に出るなというお告げだと思いなさい」

「何ですって、それじゃあ船長はもう海には出ないのですか？」

「それは別の話だ。私にとって航海は神から与えられた仕事であり、従って義務なのだ。しかし君にとってはそうじゃない。君は試みにあの船に乗ったわけだが、もし君が海に出たらどうなるかを神はお示し下さったのだ。君がいたから、われわれ全員があのような目に遭ったのだよ。ヨナがタルシシュ行きの船に乗ったときのように」[16]

　それから船長は、なぜまた海へ出ようとするのか、その理由をぜひ聞かせてくれといった。そこで、私はこれまでの経緯を彼に話して聞かせた。話が終わりのところまでくると、彼は妙に興奮した調子でいった。

「なんて事だ、君のような輩がよりによって私の船に乗ったなんて。たとえ千ポンドもらったって、君と同じ船に乗るのは金輪際ごめんだ」

　船を失った動揺がまだおさまらず、ついついこのように口走ったのであろうが、それにしても無礼な言い草だった。船長は父親のもとへ帰るように熱心に勧め、神を怒らせて身の破滅を招くようなまねをしてはいけない、これは神の警告なのだ、といった。

友人の父親から諫められる

「請け合ってもいいが、もし君が家に帰らなければ、どこへ行こうと災難と失望がついてまわる。君の父上がいった通りになるよ」

私が何もいわないので、会話はそれきりになった。もう彼に会うこともなかった。彼がどうなったかもわからない。私は、ポケットにいくらかの金があったので、ともかくも陸路でロンドンへと向かった。ただし、その旅の途上もロンドンに着いてからも、帰るべきか海へ出るべきか真剣に悩み続けた。

家に帰るという選択肢については、羞恥心がそれを許さなかった。近所の人々に笑われるだろうし、父や母、その他の人々に合わせる顔がなかった。人の心、とりわけ若者の心というのは、理性の導きに逆らい、馬鹿げた行動をとらせるものである。当時を振り返るとき私は常々そう思う。罪を犯すことは恥じないが、悔いることは恥じる。愚か者と呼ばれるようなことをしても恥ずかしくはないが、反省して引き返し、利口者と呼ばれることを恥ずかしく思う。そういうものらしい。

一体どうすべきか、今後どう身を処すべきか決めかねた状態のまま、いたずらに時間が過ぎていった。どうしても家に帰る気にはなれなかった。だがしばらくして災難の記憶が薄らいでゆくと、心の奥に潜んでいた帰郷の願望も消えてゆき、とうとう私はその考えを脇へ追いやることに成功した。そうなると、もはや航海へと向かう私の心を妨げるものは何もなかった。

16 旧約聖書「ヨナ書」一章三節参照。

## 2

父の家を出るように私を急き立て、そうして一財産作ってやろうという愚かで無分別な考えを植えつけたのは、ある邪悪な力であった。その力がいかに強力なものであったかは、私が父の懇願や命令を無視し、その他のいかなる適切な忠告にも耳を貸そうとしなかった事実から、わかってもらえると思う。正体こそわからないが、今度も同じその力が働き、私はあらゆる冒険のうちでも最も無謀なものを試みることになった。アフリカの海岸行きの船に乗りこんだのである。船乗りがギニア[1]行きと称している航海だ。

このときの航海での最大の失敗は、私が船員として乗船しなかったことである。船員の身分であれば、多少の面倒な労働はあったにせよ、水夫としての義務や仕事を覚えることができる。そうすれば、船長は無理だとしても、航海士かその補佐役くらいの資格を得ることができたかもしれない。だが一番悪い選択をするのが私の運命であって、このときもそうであった。私は立派な身なりをして懐に金を持ち、紳士然として船に乗りこんだ。当然私には、やるべき仕事も覚えるべき仕事もなかった。

ただ、ロンドンで心優しい人々の知遇を得たことは、当時の私のような無鉄砲で世間知らずの若者にとっては稀な僥倖であった。悪魔はこうした若者たちを罠にかけようと手ぐすねを引いて待ち構えているものであるが、この罠を私は幸運にも免れたのである。私が最初に出会ったのは、ギニアから帰ったばかりの船長だった。彼はギニアで大儲けして、また出かけるという話だった。人当たりが良かった私はこの船長に気に入られた。世界をこの目で見たいという私の心積もりを聞いた彼は、もし一緒に来る気があるならただで乗せてやろうといってくれたのである。

「君は私の友人として乗船し、話し相手になってくれればそれでいい。商売のための品を持ってゆけば、たくさん儲けられるように便宜を図ってやる。その後の冒険の足しにはなるだろう」

私はこの申し出を快諾した。そして、この船長とすっかり親しくなった。彼は正直

1　ギニアはアフリカの大西洋沿岸中部一帯を指す。十六世紀初頭からヨーロッパ人が入植をはじめ、奴隷貿易の主要地域となり、これが十九世紀初めまで続いた。

で、商売上も公平な人であった。私はわずかばかりの商品を持って船に乗りこみ、後々それらを売ることでかなり儲けることができた。それは何よりも我が友にして公明正大な船長の計らいによるものである。私の商品というのは、船長の勧めで購入した、金額にして四十ポンドほどの玩具や雑貨であった。この四十ポンドの資金を、私は親戚の者たちに手紙を出し、援助を乞うことで捻出した。ここからは私の想像であるが、おそらく親類たちは私の父、そうでなければ少なくとも母には知らせたのだと思う。四十ポンドの金は結局私の親が用意し、我が子の門出のはなむけとして援助されたのであろう。

このときの航海は、およそ私の企てた冒険のなかで、成功裡に終わった唯一の例である。そしてそれが成功したのは、ひとえに清廉で誠実な船長の心配りによるものだ。彼を師として、私は数学や航海術に関する相当な知識を習得することができたし、航路の記録の取り方や天体の測定方法も学ぶことができた。つまり、船乗りがぜひ知っておかなければならないことを学んだのである。彼は教えることを楽しみ、私は学ぶことを楽しんだ。この航海を通じて、私はいっぱしの水夫と商人に成長したのだった。私はこの冒険で五ポンド九オンス[2]の砂金を本国へと持ち帰ることができた。ロンドンでそれを売り払うと、三百ポンド近くの大金を得た。しかしそれが運の尽きというや

航海術を学ぶ

つで、その大金が私の野心を駆り立てることになった。こうして私は破滅に向かって歩み出したのである。

成功裡に終わったといっても、もちろん辛い目にも遭った。熱帯のうだるような暑さのせいで熱射病にかかり、ずっと体調が思わしくなかった。何しろわれわれの商売の拠点は、北緯十五度から赤道付近だったからである。

私は今や一人前のギニア商人であった。我が友の船長は帰国後すぐに亡くなり、そのことは大変な悲しみであり痛手でもあったが、それでも私は再びギニアへ行くことを決心した。乗りこんだのは同じ船で、前回航海士だった男が船長を務めた。

この航海は、史上類を見ない最悪の航海であったといってよい。私は稼いだ金のうち百ポンドも持って行かなかった。つまり二百ポンド近くを信頼できる船長の未亡人に託して出かけたのである。私はこの航海で数々の手ひどい目に遭った。最初の災難は、カナリア諸島[3]へと向かっていたとき——カナリア諸島とアフリカの海岸の間を航海していたとき、といったほうが正確であろうが——、サレ[4]を牙城とするトルコ海賊の奇襲を受けたことである。夜が明けきらぬ時刻に、連中はありったけの帆を張って追いかけて来た。われわれも大急ぎですべての帆を張って逃げたが、海賊たちは背後に迫り、あと二、三時間もすれば間違いなく追いつかれるという状況に追いこまれた。

そこで連中を迎え撃つ準備をした。こちらの船の大砲は十二門で、向こうには十八門あった。午後三時頃、とうとう海賊は私たちの船に追いついた。ところが海賊船は操舵を誤り、こちらの船尾にではなく横に船体を寄せてきたので、われわれは八門の大砲で海賊船の横っ腹に一斉射撃を試みた。彼らも負けじと大砲で応戦し、二百人近い海賊たちが小銃を撃ってきたが、われわれの攻撃で連中の船はあらぬ方角を向いてしまい、再び離れ去った。こちらは全員が身を潜めていたので負傷した者はいなかった。海賊たちはまたもや攻撃に転じ、われわれも防御の準備をした。だが今度は、連中はさっきとは逆側に船を横づけし、六十人もの海賊たちが船の甲板に乗りこんで来た。彼らは甲板や索具にやたらに斬りつけて破壊した。われわれは小銃や短槍、爆薬などを使って応戦したので、何とか彼らを一旦は退却させた。しかし、これ以上の陰惨な話は切り上げて結論をいおう。結局、われわれの船は操舵不能に陥り、三人の船員が殺されて八人が負傷した。こうなっては降伏する他なく、われわれは捕虜としてムー

---

2　約二・五キログラム。
3　アフリカ北西部沖にある諸島。
4　モロッコの港町。かつては海賊のすみかとして有名。

海賊たちに捕らえられる

ア人の港であるサレに連行されたのであった。[5]

そこで私が受けた扱いは、最初恐れたほどひどいものではなかった。仲間たちは皆、当地の皇帝の宮廷へ遠く連れ去られて行ったが、私は戦利品として海賊のもとに留め置かれ、頭《かしら》の奴隷となった。私は若くて敏捷であったので、海賊の仕事に役立つと見なされたのである。とはいえ、私は商人から奴隷に転落するという現実にすっかり打ちのめされた。みじめな境遇に陥り、誰もお前を救いには現れないという父の予言が否応なく思い出された。今やそれが現実になったのだ。今の私ほどにひどい境遇があろうか。天は罰を下し、私には救いもなく破滅する運命が課せられたのだ。しかしこれから明らかになるように、これは私に降りかかった不幸のほんの一端に過ぎなかったのである。

新しい庇護者たる海賊の頭は、私を自宅に連れ帰った。この海賊の男が次に仕事をするとき一緒に船に乗せられたら、あわよくばスペインかポルトガルの軍艦が彼らを拿捕し、私を解放してくれるかもしれない。そんな淡い期待を抱いた。だがこの期待

5　アフリカ北西部に住むベルベル人とアラブ人の混血のイスラム教徒。海賊となったものが多かった。

は見事に裏切られた。主人は海へ出かけるときには私を陸に残し、連れて行かなかった。代わりに私は、彼のささやかな庭園の手入れやこまごまとした家事を命じられた。そして主人が海から戻ると、今度は船室の掃除を命じられるという具合であった。私は脱走すること、どうやったら上手く逃げおおせるか、そればかりを考え続けた。しかし妙案はいっこうに思い浮かばなかった。私には相談する相手や協力者がいなかった。イギリス人かアイルランド人、あるいはスコットランド人の、同じように陸に留め置かれた奴隷は身近に一人もいなかったのである。再び自由になる日を夢見て日々の慰めとしたが、脱走の機会を見出せぬまま時が過ぎ、いたずらに月日が流れていった。

二年ばかり経った頃、かつてない状況が到来した。私は再び逃走の機会を真剣にうかがうようになった。主人が以前に比べて海に出なくなったのである。噂によれば金欠で船が出せないということだった。主人は週に一度か二度、天気が良ければそれ以上頻繁に、海賊船のボートを下ろして湾の外に釣りに出かけるようになった。その釣りに彼は毎回、ボートの漕ぎ手として私とムーア人の奴隷の少年を連れて行った。私たち二人は主人を楽しませ、私は魚釣りがかなり上手くなった。そのうちに、主人の親類のムーア人の男と私と奴隷の少年の三人で、魚を釣って来いと命じられるようになった。

一度こんなことがあった。死んだように凪いだ朝であったが、釣りに出かけるとたちまち濃い霧が立ちこめ、まだ三キロも漕ぎ出していないのに陸を見失ってしまった。漕ぎながらも、どの方向へ進んでいるか皆目見当がつかず、一昼夜漕ぎに漕いで翌日の朝を迎えた。そのとき初めて、岸に向かってではなく沖へ沖へと漕いでいたことが判明したのだった。ボートは岸から十キロ以上も沖にあった。私たちは懸命に漕ぎ続けてなんとか帰還することができたが、危ない目にも遭った。朝になって強い風が吹き出したからだ。それにひどい空腹にも苦しんだ。

主人はこの一件を戒めとして、今後はもっと用心することにした。彼には私が乗っていたイギリス船の大型ボートがあったので、これに羅針盤と食料を積んで釣り船として用いることになった。そこで彼は海賊船の大工――彼も私同様、奴隷にされたイギリス人であったが――に命じ、ボートの中央部に、はしけについているような小さな船室を作らせた。そしてその後方には人が立って舵を取り、帆を出し入れするロープを操るための場所を、前方にも一人か二人の人間が立って帆を操作するための空間を設けさせた。このボートはいわゆる三角帆で走る船であり、船室は適切にも低い位置に作られていたので、ブーム[6]は船室の上を自在に動いた。船室には主人と一人ないし二人の奴隷が横になれる空間があり、食卓もあれば主人用の酒の瓶やパン、米やコーヒーを入れておくいくつもの小さな戸棚も据えつけられていた。

私たちはこの船で頻繁に釣りに出かけた。私は釣りに長けていたので、主人はいつも私を同伴した。あるとき、主人はこのボートで、土地の有力者である二、三人のムーア人と船遊びか魚釣りに出かけることになった。彼はそのために事前にいろいろと準備をし、前の晩のうちにたくさんの食料をボートに積みこませ、三挺のマスケット銃[7]と火薬と弾丸を海賊船から取って来いと私に命じた。釣りだけでなく鳥撃ちも楽しむ計画だったのである。

私は命じられた通りにして、翌朝ボートで主人を待った。ボートはきれいに洗われ、旗を掲げ、客を迎える万端の準備が整っていた。やがて主人が一人でやって来て、客人に急な仕事が入り、船遊びは延期になったと告げた。だが夕食には来る手筈になっているので、いつも通り、彼の親類のムーア人と奴隷の少年と三人一緒に出かけて夕食用の魚を釣りに行き、釣れたらすぐに帰って来い、と私に命じた。私は了解し、その支度をした。

逃亡の思惑が脳裏をよぎったのは実にこのときである。ボートを自由に使うことができるのだ。主人が行ってしまうと、私はすぐさま準備に取りかかった。釣りの準備

脱出の機会をうかがう

ではなく、航海の準備である。どこへ向かうかはまだ見当もつかなかったが、深く考えもしなかった。ただこの場所を逃げ出せればそれでよかった。

それにはまず、何とか口実を設けて、食料になるものを船に積みこむ必要があった。そこで私は例のムーア人に、主人のパンに手をつけるわけにはいかないといった。彼は、それはもっともだと納得し、カゴ一杯のラスクと真水が入った三つの甕を持って来た。さらに私は、酒瓶が詰まった木箱――それは明らかに、イギリス船から奪い取ったものであった――のありかも心得ていたので、ムーア人が帰って来る前にこっそりと運びこみ、以前からそこにあったかのように何くわぬ顔をしていた。その他に私が用意したのは、目方が二十キロ以上もある蜜蠟のかたまり、一巻きの麻糸、手斧、ノコギリ、ハンマーなどである。どれも大いに役立ったが、後になって一番活躍したのはロウソクの原料となる蜜蠟であった。

ムーア人を欺いたことはもうひとつあり、これにも彼は見事にひっかかった。彼の名前はイシュメールだったが、もっぱらミューリーとかモーリーと呼ばれていた。私は彼にこういった。

「モーリー、ご主人様の銃が船に積んであるが、火薬と弾を少しばかりもらえないだろうか。そうすれば、われわれの食料としてアルカミ――イギリスのシギに似た鳥——を捕れるかもしれない。たしか、砲手用の火薬が船にあったはずだが」

「よし、それじゃ少し持って来るとしよう」

　彼はそういって、大きな革袋に一キロ近い量の火薬を詰め、もうひとつの革袋に二キロ以上の弾と散弾を入れて戻って来た。そうしてすべての荷物をボートに積みこんだ。私はさらにボートの船室に主人の火薬を発見し、木箱に入った大きな酒瓶の一本がほとんど空だったので、中身を入れ替えることを思いついた。私は瓶を空けると、そこへ火薬を詰めた。こうして必要なものがすべて揃い、私たちは釣りをするために出港したのだった。

　港の入口に設けられた要塞には見張りがいたが、われわれとは顔なじみで咎められることはなかった。私たち一行は港を出て、一キロ半も行かないうちに帆を下ろし、さっそく釣り糸をたらした。私の期待に反して、風は北北東から吹いていた。もし南風であったら、私はスペインの海岸まで、少なくともカディス湾[9]まで行くことだって

6　帆の下側を固定する支柱。
7　小銃に近い口径を持つ先込め式の銃。
8　ミツバチの巣から採れる蠟。

できたはずである。だが風向きにまで文句はいうまい。ともかく一刻も早くこの恐ろしい場所を離れ、あとは運命にすべてを託そう。そう私は腹を決めたのだった。

しばらくその場所で釣りをしたが、いっこうに魚は釣れなかった。私は針に魚が掛かっても引き上げず、釣れないふりをしていたからである。私はムーア人にいった。

「どうも調子が悪い。このままではご主人様に魚を持って帰れない。もっと沖へ釣り場を変えよう」

彼は何の疑念も抱かず私の提案に同意し、ちょうど船首にいたので帆を上げた。私は舵を取り、ボートを五キロほど沖へ進め、いかにも釣りをする様子で船を停めた。それから奴隷の少年に舵をあずけ、ムーア人のほうへと近づいた。そして彼の背後にあるものを拾うような素振りで身を屈めると、不意をついて彼の股ぐらに腕を通し、そのまま思いきり持ち上げて海へ投げこんだ。彼は泳ぎが上手だった。コルクのようにすぐに浮かび上がると、船に乗せてくれ、どこへでもついてゆくからと大声で叫んだ。彼は懸命に泳ぎ、風もほとんどなかったので、すぐにも船にたどり着きそうであった。私は船室に行って鳥撃ち用の銃を取って来ると、銃口をムーア人に向けていった。

「怪我をさせたわけじゃない。大人しくしていれば何もしない。君は泳ぎが上手だし、波も高くない。岸まで泳げるはずだ。四の五のいわず岸に向かって泳ぐんだ。そうすれば危害は加えない。だがボートに近づいたら、頭に一発お見舞いする。私はもう自由になりたいのだ」

私がそういうと、彼は向きを変えて岸へと泳ぎ出した。きっとやすやすと陸までたどり着いたに違いない。それほどに彼の泳ぎは上手かった。

奴隷の少年を海に投げこんで、代わりにムーア人を船に残したほうがいろいろと役立ったかもしれない。だが彼を信用するのはあまりに危険な賭けだった。ムーア人が去り、二人きりになると、私はジュリーと呼ばれていた少年に話しかけた。

「ジュリー、いうことを聞けば、お前をうんと偉くしてやろう。しかし、お前が自分の顔をなでて私に忠実に仕えると約束しないなら――つまりマホメットとその父の髭にかけてそう誓わないなら――、私はお前も海へ投げこんでしまうぞ」

少年は私に微笑みかけ、邪心のない調子で返事をしたので、私は信用することにした。彼は私に忠誠を誓い、どこまでもお供すると約束した。

泳いでいるムーア人の姿がまだ見えているうちは、真っ直ぐに沖へと船を走らせ、

---

9 スペイン南西部の大西洋に臨む湾。

忠誠を誓うジュリー

風上に針路を取った。ジブラルタル海峡[10]へ向かったと海賊たちに思わせるためである――ここからなら、ジブラルタル方面に向かうのがまずもって賢明な判断だった。だが実際には、バーバリー海岸[11]を目指した。私のそんな無謀な試みを誰が想像できただろうか。そこは文字通りの野蛮地帯で、近づけばカヌーに乗った黒人の大集団に包囲されて殺されるのが関の山だった。よもや上陸できたにしても、たちまち猛獣か、猛獣以上に残忍な野蛮人の餌になるのが落ちだった。

夕暮れ時になると私はすぐに南微東[12]へと針路を変えた。やや東寄りに進んだのは、岸から遠ざかるのを心配したからである。海は穏やかであったが、かなり強い風が吹き、おかげで船は快調に進んだ。翌日の午後三時頃、初めて陸地が姿を現した。おそらくサレの南二百四十キロあたりの地点まで来ていたのだと思う。もはやモロッコ皇帝の領土ではなく、誰の領土でもなかった。人の姿は皆無であった。

10　イベリア半島のスペインとアフリカ大陸のモロッコを隔てる海峡。
11　北西アフリカ一帯の海岸を指す。バーバリーは「野蛮」の意。
12　南と南南東の間の方角。航海術では方位を三十二等分する三十二方位が用いられ、これを羅針方位と呼ぶ。

けれども私はムーア人を非常に恐れていた。再び捕まり連れ戻されるのではという恐怖心が絶えずあって、船を停めたりはせず、陸に上がることも錨を下ろすこともしなかった。順風だったのでそのまま五日間航海を続けた。やがて風が南向きに変わり、私を追う船があってもさすがに諦めるだろうと思った。そこで思いきって陸に船を寄せ、ある小さな川の河口で碇泊した。川の名前も場所もわからなかった。そもそも、緯度が何度で、何という国で、どんな人間が住んでいるのかさえ見当がつかなかった。誰にも会わなかったし、会いたいとも思わなかった。私の欲しいものは真水であった。この小川に着いたのは夕刻であったから、陽が沈んだらさっそく岸へ上がり、この辺りを探検してみようと思った。だが暗くなるとすぐ、野獣の唸るような、吠えるような恐ろしい声が聞こえた。どんな動物か正体は不明であったが、少年は恐怖にすくみ上がり、夜が明けるまで岸へは近づかないでほしいと私に懇願した。

「そうだな、ジュリー、今夜はやめておこう。だがね、昼間なら人間に出くわすかも知れない。危険だという点では、人間もライオンも同じだろうよ」

ジュリーは笑いながら、「そのときは鉄砲撃つ。追っ払う」といった。彼は私たちイギリス人の奴隷とつき合っていたので、この程度の英語は話せるのだった。私は少年が再び元気を取り戻したので喜び、景気づけに——われらが主人からくすねた——

酒を一杯飲ませた。ジュリーの意見はもっともであり、私は彼のいう通りにした。ボートの小さな錨を下ろし、夜が明けるまでじっとしていた。じっとしていたというのは、眠りはしなかったからである。二、三時間が経った頃——名も知らぬ——様々な巨大な動物たちが岸辺に集まって来た。彼らは涼を求めて水に入り、のたうちまわって水浴びをし、世にも恐ろしい叫喚の声を周囲に響かせた。

その声にジュリーは戦慄して震え上がったが、私も同様であった。だがとりわけすくみ上がったのは、何か巨大な動物がわれわれのボートへと近寄って来たときである。姿こそ見えなかったが、その鼻息から推して、桁違いに巨大で獰猛な野獣であった。ジュリーはライオンだといった。そうだったかもしれない。ジュリーは恐怖のあまり、錨を上げて逃げようと訴えた。

「いやだめだ。碇綱《いかりづな》に浮きをつけて流し、少し沖まで漕げばいい。猛獣だってそんなに遠くまでは追っては来ないだろう」

そう話しているうちに、例の猛獣はもうオールを二本つなげば届く距離にまで迫っていた。私はぎょっとして、船室に駆けこむと銃をつかみ、その猛獣めがけて発砲した。猛獣はたちまち身を翻して岸へと泳ぎ去った。

その銃声により、岸辺だけでなくもっと遠い陸のほうからも、名状しがたい野獣たちの凄まじい咆哮が上がった。どうやらこの土地の野獣たちは、銃声というものをこれまで聞いたことがなかったらしい。これで、夜間に上陸するのはとても無理だということが判明した。かといって、昼間に上陸するのは、それはそれで問題だった。野蛮人に捕まるのはライオンや虎に捕まるのに劣らず危険だったからだ。少なくとも、われわれは猛獣と同じくらいに野蛮人を恐れた。

そのような悩みの種はあったが、水を得るためには陸に上がらないわけにはいかない。ボートにはもう一パイント[13]の水も残っていなかった。いつ、どこで上陸するかが問題であった。ジュリーは、自分が甕を持って陸に上がり、水があるかどうかを調べる、もしあれば汲んで来るといった。

「なぜ君が行くのだ」私は訊ねた。「私は行かずにボートに残るのか？」

すると少年は、私にたいへんな思いやりを示した。そのため私は彼を愛おしく思うようになったのであるが、彼はこういったのだった。

「野蛮人来たら、彼ら私を食べる。あなたは逃げる」

「それじゃあジュリー、二人で行こう。野蛮人が来たら殺そう。そうすれば二人とも食われない」と私は答えた。

私はジュリーにラスクを一枚与え、われらが主人の酒瓶を開けて酒を一杯飲ませてやった。そしてほどよく岸辺まで船を寄せ、そこから岸までは足が濡れるのも構わずに歩いた。われわれの荷物は武器と水を汲む甕二つだけだった。

しかし、ボートが見えなくなるほど遠くへ行きたくはなかった。カヌーに乗った野蛮人が川を下って来やしないかと気がかりだったのである。けれどもジュリーは一キロ半ほど先に低地があるのを見つけると、そちらの方向へ歩いて行ってしまった。それからまもなく、彼が駆け足で戻って来る姿が見えた。私は野蛮人に追いかけられているか、野獣に出くわしたものと思い、彼を助けようと大急ぎで駆け寄った。そばまで来ると、彼が肩に何かをぶら下げているのに気づいた。それは彼が銃でしとめた動物で、野うさぎに似ていた。だが私の知っているうさぎとは毛色が異なり、足ももっと長かった。私たちはこの獲物に狂喜した。それは大変な御馳走であった。しかし少年が大喜びで駆け戻ったのは、私に報告するさらに良い知らせがあったからである。彼は水を見つけ、野蛮人も近くにいないことを確認したのであった。

だがすぐ後になって、そんなに苦労せずとも水を得られることがわかった。私たち

13 ヤード・ポンド法における体積（容積）の単位。一パイントは約〇・六リットル。ちなみに八パイントが一ガロンである。

が碇泊した場所の少し上流に行けば潮が引いたときに真水を汲めるのだった。そこまでは海水が上がって来なかったからである。そんなわけで、私たちは甕に水を汲み、捕まえた野うさぎで豪勢な食事をとると、出発の準備にかかった。この辺一帯に人間の足跡らしきものはひとつも見当たらなかった。

以前にも一度この沿岸を航海したことがあったので、カナリア諸島やヴェルデ岬諸島[14]がさほど遠くない位置にあることを私は知っていた。けれども天体を観測する計器がないので現在の緯度がわからず、また諸島の正確な緯度も思い出せなかったために、どの方角に諸島があり、どのタイミングで沖へ舵を切るべきかわからなかった。こんな事情でなければ、島にはやすやすと到着できたはずである。しかし私にはひとつの希望があった。この海岸に沿って進めば、やがてイギリス人が交易をしている地域にたどり着くはずだった。イギリスの商船に出くわしもするだろうし、そうすれば救助されるチャンスもあるだろうと思った。

私の勘が正しければ、われわれの今いる場所は、モロッコ皇帝と黒人の支配地域のあいだに横たわる、野獣しか住まぬ荒地であった。ムーア人を恐れた黒人はその土地を捨ててもっと南へ行ってしまい、ムーア人はその土地の不毛さゆえ、住むに値しないと見なしていた。二つのグループがここを放棄した最大の理由は、何よりも無数の虎やライオンや豹、その他の猛獣が棲息していたからだ。そんなわけで、ムーア人は狩りをするときしかこの場所にやって来なかった。しかも来るときは軍隊さながら、二、三千人で大挙してやって来た。実際、われわれは沿岸を百六十キロ近く航海したが、昼は人気のない荒地がどこまでも続き、夜は野獣の咆哮しか耳にしなかった。

昼間のことだったが、一、二度私は、カナリア諸島に属するテネリフェ島の山の頂き[15]を見たように思った。そしてその島にたどり着こうと思い、二度もその方角を目指したが、結局失敗した。逆風で波も荒く、私の小さな船ではどうにもならなかった。そこで仕方なく当初の予定通り沿岸を進むことにした。

最初の碇泊の後も、水を得るために幾度も陸に上がることを余儀なくされた。とある早朝、屹立する痩せた岬の下で錨を下ろしたことがあった。潮が満ちはじめる時刻で、岸辺に船を寄せる機会をうかがっていると、私より眼がいいジュリーが小声で私の名を呼び、もっと岸から離れたほうがよいといった。

「ほら、あの丘のところで恐ろしい怪物が眠ってる」

---

14 どちらもアフリカ大陸北西の大西洋上に位置する諸島。

15 テイデ山、標高三千七百十八メートル。

狩りをするムーア人たち

彼の指の先に目を向けると、なるほど、そこにいたのは恐ろしい怪物であった。それは見たこともないほど巨大なライオンで、海辺の、丘陵がせり出した場所の物陰に寝そべっていた。

「ジュリー、お前ひとつ岸に上がって、あのライオンをやっつけないか」私はいった。

ジュリーは震え上がって、「殺す、私。ライオン、私をひとつの口で食べる」と答えた。彼はひと口で食べられてしまうといいたいのだった。

私はそれ以上は何もいわず、じっとしているよう彼に命じると、手持ちの一番大きな銃を手に取った。それはマスケット銃くらいの大きさであった。それにたっぷりの火薬と二つの弾丸をこめると、別の銃にも二つの弾をこめ、残る一挺にも小ぶりの弾丸を五つ装塡した。私は一番大きな銃でライオンの頭を撃ち抜こうと周到に狙いを定めた。だがライオンは前脚で鼻を蔽って寝そべっていたので、散弾は膝の部分に当たり、その骨を砕いた。ライオンはたちまち怒号を発して立ち上がろうとした。だが前脚が折れていたので再び突っ伏した。それでもなお三本の脚で立ち上がり、ついぞ聞いたことのない、ぞっとするようなうめき声を上げげた。狙いを外したことは少し意外であった。すぐに別の銃を手に取って、逃げようとしたライオンを再び撃った。今度は頭に命中し、ライオンは崩れ落ちた。もはや吠えることもできずにもがき苦しんでいた。これを見てジュリーは元気づき、岸に上がらせてくれといった。「よし、行って来い」と私はいった。少年は小銃を片手に水に飛びこむと、もう片方の手で器用に岸まで泳いで行った。そしてライオンに近づき、その耳に銃口を向けて今一度頭を撃った。こうしてライオンは事切れた。

この猛獣は大変な獲物であったが、食料にはならなかった。私は何の役にも立たない動物に、三発分の火薬と弾を無駄に使ったことを後悔した。だがジュリーは、ライオンの体の一部が欲しいといい、手斧を貸してくれとせがんだ。「手斧でどうするのだ?」と訊くと、「ライオンの頭切る」と答えた。しかし頭を切るのはとても無理で、代わりに彼は、脚のくるぶしから下の部分を切り落としてボートに持ち帰った。それはとてつもなく巨大な足であった。

それから私は、ライオンの毛皮は役に立つかもしれないと考え、可能ならば毛皮を剝いでみようと思い立った。ジュリーと二人でさっそくその仕事に取りかかったが、彼のほうがはるかに慣れていて、私はほとんどお手上げだった。作業に丸一日を費やし、ようやくライオンの皮を剝ぎ取ると、われわれは船室の屋根にそれを広げ、二日間日干しにした。こうしてライオンの毛皮は敷物として使われることになった。

この後、私たちは十日から十二日間ほど南下を続けた。食料が残り少なくなっていたので節約して暮らし、真水を汲むような場合をのぞいて極力岸に上がることを控えた。私の計画は、ガンビア川かセネガル川[16]の河口、つまりヴェルデ岬の辺りまで行くことだった。そこまで行けばヨーロッパからの船に出くわすこともあろうと思った。もし出くわさなければ、諸島を闇雲に探すか、あるいは黒人たちの世界で朽ち果てるかのどちらかだった。ギニア沿岸、ブラジル、あるいは東インドを目指すヨーロッパの船は、いずれもこのヴェルデ岬かヴェルデ岬諸島を経由することを私は知っていた。私はその一点に運のすべてを賭けたのだった。もはやヨーロッパの船に拾われるか、客死するか、選択肢は二つに一つだったのである。

こうした腹積もりで私たちは十日ほど南下を続けた。やがて人間が住んでいる土地になり、岸辺を進んでいるときなどは二、三度、海岸からわれわれを眺める人の姿が認められることもあった。彼らの肌は黒く、しかも素っ裸であった。話しかけようと一度岸にボートを着けようとしたことがあったが、賢明なジュリーが「行かない、行かない」と私を制した。だが私は、声が届きそうな距離まで船を近づけた。彼らは海岸に沿ってボートを追いかけて来た。見たところ手に武器は持っていなかった。一人

16　どちらもアフリカ西部を流れ、大西洋に注ぐ川。

の黒人が細く長い棒を手にしているだけだった。ジュリーによればあれは槍で、彼らが投げればかなり遠くのものに当てることができるという話だった。それで私は用心し、岸に船を近づけすぎないようにしたが、何とか身振り手振りで会話を試み、特に食べ物が欲しいというこちらの希望を伝えようとした。彼らはそれに応じて、食べ物を取って来るから船を停めろと、手で合図をした。私は帆を下ろしてボートを停めた。二人の黒人が陸地の奥へ走り去り、三十分もしないうちに二切れの干し肉と土地の穀物をいくらか持って戻って来た。どれも初めて見る食べ物であったが、喜んで頂戴することにした。しかし困ったのは、どうやって受け取るかだった。私にはボートを着岸させる勇気がなく、彼らは彼らで私たちを恐れていた。黒人たちはやがて双方に安全な方法を思いついた。つまり、彼らが食べ物を海岸に置いて去り、遠くから見守っているあいだに、こちらが上陸して食べ物を回収するという方法である。私たちがそのようにすると、彼らは再び海岸に戻って来た。

代わりに差し出せるものはこれといってなく、私たちは感謝を身振り手振りで伝えることしかできなかった。だが幸いにして、すぐに恩返しをする機会が訪れた。私たちがまだ岸近くにいるとき、二頭の猛獣が突然に姿を現したのである。一頭がもう一頭をもの凄い勢いで追いかけて――われわれにはそう見えた――山中から岸辺までやって来たのだった。盛りのついた雄が雌を追っているのか、単にじゃれているのか、それとも喧嘩しているのか、われわれにはどうにも判断がつきかねた。その光景がありふれたものなのか、異常なものなのかもわからなかった。だが、おそらくは後者だった。獰猛な動物が姿を見せるのは通常夜と相場が決まっていたし、黒人たち、特に女たちの恐怖に怯えた様子からも、これが非常事態であることは明らかだったからである。黒人たちは、槍だか投げ矢だかを持った男以外、皆一目散に逃げ出した。けれども二頭の猛獣は黒人たちに飛びかかる様子もなく、真っ直ぐに浜辺のほうへ走って来て海に飛びこみ、水浴びにでもやって来たごとくに泳ぎはじめた。しかし、やがてそのうちの一頭がわれわれのボートのすぐそば、驚くほどそばまで近づいて来た。私は大急ぎで銃に弾をこめた。そしてジュリーにも銃に弾をこめるように命じ、待機した。獣《けもの》が目と鼻の先までやって来ると、私は頭を狙って引き金を引いた。獣は弾を受けて沈んだが、すぐに浮かび上がり、暴れまわってもがき苦しんだ。陸地へ戻ろうと懸命だったが、致命傷を負っていた上に水を飲んで溺れ、岸に着く前に絶命した。

　銃声と閃光に対する黒人の驚きぶりは尋常ではなかった。恐怖のあまり、ばったりと倒れて死んだようになっている者もいた。だが、彼らは獣が死んで水に沈んだことを見てとり、私が大丈夫だから出て来いと合図すると、元気を取り戻して海辺へ戻り、死骸を探しはじめた。海面が血で赤く染まっていたので私にはすぐにその場所がわかった。獣にロープを巻きつけ、黒人たちのほうへ投げると、彼らはロープを引いて獣を海から引き揚げた。それは見事な斑点のある非常に珍しい豹であった。黒人たちは両手を挙げて、私が豹を殺すのに用いた武器に感嘆の意を表した。

もう一頭の獣は、銃の閃光と轟音に仰天して、陸に上がると山の中へ一目散に逃げ帰ってしまった。遠くから見ただけなので、どんな動物であったかはわからない。黒人たちは豹の肉を食べたい様子だったので、私は喜んで彼らに贈り物として与えることにした。手振りであなたたちのものだと伝えると、彼らは非常に感謝し、さっそく獲物の解体に取りかかった。彼らにはナイフがなく、鋭く削った木片しかなかったが、その道具で上手に獣の皮をはいだ。われわれがナイフを使ってやるよりずっと上手であった。彼らは肉の一部をくれるといったが、私は全部あげるといって断り、その代わり毛皮が欲しいことを手振りで伝えた。彼らは気前よく毛皮を私にくれた。そればかりか、食べ物をたくさん持って来てくれた。見たことのないものばかりだったが、ありがたく頂戴した。それから手持ちの甕を逆さにし、中身が空であることを示して、水が欲しいというこちらの意向を伝えた。彼らは仲間に呼びかけた。すると二人の女が、日干しにして固めたと思われる大きな土器を担いで来た。彼女らはこの土器を浜辺に置いて立ち去った。私はジュリーに甕を持たせて使いにやり、すべての甕を水で一杯にさせた。女も男たち同様に服を着ていなかった。

こうして根菜と穀物と水を手に入れた私たちは、親切な黒人たちに別れを告げて出発した。陸へ上がらずに十一日ほど航海を続け、やがて陸地が細長く突き出た岬へとやって来た。岬までの距離は二十キロはあったが、波が穏やかだったのでそばへ行ってみようと思い、大まわりをして近づいた。十キロほどの距離を保ったままその岬を越えると、海原の彼方に別の陸地がはっきりと見えた。そのとき私は、たった今越えて来た岬こそヴェルデ岬であり、沖合に見えている陸地こそヴェルデ岬諸島に他ならないと直感した。しかし、諸島までは随分距離があった。何が最善の策なのか私には判断がつきかねた。突風にでも吹かれようものなら、たちまち沖へと流されるのが落ちだと思われた。

この問題に頭を悩ませた私は、船室に入って腰を下ろした。すると舵を握っていたジュリーが突然、「旦那、旦那、帆船！」と大声でわめいた。哀れな我が少年は、海賊が彼を捕まえにやって来たものと思いこんだらしい。だが海賊が追って来るような海域はとっくに脱していて、そんな心配は無用だった。船室を飛び出してその船を見ると、すぐにポルトガル船であることがわかった。最初は黒人奴隷を買いにギニア沿岸へ向かう船だろうと思った。しかし進んでいる方角や、岸に近づく気配がないことから推して、別の場所を目指している船のようだった。私はできるだけボートを沖合へと進めた。この船との接触を試みようとしたのである。

帆をあるだけ張って頑張ったが、彼らの針路に先まわりするのは無理な話だった。こちらが信号を送る前に、その船は行ってしまうに違いなかった。だが、懸命に帆を張った後でやはりだめかと諦めかけたとき、向こうの船の乗組員のほうが望遠鏡でわれわれを発見した。見ればヨーロッパ製のボートだったので、彼らは難破した船のボートではないかと怪しみ、こちらが追いつくのを待とうと帆をしぼった。希望を感じた私は、海賊の頭の旗がボートにあったので、その旗を使って救助を求める合図を送り、銃を撃った。彼らはその両方に気づいた。後で聞いたところでは、銃の音は聞こえなかったが硝煙が見えたという話であった。そして彼らは親切にも船を停めてくれた。われわれがポルトガル船に追いついたのは、それから三時間ほど後のことである。

すぐそばまで来ると、彼らはまずポルトガル語で、それからスペイン語とフランス語で、私がどこの誰であるかを訊ねた。私にはそれらの言語がわからなかった。その後、たまたま乗り合わせていたスコットランド人の水夫が私に話しかけた。私はそれ

ポルトガル船に救出される

に応じてイギリス人であると答え、サレのムーア人の海賊に捕まり、そこから逃げて来たのだと話した。彼らは私に乗り移るようにいい、優しく私を迎え入れ、荷物も引き揚げてくれた。

希望のない惨めな境遇からこうして救助されたとき、私がどれほど歓喜したか、そのときの気持ちはとても言葉ではいい尽くせない。私は船長に、お礼として自分の所持品の一切を受け取ってほしいと申し出た。だが彼は辞退し、ブラジルに船が着いたらそのままお返しするといった。

「私があなたを助けたのは他でもありません。自分が同じ立場だったら、やはり助けてもらいたいからです。私だって、いつ同じ目に遭うかわかったものじゃない。それにこの船はブラジル行きです。あなたの祖国から遠く離れた場所です。私があなたの荷物を取ってしまったら、向こうであなたは飢え死にしてしまいます。そうなれば何のためにあなたを助けたか、わからないじゃありませんか。いや、いや、イギリスのお方、ブラジルまでは無償でお送りします。あなたの荷物は、向こうで必要なものを手に入れ、祖国へ帰る費用を工面するのに役立つでしょうから」

船長は親切にもこういってくれて、実際その通りにしてくれた。彼は私の荷物に手を触れぬよう船員に命じ、自分で管理して詳しい物品リストまで作って私にくれた。

土製の甕三つに至るまで、受け取るときに私はリストを使って確認できるのだった。

　私の乗って来たボートはといえば、これはなかなか上等なものだった。船長にもそれがわかったらしく、自分の船用に買い取りたいといった。いくらなら売ってくれるかと彼が訊くので、「何事につけ親切にしてもらった後では値段などつけられない。言い値で差し上げます」と私は答えた。そこで船長は、ブラジルに着いたらスペイン・ドル銀貨八十枚分の手形を渡すと約束してくれた。もし誰かが、もっと高い値でボートを買うといえば、差額も余分に払うという話だった。さらに船長は、私の相棒のジュリーをスペイン・ドル銀貨六十枚で買いたいともいった。しかし、この取引にはどうにも応じかねた。譲りたくないというのではなかったが、ジュリーは私の逃亡を助け、忠実に仕えてくれた恩人である。彼の自由を金で売り渡すことにはどうしても抵抗があった。正直にそう話すと、船長はもっともだといい、代わりに次のような妥協案を出した。つまり、もしジュリーがキリスト教に改宗するなら、十年で年季明けという契約にしてもいいというのだった。結局ジュリーは船長のものとなったが、それは何よりジュリー自身がそうしたいと望んだからである。

　ブラジルまでは実に快適な船旅だった。[17]乗船して二十二日目、船はトドス・オス・サントス、「諸聖人」という名を冠した湾に到着した。こうして私は惨めな境遇から救い出された。これからどうするか考えねばならなかった。

船長の親切の数々はとても数え上げられるものではない。彼は船賃など受け取らなかったばかりか、ボートにあった豹とライオンの毛皮をそれぞれ金貨二十枚と四十枚で買い取り、その他のものをそっくり私に返してくれた。毛皮の他にも、箱に入った酒瓶や二挺の銃、蜜蠟などを買い取ってくれた。もっとも蜜蠟はロウソクを作るために大半を使ってしまい、少ししか残っていなかったのだが。船長のこうした厚意により、私は所持品を処分しただけでスペイン・ドル銀貨二百二十枚を手にした。そしてこの蓄えを懐にして、ブラジルの地に降り立った。

17 ブラジル北東部の大西洋に面した入江。

## 3

ほどなくして、私は船長同様に親切で善良なある男を紹介され、その人の家に厄介になることになった。この人物はブラジル人がいうインゲニオ、つまりは大農園と製糖所の所有者で、私はしばらく彼のもとで暮らし、畑仕事と砂糖作りを学んだ。農園主の暮らしは優雅で、儲ける額も桁違いであった。そこで、私も定住の許可を取り、農園を経営してみようと思った。そしてまた、ロンドンに残して来た金を、どうにかしてこっちへ送ってもらう術はないだろうかと考えた。とりあえず帰化の書類を入手し、買えるだけの開墾されていない土地を買い、農園経営の下準備をした。イギリスから取り寄せる大金を当てにしていたことはいうまでもない。

ブラジルにおける私の隣人はリスボン生まれのポルトガル人であったが、両親はともにイギリス人で、名前をウェルズといい、私と同じような事情で農園の経営に乗り出した男だった。私たちの農園はとなり同士であったから、互いに行き来して仲良くしていた。私も彼も大して金は持っておらず、最初の二年間はまず自分たちが食うために畑仕事をした。けれどもその後、収穫量は増え、土地も立派に開墾され、三年目の年にわれわれはタバコを少し植えた。そして来年は畑いっぱいにサトウキビを植えようと準備をはじめた。そうなると足りないのは人手であった。今更ながらにジュリーを手放したことが悔やまれた。

だがこれまで何一つ賢明なことなどして来なかった私である。多少の失敗が何だというのだろう。私はただ前に進むほかなかった。しかし、それは私の天分を活かした仕事ではなく、私がしたかった生活でもなかった。何しろ、そうした生活が嫌だったからこそ、私は忠告に耳も貸さず、父の家を飛び出したのだった。ところが今や、かつて父が勧めたような中間の身分、労働者階級の上位に身を置こうとしていた。だがそれならば、国を出て苦労する必要などなかったのではないだろうか。実家にいて、そこで暮らしていればよかったのではないだろうか。私はしばしばそう呟いたものである。こういう暮らしならイギリスでもできた。友人たちと別れる必要もなかった。それなのに私は今、祖国から八千キロもの彼方、私の知る世界からは隔絶された荒野までやって来て、外国人や野蛮人に囲まれて暮らしている。

かくして私は自分の境遇をひどく悲観するようになった。例のポルトガル人をのぞけば話し相手もおらず、日々の畑仕事以外にするべきこともなかった。これでは無人島に漂流したも同然だと私はしばしば考えた。恐るべきことに、人が現在の境遇をもっと悪いものにたとえるとき、天はしばしばそのたとえを現実のものとする。そしてもとの境遇がどれほど幸福であったか、身をもって思い知らせるものである。というのも、この後に私を待ち受けていたのは、まさしく絶海の無人島における孤立無援の生活だったからである。私はうかつにもブラジルでの生活を無人島での暮らしにたとえたが、それは誤りであった。もしそのままブラジルに留まっていれば、私は間違いなく成功して大金持ちになっていたであろう。

ところで、私を海原で拾い上げてくれた恩人の船長が帰国したのは、私が農園経営に乗り出し、一段落ついた頃のことである。彼の船は、荷積みの作業や次の航海の準備などで三カ月近くブラジルに碇泊していた。ロンドンに置いてあるささやかな財産のことで相談をすると、彼は懇切丁寧にこう助言してくれた。

「イギリスのお方よ」と彼はいった。彼はいつも私をそう呼んだのである。「まずロンドンであなたの財産を管理している方へ手紙を書くことです。私は委任状とともにその手紙を預かります。手紙では、私のリスボンの知人に資産を送るよう指示なさい。ブラジルでは現金は役に立ちませんから、何か品物に替えるのがよいでしょう。私が次の航海でそれを持って来ましょう。ただ、道中どんな事故が起こるかわかりませんから、とりあえず資産の半分の百ポンド分だけを運ぶことにしましょう。そうしてまず様子を見て、それが無事着いたら、同じ方法で残り半分を運ぶことにする。こうすれば万一最初の百ポンドがふいになっても、まだ百ポンド残る。百ポンドだって相当な財産ですからね」

これは実に理にかなった、思いやりある助言であった。私もこれこそ最善の策だと思い、その通りにすることにした。私は金を預けた未亡人への手紙をしたため、それからポルトガル人船長への委任状を作成した。

イギリス人船長の未亡人へ宛てた手紙の中で、私は資産の輸送に当たっての必要な指示の他、このたびの冒険の顚末を事細かに書き記した。つまり、海賊に捕まって奴隷になったこと、それから脱走し、海を漂っているところをポルトガル人船長に救われたこと、この船長がどれほど親切にしてくれたか、そして今私がどこでどんな暮らしをしているか、などである。ポルトガル人船長はこの手紙をたずさえてリスボンに帰った。そして同地でイギリス人商人を介し、私の指示が書かれた文書と私信をロンドンの商人に届けさせた。最後にこのロンドンの商人により、手紙は無事に未亡人の手に渡った。未亡人は手紙を読むとその場で私の金をその商人に託した。それればかりでなく、私に対して親切にしてくれたお礼だといって、ポルトガル人船長にも、自分の懐から相当な金額を贈ったという話であった。

ロンドンの商人は金を受け取ると、その金で船長が指示したイギリス製の商品を買いつけ、その品をリスボンにいる船長のもとへ送った。船長はそれを受け取り、無事にブラジルの地まで届けてくれた。彼が持って来てくれた品物には、私が頼まなかったいろいろな道具、畑仕事に必要な鉄製の農具なども含まれていた——私はまだ若く、自分の事業に何が必要かわかっていなかったのである。船長が気を利かせて買い求めてくれたのだったが、後々大いに役立ったことはいうまでもない。

この荷が到着したとき、私はもう一財産を築いた気になって大喜びした。しかも、我が管財人である船長は、未亡人がお礼として彼に贈った五ポンドの金を使い、六年契約の召使を一人連れて来てくれた。そして少量のタバコをのぞけば、私からは何も受け取らなかった。タバコでさえ、私が作ったものだから是非にといって、無理矢理押しつけたくらいであった。

私が手にした布や織物はすべてがイギリス製で、ブラジルでは貴重で誰もが欲しがる品々だったから、大変な高値で売ることができた。もっとはっきりいえば、原価の四倍以上の金を私は手にしたのである。こうして私は例のつましい隣人を、事業の規模においてはるかに引き離すことになった。私は黒人の奴隷一人を買い、それからヨーロッパ人の召使一人を雇い入れた。ここでいう召使は、船長がリスボンから連れて来た召使とは別の人間である。

しかし、幸運は正しく用いなければひどい災いをもたらすものだ。このときの私がまさにそうであった。翌年、私の農園は大豊作で、タバコの葉が五十束も取れた。しかもこの五十束というのは、タバコと交換で近所の人々から日用品を手に入れた後に残った分なのである。タバコの葉は一束の目方が五十キログラム以上あり、リスボンの商船が戻ってくるまで、乾燥させ、保管しておいた。仕事が順調にいき、財産も増えて来ると、私の頭は次第に遠大な事業やら計画やらに占められるようになった。だが、これが有能な商人をしばしば破滅させる元凶なのである。

そのままの暮らしを続けていれば、私にはどんな幸せも手に入ったはずである。私の父が熱心に、静かで控えめな生活を推奨したのも道理で、父がいう中間の身分の暮らしにこそ多くの幸せがあるのだった。けれども私は別のことに心を奪われていて、再び悲惨な境遇へと自ら飛びこんで行こうとしていた。やがて自責の念に苛まれることも知らず、過ちをくり返し、恥の上塗りを重ねようとしていたのである。そうした失敗の数々は、どれも私の愚かな放浪癖によるものであるが、私はその悪癖を捨てられなかったばかりか、むしろ好んでそれに身を任せた。自然や神は私に別の生き方をし、別の道を歩むように説いた。その声に忠実に耳を傾けていれば、私は間違いなく真っ当な人間になっていただろう。しかし、不幸にして私は正反対の道を歩んだのである。

家を飛び出したときと同様、次第に私は今の暮らしに不満を覚えるようになった。農園を経営して金持ちになるという夢はかつての輝きを失い、一足飛びに成り上がってやろうという浅はかな願望に取りつかれた。こうして私は、かつて誰も味わったことのない、生き抜くだけでやっとという不幸の深淵に我が身を投じることになった。

事の顛末を順を追って説明しよう。結局私はブラジルで四年間ほど暮らし、農園の仕事でかなり儲けるようになった。その間、私はこの国の言葉を覚え、近隣の農園主だけでなく、最寄りの港があるサン・サルヴァドール[1]の商人たちとも親しくなった。私は彼らにギニア沿岸への二度にわたる航海、そして黒人たちとの商売のやり方について語り、当地ではビーズ、玩具、ナイフ、ハサミ、手斧、ガラス玉といったがらくた品と交換で、砂金や香辛料や象牙、さらにはブラジルで働かせる黒人奴隷をいくらでも手に入れられると話した。

商人たちは私の話にいつも熱心に耳を傾けていたが、とりわけ奴隷を買うというくだりには興味津々であった。当時、奴隷売買はスペインやポルトガルの王の許可を必要とする独占的な商売であり、ブラジルにおいて奴隷は稀少で、非常な高値で取引されていたからである。

その日も私は、商人や農園主の知人とこのことを話したのだった。すると翌朝になってそのうちの三人が私の家にやって来た。彼らは、昨晩のあなたの話をじっくり考えてみたが、それに関して内密の相談があるといった。彼らはまず、今からする話については口外をしないと私に約束させた。そして、ギニアへ船を出す計画について話しはじめた。彼らがいうには、われわれは皆農園主であるが、人手不足で困っている。そしてまた、ブラジルでは公然と奴隷を売ることはできないから、奴隷売買は商売にならない。だったら、一度だけ船を出してこっそり黒人を連れ帰り、われわれ農園主で山分けするというのはどうであろうか。そこで提案なのだが、船荷監督として乗船し、取引を仕切ってもらえまいか。彼らはそういった。この件について彼らが出した条件は、私が出資金なしで彼らと同様の分け前を得るというものであった。

もし私に管理すべき土地や農園がなかったとしたら、これは悪くない提案であった。

1 ブラジル、バイーア州の湾岸都市。

農園主たちから密談をもちかけられる

だが私には管理すべき土地や農園があり、しかも経営は上向きで、かなりの蓄えもあった。それゆえ私がすべきことは少なくとも三、四年はこの仕事を続けること、そしてイギリスから残りの百ポンドを取り寄せることであった。そうすれば三、四百ポンドの財産持ちになって、その金もどんどん増えていくのは間違いなかった。つまり、当時の私にとってそんな航海に乗り出すのはどう考えても愚かな選択だったのである。

しかし、私は生まれついての破滅的な人間であり、この提案を拒絶することはとてもできなかった。私は、かつて父の忠告を無視し、放浪の夢に身を任せたときと同様のことを、今度もまたくり返したのである。早い話が、私は進んでこの提案を受け入れたのだ。ただし、留守中には彼らが私の農園の管理をし、まさかの場合には私の指示通りに農園を処分するというのが条件であった。彼らはこれに同意し、誓約書を書いた。私は私で正式な遺言書を作成し、私が死亡した場合には、命の恩人である船長が遺言執行人を務め、農園および資産を処分すること、そして資産の半分は船長が取り、残る半分はイギリスへ送ることとした。

つまり、自分の財産を守り農園を維持するために、あらゆる手を打ったのである。しかし財産の管理には周到な私であったが、私自身の身の上についてはそうではなかった。せめてその半分の周到さでも我が身に向けていれば、すべきこととすべきでないことの違いくらいわかったはずである。順調な仕事を放り出し、成功が約束された未来を捨てて、危険だらけの航海になど当然出かけなかったであろう。私には災難に遭うという予感があったのだ。その理由は今更ここで述べるまでもないだろう。

だが私は何かに急き立てられていて、理性よりも欲望の命令に闇雲に従うほかはなかったのである。やがて荷積みは終わり、船の準備が整った。そして共同出資者の手により約束通りに万事が進められ、とうとう私の乗船の段となった。それは一六五九年の九月一日という不吉な日だった。八年前に私がハルの両親のもとを出奔した日であり、父と母に背き、幸福な生を愚かにも放棄した日であった。

われわれの船は積載量が百二十トンあった。六門の大砲を装備し、船長と彼の召使と私の他には十四名の船員を乗せていた。大きな荷物は何もなく、黒人との取引に使うビーズやガラス玉や貝殻、それから鏡、ナイフ、ハサミ、手斧のような雑貨品しか積んでいなかった。

船は私が乗船したその日のうちに出港し、海岸に沿って北上した。その後は北緯十度から十二度地点でアフリカ沿岸へ針路を変える予定であった。そうしたルートが当時は一般的であったようだ。南米の海岸に沿って航海する間は、非常に良い天候に恵まれた。もっとも、ひどい暑さではあったが。その後、サン・アウグスティノ岬あたりまでたどり着くと船は陸地を離れて沖合へ出た。そこから北東微北に針路を取り、フェルナンド・デ・ノローニャ島[2]の方角へと向かった。やがてその島の西側を過ぎ、そのまま航海を続け、およそ十二日後に赤道を通過した。最後に行った天測[3]によれば、北緯七度二十二分の位置にあった。そこまで来たとき、想像を絶するような激しい竜巻、あるいはハリケーンに遭遇した。風向きは最初南東であったが次いで北西に変わり、北東の風となる頃には猛烈な勢いになった。十二日間というもの船は追風に乗って走り続け、運命と暴風の命じるままに押し流された。この間、海に呑まれると私が思わなかった日は一日としてなく、すべての船員が死を覚悟したことはいうまでもない。

恐ろしい思いをしたばかりでなく、この災難によって実際われわれは乗組員を失った。船員の一人が熱病で死に、もう一人の船員と召使の少年が海に呑まれた。十二日目になってようやく天候が少し和らいだ。そこで船長が懸命に天測を試みると、船はおよそ北緯十一度、経度はサン・アウグスティノ岬の西方二十二度の位置にあること

2　ブラジル沖の大西洋に浮かぶ島。
3　天体の観測により船舶の位置を測定すること。

がわかった。つまりわれわれはアマゾン川を過ぎ、ギアナ沿岸か、ブラジルの北東部にある「大河」の通称を持つオリノコ川[4]の河口辺りへ流されたのだった。船長は私に、今後どのような針路を取るべきか意見を求めた。彼は、船は水漏れする上に破損がひどいので、ブラジルの沿岸へ引き返すべきだと考えていた。

私は船長の意見に強く反対した。そして二人でアメリカ沿岸の海図を広げ、近くに寄港できるような人の住む土地を探した。けれどもカリブ諸島周辺まで行かないとそのような場所はないことがわかり、結局バルバドス島[5]を目指すことになった。沖合へ出てメキシコ湾流さえ避ければ、十五日間程度の航海でたどり着けると踏んだのである。アフリカへ向かうためには船の修理や食料などの補給が必要不可欠であった。

この計画の下、われわれは針路を北西微西へと変更し、イギリス領の島々を目指した。そこまでたどり着けば一安心であった。しかし、われわれが期待したようには事は運ばなかった。北緯十二度十八分の位置まで来たとき、再び嵐が私たちの船を襲った。そのため船は前の嵐のときと同じように猛烈な勢いで西へ西へと押し流され、商船の行き交う海域をはるかに外れてしまった。これは、たとえ溺死せずにすんだとしても、無事に帰還できる可能性より野蛮人に食われる可能性の方が大きいことを意味した。

船長と海図を調べる

風は相変わらずもの凄い勢いで吹いていたが、早朝になって船員の一人が「陸だ」と叫んだ。われわれは現在地を確かめようといっせいに船室を飛び出した。だが途端に船は砂州に乗り上げ、動きを止めた。そのとき万事休すというような強烈な高波が船に襲いかかった。われわれは波の飛沫を避けようと近くの物陰へ身を滑りこませた。

同じ状況に置かれた者でなければ、このときの恐怖は想像することもできまい。われわれには今どこにいるのかも、どこに流れ着いたのかもわからず、ここが島なのか大陸なのか、人が住んでいるのかいないのかもわからなかった。最初ほどではないにせよ、風は依然として強く吹き荒れていた。奇跡的に風向きが変わらぬ限り、船は数分で解体してしまうと思われた。それゆえ、われわれは互いの顔を見ながらうずくまり、今か今かと死の訪れを待った。誰もが死を覚悟し、彼岸へ渡る心の準備をした。それ以外にできることなど何ひとつなかった。かすかな慰めは、予想よりも船が持ちこたえていること、そして「風が弱まって来たぞ」という船長の言葉くらいのものであった。

確かに、風は少しばかり弱まりを見せた。けれども船は砂州に乗り上げたままで、これを海に戻すなど到底不可能であった。われわれは相変わらず危機的状況にあり、自分の命を守ること以外は何も考えられなかった。嵐になる前にわれわれは船尾にボートを曳航していたが、このボートは船の舵に叩きつけられてばらばらになってしまった。そして沈むか流されるかして姿を消していた。従って、そのボートに乗り換えることはできない相談だった。船にはもう一艘のボートが積んであったが、どうやってそれを海に下ろすかが問題であった。だが、あれこれ論じている暇はなかった。船は今にもばらばらになりそうな気配で、もうすでに壊れはじめているという船員の悲鳴も聞こえていた。

このとき船員の一人がボートに手をかけ、残りの船員たちと協力して舷側へとボートを下ろすことに成功した。そして十一名[6]全員が乗りこむと、我らが命を神の慈悲と荒れ狂う海に委ねた。嵐は勢いがだいぶおさまっていたが、岸に打ち寄せる波は依然として恐ろしいほどに高かった。そのさまは、オランダ人が嵐の海を指していう「野蛮な海《デン・ヴィルト・ゼー》」という呼称こそふさわしかった。

私たちの運命は暗澹たるものだった。波は高く、やがてボートはばらばらになり、

4　ベネズエラを流れ南米大陸北部で大西洋に注ぐ大河。
5　カリブ海東部の島で、当時はイギリスの植民地。
6　十四名の誤りか。

そうなれば全員溺死することは誰の目にも明らかだった。帆を張ろうにも帆はなく、たとえあったところで役には立たなかった。陸地へ向けてオールで漕ぐ以外になかった。心は重く、処刑に向かう囚人さながらだった。岸に近づけば近づいたで、砕ける波でボートが粉々になることを知っていたからである。しかしわれわれは厳粛な心持ちで魂を神に委ねた。強風のためにボートは岸へ押し流されていたので、陸地を目指す私たちは自ら破滅へ向かって漕ぎ急いでいるも同然であった。

この土地の海岸が岩場なのか砂地なのか、切り立っているのか浅瀬なのか、われわれには皆目見当がつかなかった。もしかすかな希望があるとすれば、たまたま行く手が湾か河口になっていて、運良くそこにボートが滑りこむか、陸地が風を防いでいるような、波の穏やかな場所へと流れ着くことであった。しかしそのような気配はまったくなかった。ボートが岸へ近づくにつれ、陸は海よりも恐ろしい存在として立ち現れた。

十キロ足らず漕ぎ進んだ、いや、押し流されたとき、山のような大波がボートの背後から迫った。これで一巻の終わりだと思った。その激しい一撃でボートはあっという間に転覆した。われわれは散り散りに海へと投げ出され、「おお神よ！」と叫ぶ暇すらなかった。海は一瞬にしてわれわれを呑みこんだのだった。

海に沈んだときの私の混乱ぶりはとても言葉にはならない。泳ぎは得意であったが、波には抗えず、呼吸もできなかった。波は私を彼方の岸辺まで押し流した。いやむしろ連れ去った。そして波は岸に砕け、次いで後退し、私は砂州に打ち上げられた。かなり水を飲んだが、何とかまだ息も気力も残っていた。岸は思ったよりも近いところにあって、私は立ち上がると必死に陸地へと歩を進めた。急がなければ次の波が来て再び海に呑まれると思ったからだ。しかし、波を回避することはとても無理だとわかった。見れば波は丘のように高くせり上がり、抗い難い敵のように、荒々しく背後から躍りかかって来た。私のすべきことは、息を止め、水から顔を出すことで、可能ならば空気を節約しながら泳いで岸を目指すことであった。一方、最大の懸念はといえば、私を岸辺まで押し流した波が後退するとき、逆に沖合へと連れ去られることであった。

波が再び襲った。たちまち私は十メートル近い深さまで引きずりこまれた。そして今度は逆にもの凄い力が私を押し流し、岸の方へと身体が運ばれるのがわかった。私は息を止め、あらん限りの力で前方へ泳ごうと努めた。これ以上息を止めているのは無理だと思われたとき、私の身体は浮かび上がり、頭と手が水面に出たので何とか息をすることができた。それは時間にして二秒足らずの出来事である。しかし私はこれにより、空気と新たな希望を得た。またしてもしばらく海に呑まれていたが、息が続かないほどではなかった。やがて波が弱まって引きはじめたが、私は引く波に逆らって懸命に泳ぎ、とうとう足に大地を感じた。私はわずかな間、立ち止まって呼吸を整えた。まもなく波は引いて、私のくるぶしを濡らす程度になった。私は岸を目指してあらん限りの力で走った。だがこれで荒れ狂う波を逃れたわけではなく、大波はくり返し襲って来た。私はその後も二度にわたって波に翻弄され、陸地へ向かって流されたのである。その辺りはどこまでも遠浅になっていたのだ。

波によるこの最後の攻撃の際には、ほとんど命を失いかけた。波は私を前回同様に押し流して陸地へと打ち上げた。もっと正確にいうなら、私を岩場へと叩きつけたのだった。もの凄い衝撃であり、私は気を失ってどうすることもできなかった。横腹と胸を強打したので息もできなかった。もし、もう一度波にさらわれていたら、きっと溺死していたであろう。だが新たな波が来るより先に正気に返ると、再び水に呑まれることを覚悟して岩にしがみつき、波が引くまで息を止めることにした。今度の波は、陸地が近いために最初ほど高くはなかった。私は息を殺して岩にしがみついたまま波が弱まるのを待った。それから再び走り出し、岸辺のすぐそばまでたどり着いた。そこで次の波が来たが、もはや私を呑みこむことも連れ去ることもできなかった。私は

必死の思いで岩にしがみつく

また駆け出し、とうとう陸地に上がった。私は安堵して岸辺の崖を這い上り、草地の上に座りこんだ。危険は去った。波もそこまではやって来なかった。

私は無事に上陸を果たした。そして天を仰ぎ、命が助かったことを神に感謝した。何しろ、ついさっきまで到底助からないと思っていたのである。多分こういっても間違いではあるまい。「私は墓から救い出された」のだ。そんな場合の魂の高揚、あるいは忘我の心持ちを、言葉で表現することは不可能である。身体を縛られ、首に縄を巻かれた罪人が、処刑間際に執行猶予の知らせを受けることがある。そんな場合には外科医が呼ばれ、罪人に延命を伝えると同時に瀉血する習慣があるという[7]。私にはその理由がよくわかる。驚きのあまり、生気が失われて死に至ることがあるからだ。「突然の喜びは悲しみ同様に、私たちをまず当惑させる」[8]という言葉の通りである。

私は両手を挙げて岸辺を歩きまわった。救われたという思いが全身を包み、自分でも何だかわからない、いろいろな動作をくり返した。そして、溺れた仲間たちのことを考えた。助かったのは私一人らしかった。彼らの姿はどこにもなく、見つけたものといえば、鍔《つば》ありの帽子が三つと鍔なしの帽子が一つ、それから靴が二足、どちらも片一方だけであった。

座礁した船を目で探したが、遠い上に砕ける波の飛沫のせいでよく見えなかった。

命が助かったことに歓喜する

我ながらよくここまでたどり着けたものだ、と私は思った。

助かった喜びを噛みしめると、私は周辺の探索をはじめた。ここがどんな場所で、まずやるべきことが何か、じっくり考える必要があった。探索をはじめた途端に、私の喜びは潰えた。助かったとはいえ、別の心配が出て来たからである。私はずぶ濡れで、着替えもなく、空腹を満たす食料も飲み物もなかった。このままでは飢え死にするか獣に食われるか、二つに一つだった。最大の問題は武器がないことで、これでは食料を得ようにも動物を狩ることはできず、私を食おうとする野獣から身を守ることもできなかった。持ち物といえばナイフが一本にタバコ用のパイプが一本、それから箱入りのタバコが少しだけであった。事態は極めて深刻で、私はたちまち窮地に陥った。それからしばらく狂ったように駆けまわった。やがて夜が来た。猛獣は夜に獲物を漁りにうろつくということを知っていたから、猛獣に食われやしまいかと気が気でなかった。

手近な場所に、葉のこんもりと茂ったモミに似た木が一本生えていた。幸いにも棘のある木で、私はこれによじ登って夜を明かすことにした。他にどうしたらいいかわからなかったのである。死ぬほかはないとしても、死について考えるのは明日にしようと思った。真水を求めて岸から二百メートルほどの場所を探した。幸いにして真水を見つけ、私は喜んだ。飢えをしのごうと水を飲み、タバコを噛んだ。それから例の木によじ登り、眠りこんでも落ちないように工夫し、そして護身用に枝を切って短めの棍棒のようなものを作った。疲労困憊していたのですぐに眠りに落ちた。しかも、そんな状況ではありえないくらいによく眠った。そのため目覚めたときにはすっかり元気を取り戻し、すこぶる爽快な気分であった。

7　患者の興奮を抑える、あるいは有害物を身体から取り除く目的で、血液の一部を体外に排出する治療法。中世から近代初めまで一般的だった。

8　非国教会の牧師であったロバート・ワイルド（一六一五頃～一六七九）が、チャールズ二世による信仰自由宣言を歓迎して詠んだ詩からの引用。

夜を明かすため木に登る

## 4

目を覚ますとすでに真昼だった。晴天が広がり、嵐は静まっていた。波はもう荒くはなかった。だが驚いたことに、船が海岸に流れ着いていた。砂州に乗り上げた私たちの船である。この船が夜のあいだに潮に流されて、岩場——例の、私がしたたかに叩きつけられて負傷した岩場——まで流れ着いたのだ。私のいる岸辺から船までの距離はおよそ一キロ半で、船は転覆せずに持ちこたえていた。船まで行き、今後役立つものをかき集めて来ようと思った。

樹上から下りて周囲を見まわすと、右手三キロほど先に横たわったボートがまず目に入った。風と波の力で打ち上げられたのだ。ボートまで行ってみようと早足で向かったが、途中に幅八百メートルほどの入江があり、結局後まわしにすることにした。まず船に行ってみようと思った。当面の必要な品々が手に入るかもしれなかった。

午後になると海は凪ぎ、遠くまで潮が引いた。そのため船まであと四百メートルの地点まで歩いて行くことができた。そこまで行ったとき、転覆せずにすんだ船を見て、私は再び悲嘆に暮れることになった。もしあのまま船に乗っていれば全員助かり、皆で無事に陸に上がることができたのではないか。そして私はこんな風に、孤独で惨めな思いをせずにすんだのではないか。そう思ったからである。とめどもなく涙がこぼれたが、今ごろ悔やんでみてもはじまらなかった。ともかく船まで行こうと思い直した。ひどい暑さだったので、私は服を脱ぎ捨てて海に飛びこんだ。しかし、船のそばまで行くと、どうやって船に上がったものか途方に暮れた。船は浅瀬に乗り上げており、甲板は頭上の彼方だった。手の届く場所に掴まるものは何もなかった。船の周りを二周してやっと、最初は見落としていたらしいロープの切れ端に気がついた。そのロープはフォアマストを支える綱の根元から垂れ下がったもので、やっとのことでそれを掴んでよじ登り、ようやく船首の甲板にたどり着いた。見れば船には穴が空き、船倉にはかなりの水が溜まっていた。だが船は固い砂、というか盛り上がった土の斜面に乗り上げていたので、船首は下向きになって水に浸かりかけている一方、船尾は上向きになって浸水を免れていた。私が最初にすべきことは、船内を調べて無事なものとそうでないものを確認することだった。まず、船に積まれた食料を確認したが、これは幸いにも水をかぶらず無事であった。ひどい空腹だったので、食料貯蔵庫へ行

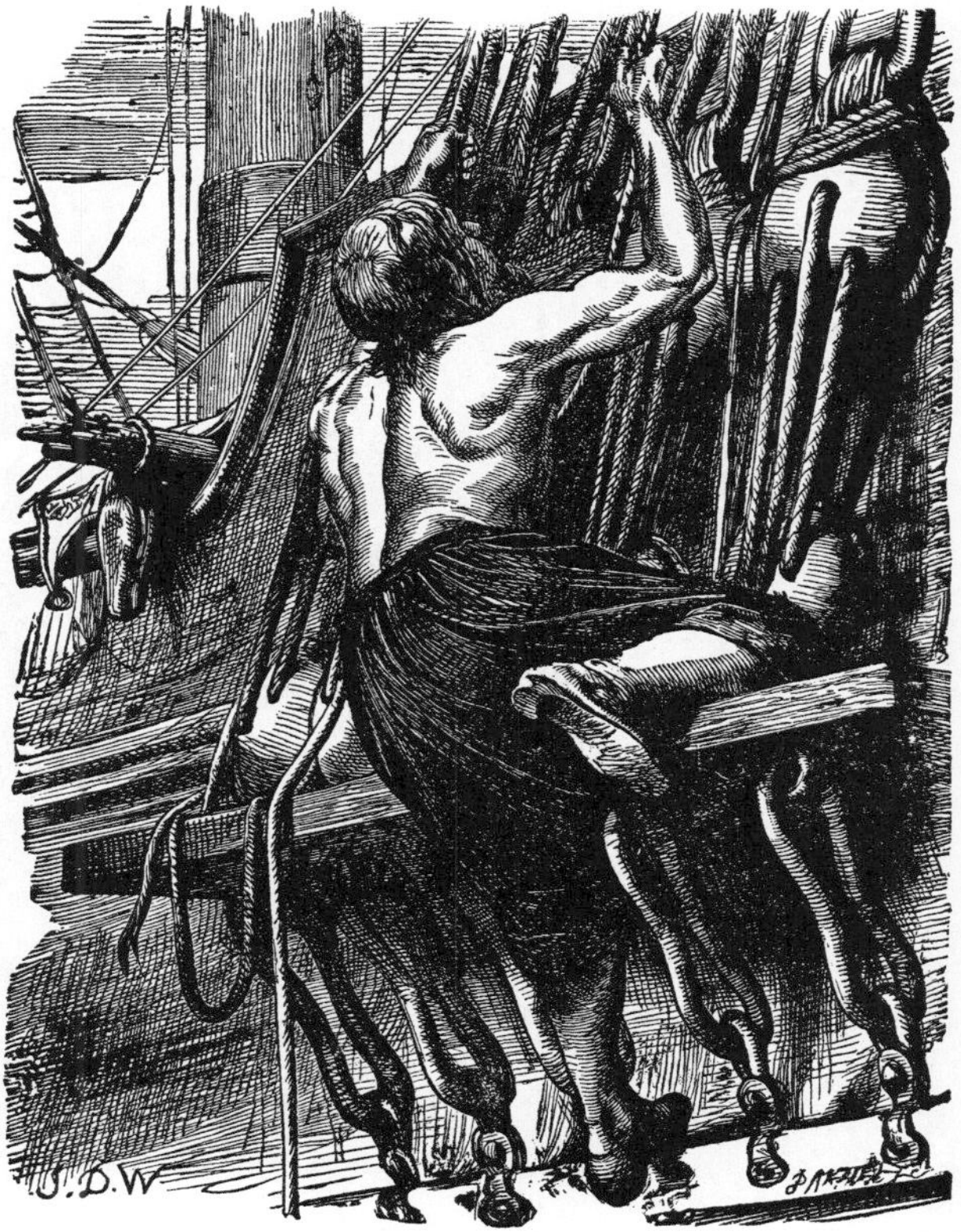

フォアマストのロープをよじ登る

甲板へ上がる

くとポケットにビスケットを詰め、その後は食べながら船内を見てまわることにした。時間を無駄にしたくなかったからである。船長室ではラム酒を見つけ、今日の大仕事のための景気づけとして、これをぐいとあおった。見渡すと今後の私に必要な品がたくさんあると思われたが、どうやら一番必要なのはそれらを運ぶボートであった。

じっとして、無いものをくよくよ考えていてもはじまらない。必要は発明の母であるというが、これはまことに真実である。船には、予備の帆桁[1]と丸太が数本、同じく予備のトップマストが一、二本あった。私はこれらの材料を使ってボートを作ることにし、運べる重さの木材を次々に甲板から海へ投げこんだ。潮で流されないように、木材の一本一本をロープで結ぶことも忘れなかった。この作業がすむと舷側を降り、投げこんだ木材を引き寄せ、木材四本の両端をきつく縛って筏《いかだ》を作った。そして筏の木材に交差するかたちで二、三枚の板切れを渡した。私が上に乗って歩いても大丈夫そうであったが、もっと重いものには耐えられそうもなかった。そうするには木材が軽すぎたのである。そこで再び仕事に取りかかり、大工が使うノコギリで予備のトップマストを三つに切断し、格闘の末にこれを筏に縛りつけることに成功した。何

1　マストと直角に交わる柱、帆を支えるためのもの。

とかせねばという気持ちが私を鼓舞し、普段ならとてもできないことを可能にしたのである。

かくして私の筏は、大抵の荷物なら運べるほどの強度を得た。次なる問題は、何を積みこみ、どうやってそれを波から保護するかだった。だがあまり深く悩みはしなかった。ありったけの板を筏の上に渡してから一番必要なものは何かと考えた私は、とりあえず船乗りが使う蓋つきの大きな荷物箱を三つ運ぶことに決めた。錠前を壊して中身を空にしてから、これらの箱をロープで吊って筏に降ろした。一つ目の箱には食料を、つまりパンや米、オランダ産チーズ三個、干したヤギの肉五切れ――食べ飽きるほど食べていたやつである――、それからヨーロッパ産の穀物の残りを入れた。この穀物は船に載せた鶏の餌用であったが、鶏はもう死んでいた。大麦や小麦もいくらか残っていたはずだが、ネズミに食い荒らされてしまったことが後でわかった。この事実を知ったときは本当にがっかりしたものだ。飲み物は、船長の所持品であった酒瓶の木箱があり、中には強壮飲料や、全部で五、六ガロン[2]ものアラック酒[3]が詰まっていた。これらは荷物箱に入れる必要もなく、またその余裕もなかったので、そのまま筏に積みこんだ。ところで、私がこの荷積み作業をしている間に静かに潮が満ちはじめたらしい。はっと気づいたときにはもう手遅れで、岸辺の砂浜に脱ぎ捨てた上着やシャツやチョッキなどが海に流されていた。私はリネン製の半ズボンと靴下しか身につけておらず、この格好でここまで泳いで来たのだった。船内で衣類を探すと、山のように見つかったが、差し当たって必要な分だけ持って行くことにした。他にも持ち帰るべきものがあったからだ。例えば、陸地で使用する工具である。私は大工の荷物箱を苦労して探し当てたのであるが、これこそ私にとっては宝であり、純金を積んだ船よりはるかに価値あるものであった。私はこれを、蓋を開けもせずに筏にそっくり積みこんだ。何が入っているかの見当はついていたからである。

次に必要なものは弾薬と武器だった。船長室には上等の鳥撃ち銃が二挺と拳銃が二挺あったので、火薬入れや弾丸を入れる小袋、古い錆びた剣二本とともに、ありがたく頂戴することにした。それから火薬が入った樽が三つばかし、船に積んであることを私は知っていたが、砲手がどこに貯蔵したかは知らなかった。そのため発見するまでに大変な手間を取ったが、一つの樽が水でだめになっているだけで、残りの二つは無事であった。そこで無事な樽を武器とともに筏に載せると、筏はちょうど一杯にな

2　約二十二～二十七リットル。
3　アジアの蒸留酒のひとつで、ヤシの汁などから作られる。

筏に荷を積む

り、これだけの荷物をどうやって運ぼうかと私は思案した。何しろ筏には帆もオールも舵もないのである。それに、少しでも風が吹けば転覆しそうであった。

ただ、好都合な条件が三つ揃っていた。一、波がとても穏やかであること。二、潮が満ちはじめていること。三、海から陸地へ微風が吹いていること。おまけに、折れた二、三本のオールを見つけた。またその他の工具類として、ノコギリ二本、斧、金槌も見つけた。これらを全部載せて筏は動き出し、一キロ半ほどは快調に進んだ。しかしその後は私が最初に上陸した場所とはやや異なる方向へ筏は流されて行った。その事実から、岸に向かって流れる潮流があることがわかった。これはつまり入江か河川があることを意味した。もしそうなら、荷揚げをする港として使えるだろうと私は思った。

案の定、やがて行く手に小さな湾が姿を現した。湾に向かって勢いよく流れこむ潮の流れを見つけ、何とか筏をその流れに乗せようとした。だがその瞬間、危うく二度目の難破を経験しそうになった。海岸の具合がどうなっているか見当もつかなかったので、うっかり砂州に筏を乗り上げてしまったのである。筏の片端が砂に乗り上げ、その反対側が水に浸かっているような状態で、筏は傾き、危うく積荷が海へと転がり落ちるところであった。私はずり落ちそうになる荷物箱を背中で受けとめ、水没させせ

海に荷を落としそうになる

まいと必死になった。だが、私一人の力で筏を海へ戻すのは容易ではなかった。何より、背中で荷物の落ちるのをくいとめているので、その姿勢を崩すわけにはいかないのである。結局、三十分近くその格好で頑張るはめになった。そのうちに潮が満ちて水位が上がり、自然と筏は砂州から離れて浮かび上がった。私は手にしていたオールでもって、潮の流れがある場所へ筏を必死に漕ぎ進めた。やがて筏は流れに乗って快走をはじめ、とうとう小さな川の河口へと出た。河口の両側には陸地が広がり、潮流が大変な勢いで川へと流れこんでいた。筏を着けられるような場所がないかと川の両岸を探した。海原を行く船を見逃すといけないので、海から離れ、川へと入って行く気にはなれなかった。生活する場所はできるだけ海岸のそばがよいと私は考えた。

そのうち川の右岸に小さな入江を見つけた。苦労して筏をそちらの方向へと寄せた。やがてオールが水底に着くほどの浅瀬になった。そこで私はそのまま筏を乗り入れようとして、荷を再び水没させるところだった。水面下は思いのほか急傾斜になっていて、そのまま乗り入れようとすれば、前が浮かんで後ろが下がり、荷物がそっくり転がり落ちるところだった。従って、オールを錨の代わりにして筏を岸のそば——それもできるだけ平坦になっている岸のそば——に着け、潮がすっかり満ちるのを待つ以外に手はなかった。水位が上がれば、その平らな岸の部分にも水が流れこむだろうと予想したのである。果たしてその通りになった。私の筏は喫水三十センチ程度[4]だったので、水位が十分に増すと、筏はその平らな岸辺に乗り入れることができた。乗り入れると、二本の壊れたオールを地面に突き刺して筏を固定した。つまり、突き刺したオールで筏の両端を固定し、係留したのである。潮が引くと筏は平坦な陸地に残された。こうして積荷は無事に陸揚げされたのだった。

次にやるべきことは周辺の探検だった。住むに適した場所、荷物を無事にしまっておける場所を探す必要があった。何しろ私は、自分がどこにいるかわからず、ここが大陸なのか島なのか、人が住んでいるのかいないのか、猛獣がいるのかどうかもわからなかったのだ。とりあえず、今いる地点から二キロもない場所に山が見えた。その山は急峻で標高もあり、その丘の北方に尾根のように続く他の山よりもずっと高いように見えた。私は鳥撃ち銃と拳銃をそれぞれ一挺ずつ持ち、火薬をたずさえ、その山に登るために出発した。息急き切って頂上に到達したとき、私は悪い星の下に生まれた自らの運命を見た。私のいる場所は、四方を海に囲まれた島であった。陸地はどこにも見えず、遠くに岩礁と、この島より小さいと思われる小島が二つ、西方約十五キロの距離に見えるばかりであった。

それからまた、私のいる島が不毛な土地であることもわかった。ここは無人島であり、いるのは野獣ぐらいであろうと思われた。しかし、その野獣の姿さえ見かけなかった。いるのはおびただしい数の鳥ばかりで、何という種類かは不明だった。試みに何羽か撃ち落としてみたが、どれが食用に向いているのか判断できなかった。帰途、大きな森のそばを通りかかり、木に大きな鳥がとまっているのを見かけ、再びこれを撃ち落とした。天地創造以来、この島に銃声が轟いたことはかつてなかったらしい。銃を撃つとたちまち森中の木々から無数の様々な鳥たちが飛び立ち、けたたましい声で鳴いた。どの鳥も普段通りの鳴き声だったのであろうが、私が聞き慣れたものはひとつもなかった。私がしとめた鳥は、色やくちばしから推して鷹の一種であったろうと思う。ただ、かぎ爪はなく、足の爪は他の鳥同様であった。肉は腐ったような味がしてとても食用にはならなかった。

探索はこれくらいで切り上げ、私は筏のある場所へと引き返した。今度は積荷を運ぶ仕事にとりかかった。午後いっぱいの時間をこの作業に費やして、夜を迎えた。日が沈むと何をすべきか途方に暮れた。何しろ、どこで休んだらよいかもわからなかった。猛獣に食われるだろうと思い、地面に横になる気にはとてもなれなかった。もっ

4 喫水とは船の最下部から水面までの距離。

とも、そんな心配は全然要らなかったことが後に判明するのであるが。

そのときの私がどうしたかというと、自分の周りに、船から運んだ荷物箱やら板でバリケードを築き、小屋のようなものを作って一夜の宿としたのである。食料に関してはどうやって手に入れたものか、未だ見通しが立たなかった。食べられそうなものといえば、鳥を撃ったときに森から飛び出して来た、うさぎに似た動物ぐらいしか見当たらなかった。

だが船にはまだいろいろなものがあったので、それらを持ってくれば大いに役立つだろうと思った。特に、索具や帆、それから他にも持ち帰れそうなものはいろいろあった。そんなわけで、できればもう一度船まで行こうと決心した。再び嵐が来れば船がばらばらになることは間違いなかったので、何はともあれ必要なものを運び出すことが先決であった。そこで私は、もう一度あの筏で船まで行くことが可能かどうか自分に相談してみた。しかしこの案はどうも無理そうであった。そこで一度目のように潮が引く時刻に泳いで行くことにした。今回は小屋を出る前に服を脱ぎ、格子縞のシャツにリネン製のズボン下、足には短靴という格好で出かけた。前回と同じ方法で船までたどり着くと、再び筏作りに取りかかった。二度目なので扱いやすいように工夫して作った。荷は積み過ぎないように気をつけたが、それでも役立つ品をいろいろ

夜を明かすためバリケードを築く

と持ち帰ることができた。大小の釘が入った小袋、特大のねじジャッキ、一、二ダースの手斧などである。一番の掘り出し物は砥石であった。これらを大工の倉庫で発見すると、私はその品々をひとまとめにしておいた。それから、砲手の持ち物もいくつか入手した。二、三本のバール、マスケット銃七挺、二樽分のマスケット銃弾、鳥撃ち銃一挺、若干量の火薬、小弾を入れた大袋、鉛板一巻きなどである。しかし、鉛板は重すぎて持ち上げることができず、結局船から持ち出せなかった。

これらの品物に加え、ありったけの衣類、予備のフォアマスト用の帆、ハンモック、寝具類も筏に積みこんだ。そして無事、これらの品の陸揚げを完了した。

小屋を留守にするに当たっては、ひとつ気がかりなことがあった。つまり留守中、食料が食い荒らされやしまいかと心配したのである。帰ってみると、何も異常はなかった。ただ野生の猫のような動物が一匹、荷物箱の上に座っていた。私が近づくと少しばかり逃げたが、またすぐに立ち止まった。人間を怖がる様子はなく、仲良くしたいといわんばかりにこちらを見ている。銃を向けても、銃というものを知らないらしく、いっこうに平気な様子でじっとしている。私はビスケットをその動物に投げてやった。食料がふんだんにあるわけではないので、ほんのひとかけらである。動物はビスケットに近づき、匂いを嗅いでからそれを食べた。そしてもっと欲しそうな顔をした。だが私がそれきりだよといってあげないでいると、やがてどこかへ行ってしまった。

もう一度船まで行って荷物を運んだ。大きな樽入りの火薬は重すぎて、小分けにして運ばねばならなかったが、そうして無事に荷物を運び終えると、今度は帆と竿を切ってテントを作った。このテントには、雨に濡れたり、日に当たったりするとまずいものを収納した。そしてテントをぐるりと囲むように空の箱や樽を積み上げた。人や動物の不意の襲撃に備えたのである。

この作業を終えると、テントの入口を板で内側から塞ぎ、外側には船員が使う空の荷物箱を立てかけ、地面にベッドを置いた。枕元に二挺の拳銃を、手元にも一挺の銃を置き、この島に来て初めて床についた。寝不足の上に、船から荷を運び出したりと今日一日働き詰めだったので、疲労困憊していた。一晩中死んだように眠った。

かくして私はあらゆるものを揃えた貯蔵庫を得た。一人分の持ち物としては十分過ぎる量であった。しかし私はこれで満足しなかった。船が転覆せずに持ちこたえている間に、できるだけ多くのものを運び出そうと思い、毎日干潮時になると船まで出かけて行き、あれやこれやの品物を持ち帰った。三回目に出かけて行ったときは、持てる限りの索具、ロープ、麻の紐、帆を修理するための帆布、樽入りの湿気《しけ》った火薬まで持ち帰った。船の帆は細かく切り分けて可能な限りの量を筏に載せ、結局あるだけの帆を陸まで運んだ。帆としてではなく単に布として使おうと思ったのである。一番嬉しかったのは、五度、六度と船と島を往復して、持ち帰るに値するものはもう何もないと思えてきた頃、パンが入った大樽、ラム酒か蒸留酒の樽三つ、砂糖の箱一つ、上等の小麦粉を収めた樽一つを発見したことである。これには仰天した。もう食料はなく、あっても水に浸ってだめになったと思いこんでいたからである。私はさっそく大樽に入ったパンを取り出し、小分けにして小さく切った帆で包んだ。そしてこれらの戦利品の数々も無事に島まで運んだ。

翌日も船に赴いた。すでに運べるものはすべて船から運び出していたので、残るは碇綱《いかりづな》だった。碇綱は切り分けて運ぶことにし、二本の碇綱と太綱、それからあるだけの鉄製品をすべて島に持ち帰った。スプリットスルとミズンスルの帆桁は切り落とし、その他のものとともに筏を作る材料となった。そしてありったけの荷物を筏に積んで島へ向かった。しかし幸運続きもここまでだった。今度の筏は出来映えが悪く、しかも荷が重すぎたのだ。陸揚げに使用していた例の入江まで来たとき、舵が利かずに転覆してしまい、私も積荷も海へと投げ出された。浅瀬であったから大した怪我はしなかったものの、積荷は大半が失われた。一番の痛手は、いろいろと役立つ鉄製品

船の綱を回収する

を失ったことである。後日、潮が引いたときに大部分の碇綱といくらかの鉄製品を引き揚げることはできたが、鉄は重いので難儀した。何しろ水に潜らねばならず、それはそれは大変な作業であった。この後も私は毎日船へ出かけ、持ち帰れるものは何でも持ち帰った。

陸揚げをはじめたのは島で十三日間過ごしてからである。私はこの作業に十一日を費やし、この間に私は二本の腕で運べるようなものならことごとく運んでしまった。もし好天続きだったら、船を分解してそっくり持ち帰っただろうと思う。だが十二度目の陸揚げに出かけようというとき、風が吹きはじめた。それでも潮が引くのを待ってともかくも船まで出かけて行った。船室はこれまでに大分ひっかきまわしたのでもう何もあるまいと思っていたが、予想に反して引出しのある戸棚を発見した。いくつかある引出しのうちのひとつには、二、三本の剃刀と大きなハサミが一丁、それから上等なナイフとフォークが一ダースほど入っていた。別の引出しには、ヨーロッパやブラジルの貨幣、スペイン・ドル銀貨、その他様々な金貨や銀貨が入っていた。全部合わせると三十六ポンドほどになった。

この金を見て私は思わず微笑してしまった。「金にもう価値はない」と声に出していった。「何の役にも立たない。拾い上げる気にさえなれない。このナイフ一本のほうが、ここにある金全部より価値がある。お前に使い途はないから、ここに置いて行くことにする。海の底こそお前にふさわしい。お前は、救い出される価値のないものだ」私はこのように呟いたのだったが、後で考え直し、帆布で包んで一応持ち帰ることにした。その後、再び筏作りに取りかかった。だが筏を作っている間に雲行きが怪しくなって、風が起こり、十五分後には島の方角から強風が吹き出した。こうなっては筏を作ってもどうしようもなく、高潮が来る前に引き上げるのが賢明だった。もたもたしていると島まで戻れない事態になりかねない。そこで思いきって海に飛びこみ、船から入江の砂浜までの距離を泳いだ。泳いだといっても、海が荒れている上に荷物があるので、容易なことではなかった。風はどんどん強まり、高潮が来るより先に嵐となった。

しかし何とか帰り着き、持ち帰った宝を無事にテントに収めることができた。風は

5 スル（セイル）は帆のこと。三本のマストのうち、真ん中のメインマストに張る帆をメインスル（メインセイル）、メインマストの前のフォアマストに張る帆をフォアスル（フォアセイル）、メインマストの後ろのミズンマストに張る帆をミズンスル（ミズンセイル）と呼ぶ。巻頭の図を参照。

金貨を見つける

一晩中吹き荒れた。朝になって外の様子を窺うと、船が姿を消していた。私にはちょっとした衝撃であったが、狼狽はすぐに満足感に変わった。時間を無駄遣いせずに勤勉に労働し、有用なものはあらかた運んでしまったという自負があったからである。もう持ち出すようなものはほとんど船に残っていなかった。

そんな訳で、それ以上船について考えることはやめた。ただ、船が難破したので何かが流れ着くかもしれないとは思った。案の定、船の破片やら何やらが後日島へ流れ着いた。しかしどれもこれも役に立たないがらくたばかりだった。

次に私は、野蛮人や猛獣がもし島にいたとして、こうしたものからどうやって身を守るべきか真剣に思いめぐらしはじめた。防衛の策を案じ、そのためにはどんな住居が適しているか、地中に穴を掘るのと地上にテントを建てるのとどちらがよいかを検討した。結局、どちらも必要と思われ、両方作ることにした。それがどんなものであったか、ここで述べておくのも無駄ではあるまい。

まず私の今いる場所であるが、ここは家を建てるのに相応しくない土地であることがわかった。この場所は、海が近いので土地が低くじめじめしていて、健康にいいとはとてもいえず、何より近場に真水がなかった。それで、健康によく、もっと暮らしやすい場所を探すことにした。

私の置かれている状況から見て、考慮すべきは次のような条件であった。一、健康によく、真水が手に入る——これは今述べた通り。二、強い日差しを避けられる。三、人間であれ動物であれ、私を食べようとするものから身を守ることができる。四、海が見渡せる。この四に関しては、神の恵みにより、万が一船が近海を通るようなことがあった場合、それを見過ごすことがないようにする必要があったからである。救出される希望を、私はまだ捨てる気にはとてもなれなかったのだ。

こうした条件にかなう場所を探した結果、私は小高い丘の中腹にちょっとした平地を発見した。平地から上は急な絶壁になっていた。これなら上から敵に襲われる心配はない。ちなみに、この岩でできた絶壁には、一見洞窟の入口と見まがう凹みがあった。だが実際には奥行きがなくて、洞窟とはとても呼べない代物であった。

私は平地の草の生えた場所——凹みのすぐ前——にテントを張ることにした。この平地は幅が百メートル足らずで、縦の長さはおよそその倍ほどであった。テントの入口の前にこれだけの草地が広がっているのである。草地が終わったその先はでこぼこの下り坂で、海岸近くの低地へと続いている。またこの平地は丘の北北西に位置しているので、日中の日差しを避けることができた。日が差すのは太陽が西微南の位置に来る頃、つまりこの地方では日没近くになってからである。

テントを設営するに先立ち、岩の凹みを中心として半径九メートルほど、直径十八メートルほどの半円を描いた。この十八メートルが岩の凹みの横幅である。

この半円の円周上に頑丈な杭を二重に、建物の基礎工事の杭のごとく地面にしっかりと打ちこんでいった。杭は地上一メートル半の高さとなり、その先の部分は削って尖らせることにした。外側の杭の列と内側の杭の列との間隔は十五センチ以下とした。

その後、船から回収した碇綱の破片を持って来て、二列にした杭の壁の間に入れて行き、杭の一番上の辺りに来るまで詰めこんだ。だめ押しに、一メートル足らずのつっかえ棒を、杭の壁の内側に支柱のように立てかけた。こうして完成した塀は、敵が人間であろうと猛獣であろうと、押し破ったり乗り越えたりできないほど頑強となった。この塀を作るのには大変な時間と労力を要した。杭として使う木を森に行って切り倒してはこの場所まで運び、一本一本地面に埋めこんでいったからである。

この要塞には扉のような入口は設けず、出入りは短い梯子を使って行うことにした。梯子は私が中に入ったら取り外してしまうのである。こうすれば完全に外界から隔離されて守られることになり、夜も安心して眠ることができた。さもなければとてもおちおち寝てなどいられなかった。もっとも後々、これほど敵の襲撃を恐れる必要などなかったことが判明するのであるが。

私は大変な骨を折って、この要塞のような塀の中に前述の財産や食料や弾薬を運び入れた。それから雨露をしのぐためのテントを建てた。この島では季節によって非常に激しい雨が降るので、テントは二重張りとした。まず小さめのテントを張り、その外側に大きなテントを張るのである。そして大きなテントには船の帆から取った防水帆布をかぶせた。

寝具に関しては、船から運んだベッドはしばらく使うのをやめて、代わりにハンモックを使用することにした。このハンモックは上等なもので、船の航海士が使っていたものである。

食料の全部と、水に濡れてはいけないものはすべてテント内に収納し、物資の搬送後、わざと開けたままにしておいた塀の入口を塞いだ。すでに述べたように、以後、出入りには短い梯子を使うことにした。

これが済むと、今度はテントの背後の岩壁を掘削する作業に取りかかった。掘り出した土や石をテントの外に運び、塀の内側に段丘のように積み上げると、膝丈ほどの高さになった。こうしてテント裏には洞窟ができ上がり、貯蔵庫として使われることになった。

洞窟を作るのも大変な作業で、すべてが完成するのに随分と日数を要した。だが先を急がずに、この間に起こったその他のことを述べておこう。テントを設営し洞窟を掘ることを計画して間もない頃、真っ黒な厚い雨雲がたちこめて豪雨になったことがあった。空を稲妻が走り、雷鳴がとどろいた。私はぎょっとした。稲妻にではない。稲妻のようにある想念が脳裏をよぎったのである。それは火薬のことであった。爆発すれば、火薬はすべて失われる。そうなれば身を守ることもできないし、食料も得られなくなってしまうのだ。そう考えると心臓が止まる思いであった。自分の身の危険については少しも考えなかった。もっとも火薬が爆発したとして、何が起こったのか私にはまるでわからなかっただろうが。

このため嵐がおさまると、家作りや防備用の補強工事といったもろもろの仕事を一時中断し、火薬をばらばらに保管するための袋や箱を用意した。万が一の場合にも火薬をまるごと失うことがないよう、小分けにして保存することにしたのである。それらを別々の場所に置いたのは、引火の危険を考慮してのことだ。私はこの仕事にまる二週間を費やした。火薬は全部でおよそ百キログラムほどあったが、これを百個以上の包みに分けた。水をかぶった樽入りの火薬は爆発の危険はないと考え、できたばかりの洞窟——私は個人的にキッチンと呼んでいた——にしまった。残りの火薬は岩壁に空いたいくつもの穴に、濡れないようにして隠し、どこに入れたかわかるように目印をつけておいた。

この作業の間も日に一度は銃を持って外出した。気晴らしのためでもあったが、食料になる動物がいるかどうか、そしてまたどんな植物が生えているかの調査も兼ねていた。最初にこの見まわりに出かけたとき、この島にヤギがいることを発見した。これはとても嬉しい発見であったが、すぐに失望も覚えた。というのも、ヤギは警戒心が強くて賢く、おまけに脚も速いので、近づくことさえ非常に困難なのである。だがすぐに諦めはしなかった。場合によっては一頭ぐらいは射止められるだろうと思った。果たして、ほどなくしてその通りになった。私はヤギたちのたまり場を見つけていたので、待ち伏せすることにしたのである。ヤギにはこんな習性があった。谷間から私が近づくと、ヤギはたとえ岩の上にいても一目散に逃げ出すが、彼らが谷間で草を食んでいるときに私が岩の上にいれば、少しもこちらの存在に気づかないのである。この観察から次のようなことがわかった。すなわち眼の位置の問題で、ヤギの視線は下を向いており、上方にあるものにはなかなか気がつかない。そこで私はまず岩に登り、ヤギより高い位置に身を置くことにした。この方法により着実に狙いを定めることができた。そして最初の弾で私は子を連れた雌ヤギを射止めた。雌ヤギはちょうど子ヤギに乳をやっているところだったので、私の胸は痛んだ。母親が撃たれて倒れても、子ヤギはそばを離れようとはしなかった。私は降りて行き、獲物を肩に抱え上げて持ち帰ろうとしたが、それでも子ヤギはどこまでもついて来た。隠れ家に着き、母親のヤギを降ろすと、私は両手で子ヤギを抱きかかえて塀の中に入れた。飼い馴らそうと思ったのである。しかし子ヤギは餌を食べようとはしなかった。結局、仕方なく殺して私の食料とした。この二頭のヤギの肉で私はかなり長い間食いつなぐことができた。できるだけ食料——特にパン——を切り詰めて、節約しながら食べたからである。

住居ができあがると、火を焚く燃料と場所も必要不可欠であると思った。そこで私は例の洞窟を掘って広げ、いろいろな工夫をしたのだが、それについて細かく述べる機会は別にあるだろう。ここでは私自身のこと、生きて暮らすことについて私が考えたことを、まず述べておきたい。いうまでもないが、私なりにいろいろと考えるところはあったのである。

私を取り巻く状況は暗澹たるものだった。この島に漂着したのは、ひどい嵐のせいで予定の航路から大幅に——交易の一般的なルートから千キロ以上も——外れ、抗い難い力によって流されたからである。従って、この無人島で孤独に朽ち果てること、これこそ神が定めた私の運命と考える十分な理由があった。そう考えると涙が止めどもなく頬を伝った。だがこんな風に思うこともあった。なぜ神は自らの創造物を、このような救いのない惨めな境遇に落として苦しめ、耐え難き絶望を味わわせるのだろうか。こんな人生に感謝しろというほうが無理ではないか。

しかしそう思うたびに、そんな風に考えてはいけないと叱責する声も聞こえてきた。銃を手に海沿いを歩いていたある日、自らの境遇を思って悲しみに沈んでいると、理性の声が私を諌めてこういった。「なるほど、確かにお前は惨めな思いをしている。だが忘れてはならない。お前の仲間たちは今どこにいるのだ？　ボートに乗りこんだときは十一人だった。あとの十人はどこへ行った？　彼らが助かり、お前が死ぬということにならなかったのはなぜだ？　なぜお前だけが救われたのか？　こちら側とあちら側——ここで私は海を指差した——どちらがいいのだ？　不幸というものについて考えるときは、そこに含まれる幸福も、やがてやって来るさらなる不幸も、ともに勘定に入れねばならぬ」

私には、生きるために必要なものが十分にあった。もしなければどうなっていたかわからない。座礁した船が、転覆せずに海岸近くまで流されたおかげで、積荷をそっくり回収できたのだ。それは万に一つの幸運である。もし食料も、それを手に入れる手段もなかったとしたら、つまり、私がこの島に最初に上陸したときのように、「無一物で生きていかねばならなかったとしたら、果たしてどうなっていたであろうか。と

悲しみに沈んで海辺を歩く

りわけ自分自身に強くいい聞かせたのは、銃や弾薬、ものを作る道具や衣類、寝具やテントやシートがなかったとしたら、どうなっていたであろうかということである。幸いにして私はこれらのものに事欠いてはいない。たとえ弾薬がなくなり銃が使えなくなっても食べ物を得る手段はあった。生きている限り不自由なく暮らして行ける見通しがついていた。これは私が、上陸当初から不測の事態に備えるばかりでなく、弾薬が尽きた後のこと、そしてまた私が年老いて身体が弱った後のことまでを想定していたからである。

正直にいえば、弾薬が一瞬で失われる可能性、雷によって火薬が爆発する可能性については、まるで頭がまわらなかった。先に書いたように、稲妻が光り雷鳴がとどろくのを目の当たりにして、初めてそのことに思い至り、慌てふためいたのだった。

さて、いよいよここから前代未聞の、孤独な生活の憂鬱な物語がはじまる。順を追って最初から述べて行くことにしよう。

# 5

記録によれば、私がこの忌まわしい島に上陸したのは九月三十日のことである。秋分の頃なので太陽は頭上に輝き、私の観察と計算によれば、この島は北緯九度二十二分の位置にあった。[1]

上陸して十日か十二日ほどしか経たない頃、ノートもペンもインクもない状態では、たちまち日付がわからなくなり、平日と安息日の区別もつかなくなると思い、大きめの角材の柱にナイフを使って大文字で、「一六五九年九月三十日、ジョウリク」と記し、この柱で大きな十字架を作って上陸地点に建てた。そして柱の側面に毎日ナイフで刻みを入れることにした。七つ目の刻みは普通の刻みの倍の長さにし、月のはじま

1　つまりロビンソンが漂着した無人島は、トリニダード島の南東約八十キロメートル、オリノコ川の河口からは東へ約七十キロメートルの地点に位置することになる。

十字架を建てる

りの刻みはさらに長い四倍の長さにした。このようにして私は暦をつけ、何年何月の何週目かを記録していったのである。

すでに書いたように、私は船と島を往復していろいろなものを陸揚げした。その品物の中には、ものすごく価値があるわけでもないが、私にとっては有益なものがいくつか含まれていた。それらについては先の箇所で触れなかったので、ここに記しておくことにする。まず幸いにもペンやインク、紙を見つけた。それから、船長や航海士、砲手や船大工の所持品の包み、三つか四つの羅針盤、製図用具、日時計、望遠鏡、海図、航海術に関する書物なども入手した。必要になるか不明だったが、これらはひとまとめにして保管することにした。それから上等な装幀の聖書が三冊あったが、これは私自身がイギリスから持って来たもので、ポルトガル語の書物やカトリックの祈禱書などとともに、私の荷に入っていたものである。これらの書物も大事に保管することにした。そして忘れてはならないのは、船には犬が一匹と猫が二匹乗っていたことである。この動物たちの特筆すべき物語については、頁を改めて書き記すことになるかもしれない。というのも、私は彼らを島まで連れ帰ったからである。特に犬のほうは、最初の荷揚げの翌日に、自分で船から飛び降りて島まで泳いで来て、長年にわたって私に忠実に仕えてくれた。私は、犬に獲物を取って来てもらう必要もなければ、犬を人間の友人の代わりにしようとも思わなかったが、ただこの犬が私に話しかけてくれたらとは思った。しかしこれは土台無理な話であった。

今いった通りペンとインクと紙を手に入れることはできた。私はこれらを大事に使い、インクがある限りはいろいろな事柄を正確に書き記した。このことはやがておわかり頂けると思う。だがインクがなくなると、それもできなくなった。あれこれ試してはみたが、自分でインクを作ることにはとうとう成功しなかったのである。

このことでわかったのは、随分と多くのものを手に入れたにもかかわらず、まだまだ必要なものがあるということであった。インクもそのひとつで、他に足りないものは土を掘り起こすための鍬、つるはし、シャベルなどで、それから針、ピン、糸などもそうであった。もっとも、リネンの下着類はすぐに身に着けなくとも平気になった。

道具がないためにあらゆる労働が過酷なものとなった。例のささやかな塀と住居は完成までに一年近い歳月を費やした。塀の材料となる杭の類いは、私が一人で運べるほどの重さであったが、それでも森で木を切ってかたちを整えるのに大変な時間を要し、運搬にはさらに時間がかかった。木を切り、一本の杭を作ってそれを持ち帰るのに二日かかり、その杭を地面に打ちこむのにもう一日かかることもあった。杭を打つのに最初は重い木材を使っていたが、しばらくしてバールがあることに気づき、これを用いた。だがバールを使っても骨の折れる退屈な労働であることに変わりはなかった。

しかし仕事が退屈だからといって、それが何だというのだろう。何しろ時間はあり余るほどあり、目下のところ他にやらねばならぬ仕事はないのだ。強いて挙げれば、食料を得るために島を歩きまわることぐらいで、これはほとんど日課といってよかった。

私は自分の置かれている状況を真剣に検討しはじめ、それを文章で綴ってみた。いつか私のような目に遭う人間に読んでもらうためではない——そんな人間はほとんど出て来ないだろう。そうではなく、毎日同じことを考えて悶々としている状態から解放されたかったのである。理性が絶望を抑えつけるようになると、自分自身を励ます気持ちも生まれてきた。そこで今の境遇が最悪のものではないと納得するために、悪い点と良い点の両方を検討し、簿記の貸借表の要領で幸不幸を以下のように書き出してみた。

悪い点

私は無人島に流され、救出されるいかなる希望もない。

私は一人選ばれて世界から隔絶され、惨めな暮らしをしている。

私は他の人間たちから切り離され、社会から追放された隠者同様である。

私には身につける衣服もない。

良い点

しかし、私は生きている。仲間たちのように海で溺れ死ぬことはなかった。

しかし、私は選ばれて、仲間たちのように死なずに済んだ。私を救った神は、この境遇からも私を救ってくれるかもしれない。

しかし、食べるもののない不毛の土地にもかかわらず、私は餓死していない。

しかし、ここは熱帯なので衣服はさして必要ではない。

人や獣に襲われた場合、身を守るための手段がない。

しかし、私が流れ着いた島には、アフリカの海岸にいるような危険な猛獣がいない。ここがアフリカだったらどうなっていたであろうか。

話し相手もいなければ、慰めてくれる相手もいない。

しかし、神は船を海岸近くまで運んでくれて、私は必要なものを手に入れた。そうして私は不足を補うことができ、生きている限りは食べていけそうである。

この表を眺めてみると、完全に惨めな境遇というものはこの世にないということがよくわかる。どんな境遇にも悪い面だけでなく、神に感謝すべき良い面があるのだ。私はこの世で最も悲惨な経験をした人間であるが、ただ次のことはいっておきたい。つまり、どんな境遇にも慰めはあるもので、幸不幸の貸借表を書こうと思えば、貸方の欄にも書くべきことは必ず見つかるものであると。

今の状況を楽しもうという気持ちが芽生えると、船が見えやしないかと海ばかり眺めることもなくなった。この島での生活に慣れることがむしろ大事であると思い、いろいろなものを暮らしやすく工夫することに精力を傾けるようになった。

私の住居のことはすでに書いた。杭と船の鎖で作った頑丈な塀に守られた、岩壁の下のテントである。だが今やその塀は、外側を六十センチほどの厚さの芝の生えた土で覆ったため、壁と呼ぶにふさわしい外観になった。およそ一年半が経った頃、私はその壁の上からテント裏の岩壁にかけて垂木を渡し、木の枝などで葺いて屋根を作った。季節によっては豪雨が降ることもあり、雨よけが必要だったのである。

この塀の中にあらゆる物資を運びこみ、テント裏の洞窟にしまいこんだこともすでに述べた。もう少し説明しておくと、最初はただそれらを乱雑に、山のように手当たり次第に積み上げただけであった。結果として住居は物で溢れて私の居場所まで奪い、身動きひとつとれない有様となった。仕方がないので洞窟をさらに掘って広げることにした。岩は砂まじりのもろい岩だったので、さして大変な作業ではなかった。その頃になると猛獣に襲われる危険がないとわかったので、洞窟の中に新たに通路を作ることにした。これは右方向にぐるりと曲がって行く穴で、塀の外と洞窟を結ぶ出入口となった。

こうしてこの穴は私のテントと貯蔵庫へ通じる裏口となり、そしてまた同時に持ち物の置き場にもなったのである。

次に、是非とも必要と思われるものを製作することにした。特に必要と思われたのはイスとテーブルだった。ものを書くとか食事をするとか、その他にもいろいろな場面で、テーブルがないと非常に不便な思いを強いられたからだ。

そんな訳で私は仕事に取りかかったが、まず述べておきたいことがある。それは、理性こそが数学の本質であり根底であるので、理性の導くままに測り計算し、合理的な判断を積み重ねていくことで、もの作りに熟練することは誰にでも可能だということである。何より私はそうした道具を使うのはこのときが初めてだった。けれどもとりあえずやってみて工夫してゆけば――道具があればなおさら――何でも拵《こしら》えることができるものだと知った。道具を使わずに作ったものもたくさんあり、手斧と鉈《なた》だけで作ったものもある。私のようなやり方で苦労して作った人は皆無であろうが、例えば、一枚の板が欲しいとする。その場合、木を切り倒して立てかけ、斧で両面を削って板として使えるまで薄くしてゆき、最後に手斧で表面を整える以外になかった。無論、この方法では一本の木からたった一枚の板しか得られない。だが他にどうしようもなかった。一枚の板のためにこんなにも膨大な時間と労力を要するのは割に合わない話であったが、我慢するしかなかった。もっとも時間も労力も私にとっては大して貴重なものではなかったので、何にどれくらい時間をかけようと構わなかったのであるが。

すでに書いたように、私は最初にテーブルとイスを製作した。材料は船から持ち帰った短い木材である。その後、先に述べた要領で板を数枚削り出すと、幅五十センチ程度の大きな棚を洞窟の壁の片側にいくつも備えつけた。この棚には私の道具や釘や鉄製品の一切を並べ、すぐに手に取って使えるようにきちんと整頓しておいた。岩壁には木の棒切れを打ちこんで、銃のように吊るせるものをすべてそこに吊るした。もし他人がこの洞窟を見たら、日用品なら何でも揃う倉庫と映ったことだろう。すべての品が使いやすく整然と並んでいるさま、そして必要なものがふんだんに揃っているさまを眺めるのは、私にとって非常な喜びであった。

その頃から日々の出来事を記録する日記をつけはじめた。それまではあまりに慌ただしく、やるべき仕事もあった。おまけに心も乱れていた。日記をつけても退屈なことばかり書き連ねたに違いない。例えば、こんな感じの記録になっていただろう。

「九月三十日。島にたどり着き、溺死は免れた。救われたことを神に感謝するどころではなく、胃の大量の海水を吐き出してからようやく少し気力を取り戻す。拳で頭や顔を叩きながら、海岸をやたらに走りまわった。我が身の不幸を呪い、〝もうおしまいだ、おしまいだ〟などとわめき散らした。やがて疲労して気が遠くなり、地面に倒れこんで休んだ。だが獣に食われやしないかと心配でとても眠れるどころではなかった」

数日後も、そしてまた難破船から荷物を運び出した後も、私は相変わらず丘に登って行った。そうして沖合を行く船を探して海を眺めることを止められなかった。すると彼方に帆を見たような気がして、船ではないかと胸躍らせるのだが、視界が真っ暗になるまで見つめた挙句に帆影を見失い、その場に座りこんで子供のように泣いた。愚かな私は自分で自分の首を絞め、惨めさを募らせるばかりであった。

だがこうした錯乱がある程度おさまり、物資と住居を確保すると、テーブルとイスを作って身のまわりを整え、日記をつけはじめた。インクが切れて中断を余儀なくされるまでこの習慣はつづいた。その全部の写しを――これまで述べた内容と重複する部分も多々あるだろうが――以下に載せる。

帆影を探す

# 日記

一六五九年九月三十日　私、哀れなロビンソン・クルーソーは、乗った船が猛烈な嵐に遭って沖合で難破し、この荒涼たる不幸の島に漂着した。私はここを「絶望の島」と呼ぶことにした。私以外の乗組員は溺死し、私も死にかけた。

自らの暗澹たる境遇を思って終日悲しみに暮れた。食べ物も家も服もなければ、武器も逃げ隠れる場所もない。救出される望みもない。猛獣に食い殺されるか、野蛮人に殺されるか、飢えて餓死するか、いずれにせよ死があるのみだ。夜になると野獣を恐れて木の上で眠った。一晩中の雨だったがぐっすりと眠った。

十月一日　朝、満潮のために、難破した船が島の海岸近くまで流れ着いているのを発見し、仰天する。船が転覆も崩壊もせずに持ちこたえていたのは幸いだった。風が止んだら船まで行き、食料や日用品を取って来られると思った。だが仲間を失ったことを想い、再び悲しみに沈んだ。もしあのまま船にとどまっていれば、船は難破せずに済んだのではないか。少なくとも、仲間たち全員が溺死という事態は避けられたのではないか。そのように思わざるをえなかったからである。もし船員が命を落とすことがなければ、船の廃材でボートを作ることだってできた。そしてどこかの陸地までたどり着けたかもしれない。こんなことを考えて、私はほとんど一日悩み苦しんだ。だがしばらくして潮が引き、船体が露わになると、私は砂浜を歩けるところまで歩き、それから泳いで船まで行った。この日もずっと雨が降っていたが、風はなかった。

十月一日より二十四日まで　この期間、船と島をくり返し往復し、荷物を運ぶことに時間を費やした。陸揚げは満潮の時刻に筏を使って行った。ときおり晴れることもあるが、雨の日が多い。今は雨季なのだと思う。

十月二十日　筏を転覆させ、積んだ荷をそっくり海に落とす。しかし転覆した場所は浅瀬であり、荷はほとんどが重いものだったので、潮が引いたときに大半は回収できた。

十月二十五日　明けても暮れても雨。突風も吹いた。風の勢いが増したため、船は破壊されてばらばらになり、姿を消した。干潮時に残骸が見えるばかり。雨に濡れてだめにならないよう、回収した物資に覆いをかけたり安全な場所に移したりして過ごす。

**十月二十六日**　住む場所を探して日がな海岸近くを歩きまわる。夜間、猛獣や人間の襲撃の心配なく休める場所が必要だった。日が暮れる頃、ある岩壁の下に適当な場所を見つけ、ここに半円の線を引いて自分の陣地とした。この場所に二重の杭を打って壁を築き、杭の間に船の鎖を詰めて強固にし、外壁を芝土で補強しようと計画する。

**十月二十六日から三十日**　ときおり非常に激しい雨が降ったが、懸命に働いて新居に荷物を全部運びこんだ。

**十月三十一日**　午前中、銃を持って島の奥地へ赴き、食料を探しつつ探検する。その際、雌ヤギを殺したが、その子供が私の家までついて来た。その子ヤギも餌を食べないので後で殺した。

**十一月一日**　岩壁の下にテントを張り、初めてそこで寝た。テントは十分な大きさにして、杭を地面に打ち、そこにハンモックを吊るした。

**十一月二日**　荷物箱や板、筏を作るのに使った木材などをかき集め、家の周りに引いた線のやや内側に囲いを作った。

**十一月三日**　銃を持って出かけ、カモに似た鳥を二羽撃ち取った。この鳥はとても美味だった。午後、テーブル作りに取りかかる。

**十一月四日**　この日の朝から、仕事をする時間、銃を持って出かける時間、寝る時間、気晴らしの時間といった日課を決める。雨でなければ銃を持って二、三時間外出し、その後十一時まで仕事をして昼食をとる。真昼時《まひるどき》は気温が非常に高いので十二時から二時まで昼寝。そして夜は再び仕事、というように一日のスケジュールを決めた。この日と翌日の労働時間はテーブル作りに費やされた。私はまだこの手の仕事に不慣れであったが、経験を積み、必要にも迫られたことで、ほどなくしてひとかどの職人になった。同じ状況に立たされたら、誰でもそうなったと思う。

十一月五日　銃を持ち、犬を連れて外出し、山猫を一匹撃ち殺した。毛皮は柔らかかったが、肉は食べられたものではなかった。撃ち殺した動物はすべて皮をはぎ、その皮はとっておいた。海岸近くではそれまで見たこともないたくさんの種類の海鳥に出くわす。海鳥だけでなく、二、三頭のアザラシがいるのを見てぎょっとした。最初何だかわからずじっと見つめていると、海に潜って姿を消してしまった。

十一月六日　朝の散歩の後でテーブル作りを再開し、ようやく完成を見た。ただ気に入らないところもあり、まもなく手直しの仕方を覚えた。

十一月七日　好天が続くようになった。七日、八日、九日、十日、それから十二日も少し時間を割いて（十一日は日曜だった）、イスを製作した。あれこれやってみて何とかそれらしいかたちになったが、納得がいかず、何度もやり直した。注記。私は日曜の安息日に休むことをすぐにやめてしまった。これは、柱に日曜日の刻みを入れるのを怠ったために、曜日がわからなくなってしまったからである。

**十一月十三日**　今日は雨が降った。おかげで爽快な気分になり、気温も下がり涼しい。だがその後ひどい雷になり、火薬が爆発したらと考えて生きた心地がしなかった。雷が止むとすぐ、万が一に備え、火薬をありったけの小袋に詰め替えることに決めた。

**十一月十四日、十五日、十六日**　この三日間を費やして、重さ一キロほどの火薬を収める四角い小さな箱をいくつも作った。できあがると火薬を入れ、安全を考慮し、それぞれの箱を別々の場所に保管した。この間に一羽の大きな鳥を撃ち落とした。食べてみると美味だったが、何という鳥かはわからない。

**十一月十七日**　この日、テント裏の岩壁に穴を掘りはじめる。住居を広くしてもっと便利にするためだ。注記。この作業でなくて困った道具は、つるはし、シャベル、一輪車もしくはカゴである。作業を一時中断してどうやってこの不足を補い、どうやってそれらの道具を作ったものかと考えはじめる。つるはしの代わりにバールを使ってみると、重くて使いにくかったが、十分に用立った。それからシャベル、もしくは鍬が是非とも必要で、この道具がなければ作業は少しも前に進まなかった。しかしどのようにしたら作れるのか見当もつかなかった。

十一月十八日　森を探しまわって、ブラジルで「鉄の木」と呼ばれている非常に硬い木、もしくはそれに似た木を見つける。この木を斧がだめになるほど苦労して切り倒した。この木は非常に重くて、家まで持ち帰るのも重労働だった。

木そのものが硬い上に、他に適当な方法もなかったので、この木材から目当ての道具を作るのに大変な時間を要した。持ち手の部分はこつこつ取り組んで、何とかシャベルか鍬のようなかたちにしていった。肝心の刃の部分に被せる鉄がないので、それほど長持ちしそうになかった。だが当座の使用にはこれで十分だった。それにしても、こんな風に、これほど長い時間をかけて作られたシャベルはかつてなかったに違いない。

必要なものはまだあった。カゴか、できれば一輪車が欲しかった。しかしカゴはどうやっても無理だった。曲げて編めるような小枝がなかったからである。あったのかもしれないが、見つけられなかった。一輪車に関しては、他の部分ならいざ知らず、車輪は作れそうもなかった。車輪の仕組みがわからないので途方に暮れた。回転する車輪のシャフトというか軸棒を通す鉄のハブ部分は、とても自作できなかった。それで諦めることにした。代わりに、洞窟を掘って出た土砂の運搬用に、レンガ職人の助手がモルタルを運ぶのに使う長い柄のついた箱を作った。

この箱を作るのはシャベルのように難しくはなかった。だがこの箱とシャベル、それから結局は断念した一輪車の製作で、まる四日間を使ってしまった。これは、銃をたずさえた朝の散歩の時間をのぞいてである。ほとんど毎朝散歩に出かけ、出かければ何かしらの食物を持ち帰った。

十一月二十三日　右の道具の製作で他の仕事が滞ってしまった。ともかく道具作りが一段落したので、中断していた仕事を再開し、体力と時間が許す限り毎日懸命に働く。洞窟を広げ、奥にも掘り進める工事には、合計十八日間を費やした。これでようやく荷物を収容できる十分な余裕を得た。

注記。工事の目的は洞窟を、倉庫、キッチン、食堂、そして貯蔵庫として使えるよう、十分な広さにすることにあった。私が寝泊まりする場所は相変わらずテントであったが、雨季の、特に雨のひどい時季にテントで寝ることはできなかった。雨がひどくて濡れてしまうのである。そこで塀の内側全体を覆う屋根を作ることにした。岩壁に垂木を立てかけるようにして天井を作り、藁や茅のような細長い葉で葺いた。

十二月十日　私の洞窟——というか穴蔵——の工事はほとんど終了に差しかかっていたが、この日、何の前触れもなく洞窟の上部と側部の土が崩れ落ちた。洞窟を広げ過ぎたためであると思われる。大量の土だったので思わずぞっとした。もし真下にいたらそのまま生き埋めとなり、墓掘人を呼ぶ必要もなくあの世行きだったろう。この事故でやることが山ほど増えた。まず土砂を運び出さねばならなかった。それに、これは重要なことだが、また落ちて来ないよう天井を支柱で補強せねばならなかった。

十二月十一日　天井の補強に取りかかる。天井に対して垂直に支柱を二本立てた。柱と柱は別の木材でバツ印になるように固定した。この作業は翌日には終わった。さらに柱を追加し、木材で補強することをくり返し、およそ一週間で天井は堅固なものとなった。結果として洞窟は柱だらけになったが、これは部屋を区切る仕切りの役目を果たした。

十二月十七日　この日より二十日まで棚作り。柱には釘を打ち、吊るせるものは何でも吊るすことにした。こうして家の中は段々と片づいてきた。

十二月二十日　持ち物をすべて洞窟に運び入れ、家の造作を整える。食器棚のようなものを板で作った。ここには食料を並べる予定だ。段々板が少なくなってきた。もうひとつテーブルを作った。

十二月二十四日　昼も夜も豪雨。外出ならず。

十二月二十五日　終日雨。

十二月二十六日　雨がやんだ。気温がぐっと下がり、過ごしやすい。

十二月二十七日　若いヤギを一頭殺す。弾が脚に当たったもう一頭の子ヤギは、捕まえて紐で結わえ、連れ帰った。家に着いてから、子ヤギの折れた脚に副木を当ててやった。注記。この処置のために子ヤギは生き続け、やがて脚も治って元気になった。長い間面倒を見たせいで私になついてしまい、家の前の草を食べて暮らし、逃げようともしなかった。家畜を飼うという発想が生まれたのは実にこのときである。火薬や弾が底をついても、こうすれば食料を得ることができるわけだ。

十二月二十八日、二十九日、三十日　猛暑でかつ無風。夕方、食料を求めて出かけたときをのぞいて外には出ず。住居の整理整頓をする。

一月一日　暑さ続く。明け方と暮れ方に銃を持って外に出たが、日中は家で静かにしていた。暮れ方の外出時には、島の中央部に続いている谷まで足をのばし、ヤギの集団に出くわす。しかし非常に警戒心が強くて近づくことができなかった。今度、犬に猟をさせることができるか試してみようと考える。

一月二日　さっそく犬を伴って外出し、ヤギに向かって犬をけしかけた。しかし私の計算違いだった。ヤギたちは犬に怯むことなく睨み返し、犬は危険を察知して近寄ろうとしなかった。

一月三日　家の塀、というか壁の建設に取りかかる。何ものかに襲われる不安が依

子ヤギに副木を当てる

然としてあり、壁は分厚く頑丈なものにしようと計画する。

注記。この壁については前に書いた通りなので、日記のこの部分は省略して次の事実だけ述べておくことにする。この工事は一月三日にはじまり、壁が築かれ、仕上げの作業を終えたのが四月十四日であった。長期間にわたる作業ではあったが、この壁の全長は二十メートルを少し超える程度に過ぎない。半円形に湾曲しており、円の半径はおよそ七メートルで、洞窟の入口は壁の背後の中央に位置していた。

# 6

この間、私は必死になって働いたが、雨で作業の中断を余儀なくされた日も少なくなかった。雨が何週間にもわたって続くこともあった。しかし、壁が完成しない限りすっかり安全とはいえないと思った。私がどれほどこの作業に心血を注ぎ、立ち働いたか、人に話したところで到底信じてはもらえまい。特に森から木を切り出し、それを地面に埋めこむ作業は並大抵の労働ではなかった。必要以上に杭を太くしてしまったからである。

杭の壁が完成すると、芝土の壁を杭に接するように築いた。これで誰かが海岸にやって来ても住居があるとは気づくまい。そう思った。これほど用心したことは結果的に無駄骨ではなかった。それは、この後に生じる思いがけない事件を語る際に明らかになるであろう。

この工事の期間も、雨がひどくなければ獲物を探しに森に出かけ、大抵は何かしら役に立つ獲物を見つけて持ち帰った。特筆すべきは、何という種類かはわからないが、野生の鳩を発見したことである。この鳩は森鳩のように木には巣を作らず、家鳩のように岩の穴に巣を作るらしかった。そこで雛を何羽か持ち帰った。飼い馴らして育ててみようと考えたのである。ところが成長すると一羽残らず逃げてしまった。これは十分に餌をやらなかったことが原因だと思われる。私には彼らにやる餌がなかった。だが鳩の巣を目にする機会は多く、若い鳩を捕まえて食べると大変美味しかった。

さて、あれやこれやの家事をするようになると、まだまだ足りないものがあることに気づいた。とはいえ、どれも自分では作れそうもなかった。そして実際、そのうちのいくつかは作れずに断念した。例えば貯蔵用のたが付きの樽である。前述のごとく酒用の小さな樽は一つ二つ持っていたので、それを手本に何週間も頑張ったが、同じようなものはとうとう作れなかった。底板や蓋をはめこむことも、水が漏れないように側板を組むこともできず、結局投げ出してしまった。

それにロウソクがないこともかなり不便であった。暗くなると——だいたい七時頃——すぐ寝てしまう以外になかった。アフリカでの冒険の際には蜜蠟でランプを作ったこともあったが、今はその蜜蠟がないのである。そこでどうしたかというと、殺したヤギから獣脂を取り、土をこねて天日干しにした小皿に集め、そこに灯芯として麻などの繊維をより合わせた紐を浸してランプとした。こうして灯りを得たが、ロウソクの火のように明るく安定した光ではなかった。

また、この仕事に取り組んでいた頃、持ち物をひっかきまわしていて小さな袋を見つけた。前にもちょっと触れたが、この袋には家禽の餌である穀物が入っていた。家禽の餌といっても今度の航海のやつではなく、その前の航海、船がリスボンを発ったときのものであるらしかった。見れば袋に残っていたわずかな穀物はネズミに食われ、殻や粉のようなくずしか残っていなかった。多分、雷に遭って火薬を小分けにすることを思いついたときだと思うが、私はこの袋を使おうと思い、岩壁の下の住居の脇に中身を捨てたのだった。

これがちょうど、先に触れた豪雨の少し前の出来事である。何の気なしにしたことで、その場所に何か捨てたことすら忘れていた。ところがである。一カ月ほど後、緑色の数本の茎が、地面から顔を出しているのを私は目にした。最初は見知らぬ植物が生えてきたくらいにしか思わなかった。しかしその後、それが十本ほどの穀物の穂であることがわかったとき、私は驚き、すっかり気が動転してしまった。それは紛れもなくヨーロッパ種の、いやイギリス種のものと瓜二つの、青々とした大麦だったからである。

大麦の発芽に驚く

この時の私の驚愕と混乱はとても言葉ではいい表せない。私はこれまで宗教的な動機から行動したことはなかった。そもそも、宗教に関してほとんど何も知らず、身に起こることはすべて偶然と考えていた。「神の御心によって」という言葉を使うときでさえ、何か特別な意味をこめていたわけではなかった。当然、出来事の背後に潜む神の意図とか、森羅万象を支配する神の秩序に思いを馳せたこともなかった。しかし、あまり適しているとはいえない環境の下、こうして育ちつつある大麦を目にすると、驚嘆せずにはいられなかった。何しろ最初、私はなぜそこに麦が生えたのか皆目見当がつかなかったのだ。私はこう考えた。種など蒔いていないのだから、神が奇跡を起こしてこの大麦を生やして下さったに違いない。この荒れ果てた土地で生き延びるための食料として、神がこの大麦をお与え下さったのだと。

こう考えると、感動のあまり思わず目から涙がこぼれた。そして自然の神秘に触れたことに深く感謝した。この驚きは、岩壁に沿い、大麦のすぐそばに別の茎が生えてきたのを見たときに一層深まった。後にこれは稲の茎だと気づいた。稲はアフリカに行った際に見たことがあったので、すぐにそれとわかった。これらは神の恵みであり、神が私を救うために与えて下さったのだと私は考えた。そして、他にも何かあるに違いないと思い、かつて足を運んだ場所をくまなく探しまわり、物陰や岩の下まで覗きこんだ。だがそれ以上、何も見つからなかった。しばらくして、以前その場所で袋に入った鶏の餌を捨てたことにようやく思い至った。そのことを思い出すと、途端に神に対する畏怖の念は消えてしまった。正直に告白するが、神秘でも何でもなかったことが判明すると、神の摂理に対する敬虔な感謝の気持ちは薄らいでしまったのである。だがそれでも、これは奇跡と呼ぶべき神秘なる神の計らいであり、私は感謝を忘れるべきではなかった。何しろ、ネズミに食い荒らされた後に十粒かそこらが無傷で助かったのだ。これを天からの賜物といわずに何といおう。しかも、その大麦の粒を捨てたのは偶然にも、岩壁の陰になった場所であった。だからこそすぐ芽が出たのだ。もし別の場所に蒔いていたら、強い日差しにやられて枯れていただろう。これは間違いなくひとつの奇跡であった。

六月末の刈り入れの時期がやって来たとき、私はこの大麦の穂を慎重に摘み取り、そっくり貯蔵した。種として蒔いて育てるつもりだった。いつかもっとたくさんの大麦を育て、パンを作れたらと考えたのである。だが結論からいえば、わずかでも収穫が得られるようになったのは、実に四年後のことであった。後述するように、収穫といってもごく限られた量であり、節約して食べねばならなかった。最初に蒔いたときは、季節を間違えていたので何も実らなかった。乾季の直前に蒔いたので芽がひとつも出なかったのだ。これについては後に詳しく語ることになろう。先に触れたように、大麦ばかりでなく稲もあって、およそ二、三十本の茎が育っていた。大麦と同様、私はこれらを収穫して大事にとっておいた。米は、大麦と同じようにパンを作るためにも使えるが、それ以外の食べ方もあることにやがて気づいた。しかしひとまず日記に戻るとしよう。

三、四カ月間、汗水たらして労働し、ようやく家の壁が完成した。四月十四日に私はこの壁をすっかり塞いでしまい、以後、戸口ではなく壁にかけた梯子で出入りすることにした。こうすれば、ここに家があるとは外からはわからないわけである。

**四月十六日**　梯子が完成した。これを使って壁を登り、上まで着いたら梯子を引き上げて内側に降ろす、という風にして使うのである。こうして私は完全に外の世界から隔てられる。内側には十分な広さがあり、壁を突破しない限りは虫一匹中に入ることはできない。

だが、この壁が完成した翌日、これまでの労働が一瞬でふいになりかねない出来事があった。しかも私自身、危うく命を落とすところだった。子細はこうである。テント裏の洞窟の入口で仕事をしていたとき、その戦慄すべき、恐ろしい事態が予期せず私を襲った。洞窟の天井や頭上の岩壁が、突如として崩れ落ちて来たのである。洞窟内に立てた支柱も、そのうちの二本がめきめきと音をたてて折れた。何が何だかわからずに、私はただ恐怖におののいた。前にも一度落盤したので、洞窟の天井がまた落ちるかもしれない、と私は思った。そうなれば生き埋めになることは火を見るよりも明らかだ。私は一目散に梯子のある方へ駆け出した。だがそこでも安心はできず、壁を越えて外へ出た。岩の破片が頭上に落ちて来る不安があったからだ。家の外の大地を踏んですぐに、これは地震だとわかった。私の立っている地面が約八分おきに、三度大きく揺れた。三度とも揺れは激しく、地上のどんな堅牢な建物も耐えられまいと思うほどの揺れだった。そして岩壁の上方からは、巨大な岩が、かつて耳にしたことのない轟音をたてて転がり落ちて来た。見れば、海もまた地震のせいで激しく波打っていた。揺れ方は陸よりも海底の方がひどいらしかった。

この出来事に私はすっかり肝を潰してしまった。私はそれまでこれほどの地震を経験したことも、そんな話を耳にしたこともなかったからだ。私は死者か廃人同然だった。海に漂うような大地の揺れに、私は船酔いして胃にむかつきを覚えた。だがその刹那、岩が転がり落ちる轟音で我に返り、肝を冷やした。岩壁が崩れて私のテントを潰し、荷物をそっくり失うという恐怖が私の心を捉え、再び暗澹たる気分になった。

三度目の揺れの後は、どうやらひとまず落ち着いたようだった。私は徐々に生気を

崩れた洞窟から脱出する

取り戻したが、もう壁を越えて自宅に戻る気にはなれなかった。生き埋めになる不安があったからである。それで、どうしたらいいかわからず意気消沈して、地面に座りこんでしまった。この時、神のことは微塵も考えなかった。「主よ、私を憐れみたまえ」という馴染みの祈りの文句を唱えはしたが、地震がおさまるとそれも忘れてしまった。

こうして座りこんでいる間、空が陰って雲に覆われ、雨でも降り出しそうな気配になった。風も次第に強まり、三十分もしないうちにハリケーンになった。いつの間にか海は泡沫で覆われ、海岸には砕けた波が押し寄せ、木々は根こそぎなぎ倒された。ひどい嵐だった。嵐は三時間ほど吹き荒れ、その後、徐々に弱まった。二時間もすると風はすっかりおさまったが、入れ替わりに激しい雨が降り出した。

私はずっと恐怖におののきながら惨めな思いで地面にうずくまっていた。そのとき不意にこう思った。この暴風と雨は地震がもたらしたものだ。だから地震はこれで終わりで、もう洞窟に戻っても大丈夫だろうと。こう考えると元気が湧いた。雨も早く家に帰れと私を促した。そこで、私はテントに戻って座りこんだ。しかし雨は依然として激しく、テントを潰しかねないほどの勢いだった。仕方なく洞窟へと避難したが、岩が頭上で崩れやしないかと気が気ではなかった。

この豪雨のために仕事がひとつ増えた。この新しい要塞のどこかに、排水のための下水溝のような穴をあける必要が出てきたのである。そうしないと洞窟が水浸しになることは必至だった。しばらく洞窟にいたがもう揺れはなく、私は落ち着きを取り戻した。今必要なことは元気を出すことだったので、私は貯蔵室へ行ってラム酒をほんの一口すすった。いつもそんな風にちびちび飲むようにしていた。なくなればそれっきりだとわかっていたからである。

雨は一晩中降り続き、翌日もすぐにはやまなかった。雨で外出できなかったが、気持ちはだいぶ落ち着いて来た。今後どうしたらいいかと考え、もし頻繁に地震があるなら洞窟で生活するわけにはいかない、代わりに開けた場所に小屋を建て、ここと同様に周囲を壁で囲むのがよいだろうと思った。そうすれば猛獣からも人間からも身を守ることができる。このままここに住み続ければ、遅かれ早かれ生き埋めになるのが関の山だった。

そんな訳で、崖下の今の場所からテントを移動させることに決めた。もう一度地震が来たら、それこそ間違いなく岩がテントを直撃するだろう。四月十九日と二十日の二日間、私はどこへ、どうやって住居を移すか思案した。

生き埋めになるという恐怖で夜もおちおち眠れなかった。何の囲いもない場所で寝るのも、同じくらいの恐怖であった。しかし、整理整頓が行き届いたこの家、居心地のよい隠れ家であり、襲われる危険のないこの住居を去るのは何とも気の進まぬことだった。

一方で、引っ越しをするには相当な時間がかかるだろうとも予想された。従って別の小屋を設営し、そこへ移る準備が整うまでは、危険でもここで暮らすほかはない。そう腹を決めると心も静まった。私は最初のときと同じ要領で、しかし大急ぎで、地面に円を描いて杭と綱の壁を築き、それが済んだら内側にテントを建てようと決意した。新居が出来上がり、すっかり引っ越しの準備が整うまでは、今いる場所に住みつづけるつもりであった。これが二十一日のことである。

**四月二十二日**　翌朝、どのように計画を実行するか考えはじめた。しかし道具のことでさっそく途方に暮れてしまった。手元には大きな斧が三つと何本もの鉈《なた》――アフリカ原住民との取引のために用意したもの――があった。しかし節だらけの硬い木を切り倒したり削ったりと酷使したので、どれも刃こぼれして切れ味が悪くなっていた。砥石があるにはあったが、砥石をまわしながら研ぐという作業を一人で行うことはできない。政治家が政策を決めたり、判事が人の生死を決めたりするときと同じくらい、私は大いに頭を悩ませた。とうとう、砥石の輪と紐を組み合わせて、足で操作できるようにした。こうすれば両手が自由に使えるのだ。注記。私はイギリスにいるとき、このような装置を見たことがあったわけではない。少なくとも、どのような仕組みになっているか注意して見たことはなかった。私の作った装置が巷によくあるものだということは、後になってわかったことである。加えて、私の回転砥石は馬鹿でかくて重かった。結局、この装置を完成させるのにまる一週間かかってしまった。

**四月二十八日、二十九日**　この二日間は刃物を研いで終わってしまった。私の考案した砥石を回転させる装置はすこぶる調子がいい。

**四月三十日**　パンが残り少なくなってきている。改めて調べてみて、食べる量を一日にビスケット一枚に減らすことにする。気が重くなる。

**五月一日**　朝、干潮の海の方を眺めていると、海岸に何か大きなものが横たわっているのを発見する。酒樽のように見えた。そばまで行くと、樽が一つと、私が乗っていた船の破片であることがわかった。先日のハリケーンで打ち上げられたのだ。難破した船に目をやると、以前よりも高い位置に浮いているように見えた。海岸に流れ着いた樽を調べると火薬が入っており、水に濡れて石のように固くなっていたが、とりあえず転がして海辺に引き揚げておいた。それから、難破船そのものも調べることにして、近寄れるところまで浜辺を歩いて行った。

船までたどり着いたが、妙なことに以前と同じままではなかった。かつて船首楼は砂に埋まっていたが、今は二メートル足らず砂上に突き出ている。船尾の部分も横倒しになって転がっていた。私が船中の荷物を漁った後、波の力で破壊され、船本体から切り離されたのだ。船尾の転がっている辺りまでは砂が以前よりも厚く堆積していた。かつてはこの辺まで水があり、船にたどり着くまでおよそ四百メートルほど泳がねばならなかったが、今は干潮時ならこうして歩いて来られるのである。この変化に私は当惑したが、すぐに地震のせいに違いないと結論した。地震によって船はさらに破壊され、いろいろなものが毎日岸に打ち寄せられた。海が船を破壊し、風と波がその破片を少しずつ陸地へと運んだのである。

こんなことがあって、私の頭は引っ越しの計画からすっかり離れてしまった。その日は船内に入るための方法を考えあぐねて過ごした。けれどもそれは不可能であることがやがてわかった。船内は流れこんだ砂でいっぱいだったのである。しかし、何事によらず絶望してはならない、ということを私はすでに学んでいた。そこで船をばらばらに解体することに決めた。船のものなら何かしらの役に立つだろうと考えたからである。

**五月三日**　ノコギリを使って船の梁《はり》を切り倒す。その梁は、後甲板を支えるのに使われていたものらしかった。こいつを切断した後、船の片側に高く堆積した砂を取りのぞく作業にとりかかった。だが潮が満ちはじめ、途中で中断せねばならなかった。
**五月四日**　釣りに出た。食べてみる気になる魚は一匹も釣れず、やがて飽きてしまった。それで帰ろうとしたとき、子供のイルカが一匹釣れた。
釣りにはロープをほぐして長くつなぎ合わせた糸を用いたが、釣り針はなかった。だが十分な量の魚が釣れて、食べるには困らなかった。釣れた魚はすべて日干しにして食べた。
**五月五日**　難破船で作業。別の梁を切断し、甲板からはモミ材の大きな板を三枚回収する。これらはしっかりと束ね、満潮時に海に浮かべて岸まで運んだ。
**五月六日**　難破船で作業。鉄のボルトとその他の鉄製品を回収する。懸命に働き、疲れきって帰宅。船での仕事はもうこれくらいでいいかと思う。
**五月七日**　再び難破船に出かける。だが作業する気はなかった。梁がなくなったので船は自らの重みで崩れ、いくつかの部位は緩んでがたがたになり、船倉も大きく口を開けて内部を見せていた。覗きこんでみたが、水と砂ばかりであった。
**五月八日**　甲板を解体するためにバールを持って難破船に出かける。甲板は、今では水に浸かってもいなければ砂をかぶってもいない。厚板を二枚剝がし、再び潮流を利用して岸辺まで運んだ。バールは翌日の作業のために船に置いて帰った。

**五月九日**　難破船に行く。バールを使って船の中に入る。樽らしきものをいくつか見つけ、バールでこじ開けようとしたが、無理だった。イギリス製の鉛板一巻きも見つけ、何とか動かすことはできたが、持ち帰るにはあまりに重すぎて断念する。

**五月十日、十一日、十二日、十三日、十四日**　毎日難破船に出かける。たくさんの木材、細板、厚板を回収する。重さにして百キロほどの鉄も持ち帰る。

**五月十五日**　手斧を二つ持って出かけた。例の鉛板であるが、これに手斧の刃をあて、もうひとつの手斧で打って切断し、一部を持ち帰れないかと考えたのである。けれどもこの鉛板は膝くらいまである水中に没しており、力をこめて手斧を振り下ろすことができなかった。

**五月十六日**　夜になると強風が吹いた。難破船は荒れた波のせいで破壊が進んだと思われる。私はずっと森にいて食料にする鳩を捕っていた。帰宅する頃には潮が満ちてしまい、船に行くことができなかった。

**五月十七日**　岸辺に難破船の一部が打ち上げられているのを見つける。ここからはだいぶ遠く、ざっと三キロは離れていた。だが正体を確かめようと出かけて行った。それは船首の一部であった。しかし重すぎて持ち帰ることはできなかった。

五月二十四日　この日まで毎日難破船で作業。バールを使い、汗水たらしていろいろなものをひっかきまわす。すると潮が満ちはじめ、樽数本と、船員の荷物箱が二つ船外に流れ出た。あいにくの陸からの風で、それらが岸に流れ着くことはなかったが、代わりに数本の木材とブラジル産の豚肉を詰めた大樽一つが打ち上げられた。しかし、海水と砂が入りこんで豚肉はだめになっていた。

六月十五日まで毎日このような作業を続けた。この間、日課である食料調達の時間は満潮時と定め、潮が引きはじめると作業に戻ることにしていた。すでに十分な量の木材、厚板、鉄材を入手していたので、作り方さえ知っていれば立派なボートを作ることもできたはずである。折にふれて持ち帰った鉛板の破片は総計五十キロほどになった。

六月十六日　海岸に出かけた際に大きなウミガメを見つける。ウミガメを見るのはこれが初めてだった。それまで見かけなかったのは、この島にウミガメがほとんどいないからではなく、運が悪かっただけのことらしい。後に判明するが、島の反対側に住んでいたら、それこそ何百ものウミガメを毎日目にしたであろう。もっともその場合、高い代償を支払うことになったかもしれないのだが。

六月十七日　時間をかけてウミガメを調理する。ウミガメからは卵が六十個も出て来た。肉はたいへん美味で、これほど美味いものを食べたことがないとさえ感じた。この恐ろしい場所に上陸して以来、私はヤギと鳥の肉しか口にしていなかった。
六月十八日　一日ずっと雨。外出せず。冷たい雨だと思う。肌寒く感じる。この緯度にしては珍しいことだと思う。
六月十九日　ひどく具合が悪い。気温がぐっと下がったのか、身震いがする。
六月二十日　一晩中眠れない。ひどい頭痛がする。熱っぽくもある。
六月二十一日　ひどく具合が悪い。病気だが周りには誰もいない。この哀れな境遇を思うと不安は募り、恐怖のあまり死んでしまいそうだ。ハルの沖で嵐に遭ったとき以来、初めて神に祈る。何と祈ったかは思い出せない。なぜ祈ったのかもよくわからない。意識は朦朧としている。
六月二十二日　昨日よりは良くなる。だが自分が病気だと思うと、相変わらず怖くてたまらない。
六月二十三日　また悪くなる。悪寒がして震える。ひどい頭痛にも襲われる。
六月二十四日　だいぶ回復する。
六月二十五日　ひどいマラリアの症状を呈する。七時間も続き、悪寒と発熱に見舞われ、その後少し汗をかく。

病気になる

これまでの人生を悔いる

六月二十六日　良くなる。食料が何もないので、銃を手にして外に出ようとするが、とても弱っていることがわかる。苦労して雌ヤギを殺して、必死になって持ち帰る。焼いて少し食べる。煮てスープを作りたかったが、鍋がなかった。

六月二十七日　再びマラリアの症状。終日横になって過ごす。何も食べず、水も飲まなかった。喉が渇いて死にそうだったが、衰弱のために立ち上がって水を汲みに行くこともできなかったのである。再び朦朧とした状態で神に祈る。普通、祈りというのはどのように唱えるものか、私は知らなかった。私は臥床したまま呻いた。「主よ、私をご覧下さい。私を憐れみ、どうかご慈悲を」二、三時間もそうしていると、やがて症状が和らぎ、私は眠りに落ちた。夜まで目覚めなかった。目を覚ましたときはだいぶ楽になっていたが、衰弱していることに変わりはなく、喉も渇いていた。だが家には水がなく、朝まで寝ているしかなかった。再び眠りこんだ。

この二度目の眠りの際に、こんな悪夢を見た。

私は住居の壁の外に座りこんでいた。それは地震後の嵐のとき、私がうずくまっていたあの場所だった。まばゆい炎に包まれた男が、真っ黒な雲から下りて来て地上に降り立った。男は炎そのもののように全身が輝き、とても直視できなかった。表情は言葉でいい表せないほど険しく恐ろしかった。男が片足を地面に着けると地震のように大地が揺れた。空一面が炎で包まれたように見え、私は戦慄した。

地上に降り立つと男はまっすぐに私に向かって来た。私を殺そうと長い槍のような武器を手にしていた。少し離れた小高い丘まで来ると、私にこう呼びかけた。少なくとも、次のような恐ろしい声を聞いた。そのときの恐怖はとても言葉にならない。かろうじて聞き取れたのは、「これほどまでしてもお前は悔い改めない。もうお前は死ぬ以外にない」という声であった。そういうと男は手にした槍を高く掲げ、私を殺そうとした。

夢の中でどれほどの恐怖を味わったか、私にはそれを言葉で表現する能力がない。なるほど、それは単なる夢には違いない。しかし夢の中とはいえ、恐怖は恐怖であった。目が覚めて夢だとわかったときも、その映像は脳裏にしっかり焼きついていた。だがそれを言葉にすることはできない。

不幸にして私には神に関する知識がなかった。かつて父は私を教え諭してくれたものだが、そうした教えもどこかへ消えてしまっていた。八年におよぶ放蕩の船乗り生活を送り、私同様にひどく汚れた、神をも畏れぬ連中とばかりつき合ってきたせいである。この八年の間、私は神のいる天を仰ぎ見ようともせず、また自らの行いを立ち止まって省みようともしなかった。堕落した魂は善を欲せず、悪を悪とも思わない。

私はそうした魂の命じるままに生きた。他の船乗りたちと比べても、私はもっとも心ない、軽率でよこしまな人間であり、危機に際しても神を畏れなかった。救われたときでさえ神への感謝はなかった。

ここまでの話に次のことを付言すれば、これまで私は数々の災難に遭ったが、私の言葉が少しも大袈裟ではないことがわかるだろう。こうした災難が、父親に反抗したことや、私はそれが神の手によるものとは考えなかった。こうした災難が、父親に反抗したことや、現在犯しつつある大罪や、私のよこしまな生き方に対する罰だと、そんな風にはまるで考えもしなかったのである。アフリカ沿岸の不毛地帯を死にそうな思いでさまよったときも、自分がこれからどうなるかなど微塵も考えなかった。自分を導いてほしいと神に祈りもしなかったし、私を待ち受ける危険や、蛮人のように私を食い殺そうとするものから守ってほしいとも思わなかった。つまり私は、神や神の摂理など一顧だにしなかったのである。自然の欲求や常識の命じるまま——これすら怪しいが——獣同様に行動したに過ぎなかった。

海でポルトガル船の船長に助けられ、手厚く迎えられて寛大に遇されたときも、神に感謝する気持ちなど私は少しも持ち合わせなかった。また、再度船が難破して壊れ、この島の海岸で溺死しそうになった際も、後悔の念などさらさら起きず、神の裁きだとも思わなかった。自分は不幸な人間で、不幸になるように生まれついている、そんな風にしか思わなかったのである。

この島の海岸にたどり着き、他の船員が溺死して自分だけが助かったことを知ったとき、私は確かに狂喜し、魂の高揚を感じた。そこに神の恩寵がもたらされていれば、あるいは神への真の感謝に目覚めていたかもしれない。だがそうはならなかった。歓喜にともなうありきたりの高揚を感じただけであった。生きていることを喜びはしたが、私を救ってくれた神の御手の力を、他の船員たちが溺死するなか、私だけを特別に選んで救ってくれた神の恵みを、私は少しも考えなかった。そしてまた、なぜ神が私にかくまで慈悲を注いでくださるのか、その理由を問うこともなかった。私の感じた喜びは、船が座礁して無事に陸までたどり着いたときにすべての船乗りが感じる、あのありきたりな喜びに過ぎなかった。船乗りはパンチ酒をやって気分を紛らわし、済んだことは忘れてしまう。私のその後の人生もそんな感じであった。

人の世から隔絶したこの恐ろしい島に漂着した私は、後に落ち着いてじっくり自分の置かれた立場を検討し、救援の希望も救出の見こみもないのだということを痛感したときでさえ、何とか飢え死にしないで生きていけそうだとわかると、それ以上苦悩することもなく至って気楽なものであった。私は自分の身を守り食べていくための労働に励み、我が身の不幸を天の裁きや神の導きとして悩み苦しむことはなかった。そのような発想が私にはほとんど欠けていたのである。

日記の中で触れたが、麦が育つのを目にしたときは、さすがの私も多少は動揺した。この体験は、私を厳粛な心持ちにした。だがそれも、そこに奇跡が働いていると信じている間だけで、そのような思いが消えてしまうと、神を想う気持ちはすべて吹き飛んでしまった。これは前述した通りである。

それから地震があった。自然現象の中で地震ほど恐ろしいものはなく、地震ほど目に見えぬ神の力を如実に示すものはない——神以外のどんな力がそんなことを引き起こせようか。しかしこの地震のときでさえ、最初の恐怖が鎮まると畏れの気持ちも消散してしまった。以後、至極順調な人生を送っているかのごとく、神や神の裁きについて考えることもなく、現在の苦しみを神によるものと見なすこともなかった。

だが今度は病気にかかり、死の苦痛が徐々に迫ってきた。重い病に気持ちが沈み、高熱のために身体は衰弱した。このとき長らく眠っていた罪悪感が目を覚まし、私は初めておのれの人生を悔いた。並外れた悪行を重ねて来たがゆえに、こうした並外れた苦しみを味わい、懲罰を受けることになったのだ。これは神の正当な裁き以外の何ものでもない。そう思うようになった。

病気になって二日目、三日目になると、こうした思いが一層募って私を苦しめた。苦しみと高熱のあまり、そしてまた良心の呵責から、私はとうとう神への祈りのような呟きを漏らした。だがそれは何かを願い、待ち望むような祈りではなかった。単に恐怖と苦悩がそのまま声になったものに過ぎなかった。頭が混乱し、罪の意識が重く心にのしかかっていた。こんな惨めな状態で自分は死んでいくのだと思うと、恐怖のあまり、とりとめのない考えばかりが浮かび、不安しかなかった。魂がこのように動揺していたので、何をいおうとしたのか自分でもよくわからない。それは叫びに近かった。「主よ、私は何と惨めな生きものなのでしょうか。病気になれば私はお終いです。助けてくれる人もいません。これからどうなるのでしょう」目に涙が溢れてこぼれ落ちた。それ以上いうべき言葉が見つからなかった。

静寂の中で、父の忠告やこの物語の冒頭に書いた予言の言葉が否応なく思い出された。それは「もしお前が愚かな選択をすれば、神はお前を見放すだろう。誰もお前を救いに現れず、父の助言に従わなかったことを後悔する、そうした時が来るだろう」という言葉である。私は口に出していった。「父の予言が的中したのだ。神の罰が下ったのだ。私には助けてくれる人も話を聞いてくれる人もいない。神は慈悲深くも私にふさわしい生き方を用意して下さっていた。その通りに歩んでいれば、何不自由ない幸福な人生が送れたのだ。しかし私は神の声に耳を貸さなかった。そうした生き方を試してもみず、その有難みを両親から学ぼうともしなかった。私は愚かなことをして父と母を悲しませただけだ。そして身から出た錆というわけで、今度は私自身が悲しむ番なのだ。父と母は援助してくれるといったが、私はそれも拒絶した。もしいうことを聞いていれば、一人前に独立して気楽に人生を送ることができた。だがそうはならず、私の力ではどうにもならない苦難の数々と向かい合う羽目に陥っている。援助の手もなく、慰めも助言もない」私は再びうめいた。「主よ、お助け下さい。私はひどく苦しんでおります」

これは、そういってよければ、私が長い年月の間で唱えた最初の祈りであった。ここでひとまず日記に戻るとしよう。

## 7

六月二十八日　眠ったせいでいくらか体調が回復した。病の症状はすっかりおさまっていたので、起き上がってみた。夢の恐怖が消えずにびくびくしていた。明日になればマラリアの症状がぶり返して動けなくなるだろうと思った。今のうちに何か食べて体力を養う必要があった。とりあえず大きめの角瓶に水を入れ、ベッド脇のテーブルに置いた。いきなり水を飲むと寒気がしたり震えが来たりするので、水には四分の一パイント[1]のラム酒を混ぜておいた。ヤギの肉一切れを炭火で焼いたが、わずかしか食べられなかった。動きまわったが、身体が衰弱していた。哀れな我が身を思って悲しくなり、ひどく気落ちした。明日にはまた症状が悪化するだろうと考えると恐ろしくもなった。夜になってから、夕食にウミガメの卵を三個食べた。炭火で焼いて殻をむいて食べた。これはおそらく、生涯のうちで、私が神の祝福を願って食べた最初の食事であった。

食事を済ませてから外出してみることにしたが、身体があまりに弱っていて、銃を持つのもままならなかった（銃を持たずに外出したことは一度もなかった）。それで出かけてはみたものの、すぐに地面にへたりこんでしまった。眼前に海が見えた。凪いだ穏やかな海だった。座ったままいろいろなことを思った。

見慣れたこの大地と海、こいつは果たして一体何だろう。どのように作られたのだろう。私や、家畜や野生の動物たち――人なつこいものから凶暴で手に負えないものまで――、われわれ生きものはどこからやって来たのだろう。

われわれは皆、神秘なる力の働きによって生み出された。その力が大地と海を作り、大気と空を作ったのだ。だがその神秘の力とは何か。

当然、答えはこうなる。万物の創造主は神であると。するとつまり、こういうことになるのではないか。神が万物の創造主だとすれば、神は同時に万物の指導者であり支配者であると。万物を生み出した力は、万物を指導し支配する力を持つに違いないからである。

だとすれば、この世界に起こることで神があずかり知らぬことはなく、すべては神の思し召しということになる。

神が何もかもご存知だとすれば、当然神は私がここにいて、悲惨な目に遭っていることを知っている。すべてが神の思し召しだとすれば、私がこんな災難に遭っているのも、当然神の意志だということになる。

こうした結論はどうにも覆せぬもののように私には思われた。するといよいよこう確信するようになった。私の災難は神の思し召しであり、こんな惨めな思いをしているのも神の定めなのだ。私ばかりでなく、この世の出来事すべてが神の意志であり、神だけがそのような力を持つ存在なのだ、と。だがすぐに次のような疑問も浮かんで来た。

「なぜ神は私をこのような目に遭わせるのか。こんな扱いを受けるなんて、私が何をしたというのだ」

この疑問に対し、私が神を冒瀆でもしたかのように、良心が割って入った。良心の声が次のように聞こえてきた。「この悪党が！　私が何をした、だと？　愚行を重ねた人生を思い出せ。そしてお前が何をしなかったかを考えろ。なぜとっくの昔に死んでいないのかよく考えるんだ。ヤーマス沖で溺死しなかったのはなぜだ？　船がサレの海賊に襲われたとき、お前が死ななかったのはなぜだ？　アフリカの海岸で野獣に

1　約百四十二ミリリットル。

食い殺されなかったのはなぜだ？　そして今度のことでも、仲間の船員が皆溺れ死んだというのに、お前だけが助かったのはなぜだ？　それともお前はまだ、自分が何をしたなどというつもりか？」

この叱責の言葉を聞くと、私はぎくりとして押し黙る以外になかった。一言もなかった。返す言葉が見つからぬまま、立ち上がり、悲しみに打ちひしがれて隠れ家へと向かった。寝床に入るつもりで壁を登った。だが私の頭はひどく混乱していて、とても眠れそうになかった。イスに座るとランプに火をつけた。もう暗くなりはじめていた。病気がぶり返すのではないかと怯えていると、病気にかかったブラジル人は、薬の代わりにタバコを用いるという話をふと思い出した。船員用の荷物箱の中には十分に寝かせた一巻きのタバコ葉があり、そうでない青々としたタバコ葉もいくらかあった。

天の声に導かれて、私は荷物箱のところへ行った。それは確かに天の導きであった。というのも私は、この荷物箱の中に、魂と身体の両方に効く良薬を発見したからである。箱を開けると私は目当てのもの、タバコ葉を見つけた。加えて、保管しておいた数冊の書物もそこにあり、聖書の一冊——前に一度言及した——を手に取った。これまで暇もなく、読む気もなかった書物である。私は聖書を取り出してタバコ葉と一緒

聖書を取り出す

にテーブルまで持って行った。

　だが私の病気にタバコ葉をどのように用いてよいやらわからず、果たしてこの病気に効くのかどうかも不明だった。しかしとりあえず、いろいろ試してみることにした。いずれどれかが効くだろうくらいに思ったのである。まず、葉を一枚口に入れて嚙んでみたが、たちまち頭がくらくらして気を失いそうになった。これはタバコ葉の乾燥が足りず、刺激が強すぎたためであり、そしてまた、私がタバコの刺激に慣れていなかったためである。次いで、葉をラム酒に一、二時間漬けこみ、こうしてできた薬を寝る前に服用してもみた。そしてまた、熾火《おきび》で葉を焼き、鼻を近づけてその煙を吸いこむという方法も試みた。これを熱気と息苦しさで我慢できなくなるまで続けるのである。

　こんな療法の合間に、私は聖書を取り上げて読みはじめた。だがそのときはタバコで頭がひどく朦朧としていて、読みつづけることができなかった。何とはなしに聖書を開いて目に飛びこんで来たのはこんな文句であった。「苦難の日に私を呼びなさい。私はお前を救う。そしてお前は私を讃えるだろう」[2]

　今の境遇にふさわしい言葉であり、これを読んだときには少なからず感銘を受けた。だが後に読み返したときほどではなかった。「救う」という言葉は——少なくともそのときの私にとって——いかなる意味も持っていなかったからである。私が救われるなど、どう考えてみても途方もない、ありえないことであった。イスラエルの子らが食べる肉を約束されたとき、「神は荒野に食卓を広げることができようか」[3]といったというが、私はそれを真似て「神はこんな場所から私を助け出せようか」といわずにおれなかった。私は口癖のようにその文句をくり返した。その後何年間も救いの希望は見えなかったので、この文句が心に去来すること頻りだった。だがいずれにせよ、この聖書の言葉は私の心に刻みこまれ、私は幾度となくこの言葉を反芻することになったのである。

　夜もすっかり更けた。私の頭は——前述したように——タバコで朦朧としていて、もう眠りたい気分だった。そこで、夜中に何か入り用になるかもしれないのでランプは灯したままにして、ベッドに入った。横になる前に、生まれて初めてしたことがあった。ひざまずいて、「苦難の日にあなたの名を呼ぶとき、どうぞ私をお救い下さ

2 旧約聖書「詩篇」五十章十五節参照。以下、聖書からの引用は原則的に原文の拙訳によるが、その際、日本聖書協会の新共同訳を併せて参照した。

3 旧約聖書「詩篇」七十八章十九節参照。

神に祈りを捧げる

い」と神に祈ったのである。たどたどしく拙い祈りを済ませると、タバコ葉を浸したラム酒を飲んだ。タバコの強烈な匂いが鼻をつき、なかなか飲みこめなかった。やっとのことで飲み干すと、すぐにベッドに入った。薬が効いて頭がくらくらしたが、たちまち深い眠りに落ちた。再び目覚めたときは、太陽の位置からして翌日の午後三時くらいだったと思う。あるいは、翌日はまるまる寝ていて、翌々日の三時だったのではないかとも思う。なぜなら、私は週ごとに日付を刻んで記録していたが、どうやら一日欠けていることが何年か後に判明したからである。もし赤道[4]を幾度も越えたことで生じた誤差であるとすれば、一日では済まなかったはずである。しかし事実、私の計算では一日欠けており、はっきりとした原因は最後までわからずじまいだった。

それはともかくとして、再び目覚めたとき、体調はすこぶる回復していた。気分もすっきりとして、前日と比べて体力も戻り、胃の具合もよくて空腹を感じた。早い話が、マラリアがぶり返すこともなく、順調に快方へ向かったのである。これが二十九日のことである。

三十日も体調は上々で、私は銃を持って外出した。遠くまで行く気はなかった。黒《こく》

4　赤道ではなく日付変更線が正しい。

雁《がん》に似た海鳥を撃って家に持ち帰ったが、食べる気にはならず、代わりにウミガメの卵を食べた。これはとても美味しかった。その日の夜、ラム酒にタバコ葉を入れた薬をもう一度試した。どうもこれが効いているように思われたからである。ただ飲む分量は少なめにした。タバコ葉を噛んだり、煙を吸いこんだりするのは止めておいた。翌日——七月一日——になってみると、私の期待に反して体調が思わしくなかった。何となく悪寒がしたのである。しかし大したことはなかった。

**七月二日**　三通りの療法を試すと、最初のときと同じように意識朦朧となった。服用する量を倍にしてみた。

**七月三日**　完全に体力が戻るのは数週間後のことであるが、マラリアの症状はすっかり消えていた。体力を養っている間、聖書の「私はお前を救う」という文句がしきりに思い出された。だが同時に、この島から救い出されることなど夢物語だとも思った。そうした諦念は妙な期待を抱くことを私に禁じた。しかし、そうして落ちこんでいるとき、不意にこのように思った。私は最大の苦しみから救われることばかり考えて、これまで幾度となく救われてきたことを忘れている。私は次のように自問せざるをえなかった。「私は病気から救われたではないか？　これまでで一番辛い、恐ろしい病から救われたではないか？　私はそのことをよく考えてもみない。私は自分の務めを果たしたであろうか？　神は私を救ったが、私は神を讃えていない。私は神によって病から救われたことを認めず、それに感謝してもいない。ならば、神からさらなる救いをどうして期待できようか？」

心打たれた私は即座にひざまずき、声に出して、病気が癒えたことを神に感謝した。

**七月四日**　朝、聖書を手に取って新約の部分を読みはじめる。真剣に読んだ。これから毎日朝と晩、集中力が続く限り読めるだけ読もうと思った。

この日課をはじめてまもなく、過去の罪の重さが日増しに強く感じられるようになった。夢の記憶が甦り、「これほどまでしてもお前は悔い改めない」という例の言葉が思い出された。私は誠心誠意、「悔い改めさせたまえ」と神に懇願した。すると神の計らいにより、その日のうちに、聖書の次の言葉に出会った。「人を悔い改めさせ、その罪を赦すために、神はイエスを導き手とし、救い主の地位を授けられた[5]」私は聖書を投げ出し、高揚して両手を天に掲げ、恍惚とした喜びのうちに叫んだ。「ダビデの子、イエスよ、導き手であり救い主であるイエスよ、どうか我を悔い改めさせたまえ」

5　新約聖書「使徒言行録」五章三十一節参照。

これこそが、私の生涯における最初の、真の祈りと呼べるものであった。なぜなら、このときの私は自分の置かれた立場をしっかりと自覚し、聖書における――神の言葉による奨励を前提とする――希望という概念を正しく理解して祈ったからである。このときから私は、神が聞いていて下さるという希望を持つようになった。

今や私は、「私を呼びなさい。私はお前を救う」という言葉を、以前とは違った意味に解釈するようになった。かつての私は、救われるといえば、この島における監禁状態からの救出のことしか頭になかった。私はここにいて自由ではあったが、この島は私にとって牢獄に違いなく、それも考えうる最悪の牢獄であった。だが今、聖書の文句は別の意味を持ちはじめた。これまでの人生を振り返るとき、私にはそれが非常におぞましいものと映り、犯した罪は救いようのないものと思われた。私の魂が求めたのは、この罪の重圧から逃れ、心の平安を取り戻すことであった。もはや孤独は苦ではなかった。孤独から救われたいと祈りはしなかったし、そんなことは考えもしなかった。罪の重圧と孤独の苦しみとでは比べようがなかった。ここでこんなことを書くのも、これを読む人々に次のことをいいたいがためである。つまり、物事の真の意味を知るようになれば、苦しみからの救済よりも罪からの救済のほうが、遥かに祝福すべきことだとわかるであろうと。

だがこの話はこれくらいにして日記に戻ろう。

生活は相も変わらず惨めなものには違いなかったが、私の心は平安を取り戻しはじめた。絶えず聖書を読み、神に祈っていたため、私の心はより高次の物事に向けられるようになった。そしてかつて味わったことのない大いなる心の安らぎを得た。健康と体力も回復したので必要なものを揃えた後、できるだけ規則正しい生活を送るように心がけた。

七月四日から十四日まで、私は銃を手に島を歩きまわって過ごした。歩きまわったといっても、病後の回復に合わせて無理をせず、毎日少しずつ歩いた程度である。私がどれほど病気で体力を奪われ、衰弱していたか、とても他人には想像がつかないと思う。病を克服するのに私が用いた療法はとても新奇なもので、こんな方法でマラリアを治療した例はまずあるまい。私が試して上手くいったからといって、他人にこの療法を勧めることはできない。病が治った一方、身体が衰弱したことも事実だからだ。しばらくの間、筋肉や手足に頻繁に痙攣が起こった。

この経験から学んだことは、雨の日に出歩くことは極めて健康に悪いということだ。とりわけ、嵐やハリケーンのときの雨はいけなかった。乾季に降る雨はたいていそんな嵐を伴うので、九月や十月に降る雨以上に危険であった。

この不幸の島で暮らしてはや十カ月が過ぎ、ここから救い出される見こみはゼロといってよかった。この島に人間がかつて足を踏み入れたことはないに違いない。私はそう信じて疑わなかった。とりあえず住む場所はそれなりに確保できたので、今度は島を隅々まで探検して、まだ知らぬ食べ物があるか調べてみたいと思った。

島の綿密な調査に着手したのは七月十五日である。私はまず、以前に筏を着けた入江に注いでいる小川をさかのぼることからはじめた。三キロほど上流に行くと、海水もここまでは上がって来ないことがわかった。そこまで来ると川幅も狭くなり、流れる水も澄んだ真水であった。だが、あいにくちょうど乾季に当たっていたので、場所によっては水量が大変乏しかった。水の流れが途絶えた場所もあった。

この小川の岸辺には美しいサバンナ、つまり平坦で草の生えた湿地がそこここに見受けられた。川の水は氾濫したとしても山側へ向かう傾斜地までは来ないようで、そこらじゅうに青々とした、太く硬い茎を持つタバコが育っていた。その他、私がその名を知らぬ、見たこともない植物もいろいろと生えていた。利用法を知っていれば役立ったのかもしれないが、私には結局わからずじまいであった。

私はキャッサバの根を探した。ここと同じような気候で暮らしているインディオたちは、このキャッサバの根でパンを作る。だが見つからなかった。巨大なアロエの木

島を探検する

も見かけたが、そのときは何の木かわからなかった。サトウキビもあったが、手入れされていない野生種なので食用にはならなかった。最初の調査ではこの程度の発見で満足し、私は帰途についた。帰る道すがら、手に入れた植物や果実の効能や栄養を知るにはどうすればいいだろうかと考えた。しかしうまい考えは浮かばなかった。ブラジルにいたとき植物に注意を払うことがなかったので、野生の植物についての知識が私にはほとんどなかった。今のような苦しい状況で役立ちそうなことを、私はほとんど何も知らなかった。

翌日の十六日も同じ道を歩いてみた。昨日よりも遠くまで行ってみると、小川とサバンナが次第に姿を消し、木々が多くなった。様々な果実を目にするようになり、地面にはたくさんのメロンが転がり、木々にはぶどうの蔓が巻きついて実をつけていた。ぶどうは熟れてちょうど食べ頃だった。この発見に私は驚き、狂喜した。しかし同時に、かつてアフリカのバーバリー地方に上陸した際、イギリス人奴隷がぶどうを食べて赤痢と高熱で死んだことを思い出した。食べ過ぎには注意が必要だったのである。そこで私は格好の利用法を思いついた。ぶどうを太陽の下で干して乾燥させ、レーズンにして保存するのである。こうすれば、ぶどうが実をつけない時期にも美味しく食べることができ、しかも衛生的なのだった。

その日は夜もそこで過ごすことにして家には戻らなかった。ちなみに家以外で寝泊まりするのは、島に来てこれが初めての経験である。夜になると、以前と同じように木によじ登ってそこをねぐらとし、ぐっすり眠った。翌日になると、今度は南北に走る丘陵の尾根に沿うようにして北へと向かった。およそ六キロ――この距離数は、谷の長さと比較しての推測である――の行程だった。その後、開けた場所に出た。そこから西は谷になっていて、丘陵の反対側には清水が湧き出ている場所があり、この水は東の方へ流れていた。辺り一帯には植物が青々と繁茂していた。緑野がどこまでも続き、さながら春の野を思わせ、庭園の中にいるような心地がした。

私は芳しい谷へと下りて行き、周囲を見渡しながら「この土地は全部私のものだ。私はこの土地の絶対君主であり王なのだ。すべてが私の所有物なのだ」と考えて――私に課された悲しい運命を忘れたわけではなかったが――密かな満足を覚えた。この土地を財産として譲渡できるとしたら、私はイギリスの荘園領主たちのように子孫に相続させ、他人の手に渡らないようにするだろう。ここにはカカオやオレンジ、レモンやシトロンといった木々が数え切れないほど生えていた。しかしすべて野生種なので、果実はほとんど実っていなかった。少なくとも、そのときはまだそうだった。だが私がようやく見つけて摘んだ青いライムは、美味であるばかりでなく健康にも良かった。後でその果汁を水に混ぜてみると、滋養のある爽やかな飲み物を作ることができた。

果実を集めて家に持ち帰る大仕事が私を待っていた。ぶどうやライム、レモンを貯蔵して、来るべき雨季に備えようと思ったのである。

私はまず、ぶどうを採って山のように積み上げた。それからさらにもうひとつぶどうの小さな山を作った。この他にライムやレモンの山もできた。ひとまず、それぞれの果実を少しだけ持ち帰ることにして、残りの果実は今度来るときに袋――なければ自作の容れ物――を持って来て運ぶことにした。

この探検の旅は三日間続き、その後、私は家に戻った。家とはもちろん私のテントおよび洞窟のことだ。だがあいにく家に帰り着いたときぶどうはすっかりだめになっていた。果実はどれもよく熟れてたっぷり果汁を含んでいたのだが、重みでぶどうは潰れたり傷んだりして、もはや食べられなくなってしまった。ライムは無事だったけれども、持ち帰ったのはわずかな量に過ぎなかった。

翌日の十九日、小さな袋を二つたずさえて残りの果実の回収に出かけた。だが谷に着いて仰天してしまった。立派なぶどうの山は崩れ、無残に踏み荒らされていた。引きずられたようにあちこちに残骸が散らばり、ほとんどが食い尽くされていたのである。この辺りには野生の動物が住んでいるのだ。そいつらの仕業に違いない。しかし、どんな動物かはわからずじまいだった。

つまり、ぶどうは摘んで置いておくこともできなければ、袋で運ぶわけにもいかないのだ。置いておけば動物に食べられてしまい、袋で運べば重みで潰れてしまう。そこで私は別の方法を考えた。ぶどうを摘み取ったら手近な木々の枝の、日のよく当たる場所に吊るしてその場で乾燥させるのである。ライムやレモンは、背負えるだけ背負って持ち帰ることにした。

この遠出から帰った後、実り豊かなその谷間のことを思い出して、私は一人悦に入った。素晴らしく居心地のよい場所であるし、川や森をはさんだ島の向こうなら嵐のときも安全に違いなかった。この遠出で私が理解したこと、それは我が家がこの島で一番ひどい場所に建っているということである。そして真剣に引っ越しを考えるようになり、できればあの豊穣な谷間のどこかに、今と同じくらい安全に暮らせる場所はないかと探しはじめた。

この引っ越しのアイデアはずっと私の頭の中にあり、一時はその計画に夢中といってよかった。あの谷の居心地の良さに私はすっかり魅了されていたのである。だがよくよく考えてみると戸惑いも生まれた。私は今、海の近くに住んでいるが、ここなら歓迎すべきことが起こる可能性はゼロではなかった。私と同じような不運に見舞われた不幸な人間が、たまたまこの島へ流れ着くことだってありえる。そんなことが起こる可能性は万に一つではあるが、ゼロではないのだ。対して、島の中心部の丘や森へ引っ越すことは、自ら進んで囚人となることを意味した。そうすれば、起こりそうもないことが絶対に起こらないことになってしまう。そう考えると、やはり引っ越さないほうがいいと結論するほかないのだった。

しかし、その谷の魅力に取りつかれた私は、多くの時間をその地で過ごすようになった。七月の残りの日々はずっと谷で暮らした。今述べたように、結局思い直して引っ越しは断念したのであるが、代わりにささやかな小屋を谷に建て、周囲を頑丈な柵で二重に囲んだ。柵の杭はしっかりと地面に打ちこみ、高さは私がぎりぎり越えられる程度にし、外側の柵と内側の柵の間には小枝を詰めた。出入りには海辺の家と同じように梯子を使うことにした。こうして何の心配もなく二泊も三泊もできる環境が整った。私は海辺の自宅と田舎の別荘、二つの家の所有者になったわけである。この田舎の家が完成したのは八月の初旬のことであった。

柵が完成して仕事が楽しくなって来た頃、雨季が到来した。私は海辺の自宅で過ごすことを余儀なくされた。谷にも船の帆でできたテントを建てたのだが、嵐から家を守ってくれる岩壁や、豪雨の場合に退却する洞窟がそこにはなかった。

そうして八月に小屋が完成すると、私の生活はいよいよ充実した。八月三日、木に吊るしたぶどうが完全に乾き、素晴らしいレーズンになっているのを見て、さっそくぶどうの収穫をはじめた。このタイミングで収穫できたのは幸運だった。もう少し遅ければ雨にやられて冬の食料の大半を失うはめになるところだった。ぶどうは大きな房のものが二百以上もあった。ぶどうの収穫が終わり、その大半を洞窟に運び終えた頃、雨が降り出した。その日は八月の十四日であったが、その日以降はずっと雨模様となり、これが十月の中旬まで続いた。ときおり激しく降ることもあり、何日間も洞窟から出られないこともあった。

この雨季の間、私を驚かせた出来事があった。なんと家族が増えたのである。飼い猫の一匹が逃げ出し、何の音沙汰もなかったので死んだのではないかと心配していたところ、八月の末頃にひょっこりと帰って来た。そのこと以上に驚いたのは、その猫が三匹の子猫を連れていたことである。前に一度、山猫――と私は呼んでいたが――を銃で撃ち殺したことがあったが、その山猫はヨーロッパ産の猫とはまったく別種の動物であった。やって来た子猫は、親猫と同じ家猫であり、しかも私の飼っている他の二匹はどちらも雌なのだ。これは考えてみると実に不思議というほかなかった。だがこの三匹が子供を産んで増え、私は猫たちに手を焼くようになり、ついには害獣か野獣も同然にそのうちの何匹かを殺し、残りの猫たちも家から追い出すしかなくなってしまった。

八月の十四日から二十六日までは、ずっと雨の日が続き、外出できなかった。雨が原因で身体を壊して以来、私は雨に当たることがないよう用心していた。しかし家にばかりいたので食料はだんだん乏しくなる一方で、二度ほど思いきって出かけなければならなかった。一度目はヤギ一頭を得て、二度目——これは二十六日のことだ——のときは巨大なウミガメを発見した。このウミガメは願ってもない御馳走だった。食事の献立は、朝食に一房分のレーズン、昼食に焼いた——至極残念なことに煮るための道具がないのだ——ヤギもしくはウミガメの肉一切れ、そして夕食にはウミガメの卵を二個か三個、という具合になった。

雨で洞窟に閉じこめられている間、毎日二、三時間は洞窟を広げるために働いた。この片側を掘り進めて岩山の外に通じるようにし、そこに出入口となる扉を設けた。この出入口は塀の外側に位置し、以後はこの扉を使って出入りをするようになった。だが出入りがしやすくなったことで不安も覚えた。以前は完全に外界から隔てられていたわけであるが、今では開かれていて何かが侵入することも容易であり、無防備であると感じた。しかしその一方、恐れるべき生物がいる気配もなかった。ヤギより大きな動物をこの島で見たことはなかったのである。

# 8

九月三十日　忌まわしい上陸記念日である。暦の柱に刻んだ線を数え、この島に上陸してから三百六十五日が経過したことを知る。私はこの日を神聖な断食日とし、神に祈る特別な日と定めた。私はこの上なく謙虚な気持ちで地面にひれ伏すと、おのれの罪を告白し、神の正しき裁きを受け入れ、イエス・キリストを通じて神の慈悲を得られるよう祈った。そして日が没するまでの十二時間、一切の飲食を断った。その後、ビスケットと一房分のレーズンの食事をとり、朝と同じように祈りを捧げてからベッドに入った。

私はこれまで安息日を守っていなかった。何しろ最初の頃はまるで宗教心というものを持っておらず、そのために長めの刻みを入れて週を区切るということを怠り、とうとう曜日がわからなくなってしまったからだ。だが刻んだ線を数えて一年が経過したことがわかったので、改めて週を区切り、七日目を安息日とした。もっとも、よくよく数えてみると一日か二日足りないことが判明したのではあるが。

やがてインクが残り少なくなっていることに気づき、節約して使うしかなく、特筆すべきことだけ書きとめるようになった。従って日々の細かな備忘録をつけることは諦めねばならなかった。

この頃になると、雨季と乾季の周期がだんだんとわかって来たので、私はこの二つの季節を区別し、それぞれの季節に応じた準備をするようになった。だがそうなるまでには随分と苦労した。中でもとりわけひどい経験をひとつ紹介しよう。大麦や稲が自然に生えてきたと勘違いして仰天したこと、そしてその穂をとっておいたことはすでに述べた。稲は三十本ほど、大麦は二十本ほどあったと思う。雨季が終わり、太陽が南の低い位置にあったので、今こそ種を蒔くに打ってつけの時季だと私は思った。

そこで木製の鋤《すき》を使い、可能な限り土地を耕して畑を二つ作り、そこに穀粒を蒔いた。だが蒔きながら、果たして今蒔くのが本当に適切なのか不安を覚えた私は、全部蒔いてしまうのは危険だと思い、三分の二ほど蒔いて残りの一握り分は残しておくことにした。

そうしておいたことで後に大慌てせずに済んだ。というのも、最初に蒔いた種はひとつも芽が出なかったからである。これは種蒔きの後すぐ乾季になって日照りが続き、種が育つための水分が得られなかったためだ。だが再び雨季がめぐって来たとき、種は今さっき蒔いたかのようにすぐに芽を出した。

蒔いてすぐに芽の出なかった原因が水の不足にあることは、私にも容易に想像がついた。そこで、今度はもっと湿った土地に蒔こうと考え、谷の家に近い場所を耕してそこに残りの種を蒔いた。春分になる少し前、二月のことである。三月と四月は雨が多く、今度はすくすくと育って見事な実を結んだ。そうはいっても蒔いた種が少なく、しかも手持ち分を全部蒔いてしまわなかったので、収穫量はほんの少しだった。大麦も稲も、それぞれの総量は半ペック[1]に届かなかった。だがこの経験で要領を得た私は、種蒔きの適切なタイミングを知った。その結果、一年に二度種を蒔き、二度収穫できるようになった。

最初の大麦と稲が育つ間、後に役立つちょっとした発見をした。雨季が終わり、気候が安定しはじめた十一月頃、私は谷の小屋に出かけていった。もう数カ月も留守にしていたが、何もかも前に来たときのままだった。円形に築いた柵はどこも破損せずしっかりと建っていたばかりでなく、近くの木々を切り倒して作った杭が成長を続け、長い枝を伸ばしていた。柳の木は切り倒しても最初の一年は成長しつづけるというが、それと同じ現象が起こっていたのである。生け垣の杭に使った木が何という木なのかはわからなかったが、私は驚くと同時に若木が成長しているのを見て嬉しくなった。そこで、伸びた枝を剪定して一様に育つように工夫した。信じられないかもしれないが、杭は三年で美しい木々に成長した。生け垣は直径およそ二十メートルの環状に並んでいたが、木々――ここまで来ると杭ではなく木々と呼ぶ他ない――はその環状になった内側を覆い尽くして完全な日陰を作った。こうして乾季の間もそこで寝泊まりすることが可能となった。

私はさらに木を切り出し、同じような半円形の生け垣を壁の周りに作ろうと思い立った。これは海辺の自宅の話である。そして壁から七メートルほどのところに切り出した杭を二列に打ちこんでいった。杭はやがて成長して住居の目隠しとなり、もっと後には防御壁として役立った。これは後に話すことにしよう。

島の季節はヨーロッパのように夏と冬ではなく、雨季と乾季から成ることを、今や私は理解した。表にすればこんな感じである。

1 約四・五リットル。

二月下旬
三月
四月上旬
雨季　太陽の位置は春分点上かその付近にある

四月下旬
五月
六月
七月
八月上旬
乾季　太陽の位置は赤道の北にある

八月下旬
九月
十月上旬
雨季　太陽の位置は赤道付近に戻る

十月下旬

十一月
十二月
一月
二月上旬
乾季 太陽の位置は赤道の南にある

風の具合で雨季が長引くことや短くなることがあったが、私の観察ではおおよその表の通りであった。雨の中の外出が身体に悪いこともわかったので、出歩かずに済むよう食料の備蓄をこころがけ、雨の季節にはできる限り屋内で過ごすようにした。

雨の季節にもやるべきことはいろいろあった。集中してやらないと作れないものがたくさんあって、そういう作業をするのに雨の季節はうってつけだった。たとえばカゴ作りに挑戦してみたが、このために入手した小枝はどれももろくて使いものにならなかった。私は少年の頃、住んでいた町の枝編み職人の仕事場の軒先で、彼らの仕事を飽きずに立って眺めたものである。少年というのはじっと見ていられず手伝ってみたくなるものだ。私は職人の仕事をよく見ていたので、ときどきは自分でも手伝いのまねごとをさせてもらっていた。そのためカゴの作り方はよく心得ていて、足りないのは材料だけだった。そんなとき、杭に使った例の木の枝ならイギリスの柳と同じく

クルーソー少年と枝編み職人

らい丈夫で弾力があるのではと思い、試してみることにした。

翌日さっそく「田舎の別荘」――そう呼んでいた――へ出かけて行き、小枝を切ってみた。カゴを作るのにうってつけの材料だと思った。そして手斧を持って出直して大量の小枝を刈り取った。この木はあり余るほど生えていたので見つけるのに苦労はなかった。刈り取った枝は塀の中に持って来て乾燥させ、十分に乾いた後に洞窟へ運びこんだ。そして再び雨季がめぐって来たとき、この洞窟でカゴ作りに励み、非常にたくさんのカゴを製作したのである。土を運ぶためのカゴも作れば、様々なものを運搬したり収納したりするカゴも作った。あまり上出来とはいえなかったが、それでも十分に役立って重宝した。ぼろぼろになればまた新しく作り、カゴを切らさないように気を配った。穀物がたくさん収穫できたときのために、袋の代わりになるような頑丈で深底《ふかぞこ》のカゴも作っておいた。

時間をかけてカゴ作りという難関を乗り越えた私は、その後、別の道具作りに挑戦することにした。まず液体を入れておく容器が欲しかった。手元には、ラム酒が詰まっている樽二つの他に、普通の大きさの一般的なガラス瓶と、水や蒸留酒を入れる角瓶が数本あるだけだった。何かを煮るための鍋もなかった。あるのは船から持ち帰った大きなケトルぐらいで、スープを作ったり肉を煮こんだりするのには大きすぎ

もなかったのであるが、ずっと後になって何とかそれらしいものを拵えてしまった。私にはとても作れそうて適さなかった。それからタバコ用のパイプも欲しかった。私にはとても作れそう

なかったのであるが、ずっと後になって何とかそれらしいものを拵えてしまった。

　木の杭で海辺の自宅の周囲に柵をめぐらせ、引き続きカゴ作りに励んでいる間に、この夏——というか乾季——は終わってしまった。他にもやるべきことが出てきて予想外の時間を取られたせいである。

　前にも述べた通り、私はこの島全体を探検したいと思っていた。小川をさかのぼる旅をし、谷にささやかな小屋を建てた。そこまで行くと土地が開け、島の反対側の海が見えた。そこで、今度は島を横断して反対側の海岸まで行こうと考えた。銃と手斧、普段より多めに火薬と弾を持ち、二枚のビスケットとたっぷりのレーズンを袋に入れてたずさえ、犬を連れて出かけた。小屋がある谷を通り過ぎると西側に海が見えて来た。すっきりと晴れ渡った日で、海の彼方に島か大陸かわからないが、いずれにしろ陸地があるのが確認できた。その陸地は高く聳え、西から西南西の方角に横たわっていた。そこまでの距離は随分あるように思われ、目測では少なく見積もっても百キロ近くあった。

　それがアメリカ大陸の一部なのだということ以外、何もわからなかった。そしてよくよく考えてみて、それはスペイン領にほど近い場所だろうと結論した。ひょっとし

たら野蛮人が住んでいる土地かもしれなかった。そんな場所に漂着していたらもっとひどい目に遭っていたに違いない、と私は思った。私はそこに天の差配を認めずにはいられなかった。万事を最善に導く天の配剤というものを私は認め、信じるようになっていたのである。そう信じることで心を鎮めることができたし、向こうの陸地に漂着していたらよかったなどと考えずに済んだ。

それに、しばらくして私はこうも考えた。もしあの陸地が本当にスペイン領の海岸なら、いずれは船の行き来を目にするだろう。船の行き来がない場合、陸地はスペイン領とブラジルの間にある野蛮人の住む海岸ということになる。それも、住んでいるのは野蛮人の中でも一番たちの悪い人食い人種で、捕まれば必ず殺されて食われてしまうという話だった。

こんなことを考えながら私はゆっくりと歩を進めた。どうやら島のこちら側は、私の住んでいる側よりずっと快適な環境のようで、気持ちのよいサバンナには草や花が生え、美しい森もたくさんあった。それにオウムが多く棲息していた。一羽捕まえて飼い馴らし、私に喋りかけるようにしたいと思った。そこで大変な苦労の末に子供のオウムを一羽捕まえた。棒でたたき落として捕まえ、自宅に連れ帰ったのだが、そのオウムが喋るようになるまでには数年かかった。数年の後にようやく私の名前を親しげに呼ぶようになった。だがそれについてはちょっとした事件があって、その愉快な話は後々述べることにしよう。

この旅はとてもよい気晴らしになった。低地では野うさぎ——だと思う——と狐を見かけた。これまで見たことのあるうさぎや狐とはだいぶ違った種類であるらしく、何匹か捕まえてはみたが、とても食べられる代物ではなかった。食料は十分に足りており、旨いものもいろいろあったので、無理して食べる必要はないのだった。私の食料であるヤギや鳩やウミガメ、それにレーズンの味は申し分なく、レドンホール市場[2]でもこれ以上に旨いものは揃えられなかっただろう。私の境遇は不幸ではあったが、腹ぺこで飢えるようなことはなく、むしろ食料はふんだんにあってしかも美味だった。その点は大いに感謝せねばならない。

この旅では日に三キロ程度しか前進しなかった。どこに何があるのだろうと寄り道をし、道を戻ることもしばしばだったからである。それでも、日が暮れて野営地に着く頃にはくたくたになった。夜は木に登って寝たり、木々の間に杭を建てて囲いを作り、その中で寝たりした。こうすれば寝ている間に不意に動物に襲われる心配はなかった。

目的地の海岸に着いたとき驚きをもって実感したことは、私の家がこの島で最悪の場所に建っているということだ。家の近くの海岸ではこの一年半にわずか三匹のウミガメに出くわしただけであった。対してこちら側の海岸には無数のウミガメが住んでいた。ウミガメだけでなく鳥もたくさんいた。それもいろいろな種類の鳥がいた。見たことのある鳥もいれば、初めて目にする鳥もいた。食べてみるとその鳥の多くが美味だった。もっとも、私にはペンギン[3]以外の鳥は何という名前かわからなかったのであるが。

いくらでも鳥を撃つことはできたが、火薬と弾は大事に使うことにしていた。そこで、鳥の代わりに雌ヤギを撃とうと考えた。ヤギなら一頭捕まえれば当分は食べられたからだ。ヤギもまた島のこちら側のほうがたくさんいたが、土地が平らなので近づくことはずっと困難だった。丘があれば近づきやすいのだが、それがないのですぐこちらの存在に気づかれてしまうのである。

2　ロンドンで最も古い市場のひとつ。シティー地区にある。

3　デフォーが参照したと思われるウィリアム・ダンピア『最新世界周航記』（一六九七～一六九九）にペルー沖ロボス諸島に生息するペンギンの記述があるが、ロビンソンの島は南米大陸を挟んで大西洋側なので、実際にはペンギンは生息していない。

率直にいって、島のこちら側のほうが私の住む側より遥かに快適な環境であった。しかし引っ越そうという気にはならなかった。私はもうあの家に長く住み、すっかりあそこが我が家だと感じていた。だから、島のこちら側に滞在している間はあくまで旅の途上という感じしかしなかった。私はさらに海岸線に沿って東の方角に二十キロほど旅した。その後、海岸に目印として一本の大きな柱を建てて帰ることにした。次回は島の歩いていない側を散策するつもりだった。つまり私の海辺の家から海岸線に沿って東へ向かい、この目印の場所まで来ようと計画したのである。これも後で話すことにしよう。

復路は別の道を歩いた。これは、高台に上がれば島全体を見渡すことなど容易であり、土地の様子を見れば、我が家がどこにあるのかくらい見当がつくだろうと考えたためである。だがこれは勘違いだった。三、四キロ歩いたところで道は下り坂になり、大きな谷へ出た。谷は山々に囲まれ、山にはたくさんの木々が茂っていた。こうなると太陽の他に方角を知る術はない。それも、何時に太陽がどの位置にあるか、正確に知っていればの話である。

悪いことは重なるもので、私がこの谷をさまよっていた三日か四日の間は靄《もや》が出ていた。そのため太陽の位置がわからず、不安な気持ちで闇雲に歩きまわることになった。結局、どうしようもなくなって海岸まで戻り、柱を探して往路を引き返すことにした。今度はすんなりと自宅まで戻ることができたが、気温が高く、銃や弾薬や手斧、その他の荷物をやたらと重く感じた。

帰路、連れていた犬が子ヤギを襲い、追いつめる場面があった。私は駆け寄り、犬が殺してしまう前に子ヤギを取り押さえて捕獲した。生きたまま捕まえたのは、自宅に連れ帰ろうと思ったからだ。子ヤギを一頭か二頭捕まえて、家畜として育てて増やすことができないものかと私はつねづね考えていた。ヤギを飼っていれば、火薬や弾が尽きても飢える心配がないと思ったのである。

私はこの子ヤギ用に首輪を作った。そしていつも持ち歩いているロープの撚《よ》り糸で紐を作り首輪につけ、その紐でヤギを引っ張って谷の小屋へと連れていった。これはなかなか骨の折れる仕事だったが、私は谷の家の囲いの中にヤギを閉じこめてから帰宅の途についた。海辺の家まで連れ帰らなかったのは、一刻も早く家に帰りたかったからである。何しろもう一カ月以上も帰っていなかったのだ。

馴染みの我が家に戻り、ハンモックに横になったときの安堵感といったらなかった。そのとき感じた満足はとても言葉にならない。散策の旅行に過ぎないとはいえ、家のないところで寝泊まりするのは気持ちのいいものではない。やはり我が家が一番だと呟かずにはいられなかった。家では何もかもが快適で、島にいる限りもう遠くへ出かけるのは止そう。そう決心したくらいである。

長旅の後で、私は一週間ほど休養した。身体を休めてしっかり食べた。この間、私にすっかりなついていたポル――オウムの名前である――のために鳥カゴを作りはじめ、多くの時間をその作業に費やした。次いで、谷の家の柵の中に閉じこめた子ヤギのことが気になり出して、こちらへ連れて来るか、餌をやりに行くかしようと考えた。行ってみると、子ヤギは外に出ようにも出られず、ちゃんと柵の中にいたが、食べる物がないので飢えて死にかかっていた。私は木の枝や灌木の枝をあるだけ切り、柵の中に投げこんでヤギに食事を与えた。それから、連れて来たときのように首輪に紐をつけた。家まで引っ張って行こうと思ったのだ。けれども、飢えて大人しくなっていた子ヤギは、犬のように私の後をついて来た。その後もくり返し餌をやったおかげでこの動物はすっかりなついて従順になり、以来私の家族の一員となって一緒に暮らすことになった。

秋の雨季がめぐって来た。上陸記念日である九月三十日、私は昨年同様に厳かな態度でこの日を過ごした。この島で暮らしてちょうど二年が過ぎ、救出される希望は未だなかった。状況は島へ着いた初日といささかの変化もない。だがその一方、神はこの孤独な生活に驚嘆すべき数々の恵みを与えてくれた。そうした恵みがなければ、私の境遇は遥かに惨めなものになっていただろう。私はそのことを真摯に受け止め、また感謝しつつ、この日を過ごしたのだった。なるほど私は孤独ではあった。だが社会の中で自由に生きるよりも、そしてまたこの世のあらゆる悦楽を享受するよりも、私はここでより大きな幸福を得ることができるのだ。そのことを教えてくれた神に、私は謙虚な気持ちで感謝せずにはいられなかった。神がすぐそばにいることを思えば、他人のいない孤独な生活もさして苦ではなかった。神の恩寵は私の魂に働きかけ、私を支え、慰めた。それは、この世では神の摂理に従って生き、死後は神という永遠の存在に頼ることを私に教えたのだった。

これまでの忌まわしく罪深い人生と比べてみた場合、今の生活のほうが——どれほど惨めな暮らしであろうとも——遥かに幸福だと、今や私は身に染みて感じはじめた。これにともない、私の悲しみや喜びは変化した。欲望は変化し、愛情はその対象を変え、喜びは一新された。私はもはや島に来た頃の私ではなく、過去二年間のどの私でもなかった。

かつては、狩りや探検に出かけて一人歩いているときなど、不意に自分の境遇を思って苦しみ悶えることがあった。私は一人きりで無人島にいて、森や山や荒地に取り囲まれて暮らし、海という監獄に幽閉されている囚人なのだ。救い出されることはない。そう思うととても生きている心地がしなかった。この上なく落ち着いて冷静なときでも、こうした考えは嵐のように私を襲い、苦しみに手を揉み合わせてさめざめと子供のように泣くことがあった。何か仕事をしている最中にも不意にこの苦悶に襲われ、思わず座りこんでため息をつき、一、二時間もじっと地面を見つめていることまであった。こういう状態のほうが苦しみは大きい。いっそ泣いたりわめいたりできれば、やがて気分も晴れ、悲しみも枯れて和らぐものだからだ。

しかし私は新しい考え方をするようになった。毎日聖書を読んで神の言葉を聞き、それを今の境遇に当てはめて大いなる慰めとした。悲しみに打ち沈んだある朝、聖書を開くと、「私はあなたを決して見放さない。あなたを見捨てることもない」[4]という言葉が目にとまった。途端に、これは自分に向けられた言葉だと思った。なぜなら私はちょうど、自分は世の人からも神からも見捨てられた人間であると、我が身を嘆いているところだったからである。そこで私はこう考えた。もし神が私を見捨てないとすれば、世間が私を見捨てたとしてもひどい状況とはいえない。反対に、神の加護と祝福が得られなければ、たとえ世間からは見捨てられていなくても、大変な不幸に違いない。

聖書の言葉に慰められる

ここから私が得た結論は、世間で幸福に生きる道があるのは無論だが、この見捨てられた孤独の島でもそれ以上の幸福を得ることができる、というものであった。この結論に達した私は、この島に自分を導いた神に感謝せずにはいられなかった。

だが同時に、別の何かが横槍を入れてきて、思わず私は言葉に詰まった。もう一人の私がはっきりとこういった。「お前は大した偽善者だ。こんな境遇に追いやられて、それに感謝しようというのか。お前は痩せ我慢をして満足だなどといっているが、この島から救出されたいというのが本音だと知っているぞ」もう一人の私はそこで口をつぐんだ。確かに、この島に連れて来られたことに感謝していたとはいえない。だが私を開眼させてくれたことでは心から神に感謝していた。いろいろとひどい目に遭いはしたが、おかげでかつての生き方を省みることを学び、我が身の愚かしさを嘆いて悔い改めることができたのである。私は聖書を開くときも閉じるときも、神の計らいに感謝を捧げないわけにはいかなかった。何しろこの聖書は――私が頼みもしないのに――イギリスの友人が私の荷に忍びこませてくれたもので、私の乗った船が沈んだ際も、私はそれを無事に取り戻すことができたからである。

こうした新たな心持ちで私は三年目の生活をはじめた。この年に関しては読者に配慮し、一年目のような細々した記述は省いたが、全体としては怠けることなく日課を決め、いくつかのやるべき仕事にしっかりと取り組んだといえる。第一の日課は神への祈りと聖書の読解である。私はこのための時間を日に三度設けた。第二に食料を得るための猟があった。これはだいたい三時間くらいで、朝の仕事のひとつであった。ただし雨の日は中止とした。第三に、食料として殺すか捕獲するかした動物を解体し、干して保存し、調理するという一連の仕事があった。これには一日の大半の時間を取られた。だが太陽が天頂にある真昼時《まひるどき》は暑さが厳しく、とても外には出られなかった。そのためこの仕事に割ける時間は夕方の四時間ほどに限られた。もっとも、ときには猟とその他の仕事の時間を入れ替え、朝に仕事をして午後に銃を持って出かけることもあった。

　仕事に使える時間が限られていることに加えて、仕事そのものの大変さも強調しておきたい。何しろ道具もなければ手伝ってくれる人間もいないのである。それに私は素人なので、何をするにも膨大な時間を要した。たとえば洞窟に備えつける棚用の長い板を作るのに、計四十二日間かかった。仮に同じ作業を二人の木挽きが道具と木挽き穴[5]を使って行った場合、半日で六枚の板を切り出せたはずである。

4　旧約聖書「ヨシュア記」一章五節参照。

私は幅のある大きな板が欲しかったので、大きな木を切り倒さねばならなかった。木を切り倒すのに三日かかり、枝を落として丸太にするのに二日かかった。そこから両面をひたすら削りに削ってゆき、私一人の力で動かせるほどの重さになったら、片面を端から端まで平らにして滑らかにし、それが済んだら引っくり返して裏面も同様に仕上げる。こうして厚さが八センチほどの板ができ上がる。これがどれほど大変な作業かは説明するまでもないだろう。しかし私は努力と忍耐でこれをやってのけた。他のいろいろな作業も同様であった。こんなことを述べるのも、あり余るほどの時間があってもわずかなものしか作れなかった、その理由を知ってほしいからである。道具があって手伝ってくれる人間がいれば簡単にできることも、それがなければ大変な労働で、途方もない時間を要するのである。

これればかりでなく、その他の様々な作業――必要に駆られて取り組んだ一切の作業――が、ただ忍耐と努力あるのみであった。それは次のエピソードでもおわかり頂けよう。

5 木材を切る職人が使う地面の穴。通常一人が寝かせた木材の上に乗り、もう一人がこの穴に入り、二人で巨大なノコギリを挽いて木材を切る。

# 9

十一月と十二月は大麦と稲の収穫への期待に胸を膨らませた。といっても、耕した畑はそんなに広くはなかった。すでに書いた通り、蒔いた種自体が半ペック[1]に満たなかったのである。これは以前、乾季に種を蒔き、思い通りに収穫できなかったためだ。しかし今度こそ大いに期待できそうだった。ところが、またしても作物をそっくり失う危険が迫っていることに私は突如として気がついた。防ぎようのない敵がいくつも現れたのである。まずヤギと、私が野うさぎと呼んでいた動物である。彼らは穀物の甘い葉を好み、昼夜の別なく畑へやって来て、芽が出るたびにそれを食べてしまった。根元まで齧るので芽はいつまでたっても大きくならなかった。

　この敵を防ぐ手立てとして、私は畑の周りに柵を設けることぐらいしか思いつかなかった。柵で畑を囲うのは大変な手間で、しかも急いでやらねばならないのでなおさら大変だった。幸い、狭い耕地だったので三週間ほどで畑をすっかり囲うことができ、昼間は銃で動物を追い払い、夜間は畑の入口の杭に犬をつないでおいた。犬は一晩中そこで吠えた。ほどなくして敵は畑を放棄するに至った。かくて作物はすくすくと丈夫に育つようになり、やがて実をつけはじめた。

発芽段階ではこうした動物に手を焼いたわけであるが、作物が実りはじめると今度は鳥が悩みの種となった。ある日、作物の成長具合を確かめに畑へ行くと、見たこともない種類の鳥たちが畑を取り囲んでいた。連中は私が立ち去るのをじっと待っていた。が、とっさに私は――銃は絶えず持ち歩いていたので――鳥たちめがけて発砲した。銃を撃つと、予想外の数の鳥たちがわっと作物の陰から飛び立った。

私は危機感を覚えた。このままでは数日で実は食い荒らされ、穀物の栽培そのものが頓挫して、飢えてしまう。だがどうしたらいいのかわからなかった。ともかく作物を守るには、昼夜構わず見張りに立つしか手はないと思った。そこでまず、畑に入り、被害状況を調べた。すると、だいぶ食べられてはいるが、まだ青い実も多く、さほどの被害ではないことがわかった。残りの穂が無事に育てば、十分な収穫が期待できそうだった。

1　約四・五リットル。

私は耕地のそばに立って銃に弾をこめた。立ち去ろうとすると、盗人たちが周りの木という木に止まり、私がいなくなるのを待ち構えていた。案の定、私が帰るような素振りで畑を離れ、見えなくなると、鳥たちは一羽また一羽と畑に舞い降りて来た。私は思わずかっとなった。鳥たちがもっと降りて来るのを待ってもよかったのだが、それ以上じっとしていられなかった。何しろ、鳥たちが食べた実の総計は、一ペック[2]分のパンの喪失を意味した。私は飛び出して柵まで行き、再び鳥たちめがけて発砲し、そのうちの三羽を撃ち殺した。私には思惑があった。イギリスでは悪名高い盗賊を鎖で吊るして見せしめとするが、私は死んだ鳥を拾い上げ、同じように吊るして他の鳥たちへの見せしめとした。意外にもこれは目覚ましい効果を上げた。鳥たちは作物に寄りつかなくなったばかりか、やがてこの周辺一帯から姿を消した。このかかしがぶら下がっている限り、畑近くで鳥を見かけることはなくなった。

私が喜んだことはもちろんである。かくして一年のうち二回目の収穫時期である十二月の末頃、私は収穫物の刈り入れを行った。

ただ、穂を刈る鎌がないのには困った。仕方がないので、船から持ち帰った武器類の中から幅広の剣を一本見つけ出し、これで鎌のようなものを拵えた。このときの収穫量は少なかったので刈り入れはさほど大変ではなかった。私は我流で穂を刈り、自分で作った大きなカゴに入れて運び、両手でこするようにして脱穀した。こうして収穫作業が終わり、半ペックの種を蒔いた結果、約二ブッシェル[3]の米と約二ブッシェル半の大麦を得たことがわかった。もっともこれは、計量器がないのでおよその目分量ではあったが。

収穫は大きな励みとなった。神の恵みによりパンを焼ける日もいずれは来るだろうと私は思った。だが前途は多難だった。第一、どうやって穀物を挽いて粉にすればよいのか、またどうやって粉を籾殻から選り分ければいいのか、わからなかった。仮に上手く挽けたとしても、それをどうやってパン生地にするのか私は知らなかった。パンの焼き方も同様であった。こうした問題があることに加えて、今後安定した収穫を得るためにも、相当量を保存する必要があると思った。そこで今度の収穫分には手をつけず、来季の種蒔き用にそっくり取っておくことにした。そしてしばらくは、穀物の育て方とパンの作り方を研究し、脇目もふらずこの問題に取り組もうと決心した。

文字通り私はパンのために働いたのだった。パン作りというのは不思議なものであ

2 約九リットル。
3 約七十二リットル。

る。ほとんどの人は深く考えたことがないと思うが、パンの製造は実にこまごまとした一連の作業を要する。大麦を生産し、粉にし、こねて寝かせて発酵させ、形を整え、焼き上げるという作業を経て、ようやく一個のパンは出来上がるのだ。

私は自然状態で生きることを余儀なくされていた。そしてそのことを日々思い出しては落胆をくり返した。しかもこの落胆の度合いは日増しに激しくなった。作物が芽を出して私を驚かせたことはあったが、こうして一握りの穀類を手にした後もなお、無力さの感覚はいっこうに消えなかった。

考えてみてほしい。地面を耕す鋤、土を掘り返す鍬やシャベルさえないのである。すでに述べたように、木製の鍬を作るには作った。しかし当然ながら木製の鍬では仕事ははかどらない。そんな道具でも作るのに大変な時間を要したが、鉄がないのですぐにだめになった。おまけに作業が困難で、うまく土を耕すこともままならなかった。だが私は耐えた。出来映えが悪かろうと我慢するしかなかった。穀粒を畑に蒔いた際も、馬鍬《まぐわ》がないので、代わりに大きな重い木の枝を自ら引いて歩くしかなかった。土をならしているというよりひっかきまわしているといったほうが適当だったかもしれない。

作物が育てば育ったで、いろいろな作業が必要になる。これについてはすでに述べた通りである。まず柵で囲って害獣から畑を守る。次いで、実った穂を刈り取って乾燥させる。その後、持ち帰って脱穀し、籾殻と実を選り分け、保存するのである。その後の作業で必要になったのが、粉挽き器やふるい、パンを作るのに欠かせないイーストと塩、そしてパンを焼くためのかまどであった。結局、私はこれら一切がないままパンを作り上げたが、その話は後にまわすとしよう。ともかく穀物が手に入ったことは大変な強みであり、私は大いに安堵した。パン作りは大変な手間がかかる上に退屈な作業であったが、一人でやるしかなく、ほかにはどうしようもなかった。時間の浪費にはならなかった。日課はあらかじめ決めていたので、毎日決まった時間だけをその作業に当てるようにした。とりあえず私は、十分な量の大麦の蓄えができるまでパン作りはしないことに決めた。そこで以後六カ月というもの、知恵を絞りつつ、穀物をパンにして焼く際に必要となる道具作りに精を出すことにした。

けれどもまず、耕地を広げる必要があった。すでに一エーカー[4]以上の土地に蒔くだけの種があったからだ。作業にかかる前に鋤を作ったが、製作に少なくとも一週間かかった。しかも見た目は不格好で、おまけに重くて普段の倍の労力が必要だった。私

4 約四千四十七平方メートル。約千二百坪。

は我慢してそれで作業し、自宅から近い、広々とした平地二カ所に種を蒔き、周りを柵で囲った。柵に使った杭は以前谷の小屋の柵に利用したもので、一年もすれば成長して立派な生け垣となり、修理の必要もほとんどないはずであった。この作業には三カ月もかかってしまったが、これは作業期間が雨季と重なり、外に出られない日が多かったからである。

雨に降られて外に出られない場合でも、やることはたくさんあった。気晴らしのつもりで、私は仕事をしている間中オウムに話しかけていた。言葉を覚えさせようと思ったのである。オウムはすぐに自分の名前を覚え、とうとう大声で「ポル」といった。これは私がこの島で耳にした、自分以外の口から発せられた最初の言葉であった。だがこれはもちろん仕事ではなく息抜きに過ぎない。私はこのとき別の大仕事に取り組んでいた。それは土器の製作で、土器は是非とも手に入れたい道具であった。このために長い間研究をしていたのだが、どのように作ればよいのか私にはわからなかった。ただ気温は非常に高くなるので、粘土を手に入れ、それらしいかたちに整えて天日に干しさえすれば、硬く頑丈な壺ができるはずであった。そんな壺があれば、乾燥したものを何でもそれに入れて、湿気らせることなく保存できるのだ。穀物やその挽き割り粉を作るに当たり、この道具はどうしても必要と思われた。そこで、できるだけ大きな容器をいくつか作ることにした。保存できればいいだけなので、甕のようなもので十分だった。

こんな話を聞けば読者は私を憐れむか笑うであろうが、私は粘土をこねるのにさんざん手こずったあげく、不格好で醜い壺しか作ることができなかった。しかも粘土が十分に硬くなかったので、放っておけば勝手に曲がって崩れてしまう有様だった。時間を置かずに日干しにしたため無数のひびが生じ、乾燥の前後に触れただけで割れてしまうということもたびたびあった。要は、さんざん苦労して粘土を見つけ、掘り返しては練り、家に持ち帰ってそれらしく仕上げたものの、無事に出来上がったのは不格好な土器が二つきりであった。二カ月近い労働で得たのはこの甕とも呼べない代物だった。

しかしともかく、この二つの壺は太陽で十分に焼かれてしっかり乾燥し、硬質なものに仕上がった。私は細心の注意を払いつつ、二つの枝編み細工のカゴにそれぞれの壺を収めた。このカゴは壺が割れるのを防ぐ目的で、わざわざ私が製作したものである。壺を収めるとカゴとの間にまだ多少の余裕があったので、その隙間には稲と大麦の藁を詰めておいた。こうすれば壺は常に乾いた状態にあり、大麦を――そして多分、大麦をすり潰した粉も――安全に保存できると思われた。

土器を作る

この大きな壺はひどい出来映えであったが、めげずに今度は小さな土器を作り、こちらはいくらかましなものに仕上がった。このとき私が作ったのは、小さな丸い壺や平皿、水差しや土鍋などで、その他にも気の向くままいろいろなものを作った。これらは太陽に焼かれるとびっくりするほど硬くなった。

だがこれらのどれひとつとして私を心から満足させはしなかった。私が本当に欲しかったのは、液体を入れることができ、しかも火にかけられるような容れ物だったのである。それからしばらくしたある日、私は肉を調理するために大きな強い火を起こした。そして調理が済んで火を消そうとしたとき、火の中に焼けて石のように硬くなり、レンガのように赤くなった土器の破片を見つけた。私は狂喜して呟いた。「破片が焼けるなら、まるまる一個の壺だって焼けるはずだ」

こうして壺を焼くための火加減の研究がはじまった。陶工が使う窯のことなど私には知る由もなく、鉛はあったが、それを使って釉薬[5]をかけるなどということも知らなかった。私はとりあえず、大量の薪の燃えさしの上に三つの大きな土鍋と壺二つを積み重ね、周囲を薪で覆った。そしてその外側や上部にこれでもかと薪をくべて火をつ

5 鉛化合物を主成分とする釉薬は、中世以来ヨーロッパでは一般的な釉薬である。

けた。しばらくして中を覗くと、壺が赤くなって焼けており、幸いひび割れもしていなかった。それから壺が真っ赤になったのを確認して、火の勢いはそのままで五、六時間焚き続けた。その後で覗いて見ると、壺のひとつが割れずに融け出していた。粘土に含まれた砂が猛烈な火によって融け出したのだ。そのまま焼き続けていたら、きっと最後はガラスになっていたと思う。私が火をゆっくりと弱めていくと、壺は真紅の輝きを減じていった。私は一晩中目を離さず、火が急に弱まることがないよう気を配った。朝になった。土鍋は——美しいとはいえなかったが——三つともよい出来映えで、あとの二つの壺も申し分なく硬く焼き上がり、特に片方は融けた砂で見事に釉薬がかかっていた。

これ以後、私が土器に困ることがなかったのはいうまでもない。ただし見てくれは、読者が想像するように、もちろん上出来とはいいかねた。私は正しい作り方を知らず、子供が泥だんごを作ったり、生地の膨らませ方を知らぬ主婦がパイを作ったりするのと何ら変わりがなかったからである。

それほど不格好な壺ではあったが、こいつが火に耐えうるとわかったときの喜びはそれこそ大変なものであった。壺が冷えるのも待ちきれず、さっそく水を入れて火にかけ、肉を煮てみた。申し分なく煮ることができた。煮たのはヤギの肉で、立派なスープができあがった。オートミールやその他の材料があれば、さらに上等なスープができたはずである。

その次に取り組んだのは、大麦を挽いて粉にするための石臼であった。製粉器のような精巧なものは、私のたった二本しかない腕で製作できるとはとても思えなかった。だが石臼でさえ、どうやって作るかは大変な難問だった。世に職業はいろいろあるにしても、石工ほど私に向かない職はないといってよかった。それに石を加工する道具もなかった。ともかく中をくりぬいて臼にできるような大きな石を探した。何日もかけて探したが、いっこうに見つかりそうになかった。岩はあるにはあったが、これを掘ったり切り出したりする術がなかった。それにこの島の岩はそれほど硬くなかった。砂を含んだもろい岩石であり、これで臼を作ったとしても重量のある杵の使用には耐えられそうもなく、挽いた大麦粉に砂が混じることも避けられなかった。ずいぶんと探し歩いたが、手頃な石はどうしても見つけることができなかった。そこで代わりに幹の太い硬い木を探すことにした。これは容易に見つけることができた。私の力で動かせる程度の大きさに切って持ち帰ると、それを斧で丸く削り、かたちを整えた。次いで、ブラジルのインディオたちがカヌーを作るときのやり方に倣い、火を使って中をくりぬいたのだが、これは大変な手間だった。こうして臼ができあがると、今度は

「鉄の木」と呼ばれる木を材料にして馬鹿でかく重い杵を作った。かくして次回の収穫の準備が整ったわけである。今度こそ大麦を粉に挽いてパンを作ってやろうと思った。

その後に突き当たった問題は、挽いた粉を籾殻から選り分けるふるいの製作である。ふるいなしにパン作りは不可能といってよい。しかし、ふるいをどうやって作ったらよいのか。なぜなら私の手元には、粉をふるうために絶対に必要なもの、きめの細かい薄手の帆布がなかったからである。これでは完全にお手上げで、何カ月も作業が滞った。打開策はまったく見つからなかった。リネンはぼろ切れのようなものしか残っておらず、ヤギの毛があるにはあったが、織り方も紡ぎ方も知らなかった。たとえ知っていたところで、織ったり紡いだりする道具がなかった。だが、しばらくして、船から引き揚げた船員の衣類の中にキャラコ[6]かモスリン[7]のネッカチーフがあったことを思い出した。それを利用することにして、ついにふるいを三つ作り上げた。小さなものだったが、パン作りには十分に役に立ち、私は何年ものあいだこのふるいで間に合わせてしまった。その後どうしたかについては追々述べるとしよう。

次に考えねばならぬことはパン焼きであった。大麦を収穫したら、どうやってそれを焼き、パンにするかという問題である。私にはイーストがなかった。だが、ないものは仕方がない。そのことではあまり悩まないことにした。しかし、かまどを作るのは大変な苦労だった。結局、私は次のような新手法でパンを焼いてみることになったのであるが、それはこんな具合である。まず、大きいが深さのない——直径が六十センチほどで深さが二十センチ程度の——土器をいくつか作り、前と同じやり方で焼いておいた。いざパンを焼く段になったら、まず手製の四角いタイル——正確には四角とはいいかねたが——を並べて作った炉に、薪を入れて火をつけ勢いよく燃焼させる。さて、薪が十分に焼けて熾《おき》、つまりは炭火になったら、この熾を引き出すようにして炉全体に広げる。するとしばらくして炉の温度は非常に高くなる。十分な高温になったら熾は一旦取り出し、炉の上にパン生地を並べる。そして用意しておいた土器を逆さにして、パンの上にかぶせる。あとは土器の外側を熾で覆うだけだ。こうするとがこもって土器の内部が非常な高温になる。このような方法で私は大麦パンを焼いたのであるが、こうして焼いたパンは世界最高のかまどで焼いたといってよいほどの出来だった。そればかりか、まもなく私は立派な菓子職人にもなった。米を使って何種類ものケーキを焼き、プディングも作った。ただしパイは作らなかった。パイの具と

6　インド産綿布。
7　木綿や羊毛を平織りにした織物。

なるものが鳥かヤギの肉くらいしかなかったからだ。

　こんなことをしているうちに島での三年目があっという間に過ぎ去ったのは、驚くには当たらない。これらの仕事の合間には、作物の収穫をしたり畑の手入れをしたりと何かと忙しかったのだ。収穫期には大麦を刈り入れ、せっせと家に持ち帰り、大麦は殻つきのまま大きなカゴに入れて保存した。そして時間のあるときに手で擦るようにして脱穀した。まとめて脱穀する十分な広さが我が家にはなく、そのための道具もなかったからである。

　かくして大麦の貯蔵量は増えてゆき、私は大きな納屋を建てたいと思うようになった。今度は大麦を保存する場所が必要だった。大麦はおよそ二十ブッシェル[8]、米も同じくらいかそれ以上の量があったので、もう自由に使うことにしようと思った。船から持ち帰ったパンはとっくになくなっていた。どれくらいの量があれば一年暮らせるのか正確に知りたいという思いもあり、今後の種蒔きは一年に一回にしようと決めた。

　結果からいえば、私が一年に消費する穀物は、大麦と米を合わせて四十ブッシェルに満たないことが判明した。そこで、最後に蒔いたのと同じ量を毎年蒔くことにした。それぐらいの量で、パンやらその他のいろいろなものを作るには十分だと予想したからである。

大麦を収穫する

このようにして過ごしている間も、私は絶えずあの陸地の光景を思い出していた。島の反対側で見た、例の陸地である。心ひそかに、私はあそこへ渡ることを想像した。ひょっとしたらあれは大陸で、人が住んでいるかもしれなかった。そうだとしたら、そこからもっと遠くまで行くことができるかもしれず、脱出の方途も見つかるかもしれなかった。

そのとき私は、陸地へ渡ることに伴う危険は一切考慮していなかった。よくよく考えれば、野蛮人に捕まる可能性があり、そうなったらアフリカのライオンや虎に追われるより遥かに危険だともいえた。捕まれば殺されるのは間違いなく、食われる危険さえあった。カリブ海沿岸の連中は人食いだという話を私は聞いていた。緯度から推して、ここがカリブ海沿岸からさして遠くない場所であることもわかっていた。住人が人食いでなかったとしても、殺される可能性は十分にある。何しろ、十人や二十人という集団であったにもかかわらず、捕まって殺されたヨーロッパ人が大勢いたのだ。一人きりの私など、どう考えても助かるはずがなかった。私は、こうした諸々の可能性を十分考慮すべきであった。もっとも、後々には、こうしたことも頭に浮かんで来たのであったが、最初はいかなる不安も覚えなかった。それほど向こう岸に渡るという考えに夢中だったのである。

こうなると、少年のジュリーがいないことや、アフリカ沿岸を千五百キロ以上も旅したあの三角帆のボートがないことが悔やまれた。だがそんなことを考えてもはじまらない。私は船のボートを見に行くことにした。前にも触れたように、われわれが海に投げ出されたときの嵐でボートも流され、岸辺に打ち上げられたのだった。行ってみると、ボートは流れ着いたときとほとんど同じ場所にあったが、波や風によってひっくり返されて船底が上を向き、砂利が堆積してできた小山の脇に転がっていた。だが以前同様、水に浸かってはいなかった。

もし私に手を貸してくれる人間がいて、ボートを修繕して海まで運べたなら、何の問題もなく海に漕ぎ出せたに違いない。そして楽にブラジルまで帰ることもできただろう。しかし、このボートをひっくり返して元通りにするのは、この島を動かすのと同じくらいの無理難題だとすぐには気づかなかった。そこで、森へ行って梃子《てこ》と転《ころ》[9]を作ってボートのところへ戻り、やれるだけはやってみようと思った。ひっくり返しさえすればいい。壊れた部分の修理などお手のものだ。とても上等なボートだから、楽

8　約七百二十八リットル。
9　重いものを動かすときに下に敷く丸棒。

に海に漕ぎ出せるだろう。そんな風に考えたのである。

徒労だとも知らず、私は懸命に立ち働いた。三週間から四週間もこの仕事を続けたと思う。自分一人の力でボートを持ち上げるのは不可能だと悟ると、今度はボートの下の砂を掘ってかき出すことにした。砂をどければ自然と傾くと思ったからだ。あとは材木を梃子にしてひっくり返せばよい。

だが、いざやってみるとボートはびくともせず、下の砂を掘ることもできなかった。ボートを動かして水際まで運ぶなどなおさら不可能で、結局諦める以外になかった。だが、ボートを諦め、他にどんな手段も思い当たらなかったが、あそこへ渡りたいという思いだけはいや増すばかりだった。

そして、とうとうこんなことを思いついた。カヌー、つまりは丸木舟なら私でも作れるのではないか。丸木舟は巨木の幹をくりぬいて作るが、熱帯に住む人間は大した道具も人手もなしにこれをやってのける。それなら私一人でも作れそうだし、作業も簡単だと思った。カヌーを作るというアイデアに私はすっかり魅せられた。何といっても黒人やインディオにはない工作道具が私にはあるのだ。そう思うと嬉しくてたまらなかった。だが彼らと比べて、こちらにはとりわけ不利な点があることを完全に忘れていた。カヌーができたとしても、私にはそれを水際まで運ぶ人手がないのである。

これは大きな不都合であった。私のこの条件と比べれば、彼らに道具がないことは何でもなかった。森で大きな木を見つけてさんざん苦労して切り倒し、道具を用いて外側を削り、内側を焼くなりくりぬくなりしてカヌーを作ったとしても、カヌーをそこから動かせず、海に浮かべることができないとすれば何の役にも立たない。

人はこう思うかもしれない。カヌーを作っている間、いろいろなことに気がまわらなかったとしても、それをどうやって海まで運ぶか、それくらいは考えそうなものであると。しかし私はもう海に乗り出した気になっていて、カヌーを海まで運ぶ手段については一顧だにしなかった。百メートル足らずの道程を運ぶより、百キロ航海するほうがずっと容易だということを、このときの私はまだ知らなかったのである。

いそいそとカヌー作りに取りかかった私は大馬鹿者もいいところだった。とても正気の沙汰ではなかった。海に漕ぎ出すという考えに魅せられるあまり、本当にそれが実現可能かどうかよく検討しなかったのである。「カヌーを着水させるまでが大変だろうな」と、ふと思うこともあった。しかし愚かしくも私はこう自分にいい聞かせ、深く考えないようにしていた。「とりあえず作ってしまおう。運ぶ方法は探せばきっと見つかるはずだ」

これは馬鹿げたやり方で、まず運ぶ方法を考えるべきであった。しかし私の頭には航海のことしかなく、すぐにカヌー作りに着手した。まずヒマラヤ杉の木を一本切り倒すことにした。ソロモンがエルサレムの神殿を建てるのに使った木でさえも、これほど巨大ではなかったのではないか。私が目をつけたのは、根元の部分の直径が百八十センチあり、根から七メートル近くの高さのところでも太さが百五十センチはある巨木であった。そこからどんどん細くなり、その先は枝に分かれていた。この木を切り倒すのは並大抵の苦労ではなかった。根元の部分の切断に二十日かかり、斧で大小の枝を払い、茂った梢を切り落とすのにさらに十四日かかった。大変な労働だった。それが済むと、切り出した木材をカヌーらしく削り、カヌーの底部にあたる部分もそれらしく作り、しっかりと水に浮かぶようにした。これには一カ月かかった。そして内部をくりぬいてカヌーとして使えるようにするまで、さらに三カ月近くを要した。火は使わず、木槌と鑿《のみ》だけで頑張り通して、ついにこれをやり遂げた。かくして立派な丸木舟が完成した。ゆうに二十六人は乗せられただろう。従って、私と私の荷物全部を載せても十分過ぎるほどの大きさだった。

丸木舟が完成すると、私は心から満足を覚えた。これほど大きい丸木舟はこれまで見たことがなかった。うんざりするほどの手間がかかったが、後は海まで運ぶばかりであった。もし海まで運ぶことができていれば、きっと前代未聞の無謀な航海に漕ぎ出していたに違いない。

しかしこの舟を海まで運ぶ企ては、すべて失敗に終わった。必死にやってはみたが、どれもこれも徒労であった。舟のある場所から水辺までは百メートル足らずの距離である。第一の問題は、川までが上り坂になっていることだった。この不便を解消するため、私は地面を掘り返して下り坂にしようと考えた。やってみると、この工事は途方もない重労働だった。だがこれで島を出られると思えば、苦労を厭う気持ちは起きなかった。私はやっとの思いでこれをやり遂げたが、この難題を片づけてもすべての困難が解決されたわけではなかった。例のボートを運べなかったのと同様、この丸木舟もまた重すぎて動かすことができなかったのである。

運ぶのが無理だとわかると、今度は水辺までの距離を測って丸木舟のある場所まで水路を引くことを考えた。私はさっそくこの仕事に取りかかることにし、水路をどれくらい深く掘り、その幅がどれくらい必要で、土砂をどのように運び出すかをまず算定してみた。すると、人手がたった一人では、完成までに十年から十二年を要することが判明した。高く盛り上がった部分もあり、水路の終わり部分では最低六メートルは下に掘る必要があった。諦めても諦めきれなかったが、この計画もまた断念する以外になかった。

びくともしない丸木舟

落胆は大きかった。何か仕事をはじめるときには、まず必要な時間と労力を計算し、自分の力でそれが本当に可能かどうかをしっかりと検討することが肝心である。私はこのとき、闇雲に着手することの愚かしさをいまさらながらに痛感したのであった。

この作業の間に、島での四年目の生活が終わりを告げた。これまで同様、神を崇めつつ安らかな気持ちで記念日を過ごした。絶えず聖書を読んで神の言葉を熱心に学んでいた私は、神の恩寵もあり、かつてとは異なる知識を得ていた。物事について新しい考え方をするようになっていたのである。世間というものが私から遠のき、今では自分とは何の関係もないものと感じられた。何の期待も要望もなかった。一言でいえば、私は世間とまったく無縁となり、今後世間と関係をもつこともないだろうと思った。死後の世界から見るように私は世間を見ていた。かつてそこで暮らしたが、もう帰ることはない場所として世間というものを見ていたのである。父アブラハムが富める人に向かっていったごとく、「私とあなたたちの間には大いなる深淵がある」[10]という心境であった。

何より今では、私は世のあらゆる悪を免れていた。「肉の欲、目の欲、生活の奢り」[11]

10　新約聖書「ルカによる福音書」十六章二十六節参照。

の一切と無縁だった。欲しいものは何もなく、あるもので十分幸福に暮らすことができた。私はこの荘園の領主であり、この島の王か皇帝といってよかった。すべてが私のものだった。敵対者もおらず、覇権を争う競争相手もいなかった。それに、やる気になれば船一隻分の穀物を育てることだってできた。ただ、その必要もないので必要な分だけを育てた。ウミガメもたくさんいたが、ときどき一匹捕まえれば食料としては十分だった。木材もふんだんにあり、船をいくつも建造して船隊を作れるほどあった。ぶどうもワインやレーズンを作るのに困らないほどあった。船をたくさん建造していたとしたら、そのすべてをいっぱいにできるくらいあっただろう。

けれども価値というものは、利用できる分にしか存在しない。私には食べるものが十分にあったし、必要なものがあれば作ることができた。それ以上のものは要らなかった。食べられる以上に獲物を得れば、犬や獣にくれてやる他はない。食べる以上の大麦を蒔いても、腐らせてしまうだけだ。現に、私が切り倒した木々は、地面に転がって朽ち果てており、もはや火にくべる以外に使いみちがなく、それも煮炊き以外に使う機会がなかった。

この世の事物について私が理解したことは、われわれが何かを指して価値があるというとき、それは何かに利用できるということを意味している、ということだ。人に与えるためにいくら蓄えようとも、われわれが享受できるのは自分で利用できる分に限られる。どんな強欲な守銭奴でも、私の立場に置かれたならば、きっと強欲という悪徳を逃れることができただろう。なぜなら私は、あり余るほどのものに恵まれていたからである。手元にないもので欲しいと思うものは確かにあった。それは、つまらないものだが、私には大いに役立つものである。しかしそれ以外に欲しいものはなかった。前にも触れたが、私は結構な額の金貨と銀貨を持っており、全部で三十六ポンドはあったと思う。しかしこの島では、不要で厄介で哀れな代物だった。何の役にも立たなかった。もしタバコ用のパイプ十二ダースや、手まわしの粉挽き器と交換できるなら、ひと摑みの金貨銀貨も惜しくはない。いや、イギリスのカブや人参の種子六ペンス分、あるいはひと摑みのエンドウ豆やインゲン豆、もしくはインク瓶が手に入るなら、あり金全部と交換してもよかったのだ。金貨銀貨などいくらあっても少しも利用価値がなかったからである。そのため引出しの中にしまいこまれ、雨季に洞窟内にこもった湿気でカビ臭くなっていた。代わりにダイヤがぎっしり詰まっていたとしても大差はなかった。使いみちがなければ価値などゼロに等しいのだ。

11　新約聖書「ヨハネの手紙一」二章十六節参照。

この島に来た当初より、私の生活は、肉体的にも精神的にもずっと安楽なものになった。食卓につくときは神に感謝を捧げ、荒野の地で食事を与えて下さる神の御手を讃えた。私はますます今の境遇の悪い面ではなく良い面に目を向けるようになり、ないものではなくあるもの、あって享受しているものに関心を注ぐようになった。おかげで、とても言葉に尽くせぬ満足感を得ることもあった。こんなことをいうのも、不満を抱える人たちに知ってほしいからである。人が神の与えてくれたものに満足できないとすれば、それは人が神の与えなかったものに目を向け、ないものねだりをしているからに過ぎないことを。ものがないという不満は、あるものに対する感謝の不足から生じるのだと思う。

大変有益な考え方がもうひとつある。私と同じような目に遭う人がいたら、役立つこと請け合いである。それは現在の境遇を、こうなるだろうと最初に思い描いた境遇と比べてみることだ。神の計らいにより、私の船は幸いにして海岸近くに流され、私は泳いで島までたどり着くことができ、おまけに船の荷物を回収することもできた。おかげで大した苦労もなく快適に暮らせている。しかし、もしそうした幸運に恵まれなかったとしたら、私には作業をする道具も、身を守る武器も、食料を得るための火薬も弾丸もなかったわけである。

もし船から物資を回収することができなければ、自分はどうしたであろうか。そうした場合の光景がありありと目に浮かび、私はそんなことを考えて何時間も、はたまた何日間も過ごしたものである。魚とウミガメを別にすれば、何も食料は得られなかっただろう。それに、魚とウミガメを見つけたのはかなり後になってからなので、その前に私は餓死していたに違いない。餓死していなくとも、野蛮人同様の生活をしていただろう。ヤギや鳥を何とか捕まえることができたにせよ、どうやってその皮を剝ぎ、解体したであろうか。どうやって皮や内臓から肉を分け、その肉を切り分けたであろうか。野獣のごとく歯で食いちぎり、爪で引き裂く以外にはなかっただろう。

こう考えると、神の慈悲が痛感され、苦難や不幸もいろいろあったが、こうして無事に暮らせていることに感謝せずにはいられなかった。世の中には不幸な目に遭うとすぐに「私は誰よりも苦しんでいる」と考える人々がいるが、彼らには是非このことをよく考えてもらいたい。もっとひどい目に遭っている人々もこの世にはいるのだということを。そして、神の思惑次第では、もっとひどい不幸が、いくらでも用意されているのだということを。

それから私はこんなことも考えて心の慰めとし、そこに希望の光を見ていた。自分にふさわしい境遇――神の裁きにより私が当然陥るべき不幸――を想像し、それを現在の境遇と比べてみたのである。私はこれまでひどい生き方をしてきた。神について何も知らず、神を畏れることなく生きてきた。しかし私が幼かった頃、父と母は教育熱心だった。二人は私に神への畏怖を教え、私の義務が何であり、私という存在の本質と目的にふさわしい生き方とは何かを説いたものである。しかし何の因果か、私は若くして船乗りの生活に身を投じた。他の職種ならいざしらず、神の脅威を常に間近に感じているにもかかわらず最も神を畏れぬ連中、その船乗りの一人になってしまったのである。若くして船乗りになり、船乗りたちとのつき合いがはじまったおかげで、私のささやかな宗教心は仲間から笑い飛ばされるはめになった。私自身、人の死を目にすることが日常茶飯事となり、危険を何とも思わず見下すようになった。自分と似た連中とばかりつき合い、正しいまともな意見を聞くこともなく長い時間が過ぎた。そして、気がつけば信心は失われていた。

私は善とは無縁な人間となった。自分が何者であり、どう生きるべきか、一切考えなくなった。サレの海賊から逃れたり、海でポルトガル人の船長に助けられたり、ブラジルで農園が上手くいったり、イギリスからの荷を無事受け取ったりと、幾度も幸運に救われて来たが、一度たりとも「神よ、感謝します」と口にせず、心の中で呟くことさえなかった。絶体絶命の状況でも「神よ、ご慈悲を」と祈ったりせず、そもそ

船乗り仲間から宗教心をからかわれる

もそんな文句を思いつきもしなかった。神の名についても同様で、口汚く罵倒したり冒瀆したりするときしか使ったことはなかった。

　前述のように、私は過去の忌まわしい荒んだ生活を省み、深い反省のうちに数カ月を過ごした。我が身を振り返ると、この島に来て以来、神からの特別な恩恵に浴していることがわかった。神は寛大に私を遇し、私が受けた罰は私の犯した罪にふさわしからぬほど軽かった。その上、神は私に数々の恵みを与えてくれた。我が懺悔は神に聞き届けられたのではないか、神からのさらなる慈悲を期待してもよいのではないか、そう思われてくるほどだった。

　かくして私は神の意志による現在の境遇を受け入れ、このような暮らしを用意してくれた神に心から感謝しようと思った。ともかくも私はまだ生きている。私の犯した罪の重さを考えれば、私の受けている罰はまだまだ軽く、不平をいえるような筋合いではない。それに、こんな島では普通望みえないような数々の幸運に恵まれているではないか。これ以上愚痴をこぼさず、今の境遇を喜ぶべきだ。神秘の力によって恵み与えられた日々のパン[12]に感謝すべきだ。私はまさしく、預言者エリヤがカラスから食べ物を得たように、奇跡により、いや、奇跡の連続により生かされていることを知らねばならない。世界中の見捨てられた地域で、この島以上に漂着して快適に暮らせる

助かったことを神に感謝する

場所などほとんど思いつかない。なるほど、この島において私には仲間がいない。それは確かに辛いことではある。しかし同時に腹をすかせた野獣もいない。私を食い殺す凶暴なオオカミや虎はおらず、食べたら中毒を起こすような生物もいなかった。野蛮人に食われる心配もなかった。

つまり、この島での生活は不幸ではあったが、見方によっては幸運に恵まれた生活であったのだ。足りないものは何もなく、安楽な生活が約束されていた。私に対する神の慈悲と思いやりをよく理解すれば、それが日々の慰めとなった。こうして心を改めた後では、悲哀を感じることもなくなった。

この島に来てもう久しかった。船から回収した物資の多くは、底を突くか駄目になるかし、たとえあっても残りわずかだった。

インクは残り少なくなっていた。私はそれを水で薄めて使い、そのうち書いても文字がほとんど読めないほどになった。だがインクがあるうちは、特筆すべきことがあれば、何月何日に何があったと詳細な記録をつけるようにしていた。ところで、そうして過去の出来事を振り返ってみると、神の力がおよんだ日付が奇妙にも一致していることに私は思い至った。もし私が迷信深く、暦の吉日とか凶日を気にする人間であれば、大いに好奇心をそそられたに違いない。

第一に、海に出たくて父や友人たちと別れてハルへ旅立った日が、サレの海賊に捕まって奴隷にされた日と同じであった。ヤーマス沖の錨地で船の難破を逃れた日は、サレの海賊たちのところをボートで脱出した日と同じであった。

私の生まれた日は九月三十日であるが、この島に流れ着いて奇跡的に命をとりとめたのは、実に二十六年後[13]の九月三十日であった。つまり忌まわしい私の人生と、この島における孤独な生活は、同じ日に開始されたのである。

インクの次になくなったのはパンである。ここでいうパンは、私が船から持ち帰ったビスケットのことで、私はこのビスケットを極力切り詰め、日に一枚しか食べなかった。そんな生活が一年以上も続いたが、それでも大麦が得られるようになるまで一年近くパンなしの時期があった。大麦が手に入ったのはほとんど奇跡といってよく、私はそのことに大いに感謝した。

服もひどい有様だった。リネンはとっくになくなっていた。仲間の船員の荷物箱に入っていた格子縞のシャツだけは別で、これは大事にとっておいた。何しろ、暑くて

12　旧約聖書「列王記上」十七章六節参照。
13　二十七年後の誤り。

シャツ以外はとても着られない日が多かったので、船から回収した衣類に三ダースものシャツがあったことはもっけの幸いであった。見張り番の防寒コートもあったが、これは暑くてとても着られたものではなかった。気温が非常に高いので衣類の必要はないともいえたが、素っ裸というわけにもいかない。裸で暮らそうと思ったこともあったが、結局やめておいた。この島にいるのは私一人とはいえ、そんな生活は考えられなかった。

裸で暮らさなかった理由は、服を着ているときと比べて、裸でいるほうが太陽の熱が耐え難かったからである。太陽の熱で皮膚に火ぶくれができることもしばしばだった。ところが、シャツを着ていれば空気がシャツの下を抜けるので、裸のときより二倍は涼しいのである。帽子なしに強い日差しの中を歩くのもいけなかった。帽子なしで歩こうものなら太陽は強烈に頭に照りつけ、たちまち頭痛がしてくる。とても我慢できるものではなかった。しかし帽子をかぶりさえすれば頭痛はすぐにおさまった。

こうしたことから、手持ちのぼろ切れ――これを私は衣類と称していた――を集めて何か作ろうと考えた。私のチョッキはどれも傷んでいたので、最初にやるべき仕事は、巨大な防寒コートとその他の材料でジャケットが作れるか試してみることだった。さっそく私は作業に取りかかった。だがやってみると、不細工なつぎはぎにしかならなかった。まったく憐れむべき腕前だった。けれども、どうにか新しいチョッキを二、三着拵え、これでしばらくやり過ごせることを願った。ズボンやズボン下はお手上げで、いつになってもお粗末なものしか作れなかった。

前にも書いたが、私は殺した生き物、つまり四足の動物の毛皮は捨てずに取っておいた。棒で平たく伸ばして吊るし、太陽の下で乾燥させた。あるものは乾燥し過ぎてかちかちになり、ほとんど役に立たなかったが、中には十分利用できそうなものもあった。この毛皮を使って最初に作ったのは巨大な帽子で、毛を外側にして雨をはじくようにした。これはなかなか上手に作ることができて、勢いづいて毛皮の服の上下も作った。チョッキと半ズボンという組み合わせで、どちらも大きめに作った。防寒のためではなく日差しをさえぎることを目的としていたからである。だが正直にいって出来映えはひどいものだった。私は三流の大工であったが、仕立屋としてはそれ以下だった。それでも当座の役には立った。雨に降られても、チョッキや帽子の表が毛皮だと、まったく濡れずに済んだからだ。

この次に私は、長い時間と手間をかけて傘を作った。傘は是非とも欲しかった道具で、何としても作りたいと思っていたのである。幸い、ブラジル――あそこは日差しが強いので傘はとても重宝されていた――にいるときに傘作りを見たことがあった。

ここもブラジルと同じくらい暑かった。赤道に近い分、ブラジル以上に暑かったかもしれない。野外で過ごすことが多かったので、傘があれば便利この上なかった。暑さもしのげるし、雨の際にももちろん役に立つ。それらしいものを作るまでには大変な労力と時間を要した。作り方がわかっても、納得がいくものができるまで二、三本は無駄にした。しかしついにまあまあのものが出来上がった。一番難しかったのは畳めるようにする工夫である。広げられてもすぼめて畳めなければ持ち運びができない。ずっと頭の上に差しているわけにはいかないからだ。だがとうとう望みのものが完成した。表側に毛皮を取りつけたので、ひさしのように雨をはじき、日差しも効果的にさえぎることができた。これがあれば、気温が非常に高いときでも気楽に出歩くことができ、気温が低いときに傘なしで出歩く場合よりも快適なほどだった。そして使わないときは畳んで脇に抱えることができた。

こうして私はすこぶる快適に暮らした。神に運命をゆだね、神の摂理に身を任せていたので、私の心は澄みきっていた。周りに人がいる生活より今のほうが幸せだった。人との会話がなくて寂しく感じるときは、おのれと親しく語らい、そしてまた――こういってよければ――祈りの言葉を通じて神自身と語らうほうが、人とのどんな素晴らしいつき合いよりも幸福なことではないか。そう自分に問いかけることにしていた。

# 10

以後五年間、特別なことは何も起こらなかった。私は同じ場所で、同じ心持ちで、これまで通りの単調な生活を送った。大麦と稲の栽培とレーズン作りは毎年行い、絶えず一年分の食料を蓄えるように心がけた。この例年の畑仕事と日課である銃猟の他に、私はある大仕事に取り組んだ。それはカヌー作りである。これが無事に完成すると、幅二メートル弱、深さ一メートル以上の運河を掘り、八百メートル離れた入江まで水に浮かべて運んだ。最初に作った舟はあまりに大きすぎた。どうやって水際まで運ぶか、まるで考えずに作りはじめたからこその失敗だった。海まで運べず、また舟のある場所まで水を引くこともできず、結局その場に放置する以外になかった。この舟を見かけるたびに、次の機会にはもっと上手くやれよ、と説教されているような気がした。そしてとうとう次の機会がめぐってきたのだ。私は木を切り倒したが、前のときほど適した木というわけではなかった。運河を引くにしても八百メートル近い距離を掘る必要があった。だが考えた末にこれはやれると判断し、めげずに作業した。結局二年近い歳月を費やすことになったが、これでようやく海に漕ぎ出せるのだと思えば辛い作業も苦にならなかった。

そうしてようやく私の小さなカヌーは完成した。しかし小さすぎて、最初のカヌーを作ったときと同じ計画を実行することは不可能だった。何といっても当初は大陸を目指す予定だったのである。大陸までは六十キロ以上も離れていた。そして私のカヌーは小さすぎた。当然ながらこの計画は諦める他なく、忘れることにした。だが、ともかくも舟が手に入ったわけで、とりあえずこれで島を一周してみようと思った。すでに書いたように、私はかつて島を横断して反対側をめぐったことがあった。その小旅行の際にもいろいろと発見があったので、是非とも他の場所も調査してみたいと思ったのである。舟ができたのだから漕ぎ出してみないわけにはいかなかった。

まず万事につけて入念な準備をした。カヌーには小さなマストを立てて帆を張った。この帆は、私がかつて乗っていた船の帆布——これは大量に在庫があった——の切れ端を利用した。

マストと帆をつけて海に浮かべてみると、カヌーは調子よく走った。そこで小さなロッカーというか箱のようなものをカヌーの両側に備えつけた。これは、食料、日用品、弾薬等の荷物を収納するためのもので、荷を雨や水しぶきから保護する役目も果たしていた。カヌーの内側には小さな横長の凹みを作った。ここには銃を収納し、覆いの蓋をつけて濡れないように工夫した。

船尾にはマストのように自作の傘を固定した。こうすることで私の頭は日陰に入り、傘はさながら天幕のように直射日光をさえぎってくれた。私はちょくちょく海に出かけるようになったが、決して遠出はせず、入江近くにとどめておいた。けれども、私の小さな王国である島を一周したいという気持ちも募ってきて、とうとう周遊を試みることにした。私は食料をカヌーに積みこみ、航海の準備に取りかかった。食料というのは、二ダースの大麦パン——パンといっても固焼きパンのようなもの——、土器の壺いっぱいの常食にしていた焼き米、ラム酒の小瓶、大量のヤギの肉である。それから、もっと食料が必要になった場合に備えて、火薬と弾薬も積みこんだ。それに前述した、仲間の船員の荷物箱から回収した防寒コートも二着ほど持っていくことにした。寝るときに一枚を敷き布団に、もう一枚をかけ布団にするつもりだった。

この航海に出かけたのは、私がこの島の王となって六年目[1]——この島に軟禁されて

1　十年目の誤り。

六年目といってもいいのだが――の十一月六日のことだった。この旅は予想よりも長引いた。島自体はそれほど大きくはなかったが、島の東側にまわると岩礁が島から伸びており、その長さは十キロほどもあった。岩礁は水に浸かっているところもあれば、水面に顔を出しているところもあった。岩礁が終わるとその先は砂州になり、二キロ以上も乾いた砂地が続いた。このため、岬を越えるためには沖合へ出ねばならず、大きく迂回することを余儀なくされたのだった。

最初この岩礁を目にしたとき、計画を諦めて出直そうかと思ったぐらいだった。どれほど沖合へ舟を進めればいいのか見当がつかなかったし、果たして戻って来られるのか不安になったからである。私はとりあえず錨を下ろした。この錨は船から回収したもので、小型の錨の破片などを集めて拵えたものであった。

カヌーを係留すると、私は銃を持ち出して岸へと上がり、丘を登った。そこへ登れば岬全体が見渡せると思ったからだ。そして実際に岬の長さを確認した私は、旅を続けようと決意した。

丘へ登って海を眺めると、東へ流れる強い海流の存在に気がついた。この海流は岬のすぐそばも通過していた。私は、こいつは危険だと思い、注意深く海を観察した。もしこの海流に巻きこまれていたら、沖合まで流されて二度と島へは戻れなかったろう。もしこの丘に登らず、舟をそのまま進めていたら、間違いなくそのような目に遭っていたと思われる。よく見ると岸の付近にはその海流に逆らう別の流れもあった。従って、私の取るべき針路は、沖合へ向かう海流を避けて島側へ向かう流れの圏内に入ることだった。

だが、すぐには出発せずに二日間をこの地で過ごした。東南東の強い風が吹いており、この風向きは沖合へ流れる海流とはちょうど逆方向だった。そのため岬の周辺で大きな波が立ち、激しく砕けていた。この波浪では岸辺の近くを航海するのは危険だった。沖合へ出ることも例の海流があるので不可能だった。

三日目の朝になった。風は前の晩から弱まり、海は穏やかになった。そこで旅を再開することにした。けれども、またしても私はへまをやった。せっかちで無知な船乗りたちには、私の失敗はよい教訓となるだろう。私のカヌーが岬に差しかかったときである。岸辺と私の距離はカヌーの全長よりも短かった。にもかかわらず、気がつけば水深は非常に深くなり、カヌーは沖合へ向かう海流に捕まってしまった。何しろ水車場の堰《せき》をきったような勢いのある海流である。私のカヌーは抗し難く長い距離を押し流されてしまった。海流から逃れようとカヌーを漕いだが無駄な努力であった。どこまでも流されてしまい、沖合とは逆方向に流れる海流はもはや左手後方の彼方だった。私を手助けしてくれるような風は吹いておらず、オールで漕ぐくらいでは何にもならなかった。私は遭難を覚悟した。沖合へ流れる海流は島の両側を流れ、両者は十キロか十五キロ先で合流するはずであった。万事休すだった。海流から逃れる術はなく、私を待ち受けているのは間違いなく死だった。溺死ではない。海は穏やかそのものだった。だから溺死ではなく、餓死である。なるほど、岸辺では持ち上げるのがやっとなくらいの大きなウミガメを捕獲し、食料として舟に積んではいた。真水も大きな甕になみなみとあった。しかし海原にさまよい出ればこの程度の食料では何にもならない。五千キロ以上は進まないと、岸は見えず、陸地にも島にも出会わないのが海原というものなのである。

神の御心次第では、この上なく悲惨な境遇にある者も、たちまちそれ以上の悲惨な境遇へと落とされる。今や私には、あの見捨てられた無人島もこの世で最も幸福な土地のように思われた。島に戻りたいというのが私の心からの願いであり、そのすべてだった。私は堪えきれず、両手を島の方へ差し出していった。「我が幸福の島よ、これでさよならだ。哀れな私よ、お前はどこへ行くのか」私は自らの恩知らずな態度を責め、孤独な生活に対する愚痴や不満の数々を責めた。私は島に戻りたくて仕方がなかった。われわれはまったく異なる環境へと連れ出されるまで、自分の境遇がどれほど幸福だったかに気づかない。失って初めて、自分が享受していたものの価値を知ることになるのだ。このときの私の狼狽ぶりを誰が想像できよう。私は、我が愛しの島——今ではそう思われた——から十キロも流されて広い海のただ中におり、島に戻れる希望は絶無といってよかった。だが私は、精根尽き果てるまで懸命にもがいた。必死になってカヌーを北へ、つまり島へ向かう海流のあるほうへ寄せようとした。太陽が頭上に来る正午頃、顔にかすかな風を感じた。風は南南東から吹いているようだった。この風に私は少し希望を感じた。三十分もすると、この微風はやや強めの風に転じたのでさらに希望が湧いた。だが今や島から恐ろしいほど遠くまで来てしまっていた。もしわずかでも雲があったり霧が出ていたりしたら、別の理由で私は一巻の終わりだった。何しろ私には羅針盤がないのだ。一度方角を見失えば、島がどっちにあるかなど見当もつかない。しかし幸いにして天気は快晴だった。私は再びマストを立てて帆を張ると、この海流を抜け出すために北へと舟を進めた。

マストを立てて帆を張り、舟が快調に走り出したとき、私は水の透明度からまもなく海流が変わることを知った。海流に勢いがあれば水は濁るのが普通である。今や海水は澄んでおり、海流の勢いは衰えたようであった。東の方角へ目をやると、一キロほど先に、岩礁に当たって砕ける波が見えた。海流はこの岩礁にぶつかって二手に分かれるのだ。まともにぶつかっていく海流の方は岩礁を北東の方角に見ながら南へと流れ去り、もうひとつの海流は岩礁にぶつかって押し戻され、逆流し、北西の方角へと猛烈な勢いで向かっていた。

絞首台の梯子の上で恩赦を受けた人や、強盗に殺されそうになって間一髪で助かった人、あるいはそうした生と死の極限状態を経験した人でなければ、このときの私の喜びようは想像もつくまい。私は心弾ませながら逆流のなかに入って行った。風が出ていたので帆もいっぱいに張った。風を受け、そしてまた逆流する海流に乗り、カヌーは軽快に走った。

この逆流のおかげで、私は島の方角へと約五キロの距離を戻ることができた。ただし、カヌーは私を島から押し流した海流よりも十キロほど北にずれていたので、近づくにつれて見えて来たのは島の北岸だった。船出した場所のちょうど反対側に出たのである。

島へ向かう海流に乗ってさらに五キロほど進むと、海流はやがて勢いを失ってしまった。私はどうやら二つの海流、島の南側を流れる——私を沖合へと押し流した——海流と、島の北側約五キロ沖合を流れる海流の中間地点にいるらしかった。島が近くにあるために波は穏やかそのものだった。ありがたいことに風はまだ吹いており、私は島へとまっすぐに針路を取った。だがさっきとはうって変わり、カヌーはのろのろとしか進まなかった。

夕方の四時頃、私は島から五キロほどの距離までたどり着き、今回の遭難の発端となった岩礁のある岬が目に入った。前述のごとく、この岬は島の南側に突き出るように横たわり、そのために海流はさらに南方へ押しやられていた。島の北側の逆流もこの岬が作り出したものである。この逆流は大変な勢いで真北へ向かって流れ、一方、私の目指す方角は真西だった。強い追風を受けて私はこの逆流を横切り、北西の方角へとカヌーは進み、一時間後には岸から二キロ足らずの距離まで到達した。そこまで来ると波は穏やかになり、ほどなくして私は島へとたどり着いた。

岸に上がると私はひざまずき、助かったことを神に感謝した。舟で島を出ようなどという気は金輪際起こすまいと思った。手持ちの食料で食事を済ませると、カヌーを岸まで上げ、木々の奥に隠れた小さな入江まで運んだ。私は地面に倒れこみ、そのまま眠ってしまった。必死の航海で疲労困憊していたのだ。

その後、自宅までカヌーでどのようにして戻ったらいいか、大いに頭を悩ませることになった。もう十分に危険な目に遭っていたし、どうなるか目に見えていたので、往路を戻るという選択肢はなかった。向こう側——島の西側——がどうなっているかもわからなかった。これ以上危険を冒す気にはなれず、翌朝になって結局、海岸線に沿って西へと歩くことに決め、私の小さな舟を安全にしまっておける入江がないか探してみようと思った。必要になったら取りに戻って来るつもりだった。実際、海岸沿いに五キロ程度歩くと、うってつけの湾があった。一キロ半ほどの湾だったが、奥は次第に狭まって小川となっていた。ここにカヌーを碇泊させる格好の場所を見つけた。専用の船着場かと思うほど、私の舟はぴたりと収まった。舟をしっかり係留すると私は岸に上がり、今いる場所はどの辺りだろうと周囲を観察した。

やがて、以前に徒歩で旅した場所からほど近い場所にいることがわかった。銃と傘だけカヌーから取り出して持って行くことにした。とても暑かった。こうして歩き出したが、あのような航海の後では、海岸沿いの道は快適そのものだった。夕方になる頃には私の建てた小屋へとたどり着いた。前に来たときと何もかも同じままだった。田舎の別荘らしくきちんと手入れをしていたからだ。

柵を乗り越えて中に入り、横になって休息した。とても疲れていて、そのまま眠ってしまった。ここで、私の物語の読者諸氏には是非とも想像してもらいたいが、私はこのとき世にも不思議な世界に入りこんでいた。私はある声によって起こされた。その声は私の名前を何度も呼んだ。「ロビン、ロビン、ロビン・クルーソー、哀れなロビン・クルーソー、お前はどこにいる？　どこにいるのだ？　どこにいたのだ？」

最初私は死んだように眠っていた。何しろ、その日の午前中は必死にオールを漕ぎ、午後は長い距離を歩いていたので疲れきっていたのだ。それで、すぐには目覚めず、夢うつつの状態であった。誰かが私に呼びかけているが、夢を見ているのだろうと思った。声は相変わらず私の名を呼び続けている。「ロビン・クルーソー、ロビン・クルーソー」とうとう私は完全に目を醒ました。恐怖で身がすくみ、仰天して飛び上がった。だが目を開くと、オウムのポルが生け垣の上のところにとまっていた。さっきから私に話しかけていたのはこいつだったのだ。なるほど、確かに私はいつも哀れな声でオウムに話しかけ、言葉を教えていた。オウムはそれを完璧に覚えてしまったのだ。ポルは私の指にとまり、くちばしを私の顔のそばに寄せてまた叫んだ。「哀れなロビン・クルーソー、お前はどこにいる？　どこにいたのだ？　どうやってここに来たのだ？」確かにそれは私が教えた言葉だった。

けれども、声の主がオウムだとわかっても――他の誰かであるはずもなかったが――気を落ち着けるまでにはしばらくかかった。第一、この鳥がどうしてここにいるのか謎だった。それに、どこへも行かずにこの場所にじっとしていたのも不思議だった。だが、声の主が他の誰でもなく気のいいポルだったことに心底ほっとして、気を取り直した。私は手を伸ばして「ポル」と彼の名前を呼んだ。すると、この人なつっこい生きものは私のところへやって来て、いつものように私の親指にとまった。そして再び私に話しかけた。「哀れなロビン・クルーソー、どうやってここに来たのだ? お前はどこにいたのだ?」彼はまた私に会えて嬉しいような、そんな様子であった。それで私は彼を連れ、自宅へと戻った。

海に出たいなどという気分にはしばらくの間ならなかった。じっと座り、私が冒した危険について反省するだけで精一杯だった。島のこちら側にカヌーを持って来られたらとは思ったが、持って来る方法を思いつかなかった。前回の航海で痛感した通り、島の東側をまわるのはどう考えても無理で、とてもそんな気にはなれなかった。想像するだけで心臓が縮み上がり、全身の血が凍る思いだった。島の反対側のルートについては、どんな具合かまるでわからなかった。もし東側同様、強い、沖合へ向かう海流が流れているとすれば、前回のように島から押し流され、遠い沖合へ連れ去られるのは目に見えている。こんなことを考えているうちに、カヌーは諦めるしかないと思った。作るのに何カ月もかかり、海まで運ぶのにそれ以上の月日を費やしたが、どうにも仕方がなかった。

こう割りきった私は、読者の想像通り、その後一年近くをひっそりと静かに暮らした。自分の境遇についてはそっくりそのまま受け入れ、すべてを神の御心に委ねて心安らかに過ごした。人との交わりがない寂しさを別にすれば、万事において至極幸福な暮らしだったと思う。

この一年間に私の工作技術は向上した。必要に迫られてやらねばならぬ仕事がたくさんあったからで、道具がろくになかったことを考えれば、かなり腕のよい大工に成長したと思う。

大工仕事ばかりでなく、土器作りも素晴らしい上達ぶりをみせ、ろくろを使って土器が作れるようになった。ろくろを使うと驚くほど仕事がはかどり、出来映えもよかった。以前は見るに堪えないものしか作れなかったが、ろくろを使うことで丸く自由にかたちを整えることができた。とりわけ、タバコ用のパイプが作れたときほど得意に思い、喜びを感じたことはなかった。でき上がったパイプは醜い不格好な代物に過ぎなかった。焼き上がった色も他の土器と同じ赤であった。けれども硬い頑丈なものに仕上がり、よく煙を通した。私はこのパイプにより大いなる慰安を得た。私は島に来るまで大変なヘビースモーカーだったからだ。船にはパイプがあったが、まさか島でタバコが手に入るなどとは思わなかったから、すっかりそのことを忘れていた。そして後で思い出して船を探したときには、もう一本のパイプも見つけることができ

パイプの出来に満足する

なかったというわけである。

枝編みの技術も素晴らしく向上し、いろいろと工夫を凝らしてたくさんのカゴを製作した。見てくれはさほどよくなかったが、物を入れたり、何かを家まで運んだりする際にはとても重宝した。たとえば野外でヤギを殺した場合、まず木に吊るして皮をはぎ、内臓を取り、肉に切り分ける。その肉はカゴを使って家まで持ち帰った。ウミガメのときも同様で、解体し、卵を取り出し、肉は一片か二片で十分だったので、それだけカゴに入れて持ち帰り、残りはその場に置いていった。大きく底の深いカゴは、穀物の収穫に使った。乾燥したら手でこすって脱穀し、大きなカゴに入れて保存した。

気がつけば火薬はかなり減っていた。火薬の不足はどうやっても補うことはできなかった。火薬が底を突いたときにどうすべきか——つまり、火薬なしにどうやってヤギを殺すか——を、私は真剣に考えはじめた。すでに報告したように、私は島に来て三年目に子ヤギを飼いはじめ、餌づけした。このヤギは雌で、私は雄のヤギが欲しかったのだが、どうやっても手に入れることができなかった。そのうちに私のヤギは年老いてしまった。殺す気にはなれずぐずぐずしていると、やがて寿命が尽きて死んでしまった。

もうこの島に来て十一年目だった。前述のように弾薬は残り少なくなり、私はヤギを罠で捕る方法の研究をはじめた。罠を使えば生け捕りにできるかもしれなかった。私が特に欲しかったのは子を孕んだ雌ヤギである。

そこで私は捕獲用の罠を作ってみた。ヤギは、罠にかかることはかかったが、仕掛けがよくなかった。ワイヤーがなかったので、罠は毎回壊され、餌は食べられてしまっていた。

最終的に私は落とし穴を作ることにした。あらかじめヤギが草を食べにやって来る場所を見つけ出し、そこの地面に大きな落とし穴をいくつも掘るのだ。そして穴の上にむしろをかぶせ、隅に重石《おもし》を置く。まず試みに落とし穴なしでむしろを敷き、大麦の穂や干した米を撒いておいた。するとヤギが来て穀物を食べたことが足跡からわかった。そこである晩、満を持して三つの落とし穴を仕掛けた。翌朝行ってみると、罠はそのままで、餌だけ食べられてしまっていた。これにはひどく落胆した。しかし私はめげずに新しい落とし穴を作った。詳細は省くが、ある朝、落とし穴がどうなっているか見に行くと、果たして大きな年老いた雄ヤギと三頭の子ヤギ――雄一頭と雌二頭――がかかっていた。

大人のヤギのほうはどうしたらいいかわからなかった。生け捕りにするつもりであったが、ヤギは気が立っていて、穴の中に下りて行くことはためらわれた。殺すこともできたが、そんな気にはなれなかった。殺したところでどうにもならない。結局、穴から出してやると、ヤギは恐怖に駆られたように逃げ去った。後々学ぶことをこのときの私は知らなかった。つまり、飢えはライオンをも大人しくさせるのだということを。ヤギに食べ物を与えず、三、四日穴の中に放置すればよかったのだ。それから水を飲ませ、少しの穀物を与えれば、子ヤギのように大人しくなったに違いない。扱い方さえ間違えなければ、ヤギはとても聞き分けのよい従順な動物なのである。

しかしそのときの私は何もわからなかったのでヤギを逃がしてやった。それから子ヤギのところへ行って一頭ずつ穴から引き上げ、子ヤギ同士を紐でつなぎ、苦労して自宅まで連れ帰った。

餌を食べるようになるまでには相当な時間がかかった。だが上等な穀物を与えておくと、しまいには食べるようになり、従順になった。火薬や弾薬がなくなったとき、ヤギの肉を手に入れるには、飼い馴らして飼育する以外に手はない。自宅付近に羊の群れのようにヤギを飼うことになるかもしれなかった。

しかしそのためには、飼育するヤギを野生のヤギから引き離しておかねばならないと気づいた。そうしないと、大人になるにつれて野生に戻ってしまう。これを防ぐ唯一の策は、土地を囲って生け垣か塀を築き、その中で飼うことである。こうすればヤギは逃げないし、野生のヤギが入りこむこともない。

これは一人の人間が二本しかない腕で行うには大変な事業だった。けれどもそうすることが絶対に必要であり、やるほかなかった。最初の仕事は適切な土地、すなわちヤギが食べる草があり、水があり、日差しが直接当たらない日陰の土地を探すことであった。

牧畜をよく心得ている人々には浅はかだといわれるかもしれないが、私は西インドの植民地の言葉でサバンナといわれる開けた土地で、これらの条件を満たす場所を見つけ出した。真水が流れる小川があり、木々が茂る一角もあった。私の計画を聞いたら人はきっと笑ったであろうが、私はこの土地の周囲三キロ以上にわたる区画を、生け垣か塀で囲むつもりであった。私にとってそれにかかる時間は問題ではなかった。たとえ十五キロでも、時間はあり余るほどあったのだから、やり遂げることができただろう。問題は、そんなに広くするとヤギが野生に戻ってしまうことを知らなかった点にあった。それに、広いといざ捕まえようというときにも、ヤギが逃げまわってとても捕まえられない。これも私が考慮しなかった点である。

生け垣作りを開始して、五十メートルほど進んだところで、ようやくこれらの問題に思い至った。そしていったん作業を中断した。考え直して、とりあえずは長さ百五十メートルほど、横幅百メートルほどの生け垣を作ることにした。当面のあいだはこの広さで間に合うだろうし、ヤギの数が増えたら囲い地を広げればいいだけの話だった。

これは多少なりとも賢いやり方だった。私は元気に立ち働いた。およそ三カ月を費やして最初の一角が完成すると、三頭の子ヤギを一番いい場所につないだ。人に慣れさせるために近づいて餌をやるようにし、大麦の穂や米を彼らのもとへ運んで私の手から食べさせた。その甲斐あって、生け垣がすっかり完成してヤギたちの紐をほどいてやった後も、彼らはどこまでも私について来るようになり、餌が欲しいときには私に向かってメーメー鳴くようになった。

こうして思い通りに事は進み、一年半ほど経った頃には、子ヤギを含めて十二頭のヤギの世話をするようになった。その二年後には四十三頭まで増えた。これは、食べるために捕まえて殺したヤギを差し引いての数である。その後、私は囲い地をさらに五つ増やし、ヤギを移すための小さな檻や、別の囲い地に通じる通路も作った。

それればかりではない。今や食べたいときにヤギの肉が得られるようになっただけでなく、ヤギの乳も手に入れたわけだった。乳を飲むことは最初考えつきもしなかった。これは実に思いがけない嬉しい発見だった。こうして酪農が開始され、ときには日に一ガロンから二ガロン[2]の乳を得ることもあった。生きとし生けるものに食べ物を恵み与える自然は、その利用法も自然に教えてくれる。私はそれまで牛の乳さえ搾ったことがなかった。ヤギの乳などなおさらで、バターやチーズが作られるところも見たことはなかった。だが試行錯誤の末、とうとうバターもチーズも難なく作れるようになった。そして以後、それらを欠かすことはなかった。

我らが創造主は、破滅の淵にあるような被造物にさえ何と情け深いことだろう。この上なく悲惨な運命にも救いを与え、地下牢や監獄で生きる者でさえも、神を讃えずにはいられない。何しろ、飢えて朽ち果てることを覚悟したこの荒野で、私はこれほどの食事にありつけているのだ。

ちっぽけな家族とともに夕食の席につく私の様子を見たら、禁欲主義者でも微笑を禁じえなかったと思う。食卓につく私は、この島の王であり、皇子であり、君主だった。あらゆる臣民の生殺与奪の全権を握っていた。絞首刑にして、はらわたを取り出すこともできた。自由を与えることもできれば、それを奪うこともできた。私に歯向かう臣民はただの一人もいなかった。

私は王様さながらにたった一人で夕食の席についた。かたわらに控えるのは家来のポルであった。彼は私の寵臣というわけで、王様に話しかけることを許されているた

家族たちと夕食の席につく

だ一人の家来であった。跡継ぎもないままに年取ってしまった我が老犬は、定位置である私の右手にうずくまっていた。テーブルの両端には二匹の猫がそれぞれ座を占め、寵愛の証しとして、食事のおこぼれにあずかるのを待ち構えていた。

この二匹の猫は、私が船から連れ帰ったあの二匹ではない。あの二匹はすでに死んで、私の手で自宅近くに埋葬されていた。だが片方の猫は生前に何だかよくわからない動物との間に子をもうけ、私はそのうちの二匹に餌をやって飼うことにした。それが今いる二匹である。この二匹以外は森で野生化し、後年大いに私の手を焼かせることになった。連中はひっきりなしに私の家に侵入して食べ物を盗んだ。いよいよ私もこの猫どもを撃ち殺さざるをえず、かなりの数を殺した後に、ようやく平和が戻った。こうして私は豊かな暮らしを送った。足りないものは何もなかった。唯一あるとすれば人との交わりであった。もっとも、もうしばらくすると、うんざりするほどの交わりを持つことになるのだったが。

前にも書いたように、私は舟に乗りたくても乗れず、もどかしい思いをしていたが、これ以上の危険を冒す気もなかった。座りこんで、どうしたら島の向こう側からカヌーを持って帰れるか頭を悩ませることもあった。そしてまた、カヌーなどなくてもいいと思うこともあった。けれども、妙な胸騒ぎがして、岬にまた行ってみたくなった。岬というのは、先の冒険で沿岸や海流の具合を見に私が登り、行くか退くかを決めたあの岬である。この欲望は日に日に増して、とうとう海岸沿いに歩いて行ってみることにした。イギリスにいる人間がこのときの私に出くわしたら、怖がるか大笑いしたに違いない。私はしばしば立ち止まり、自分の格好をしみじみ観察した。こんな装備と服装でヨークシャー[3]を旅したらなどと考えると、思わず苦笑いせずにはいられなかった。以下、簡単に私の格好を書きとめておこう。

まず、頭には巨大な、山が高く不格好なヤギ皮の帽子をかぶっていた。この帽子には首元に垂れる覆いがついていたが、これは日差しをよけるためと、雨が浸入するのを防ぐためだった。この島の気候では、直接肌に雨が当たることが何より危険なのである。

上着もヤギ皮で、裾は太腿の半ば辺りまで来ていた。半ズボンも同じくヤギ皮製だが、特に年のいった雄ヤギの皮を使っていた。毛が長いので、私の脚の中ほどまでこの毛が垂れ下がり、だぶだぶのパンタロンといった感じだった。普通の意味での靴下

2 一ガロンは約四・五リットル。
3 イングランド北東部の州。

と靴は身につけていなかったが、それに近いものを履いていた。何と呼べばよいかわからないが、足を覆う編み上げのブーツのようなものを履き、乗馬用の泥よけのごとく両側を紐で結んで留めていた。もっとも見てくれは非常に原始的で野蛮なものであり、私の身につけているもの全部がそうであった。

ベルトはヤギ皮を乾燥させたもので幅広に作り、これをバックルではなく二本の革紐で、紐ボタンのようなものを作って留めていた。腰の両側には長剣や短剣の代わりに、小さなノコギリと手斧をそれぞれ下げていた。肩には幅の広くないベルトを腰のものと同じように結んで背負っていた。そこには――私の左腕の下辺りである――ヤギ皮製のポーチが二つ吊ってあり、中には火薬と弾がそれぞれ収められていた。さらにカゴを背負い、肩に銃も下げ、巨大で醜いともいえるヤギ皮製の傘を差していた。不格好ではあったが、この傘は銃の次に大事な必需品であった。

赤道が近い緯度九度ないし十度の地に住み、身なりに構わない男と聞けば、人はさぞかし白人と黒人の混血者のように黒い顔を想像するだろう。しかし私の顔はそこまで黒く焼けてはいなかった。髭は、かつては二十センチ近くまで伸びるにまかせていた。ただ、ハサミも剃刀も十分にあったので、今はかなり短く刈りこんでいた。口髭だけは残し、長い、ムスリム風の髭に切りそろえた。サレにいたトルコ人が、そんな

旅の装備に身をつつむ

髭をたくわえているのを見たことがあったのだ。ムーア人はそんな髭を生やさないが、トルコ人は生やすのである。私の口髭は「帽子をかけられるほど」長くはなかった。それでも、イギリスでは気味悪く思われるほどの異様な長さとかたちだった。

こうした話はすべて余談である。私に出会ったことのある人間などほとんどいないのだから、私の容姿など何の意味も持たない。だからこの話はここまでにしておこう。ともかく、こうした格好で私は新たな旅に出発し、この旅に五日ないし六日を費やした。まず海岸沿いに歩き、岩に登るためにカヌーを最初に停めた地点へと向かった。今回はカヌーがないので土地を横切って近道を行き、かつて登った丘へとたどり着いた。私の眼前には岩の岬が広がっていた。前回はその岬をカヌーで大まわりすることを余儀なくされたのだった。驚いたことに、今、海は静かで平穏そのものだった。波もなく、流れてもおらず、静止していた。他の場所から見る海と何ら変わらなかった。

どういうことだかわからず呆気にとられた。しばらく様子を見ることにした。潮の満ち引きによるものかどうかを確かめたかったのである。しかし、ほどなくしてからくりがわかった。西側からやって来る引き潮が、いずこかの大きな河川[4]から吐き出された流れとぶつかるときに、例の海流が生じるのだ。さらに、その際の風向きが西か北かで、海流が陸地寄りを流れるかどうかが決まるのだ。私は夕暮れどきまでその地にとどまった。再び岩に登ったとき、潮が引くのが見えた。以前に目にした海流が流れていた。ただし、前回よりもその海流は沖合を流れ、海岸から約三キロ先にあった。あのとき、海流はもっと島の近くを流れていて、それで私のカヌーは巻きこまれて押し流されたのだ。別の時間帯だったら、あんな目には遭わなかったに違いない。

この観察から私は次のような確信を得た。つまり、潮の満ち引きにさえ注意していれば、何の心配もなく島の周りをカヌーでめぐれるだろうと。しかし、いざそれを実行に移すとなると、ひどい目に遭った記憶が甦り、私は怖じ気づいた。想像するだけでも耐え難かった。そこで、代わりにもっと安全な、しかし骨の折れる案を採用することにした。もう一艇カヌーを拵えるのである。そして島のこちら側とむこう側にひとつずつカヌーを置いておくのだ。

私はこの島に――こう呼んでもいいと思うが――農園を二つ所有していた。ひとつは崖下の、周囲を壁で囲んだ小さな要塞ともいうべき自宅のそばである。洞窟は拡張され、内部はいくつかの部屋、というかいくつかの洞窟にわかれていた。一番広くて乾燥した部屋は壁の外――つまり私の築いた塀が自宅裏の岩壁に突き当たる手前――

4　オリノコ川を指す。

に通じる抜け道を備え、この部屋いっぱいに土器の大きな壺や、十四個ないし十五個の大きなカゴが置いてあった。ちなみにこのカゴ一つの容量は五、六ブッシェルほどで、中身は食料であり、主に穀物が入っていた。藁から刈り取った穂もあれば、脱穀済みのものもあった。

以前に長い棒杭で築いた壁は、今では木らしく伸びて茂り、大きく成長していた。外から見ただけでは、背後に家が隠れているなど思いも寄らなかったであろう。

私の自宅近くには――近くといっても陸側に少し歩いたところにある低地のことだが――穀物の畑が二つあった。しっかりと手入れをして種を蒔き、毎年季節が来ると作物を収穫した。もっと穀物が欲しいときには隣接する土地を利用できた。

この自宅の他に田舎の家も所有していた。ここにも今ではそれなりの農園が出来上がっていた。まず私の建てたささやかな小屋があった。この家には絶えず手を入れていた。家の周りを囲む生け垣を定期的に刈りこみ、伸び放題にならないように気を配った。梯子は生け垣の後ろにしまうようにした。植えた木々は、最初は杭ぐらいの高さだったのが、今では背の高いしっかりとした木々に成長していた。伸びた枝の先で葉が茂り、心地よい木陰ができるように手入れを欠かさなかった。その甲斐あって、家はとうとう私の希望通りのものになった。

生け垣の中心にはテントが建っていた。このテントは、何本かの柱を建ててその上に帆布を張っただけであったが、修理も帆の張り替えも必要なかった。テントの中には、殺した動物の皮で作り、内側に柔らかいものを詰めたソファーというか寝椅子のようなものが置いてあった。そこに、かつて船から回収した船員用の寝具である毛布を敷き、防寒コートを掛け布団として使った。自宅を留守にしているときは、いつもこの田舎の家に泊まっていた。

小屋のとなりには家畜を飼う囲い地も作った。家畜はもちろんヤギである。ここにも大変な苦労の末に柵を設けた。ヤギが逃亡しまいかと非常に不安だったので、完璧なものを作ろうと試みた。そこで、大汗をかいて垣根のさらに外側に小さな杭をびっしりと埋めこんだ。出来上がったものは垣根というより柵というほうが適当で、手を差しこむ隙間さえなかった。この柵は雨季がめぐって来ると成長し、壁のように、いや壁以上に頑丈なものとなった。

以上のことは、私が怠惰ではなかったことの証明である。快適に暮らすために必要と思われることはすべてやり、あらゆる努力を惜しまなかった。これは、家畜を飼う

5　約百八十二〜二百十八リットル。

ことで肉や乳、バターやチーズといった食料が確保されるからで、この島で暮らす限り――それが四十年ほどであろうとも――こうした食料は絶対に必要であった。すべては囲いの出来具合にかかっており、これで大丈夫と確信できなければ気が済まなかった。そうした囲いを私は上記の方法で作ったわけであるが、いささかやり過ぎたともいえる。というのも、最初は小さかった杭もやがて成長して大きくなり、最後にはそのうちの何本かを引き抜くはめになったからだ。杭と杭のあいだに少しの余裕も持たせておかなかったのがいけなかった。

この場所でぶどうの栽培も行った。冬の食料として貯蔵する分のレーズンは、主としてここで採れたぶどうで作り、細心の注意を払って保存加工した。何しろ私の手持ちの食料のうちで一番のごちそうだったのだ。しかも美味しいだけではなく、栄養があって健康によく、疲労回復にも一番効果があった。

この谷の小屋は自宅とカヌーを係留した場所の中間にあり、カヌーを取りに行くときにはよく寝泊まりした。私は頻繁にカヌーの様子を見に行き、カヌーとその備品は常に万全の状態にしておいた。ときには気晴らしにカヌーで海に出ることもあったが、もう危険な目に遭うのはこりごりだったので、岸から目と鼻の先ほどの距離でやめておいた。海流や強風、あるいは何らかの事故により、知らぬ場所へと連れ出されることをひどく恐れたのである。だが、ここで、私の生活が一変する出来事が起こる。

# 11

ある日の昼ごろ、カヌーのある場所へと向かっていたときのことである。途中で、海岸に人間の足跡を発見した。裸足の、砂の上にくっきりと残った足跡だった。私は驚愕した。雷にうたれたか、亡霊に出くわしでもしたように私は立ちすくんだ。思わず耳をそばだて、周囲を見渡した。だがこれといって何も聞こえず、何も見えなかった。丘へ登って目を凝らした。海岸を上ったり下ったりもした。だが最初に見つけた足跡以外、人の痕跡は何もなかった。私は砂浜へ引き返した。足跡が他にもないか探すためでもあり、見間違いでないか確認するためでもあった。だが疑いの余地はなかった。それは、ここがかかと、ここがつま先と分かる、まぎれもない人間の足跡だった。なぜ足跡がここにあるのか、私には皆目見当がつかず、想像してみることさえできなかった。ああでもないこうでもないと頭を悩ませた挙句、錯乱して我を忘れでもしたように、自宅である要塞へ戻った。歩きながらも、地に足がついている感覚

足跡を発見し家に逃げ帰る

がなかった。あまりの恐怖に、二、三歩進むたびに後ろをふり返り、茂みや木や遠くの切り株を人の姿と勘違いしたほどだ。さまざまな想念が私を脅かした。突飛な想像が絶えず頭をよぎり、馬鹿げた奇想が次々に心に浮かんできた。それを言葉で説明することはとてもできない。

私の城――今後はこう呼ぶことにする――に帰り着くと、何者かに追われているように中へと駆けこんだ。例の梯子を使って中に入ったのか、それともドアと呼んでいる岩壁の穴から入ったのか、私には思い出せない。翌朝になっても思い出せなかったのだ。自宅に逃げ帰ったときの私の恐怖は、おびえて茂みや巣に逃げこむうさぎや狐のそれ以上だったのである。

その晩は一睡もできなかった。時が経てば経つほど不安は大きくなった。それはよくある恐怖ではなく、そもそもすべての動物が抱く恐怖というものの性質に反していた。足跡のあった場所からずいぶん遠くにいるにもかかわらず、恐ろしい想念は私を悩ませ、不気味な想像はいや増すばかりだった。あれは悪魔の仕業ではないかとふと思うこともあった。これはなかなか説得力のある推測だった。人間の姿をしてあの場所へやってくるなど悪魔以外に思いつかない。人間が来たとするなら、乗ってきた舟があるはずだ。足跡も、他に見つかってもいいはずである。人間がこの島へ来たとはどうにも信じられなかった。

しかし、悪魔が足跡を残すためだけに人間の格好をしてやって来たというのも、よく考えれば馬鹿げていた。そんなことをする理由がないではないか。私が足跡を見つけたのは偶然にすぎないのである。つまり、私の考えはあべこべだった。悪魔なら、足跡一つを残していくより、いくらでも他のやり方で私を怖がらせることができる。私の住んでいるのは足跡があった浜辺から見て、島のちょうど反対側なのだ。私が見つける可能性がゼロに近いような場所に、足跡をつけるような馬鹿なまねをするはずがない。しかも砂浜のような、風が吹いて高波が来れば、たちまちきれいに消されてしまう場所を選ぶはずがなかった。つまり私の推理は矛盾だらけであり、ずる賢い悪魔というわれわれが抱くイメージに合致するものではなかった。

こうしたもろもろの推測により、私はついに悪魔説を放棄するに至った。そうなると、これは悪魔以上に危険な生き物の仕業、島の彼方に見えた大陸に住む野蛮人が、カヌーに乗ってやって来たのだと結論するしかなかった。おそらく海流か風に流されてこの島にたどり着き、岸に上がってはみたが、何もないこの島にとどまる気は起きず、すぐにまた海へと漕ぎ出したのだろう。私とて、彼らにいてもらっては迷惑至極だった。

こんなことを考えながら、私は心の中で神に深く感謝した。連中とはち合わせしなかったのは大変な幸運といってよかった。カヌーを見られなかったのも同様で、もし連中がカヌーを見つけていたら、たちまちこの島に人間が住んでいると分かり、私を探しまわったかもしれない。だがそのとき恐ろしい想像が浮かんだ。もし、実はカヌーが発見されていて、人の住む島だとばれているのだとしたら、どうであろうか。彼らは早晩大挙して島に戻って来て、私を食い殺すであろう。たとえ私を発見できなくとも、農園などは発見され、穀物は荒らされ、せっかく飼い馴らしたヤギたちも連れ去られてしまう。そうなれば、食べ物もない私はのたれ死にする以外にない。

かくして恐怖心は、神への信仰に基づく私の希望を残らずぬぐい去ってしまった。私は神の御心により幸運に恵まれ、神に絶大な信頼を置くに至っていたのであるが、そうした信頼はもはや過去のものだった。なるほど、神はこれまで奇跡によって私を生かしてくれた。しかし神には、私に恵み与えてくれた食料まで守る力はないと、私には思われたのである。私は自分の呑気さを悔いた。実った穀物を食べられないという不測の事態などまるで想定せず、毎年、次の収穫期までもつ分しか種を蒔かなかったとは。私は自分を責め、これからは二年分、あるいは三年分の穀物を蓄えようと決心した。そうすれば予期せぬことが起こったとしても、パンがなくて餓死する事態だけ《＊》は避けられるだろう。

われわれの生は格子縞のように忙しく明暗を転ずる。状況が変われば、ほんのちょっとした弾みで感情は揺さぶられる。今日愛おしいものが明日は憎くなる。今日求めているものを明日は避けるようになる。そして今日欲したものを、明日は恐れるようになる。恐れるどころか、不安で身震いさえするようになる。このときの私がその生々しい証明だった。それまでの私の唯一の苦悩といえば、人間社会から孤絶し、茫洋とした海に取り囲まれて一人ぼっちであることだった。他の人間から切り離されて、無言の生活を強いられていることだった。神はあたかも、私を生きた人間たちから除外し、彼らに交じって暮らすことを禁じたかのようであった。人間に出会えるなら、それは私にとって死の世界から生の世界へのよみがえりに等しく、神の恵みのうちでも魂の救済に次ぐ祝福であるはずであった。ところが今や、人間に会うと考えただけでも恐ろしさに身が震え、島に残った人の足跡を目にしただけで、地にもぐって身を隠したい有様だった。

われわれの生活はかくも不安定なものである。最初の衝撃がいくらかおさまり、落ち着いていろいろ考える余裕も出てきた私は、これは全能にして恵み深い神の計らいなのだと考えた。このような状況を用意した神の意図は、むろん私には分からない。

ただ、私を作ったのは神である。神は思うままに私を扱い、支配する権利を持つ。その神の力に逆らおうとしても無駄である。それに私は神の怒りを買った人間である。神には私を裁く権利もある。神が私にふさわしいと判断した罰を、私は逃れることはできない。私は神に対して罪を犯したのだから、神の怒りを耐え忍ぶことこそ私の務めであるのだ。

それからこうも考えた。神は正しいばかりでなく全能である。私をこうして罰し、試練を与えるにふさわしいと考えた神は、私を救うこともできるはずである。もし神が救うに値しないと判断するなら、諦めて神の意志に従うことが私の絶対的な義務である。しかし同時に、希望を捨てず、祈りを忘れず、神が日々私に命じることにじっと耳を傾けることも私の義務である。

こうした思いは何時間経っても、何日経っても消えなかった。何週間、何カ月経っても同様だった。私が具体的にどのような考えに行き着いたかは是非とも書きとめておきたい。ある早朝、ベッドに臥したまま、野蛮人が来たらどんな危険な日に遭うかを考え、不安で心が押し潰されそうになっていたときのことである。ふいに私の脳裏に聖書の次の言葉が浮かんだ。「苦難の日に私を呼びなさい。私はお前を救う。そしてお前は私を讃えるだろう」

この言葉を思い出すと、私は明るい気持ちでベッドから起き上がった。心が慰められたばかりでなく、神に導かれ、励まされた気がして、救いを求めて真剣に神に祈った。祈りが終わると、聖書を取り出して読んだ。最初に目に飛びこんできた言葉は、「主を待ち望み、憂えることなかれ。主はお前の心を強くする。主を待ち望め」[1]だった。この言葉でどれほど私が元気づけられたか、とても言葉には尽くせない。私は感謝に満ちあふれて聖書をおいた。もはや悲しくはなかった。少なくともそのときは、悲しみは晴れたのだった。

このようにあれこれ心配し、思いめぐらしていたある日、不意にこんな疑念が浮かんだ。ひょっとして、すべてが私の想像の産物にすぎないのではないか。つまり、あの足跡は、カヌーから岸に上がった際についた私自身の足跡だったのではないか。そう考えると、私はいくぶん心が軽くなった。そして、「何もかも私の妄想なのだ。あれは他でもない私の足跡だったのだ」と自分にいい聞かせた。カヌーを取りに行く途中にあそこを通ったなら、前にカヌーのある場所から戻って来るときにも、あそこを通らなかったわけはない。それからこうも思った。自分がどこを歩いたかも定かでは

1　旧約聖書「詩篇」二十七章十四節参照。

ないのだ。もし例の足跡が自分のものだとすれば、私はなんと馬鹿げた大騒ぎをしているのだろう。いるわけもない妖怪や亡霊を自分で作り上げて、一人勝手におびえているにすぎないではないか。

勇気を取り戻した私は、再び外へ出てみる気になった。まる三日間も城に閉じこもっていたので食料を調達する必要もあった——自宅には、大麦のパンと水の他はもうほとんど何も残っていなかったのである。それに、ヤギの乳を搾る必要もあった。それまでは毎夕搾っていたのだ。実際、かわいそうなヤギたちは乳を搾ってもらえず、大変苦しんでいた。しかも、そのうちの何頭かは重症で、ほとんど乳が出なくなっているほどであった。

あれは自分の足跡にすぎない、自分の影に驚いたにすぎない。そう信じて元気を取り戻した私は、再び外に出るとヤギたちの乳を搾りに田舎の小屋へと出かけて行った。だがその道すがら、私はびくびくして、何度も後ろをふり返った。いつ何時、手にしたカゴを放り出し、死に物狂いで逃げ出してもおかしくなかった。そのときの様子を人が見たら、私に何かうしろめたいところがあるか、最近ひどく怖い目に遭ったに違いないと思ったことだろう。もっとも、怖い目に遭ったのは事実であったが。

しかし、こうして二日、三日と出歩いたが、不審なことは何も起こらなかった。そしてだんだん私も大胆になり、やはり勘違いにすぎなかったのだと考えた。だが一抹の不安は残った。もう一度砂浜を訪れ、足跡を探し、自分の足とぴったり一致するか確かめる必要があった。そうすれば確信が持てるだろう。しかし実際に浜辺へ行くと、次のことが判明した。第一に、私が前にカヌーを岸につけたとき通ったのは、その辺りであるはずがなかった。第二に、砂浜の足跡と自分の足を比べてみると、私の足のほうがだいぶ小さいことも分かった。これらの発見を受け、新たな憶測が頭を駆け巡り、私は再びひどい塞ぎの虫にとりつかれた。それればかりでなく、マラリアのときのような悪寒で身体が震えた。私は家に舞い戻った。こうなると、やはり人間が――一人だったか、それとももっといたのかは分からないが――あの場所に来たのだと信じるほかない。もはやこの島は無人島ではなかった。いつ奇襲を受けてもおかしくない。だが身を守るためには何をしたらいいか、私には分からなかった。

恐怖に駆られると、人は途方もないことを考えるものだ。恐怖は、人から理性の賢明な判断を奪う。私が最初に考えたのは、囲い地の柵を壊して家畜を残らず森に逃がし、野生に返すことであった。そうしておけば、敵に気づかれることもなく、家畜のような戦利品を目当てに連中が島へ舞い戻って来ることもないわけである。二つの穀物畑を掘り返してしまうことも考えた。穀物も、連中がそれを見つければ、頻繁に島へやって来ることになると思ったからである。それから、谷の小屋も打ち壊す必要があると思った。人が住んでいると分かれば、必ずやその人間を探しまわるに違いないからだ。

その日の晩に私が考えたことは、以上のようなことであった。不安が再び私を襲い、すでに書いたように、塞ぎの虫にとりつかれた。危険を目の前にしたときの不安というものは、危険それ自体よりははるかにわれわれを戦慄させる。われわれを大いに苦しめるのは、危険の対象ではなく不安のほうなのである。だがそれ以上に辛かったのは、運命に身をまかせるという気にどうしてもなれなかったことだ。常日頃からそれを心がけ、その境地に達したいと思っていた私であったが。そのときの私は、ペリシテ人が攻めてくる上に、神に見捨てられていると嘆いたサウルに瓜二つであった。[2] これは、私が気を静めるために必要なこと、つまりは「私を守り、救いたまえ」と神に祈り、神の摂理に身をまかせなかったことが原因である。もしそうしていたなら、この災難にもう少し毅然とした態度で立ち向かうことができたはずであった。

考えが千々に乱れてその夜は一睡もできなかった。明け方ようやく眠りに落ちた。狼狽して精神がすっかりまいっていたので、ぐっすりと眠った。目を覚ましたときは、だいぶ平静を取り戻していた。今度は落ち着いて考え、自分自身とじっくり討議を重ね、次のような結論に達した。この島はとても暮らしやすく、肥沃で、思っていたよりも本土から離れておらず、私が想像していたほど見捨てられた土地ではないのだ。住民がいないとはいえ、何か思惑がある人間、あるいは逆風に舟が流された人間が島を訪れることもときにはあるのだ。

とはいえ、この島で暮らしてもう十五年になるが、これまでたった一人の人間に会ったこともなく、人影すら目にしたことはなかった。だから、たとえ誰かが流れ着いたにせよ、すぐに引き上げたに違いない。誰もこの島が定住するにふさわしい場所だとは思わなかったのである。

すると危険があるとすれば、本土のほうから流された人間が、たまたまこの島に流れ着く場合である。彼らは来たくて来るわけではないので、当然長居はせず、すみやかに島を去るに違いない。ぐずぐずしていると潮目が変わり、日も没して帰れなくなるからだ。従って、岸に上がって一泊することもまず考えられない。となると、野蛮人が上陸したとき、安全に身を隠せる場所がありさえすればいいのである。

私は、洞窟を広げ、外へ通じる通路を設けたことをひどく後悔した。そして熟考の

2　旧約聖書「サムエル記上」二十八章十五節参照。

末に、新たな要塞の建設を決意した。最初のものと同じく半円状に、岩壁の前——十二年前に木々を二列に植えた辺り——に建設しようと思った。私は木々を隙間なくびっしり植えたので、二、三本の杭を間に打てば、すぐにも十分頑丈な壁が完成しそうだった。

すでに二重の防御壁はある。私は外側の壁を、木材や船の古い鎖、その他あるものは何でも使って補強し、七つの小さな穴を開けた。穴の大きさは私が腕を通せるくらいである。壁の内側は洞窟から運んだ土で塗り固め、これにより壁の厚さは三メートル近くになった。壁の下にも土を盛り、これを踏み固めた。最後に船から回収したマスケット銃七挺を穴に差しこんだ。つまり大砲のごとくに設置したのである。銃はすべて砲架のような台座に載せ、二分間ですべての銃を発射することが可能だった。この壁を完成させるのに何カ月もの重労働を要した。しかし完成するまでは到底安心できなかったのである。

壁が完成すると、今度は壁の外の土地に、やたらめったらコリヤナギに似た木の杭を打った。この木はすぐに伸び、しかもしっかり根を張るのである。どれくらいの本数を植えたかというと、おそらく二万本近かったと思う。ただし、壁のすぐ前には植えず、そこには広々としたスペースを設けた。こうしておけば、敵がこっそり身を潜ませながら壁に近づくことはできない。

二年後にはこれが木立になり、五、六年もすると私の住居の前には森が広がった。木々が隙間なく重なるように生い茂った深い森で、そこを人間が越えてやって来ることは絶対に不可能であった。そして、この森の奥に何かがあるなど、ましてや住居があるなど、誰にも想像できなかったと思う。森には道などなく、私は二つの梯子を用いてこの森を越えた。つまり、横の岩壁の、えぐれて岩棚のようになった場所まで最初の梯子を上り、岩棚からさらに二つ目の梯子を上るのである。この二つの梯子を取り払ってしまえば、どんな人間でも無事に内側に侵入することはできないと思われた。たとえ仮に侵入できたところで、そこは私の住居の壁の外にすぎないのである。

このように私は用心して、身を守るためにあらゆる手段を講じた。これが必ずしも馬鹿げた行動でなかったことは、やがてお分かりいただけよう。もっとも、そのときは恐怖心から行動したにすぎず、実際に何が起こるかはまるで見当もつかなかったのであるが。

この作業のあいだ、これだけに没頭していたわけではない。家畜のヤギたちのことも大きな不安の種であった。今やヤギは私の日々の大事な食料だった。頭数ももう十分だったので、おかげで火薬や弾丸を節約でき、野生のヤギを額に汗して追いまわす必要もなかった。ヤギを失うのは大きな痛手であり、また一からヤギを育てるというのは考えるだけでも気が重かった。

考えた抜いた結果、ヤギを守る手段は二つしかないと思った。ひとつは適当な場所に地下室を拵え、毎晩そこへヤギたちを入れるという案。もうひとつは、できるだけ人目につかないような小さな囲み地をてんでばらばらに二つか三つ設け、それぞれに半ダースほどのヤギを入れておくという案である。こうすれば、たとえ群れの一つに危害がおよんでも、さほどの手間も時間もかけずに元の頭数まで殖やすことができる。大変な時間と労力を必要とするが、結局この後者の案が最善の策だと私は判断した。

そこでまず、島で一番人目につかない場所を探した。すると果たして希望通りの場所が見つかった。窪地にある深い森の中の、小さく開けた湿地である。ここは、かつて私が島の東部の探検の帰りにさまよい歩いた場所であった。私がここで見つけた三エーカー[3]ほどの開けた土地は、周囲を森に囲まれた、天然の囲い地といってよいものだった。そのため、これまで作ったどの囲い地よりも少ない労働で済んだ。

私はさっそくこの作業にかかり、ものの一カ月も経たぬうちに柵が完成した。私のヤギたちは最初に心配したほど野性味を残していなかったので、これで十分に用は足りるだろうと思った。そこで一刻の猶予もなく十頭の雌ヤギと二頭の雄ヤギをこの囲い地へと移した。その後も念を入れて柵を他と同様に補強した。この作業は暇を見つけてやっていたので、思いのほか時間がかかった。

人間の足跡を見て覚えた恐怖が、こうした労働へと私を駆り立てたのだった。今のところ、島を訪れる人間をこの目で見たわけではなかった。だが不安のうちに二年という月日が過ぎていった。この不安は以前のような安楽な暮らしを私に許さなかった。この不安がどれほどのものか、人におびえながら暮らした経験がある者ならたやすく想像できよう。そして、心の動揺が信仰心にも多大なる影響を及ぼしたことを、悲しいかな私は認めねばならない。野蛮人や食人鬼に捕まる恐怖が私を圧倒すると、落ち着いて造物主に祈るという心境ではもはやなくなった。少なくとも、かつてのように魂を神にゆだね、平静でいることはできなかった。神に祈りはしたが、激しい苦悩は心を去らなかった。身の危険を感じ、朝になったら食い殺されているのではとおびえる夜が続いた。こうした経験に照らしていえば、祈りにふさわしいのは心が平穏なとき、あるいは感謝や愛に満たされたときであり、恐怖や動揺を感じているときではない。神への祈りは穏やかな心で行う務めであり、差し迫った危険があるときはそんな

---

3　約一万二千平方メートル。約三千七百坪。

気分にはなれないものである。それは、病床にいる患者が悔い改める気になれないのと同じことだ。怪我や病が肉体を侵すように、不安もまた心を侵す。心の動揺は肉体の不調と同様、大きな障害となる。いや、それ以上である。神への祈りは肉体でなく心で行うものなのだから。

話を先に進めるとしよう。家畜の一部を安全な場所へ移したのち、残りの家畜を避難させる人目につかぬ場所を探そうと、私は島じゅうを歩きまわった。まだ訪れたことのない島の西端までたどり着き、海を眺めたとき、遠くにカヌーらしきものの姿を見たような気がした。かつて船から回収した船員の荷物箱の中には望遠鏡が一、二本入っていたが、このときは持参していなかった。かなり距離があったのでどうにもならず、じっと目を凝らしてはみたが、果たしてそれがカヌーかどうか最後まではっきりしなかった。丘を下りるともはや何も見えず、諦めるしかなかった。そして、今後は望遠鏡を持たずには出歩くまい、そう心に決めた。

丘を下り、島の端まで行った。初めて歩く場所だった。人の足跡を見かけたのは、思っていたより不思議なことでもなんでもなかったのだ、と今や私は納得した。それより、私がたまたま漂着したのが、野蛮人が訪れる場所の反対側だったことのほうが奇跡だった。もっと早く気づくべきだったが、本土を出たカヌーが沖合に流されれば、島のこちら側に寄港することも十分ありえる。事実、野蛮人たちが海上で敵のカヌーに遭遇すれば戦闘になり、勝ったほうは捕虜を連れ、この島の海岸へやって来ることが後でわかった。そして恐ろしい習慣に従い、相手を殺して食べるのだった。彼らは皆、人食い人種だった。これについては今から述べることにしよう。

先ほど書いたように私は丘を下り、島の西南端に当たる海岸に出た。そこには、私をぎょっとさせ、当惑させる光景が広がっていた。見れば、海岸には頭蓋骨や、手足その他の骨になった人体が散乱していた。それを目にしたときの私の恐怖はとても書き表せるものではない。闘鶏のリングのようにまるく地面を掘り、火をおこした跡もあった。おそらく連中はここで座を囲み、自分たちと同じ人間の肉に喰らいつきながら、陰惨な祝宴を催したのであろう。

この光景に私は顔面蒼白となった。しばらくの間、自分の身の危険にすら考えが及ばなかった。不安はかき消され、ただただ彼らの非人間的で邪悪な野蛮さ、人間がかくまで堕落する事実に圧倒された。話に聞いたことはあったが、この目で見たことはなかったのである。私はこの忌まわしい光景から目を背けた。胃がむかむかし、卒倒しかけた。吐き気が胃からこみ上げてきて、激しく嘔吐した。吐いてしまうといくらか気分が和らいだが、それ以上その場にとどまる気になれず、大急ぎで丘を引き返して城へと向かった。

その場を離れてもしばらくは呆然としていた。正気を取り戻すと、魂の深い感動のうちに、涙で溢れた目で天を仰ぎ、このような恐ろしい連中から遠く離れた土地に生まれついたことを神に感謝した。今の境遇がどれほど惨めに思えようとも、神は同時に多くの慰安も与えてくれたのである。私は不平不満をいう以前に神に感謝せねばならないのだ。私はこの惨めな境遇にあってなお、神を知り、神の祝福を待ち望むことで慰めを得ている。それは、私の一生分の不幸を補って余りある僥倖ではないのか。

こうした感謝の気持ちを胸に、私は城へと帰り着いた。そして身の安全に関する限りは、それほどの心配はないと思った。連中はもくろみがあってこの島に来るのではない。目当てのものがあるわけではなく、何かを探しに来るのでもない。森の中をうろつきまわったこともあるだろうが、魅力的なものは結局何も発見できなかったのだろう。私はもう十八年近くもこの島に住んでいたが、かつて足跡を見かけたことはなかった。従って、これからの十八年間も――自分から出ていかない限り――誰にも見つからず暮らしていけるだろう。食人鬼ではない、もっとましな人々が島に来るなら話は別であるが、そうでなければ身を隠すことだけが私の取るべき唯一の行動であった。

私は野蛮人たちを嫌悪し、人間同士で喰らい合うという彼らの忌まわしい習慣を嫌悪した。憂いと悲哀が私につきまとい、その後二年近くは自分の縄張りに引きこもって暮らした。縄張りとは私の三つの地所のことである。つまり、自宅である城、谷の小屋、そして森に新しく作った囲い地だ。この森の囲い地はヤギを飼うためだけに用いて、ヤギの世話以外では出かけないようにした。野蛮人に対して生理的な強い嫌悪を抱いていたので、相手が悪魔であるかのように、連中に出くわすのをひどく恐れたのである。私が作ったカヌーの様子を見に出かけることもなくなり、代わりに新たなカヌーを作ることを計画した。すでにあるカヌーを海に浮かべ、島の沿岸伝いにこちら側まで運ぶという案は、試してみる気にどうしてもなれなかった。海上で野蛮人とはち合わせして捕まるようなことがあれば、どんな目に遭うかは火を見るより明らかだったからである。

しかし時が経つにつれて、野蛮人に見つかる危険はないと思うようになり、不安は徐々に薄らぎ、再び以前のような平穏が戻った。ただ用心深くなり、彼らに見つからないよう身辺に気を配るようになった。特に銃を撃つのは慎重になった。もし彼らが島にいた場合、その音を聞くかもしれないからである。その点、飼い馴らした家畜がすでにいるのは大変な幸運だった。森へ出かけて獲物を追いかけたり、銃を撃ったりせずに済むからである。どうしても必要な場合は前に試したような罠を用い、二年近く一度も銃を撃たずに暮らしたと思う。もっとも外出の際に銃を忘れることはなかった。それに、かつて船から回収した三挺の拳銃も持ち歩き、最低でも二つはヤギ皮のベルトにさしておいた。短剣もそのうちの一本を磨き上げ、専用のベルトを作り、拳銃と同じようにして腰に下げた。その結果、外出時の私のいでたちはひどく物々しくなった。以前に私の格好を記しておいたが、あれにベルトで腰に下げる拳銃二挺と、幅広の剣――さやはなく抜き身の――を加えれば、おおよその格好はおわかり頂けると思う。

しばらく私はこのように暮らした。用心するようになったことを別にすれば、もと通りの穏やかで落ち着いた生活であったと思う。そして日々の生活から私はこう痛感するようになった。つまり、もっと不幸な人々の運命、あるいは神が私に課していたかもしれない幾多の運命と比べた場合、今の境遇を悲惨とはとても呼べないと。人はたいていの場合、自分の境遇をもっと幸福な境遇と比べてぶつくさ不満をこぼすものである。しかし、より不幸な境遇を思い、今の境遇に感謝するようになるなら、世の愚痴もどれだけ減ることか。そう思われてならなかった。

生活に足りないものはほとんどなかったが、野蛮人におびえ、身の安全を図ることに気をとられていたので、生活の充実に知恵を絞る余裕もなかった。そのため一時はすっかり夢中だったある計画が中断されていた。大麦から麦芽を作り、麦芽からビールを作る計画である。これは実際気まぐれな思いつきであり、我ながら愚かしい企てであった。愚かしいというのは、ビール作りに欠かせないいくつかのものが、私の手元にないことを承知していたからである。たとえばビールを保存する樽である。前にも書いたように樽作りは失敗に終わっていた。費やした時間は数日どころではない。何週間、いや何カ月もかけたが、結局作れなかった。加えて、ビールの腐敗を防ぐホップや、発酵に欠かせない酵母、煮るための釜もなかった。だがこうした障害があったにせよ、野蛮人のことで思い煩わされることさえなければ、何とかやり遂げていたのではないかと思う。いったんやると心に決めたら、たいていの場合、成功するまで諦めないのが私の常であった。

しかし、今の私は頭脳を別のことに用いた。昼となく夜となく、私は血なまぐさい愉悦をむさぼる怪物たちをいかにしてやっつけ、殺害されるために連れてこられた犠牲者を——可能であれば——どうやって助けたらいいか思案しつづけた。彼らを殺すか脅かすかして、この島に近づかせないようにするためにはどうすればよいか。私が考えた方法をすべて挙げるとすれば、この本よりも浩瀚《こうかん》な書物が必要であろう。だが、そのなかで実を結んだものはなかった。試してみようにも、そのためには一人で彼らに立ち向かわねばならないからだ。連中は多分、二、三十人はいるだろう。そして投げ槍や、弓や矢を持っているだろう。彼らはその武器で、私の拳銃と同じくらい正確に、獲物をしとめることができる。そんな連中に一人で戦いを挑んでも、結果は目に見えている。

彼らが焚き火をした場所の下に穴を掘ることも考えた。地中に二、三キロの火薬を埋めておくのだ。連中が火を起こせば火薬にも引火し、辺り一帯が木っ端微塵という寸法である。しかし火薬は樽一つ分しか残っておらず、連中相手に無駄遣いする気にはどうしてもなれなかった。うまい具合に爆発するかどうかも確信がもてず、耳に火の粉がかかる程度で、驚かすだけで終わってしまうかもしれない。それならば、野蛮人が二度と島に近づかないようにするという目的は達せられない。私はこの案を見合わせることにした。代わりに銃三挺に二発ずつ弾をこめ、どこか適当な場所に身を潜めて、彼らを待ち伏せすることを考えた。血なまぐさい儀式の最中に撃てば、一回の射撃で二、三人は殺せるか、傷を負わせることができる。それから乗りこんでいき、拳銃と剣で戦えばいい。たとえ相手が二十人でも、これなら全員倒すことができるだろうと思った。私はこのことを考えては悦に入り、それが何週間もつづいた。この計

人食いたちを殺す計画を練る

画で頭がいっぱいだったので、夢にまで見る有様だった。彼らに銃で狙いをつける場面を私は一度ならず夢に見た。

計画が熟したので、今度は数日かけて待ち伏せに適した場所を探した。例の現場にも何度も足を運び、その場所にもだんだんと恐怖を覚えなくなった。殺された人間の仇を討ってやろう、相手が二十人でも三十人でも、剣で斬り殺してやろうと考えているときはなおさらだった。連中の人食いの痕跡は、もはや私の敵意を煽りたてるばかりだった。

とうとうある丘の中腹に格好の場所を見つけた。そこならカヌーがやって来るのを安全に見張ることができ、野蛮人たちが上陸する前に岸辺の茂みに身をすべりこませることもできた。木々のうちの一本には大きな穴が空き、その中にすっぽりと身を隠すことも可能だった。そこで彼らが血なまぐさい行為におよぶのを待ち、連中が一団になったところで頭を狙えばよい。それなら撃ち損じることもなく、最初の一発で三、四人に傷を負わせることができるだろう。

私はこの場所で計画を決行することに決め、二挺のマスケット銃と普段使っている鳥撃ち銃を準備した。マスケット銃には散弾と、拳銃に使うような小さな弾丸を四、五発装弾し、鳥撃ち銃には大型の鳥に用いる特大の散弾をこめた。拳銃にもそれぞれ四発の弾丸をこめ、さらに二度、三度と弾丸をこめ直せるように十分な弾薬を用意した。これで遠征の仕度はすっかり整った。

計画の手筈が決まると、頭の中で予行演習をし、私の城から五キロ弱離れた丘の頂上まで、島の近くを航海する、あるいは島へ向かってくるカヌーがないか確認に出かけた。だが二、三カ月ねばって何の収穫もないと、このきつい仕事がだんだんと億劫になりはじめた。島の沿岸はおろか海原のどこを探しても、船影ひとつ見つけられなかったのである。しかも肉眼で探すだけでなく、望遠鏡を使ってさえ成果はゼロだったのだ。

丘に出かけて見張りを続けている限り、私は計画を実行する気でいた。裸の野蛮人を二十人でも三十人でも血祭りにあげてやろうと思っていた。そのときの私は、どんな非道なこともできそうな精神状態だったのである。それが正しいことかどうか、私は深く検討しなかったのだ。しかしよくよく考えれば、私を駆り立てていたのはこの辺りに住む野蛮人たちの、不自然な慣習に対する恐怖にすぎなかった。どうやら世界を支配する神は、彼らに忌まわしい堕落した熱情以外に何らの指針も与えなかったようである。それゆえ彼らは長い年月にわたっておぞましい行為を続ける以外になく、このような恐ろしい慣習が続けられてきたのだろう。天から完全に見捨てられ、地獄のような堕落に導かれた結果でなければ、彼らがそうした行為におよんだ理由の説明はつかない。

すでに述べた通り、私は無駄骨つづきの遠出に嫌気がさすようになった。ずいぶんと長い期間、朝になれば遠方まで出かけ、毎回何の成果もなく帰ってくるということをくり返した。すると私の考え方も次第に変わっていった。以前より冷静に、落ち着いて、自分の計画を見直しはじめたのである。私はしばしば自問した。天が何百年ものあいだ罰することなく放擲していた彼らを、犯罪人として裁き、処刑する、どんな権利が私にあるのか。天は、彼らひとりひとりを互いの処刑者に定めたのではないのか。それに、彼らは私に対して何をしたわけでもない。彼らは自分たちで勝手に殺し合いをしているだけだ。血で血を洗うその喧嘩に私が首をつっこむ権利などあるだろうか。この件に関する神の意向は、私などには知る由もない。また、彼らは犯罪だとわかってこのような仕業をしているわけでもない。良心の呵責も感じなければ、それを罪だと知る術もない。私たちはたいていの場合、罪だと知りながら悪事を犯す。対して、彼らはそれが悪いことだとは知らない。神の正義に逆らって、そのようなことをしているわけではないのである。彼らが戦いで得た捕虜を殺すことは、私たちが牛一頭を殺すのと何ら変わりない。人肉を食らうことも、私たちが羊肉を食するのと大差ないのである。

こう考えると当然次のような結論が導かれる。間違っているのは私のほうなのだ。彼らは、かつて私が糾弾したような意味での殺人者ではない。それは、戦闘で得た捕虜を殺害し、またしばしば武器を捨てて投降した軍勢を容赦なく皆殺しにするキリスト教徒を、われわれが殺人者と呼ばないのと同じことである。

それからこんなことも思った。なるほど彼らの喧嘩は獣《けもの》じみて非人間的ではある。しかしそれが私にとって何だというのか。彼らは私に危害を加えていない。彼らが私を殺そうとしたとか、身を守るために戦わざるをえなかったとかであれば、まだ言い訳は立つ。だが私は彼らと関係なく暮らしている。私の存在など彼らは知る由もなく、私をどうしようとも思っていないのである。すると当然、私が彼らを襲うのは正しいこととはいえない。これを正しいとするなら、アメリカ大陸におけるスペイン人の残虐非道な行為もまた正当化されうるであろう。スペイン人はかつて何百万という先住民を虐殺した。確かに先住民は偶像崇拝を行う野蛮人であり、人身御供のような血なまぐさい粗野な儀式を執り行っていたが、スペイン人に危害を加えるつもりはなかった。にもかかわらず、スペイン人は彼らをその土地から一掃した。当時は同国人のあいだでさえ、とんでもない忌まわしい行為だと非難の声が上がったものだ。当然、ヨーロッパの他のキリスト教国の人々はこれを、神に対しても人に対しても弁解の余地のない、悪逆無道な行為、許すべからざる虐殺として糾弾した。以来、スペイン人の名はすべてのキリスト教徒を戦慄させ、スペインという王国は特異な人種が作った国であり、スペイン人は寛大さの証しともいうべき、不幸な人に対する思いやりや憐れみを欠いた人々、と噂された。

こんなことを考えているうちに、私は自分のことに立ち返り、立ち止まらざるをえなかった。私は次第に自分の計画を醒めた目で見るようになり、こう考えるようになった。私が野蛮人を襲おうとしたのは誤りである。彼らが先に手を出すのでない限り、私は介入する権利を持たない。私にできることは食人という蛮行を防ぐことくらいである。それで見つかり、襲われたならば、そのときは反撃に出ればよい。

その一方でこうも考えた。彼らと戦うことは私を救う手立てにはならず、かえって身の破滅につながるのではないか。私は最初に上陸した連中だけでなく、その後に来る連中も一人残らず殺してしまうのでなければならない。というのも、一人でも逃げ帰り、何があったかを仲間に知らせたならば、敵を討とうと野蛮人が何千という大群で押し寄せて来ることになろう。そうなれば私の身の破滅は必至である。だが今まで通りに暮らせば、そんな不安はない。

とうとう私は次の結論に達した。道徳と処世術の両方の観点から見て、私は野蛮人といかなる関わりも持つべきではない。私がなすべきことは彼らから身を隠し、この島に生きもの、つまりは人間がいると悟られないよう、いっさいの痕跡を消すことである。

宗教心もまた、この事案に対する私の判断を支持した。無実な人々――私にとってという意味である――を殺すという私の血なまぐさい計画は、どう考えても正当化できるものではなかった。彼らが仲間うちで殺し合うという罪に、私はいかなる関係も持たない。それは民族の罪であり、その裁きは諸民族の統治者である神に委ねるべきものだ。民族の罪にどのような懲罰を下し、社会全体が犯している罪悪をどう適切に裁くか、それを心得ているのは神のみだからである。

計画を実行せずに済んだことは実に幸いであった。仮に野蛮人を襲っていたとしたら、明らかに、私の行為は故意の殺人と何ら変わりがなかったからである。私はひざまずき、この上なく謙虚な気持ちで、私を救った神に感謝を捧げた。おかげで私は手を血に染めずに済んだ。そしてまた、私が野蛮人に捕まることがないよう、身を守るために天が許可しない限り、彼らに手をかけることがないようにと心から神に祈った。

## 12

その後一年ほど私はこうした心積もりで暮らした。その間、野蛮人たちを襲おうという気持ちに再び陥ることはなく、彼らの姿を確認しに丘まで出かけていくこともなかった。出かけていれば、彼らをやっつけようという気持ちが再燃しないとも限らず、絶好のチャンスに出くわしてその気にならないとも限らなかったからである。私がしたことといえばカヌーを移動させたことぐらいである。私のカヌーは島の反対側に置いてあったわけだが、これを島の東端まで運び、急峻な岩壁下の小さな洞窟に隠した。海流の関係上、野蛮人たちが舟でこの場所に近づくことはまず考えられなかった。

あれやこれやの付属品はすべてカヌーに載せて運んだ。専用に作ったマストや帆、それから錨――人はそれを錨とは思わなかっただろうが、それ以上のものは私には作れなかった――などである。私はこれら全部を片づけ、島からカヌーばかりでなく人間が住んでいるすべての痕跡を消し去った。

さらに私自身、身を隠して暮らし、自宅の洞窟に引きこもってあまり外出しないようにした。外に出るのは日々の仕事、つまり、雌ヤギの乳搾りと森の家畜の世話に出かけるときに限られた。囲い地のある森は、野蛮人が着く海岸とは正反対の場所に位置していたので、危険はなかった。確かなことは、野蛮人たちはときどきこの島を訪れていたが、何か目当てのものがあるわけではないということである。従って、彼らが海岸以外の場所をうろつくことはありえない。しかしまた、私が彼らを恐れ、警戒するようになってからも、連中は何度かこの島を訪れていたに違いない。私は以前、何か食べるものはないかと島じゅう目を凝らして歩きまわったことがあったが、もしそのとき野蛮人とはち合わせしていたら、あるいは気づかぬうちに見つけられていたら、私はどうなっていたであろう。そう考えると背筋が冷たくなる。何しろ私の武器は鳥撃ち銃ひとつきりで、しかも弾は一発しかこめていなかったのである。あるいは、もし足跡を見つける代わりに十五人か二十人の野蛮人を見つけ、彼らに追いかけられたとしたら、どうなっていたであろうか。私の驚愕のほどは計り知れない。彼らは足が速いので、私が逃げきれた可能性は万に一つもないであろう。

このような想像は気を滅入らせ、私を暗澹たる気持ちにし、その苦しみは長くつづいた。もし連中に追われていたらどうしたであろうか。きっとパニックに陥り、抵抗もできずに捕まってしまったに違いない。入念な計画と準備の末にはじめて可能となる作戦など、なおさら実行は不可能だった。こうしたことを思いつめて考えていると、塞ぎの虫にとりつかれ、それが長引くこともあった。だが最後には、神への感謝のうちに昇華された。神はこれまで目に見えぬ幾多の危険から私を救い、自分だけではどうにもならぬ不幸から私を守ってくれたのだ。それは、危険が差し迫っているとか、そんな危険が身に降りかかることなど、私がまるで考えなかったからである。

われわれは人生で何度となく危機に直面する。しかしその背後には神の慈悲深い意志が隠れている。私はあるときそのことを悟ったのであったが、ここ最近はそうした考えから遠ざかっていた。しかし再びそのことを真剣に考えるようになった。不思議なことであるが、われわれは自分でも気づかぬうちに救われているのだ。難局にあって、あれかこれかと逡巡し、よしこうしようとわれわれが決意するとき、ある啓示がそれを制することがある。常識も、われわれの感情も、ときには事情も、こうすべきだと告げているのに、虫の知らせに似た得体の知れない力がわれわれに及び、有無をいわせず別の道を選ばせることがある。そして後になって、絶対確実だと思われた最初の判断のまま突き進んでいたら、身の破滅だったと知ることがある。このことを踏まえ、私は自分なりのルールを定めた。つまり、何かをしようとするとき、あるいは、あれかこれかと悩んだとき、虫の知らせがあったり妙な胸騒ぎがした場合は、その神秘的な指示に従うというルールである。私が考えを改めるためには虫の知らせや胸騒ぎで十分だった。私の人生においてこの指示に助けられ、成功を収めた例はいくらでも挙げることができる。そうした例は、この不幸の島における生活の後半に、とりわけ多く見出された。昔も今と同じように世界を見ていたとしたら、あるいはもっと多くの指示に気づいていたかもしれない。しかし賢くなるのに遅すぎるということはない。私は考える力のあるすべての人に——私のような特異な経験を持つ人だけでなく、そうでない人にも——次のように忠告したい。神からの暗示に耳を傾けよと。その暗示がどんな目に見えぬ存在から発せられるのか、私は議論するつもりはない。説明も不可能であろう。だがこの暗示は、霊と霊が交信する、肉ある存在と肉なき存在がひそかに通じ合う紛れもない証しであり、何者もこれを否定することはできない。それについては格好の例がいくつかあるので、島での孤独な生活を綴る残りの部分で紹介することにしよう。

私は絶えざる危険や不安におびえながら暮らした。その結果、生活改善のために着手した計画やものづくりの一切を放棄するに至った。多分、そう聞いても読者は意外には思うまい。今や大事なのは食べ物よりも身の安全だった。野蛮人に聞かれるのではと思うと、釘を打ったり薪を割ったりするのもためらわれた。銃を撃つことなど思いもよらず、火を焚くのもひどく不安だった。煙はかなり遠い場所からでも確認でき、人間がいるとたちまち知れてしまうからである。それゆえ鍋やパイプを焼くような火を使う仕事は、森の中の新しい隠れ家で行うことにした。私は森に通っているあいだに、地下に天然の洞窟を発見していたのである。これは実に嬉しい発見だった。洞窟はかなり奥行きがあり、野蛮人であろうと誰であろうと――私のように必死に安全な隠れ家を探している者でない限りは――まず奥まで入ろうとはするまいと思った。大きな岩の足下《あしもと》にこの穴の入口はあった。私は偶然――もっとも万事が神の計らいなのであるから、偶然ということはありえないが――炭を焼くための太い枝を切りに、その場所を訪れたのだった。なぜ私が炭を焼く必要があったのか、それをまず説明しておこう。

今述べた通り、私は住居のそばで煙を立てるのを心配した。しかしパンや肉を焼かないわけにもいかなかった。そこで考えたのが、芝の下で薪を燃やし――私はイギリスで炭焼き作業を見たことがあった――木炭を作ることであった。完成すると火を消し、木炭を集めて家に持ち帰り、自宅で火が必要な場合はこれを用いた。こうすれば煙の心配がないわけである。

だがこれは余談にすぎない。ともかく、私はこの森で木を切っている際、よく茂った灌木の陰にこの空洞を発見したのだった。中を覗いてみたくなり、苦労してその入口の前まで行った。その洞窟の入口はかなり大きかった。どれくらい大きいかというと、私が立って通れるくらい大きかった。多分、人が二人並んでも通れたと思う。しかし、入口をくぐったのはいいが、私は大慌てで洞窟を飛び出すことになった。洞窟の奥は完全な暗闇であったが、私はそこに生きものの大きな眼、輝く二つの眼を見たのである。それが悪魔か人間か、私にはわからなかった。しかしその眼は、洞窟の外から差しこむ薄明かりを反射して星のように輝いていた。

しばらくして落ち着きを取り戻すと、私は自分の臆病さを責めつづけた。私は思った。「この島にたった一人で二十年も暮らして、いまさら悪魔が怖いなどとよくいえたものだ。自分以外に恐れるものなどこの洞窟にいるはずがない」そして火のついた松明を手に、勇気をふりしぼり、もう一度洞窟に突進した。だが三歩も進まないうちに恐怖がよみがえった。大きなため息のような声を聞いたのだ。それは苦しんでいる人間の喘ぎのようだった。それから、言葉に詰まったような切れ切れの声が聞こえ、その後、深く息を吐く音がつづいた。私は尻ごみした。ぞっとして冷や汗が流れた。それでも帽子をかぶっていたら、逆立った髪の毛が帽子を持ち上げたかもしれない。それでもなんとか勇気を奮い立たせた。神は常に私のそばにおり、私をお守り下さると自分自身を鼓舞した。そして松明を頭上に掲げ、その光をたよりに歩を進めた。そこに私が見たもの、それは馬鹿でかい恐ろしげな年老いた雄のヤギであった。ヤギは脚をついて地面に横たわり、やっとのことで息をしていた。老衰で死にかけているのだった。私は彼を外に出そうと手で押してみた。ヤギは立ち上がろうとしたが、起き上がれなかった。そこで、ほうっておくことにした。私があれほど仰天したのである。このヤギがいる限りは豪胆な野蛮人が入ってきても、きっと度肝を抜かれるに違いないと思ったからだ。

驚きから立ち直って周りを見まわすと、洞窟は案外に小さいことがわかった。幅は三、四メートルほどで、丸いとも四角いともつかない形をしていた。人間ではなく自然が作ったのだから、当然といえば当然である。突きあたりには奥へ通じる小さな穴があった。四つん這いでなければ入れず、どこへ通じているのかもわからなかった。ロウソクがないので探検は一旦諦め、翌日ロウソクと火口箱《ほくちばこ》を持ってまた来ることにした。この火口箱はマスケット銃の発火装置で作ったもので、火皿の火薬で火がつく仕組みである。

翌日、自家製の大きなロウソクを六本持って出かけた。その頃になると、私はヤギ

洞窟で死にかけたヤギを見つける

の獣脂から立派なロウソクを作ることができた。四つん這いになって穴に入り、十メートルほど進んだ。穴がどこまでつづき、その先に何があるのか見当もつかなかったのだから、ずいぶんと向こう見ずな行動であった。だが細穴を抜けると天井は高くなった。六メートルほどあったと思う。その穴倉の天井や周囲を見渡すと、壮麗の一言に尽きた。それほど燦然たる光景にこの島でかつて出会ったことはなかった。二本のロウソクの光が壁面に反射して、無数の光が輝いていた。岩の壁にダイヤか、あるいは宝石か金《きん》のようなものが含まれているようだった。金のような気がしたが、はっきりとはわからなかった。

私がたどり着いたこの場所は、真っ暗闇であることを別にすれば、快適な、望みうる最上の洞窟であった。床は乾燥し平らで、砂利のような小石が敷かれ、不快な害虫もおらず、じめじめしてもいなかった。唯一の問題は入口の狭さであったが、狭いおかげで安全な格好の隠れ家になるわけで、むしろ好都合といえた。私はこの発見を心から喜び、すぐさま大事なものをここへ運びこもうと思った。まず移動させるべきは弾薬と武器であった。銃は、三挺ある鳥撃ち銃のうち二挺と、八挺あるマスケット銃のうち三挺を持って来るつもりだった。残りのマスケット銃五挺は、城の外柵に大砲代わりにすでに据えつけてあり、遠征の際にはすぐに持ち出せるようになっていた。

武器の移動に際して、海から引き揚げた火薬の樽を開けてみた。火薬は湿っていた。海水が四方からおよそ十センチ奥まで浸入し、すっかり固くなっていた。しかしそのせいで、中心部の火薬は固い殻に包まれた種子さながらに守られ、樽奥の約三十キロの火薬はすっかり無事だった。私が喜んだことはいうまでもない。その火薬はまるまる洞窟へと運び、城には一キロ程度の量以上は残しておかないことにした。不測の事態を考慮したのである。そして弾丸用の鉛も同じように洞窟へと運びこんだ。

私は自分が、一人寂しく岩窟に住んでいた古代の巨人のようだと思った。ここにいる限り、たとえ五百人の野蛮人が私を探しまわろうと絶対に見つけられまいと思った。たとえ見つけたところで、この洞窟にいる私に手出しはできまい。

死にそうだった年老いたヤギは、私が見つけた翌日に息を引きとった。洞窟の外にひっぱり出すのは骨が折れ、かといってそのままでは死臭が漂うので、すぐ脇に大きな穴を掘って埋葬することにした。

この島に住んで二十三年が経過していた。島にも、この島での生活にもすっかり慣れた。野蛮人によって心乱されることさえなければ、残りの人生もこの島で暮らし、

1　七挺の誤りか。

あの年老いたヤギのようにここで朽ち果ててもよいという気がした。ささやかな気晴らしや娯楽もあり、以前とくらべて私の生活は充実していた。気晴らしのひとつは、すでに述べたように、オウムのポルに言葉を教えることである。今ではポルも親しげに、明瞭に話すことができるようになり、大いに私の無聊を慰めてくれた。ポルは結局私と二十六年にわたって暮らしたわけであるが、その後どれくらい生きたのであろうか。ブラジル人の言を信じるなら、オウムは百年生きるそうである。だとしたら、哀れなポルは今も生きていて、「哀れなロビン・クルーソー」と鳴きつづけているかもしれない。不運なイギリス人がこの島を訪れ、この鳥の声を聞いたりしないことを私は願う。もしその声を聞いたら、彼はきっと悪魔だと思うであろう。犬は愛すべき忠実な伴侶で、十六年近く一緒に暮らしたが、その後寿命が尽きて死んでしまった。猫は前にも書いた通り、あまりに増えすぎ、私自身が食われかねなかったので、そのうち数匹を撃ち殺すはめになった。最初から飼っていた二匹が死んだ後は、家に近づく猫を追い払いつづけ、食べ物も与えなかった。その結果ほとんどの猫が森に行って野生化してしまった。二、三匹の残った猫だけは飼うことにしたが、彼らが産んだ子猫は水に沈めて殺した。以上が私の家族であるが、これに加えて子ヤギ数頭をそばに置き、手から餌を与えて飼い馴らした。それに、オウムは他に二羽飼っていて、この

オウムに言葉を教える

犬を埋葬する

オウムたちもよく喋り、「ロビン・クルーソー」と私の名を呼ぶこともできた。もっとも、ポルほど流暢ではなく、ポルのときほどは熱心に教えなかった。さらに名も知らぬ海鳥も数羽飼っていた。この海鳥は岸辺で捕まえ、飛べないように羽根を切って手元に置いていた。城の壁の前に植えた杭は成長して立派な木立になり、海鳥はこの灌木に住んで繁殖した。私はこれに満足した。そんなわけで、野蛮人の脅威さえなければ、私はここでの生活に何の不満もなかったのである。

しかし今や潮目が変わろうとしていた。この物語を読む人たちがここから次のような教訓を得たとしても、それは誤りではあるまい。人生において私たちは必死になって不幸から逃げまわる。それでも不幸に陥ることがあり、そうした状況はこの上なく恐ろしいことではある。しかし、それがかえって救いのきっかけとなることも多い。私たちが苦境を脱するのは、まさしくそのような救いによってなのだ。私の数奇な人生の中で、こうした例はいくらでも挙げられるが、この島での孤独な生活の最後の数年にとりわけ多く見出すことができる。

先ほどと同じ二十三年目の十二月のことである。暦の上では冬至にあたっていたが、冬という感じではなく、穀物の収穫期であった。そのため多くの時間を野外で過ごした。その日も朝早く、日の昇る前に出かけた。そして海岸に火が燃えているのを見つ

自らの運命に満足する

早朝、海岸に火を見る

け、仰天したのだった。島の突端の方向で、私のいる場所からはおよそ三キロの距離だった。かつて蛮人が上陸したと思われる場所もその辺りだったが、それはあくまで島の反対側である。ところが今、火が燃えているのは私の住んでいる側なのだ。これにはぎょっとした。

私はこの光景に震えおののき、家の前の木立のところから動けなくなった。一歩でも出て行けば見つかるような気がしたのである。もし野蛮人たちが島を歩きまわり、畑の穀物やそれを刈り取ったもの、あるいは私の作ったものを目にしたら、たちまちこの島に人間がいるとわかり、私を見つけ出すまで探しまわるだろう。そう思うと不安になり、私の心は千々に乱れた。私は城に逃げ帰り、梯子を引き下ろし、人間の住みかと知れないようにいろいろと細工をほどこした。

それから敵を迎え撃つ準備を整えた。新しく築いた壁に備えつけた大砲——マスケット銃のことである——に残らず装弾し、すべての拳銃に弾をこめた。最後まで戦うぞと心に決め、身の安全を神に託し、野蛮人の魔の手からお救い下さいと祈ることも忘れなかった。そのまま二時間ほど待機していたが、やがて外の様子が無性に気になり出した。人手は私一人きりで、誰かを様子見に行かせることもできなかったからである。

しばらく座ったまま、こうした場合にどうすべきか考えあぐねた。けれども外の様子もわからずじっとしていることが耐えがたくなり、とうとう梯子を出して——前にも話したように——岩山の平らになった場所へかけて登り、そこまで来ると梯子を引き上げ、再びその梯子を使って岩山の頂上へ出た。私は身を低くして腹ばいになると、持参した望遠鏡を取り出して火の見えた場所を探した。まもなく、火を囲んで座っている九人の野蛮人の姿を発見した。暖をとっているのではなかった。気温が非常に高いので、そんな必要はないのだった。どう考えても、人肉という野蛮な食料を調理するための火だった。ただし、犠牲者が生きたまま連行されたのかどうかまでは判断がつかなかった。

浜辺に引き上げられたカヌーは二艘あった。今は引き潮で、満潮になるのを待って、それから舟を出すのだろうと思った。この光景を見た私の困惑、とりわけ島のこちら側、自宅のすぐそばに彼らがいるのを目にした私の困惑は、容易には想像できまい。だが連中が引き潮に乗じてやって来ることがわかると、私もいくらか平静を取り戻した。彼らが長居をしない限り、満潮時には安心して出歩けるとわかったからである。それゆえ、以後も割合平気に刈り入れの仕事に出かけることができた。

私の予想は当たった。潮流が西に流れはじめると、野蛮人たちはカヌーに乗って漕ぎ去った。もっと前に書くべきであったが、彼らは島を去るまで一時間以上ものあいだ踊りつづけた。望遠鏡のおかげで、彼らの身振り手振りまでがはっきりと見てとれた。ただし性別は、彼らは一糸まとわぬ素っ裸であったが、私にはよくわからなかった。

連中の舟が見えなくなると、私は二挺の銃を肩にかけ、拳銃をベルトに差し、抜き身の剣を腰の脇に吊り下げた格好のまま、全速力で最初に足跡を発見した丘に急いだ。そこへ着くのに二時間以上もかかった——これは、身につけている武器類が重すぎたせいである。到着すると、そこにも野蛮人がいたことがわかった。三艘のカヌーの跡があったからである。海原の彼方へ目をやると、本土へと向かう野蛮人のカヌーの一団が見えた。

これだけでも恐ろしい光景であったが、より陰惨なのは岸辺に広がっていた光景である。そこにはむごたらしい行為の残骸が散らばっていた。地面が血に染まり、骨がころがり、連中が食らいついた人肉の破片が打ち捨てられていた。しかも彼らはそれを楽しんでやっているのだ。私はこの光景を目にすると憤りを抑えることができなかった。次に連中を見かけたら、相手が何人であろうと構わず皆殺しにする計画を頭で練りはじめた。

野蛮人がこの島を訪れるのはそう頻繁でないことは明らかだった。というのも、連中が次にやって来たのは十五カ月以上も後だったからである。それまで私は連中を見かけることはなく、足跡ばかりかその他の痕跡さえも見かけなかった。雨季のあいだは連中が出歩かないことは確実だった。少なくとも、この島のような遠方まで来たりはしないらしかった。だが私はずっと不安のうちに過ごした。彼らが知らぬ間にやって来て、不意に出くわすこともあるかもしれないという危惧が常にあったからである。ここからいえることは、危険に遭遇するよりも危険を案じることのほうが、ずっと辛いということだ。不安な思いをどうやっても拭い去ることのできない場合は、とりわけそうである。

この期間、私はずっと殺気立っていた。もっとましな時間の使いかたがあったろうに、そのほとんどを、今度会ったらどうやって連中の度肝を抜き、襲撃しようかと考えることに使った。特に頭を悩ませたのは、前回のように連中が二手にわかれて来た場合にどうするかという問題である。そのときまるで考えもしなかったのは、仮に十人ないし十二人の集団を全滅させたとしても、翌日――翌週あるいは翌月のことかもしれないが――には別の集団を迎え撃たねばならず、そうした戦いが永遠につづくかもしれないということだった。その場合、私は人食い人種と同じか、あるいはそれ以上に残虐な殺人者になってしまう。

いつの日か残虐な連中の手中に落ちることを考え、不穏な日々を送った。外出する際はいつも周囲に細心の注意を払った。ヤギを飼い馴らしておいて本当によかったとも思った。銃を使う気にはどうしてもなれなかったからである。島の、野蛮人がよく訪れる場所の近くでは特にそうで、彼らにその音を聞かれでもしたら事だった。その場は驚いて逃げ出すかもしれない。しかし数日もすれば、野蛮人の乗った二、三百艘のカヌーがこの島に押し寄せることは確実だった。そうなれば万事休すである。

けれども野蛮人を再び目にするまでに一年と三カ月の間隔があった。彼らに再度遭遇したときの模様は、後に述べることになろう。この期間、連中は一度や二度は島を訪れていたのかもしれないが、長くとどまることはなかったようである。少なくともそれらしき気配を感じなかった。そしてこの島に来て二十四年目の年の——計算が正しければおそらく——五月に、私は野蛮人たちに再び遭遇することになった。それはかなり奇妙な出会いではあったが、この話は後でゆっくり話すことにしよう。

ともかく十五ないし十六カ月のあいだ、私は極めて悩ましい日々を送った。安眠できず、眠っても毎回恐ろしい夢を見て、夜中に飛び起きることもしばしばだった。昼は不安が私を押しつぶし、夜は夢の中で野蛮人を殺害して、何とかその行為を正当化できないものかと悩む有様だった。だがしばしこの話題は置いておこう。

五月の半ばのことである。私が忘れずに刻みを入れるようにしていたお粗末な木製の暦によれば、五月十六日のことであった。その日は終日大嵐で、風が吹き荒れて雷もすさまじく、夜になっても暴風雨がつづいた。何がきっかけであったかもう忘れたが、その夜、私は聖書を読み、自分が置かれている状況について深く考えこんでいた。そして不意に、海からと思しき大砲の音を聞いたのだった。

私は驚いたが、その驚きは尋常のものではなかった。そのとき頭に浮かんだことも、やはり尋常のものではなかった。私は電光石火の勢いで部屋を飛び出した。大急ぎで岩山の中腹まで梯子をよじ登り、そこまで来ると梯子を引き上げ、かけ直し、再び梯子をよじ登って頂上に出た。その瞬間、火の閃光が見えた。私は二発目の大砲の音に耳を澄ませた。果たして三十秒後にその音は私の耳に届いた。その音は、私がかつてカヌーに乗り、海流に呑まれた方角から聞こえてきた。

これは遭難した船が発したもので、僚船に助けを求め、救難信号としてこの大砲を撃っているのだ。私はすぐにそう思った。そのときの私は、彼らを助けることはできないが、彼らが私を助けてくれるかもしれない、そう考えるほどには冷静だった。そこで薪をあるだけかき集めると、丘の頂上でそれを積み上げて火をつけた。乾燥した

海からの大砲の音を聞く

薪は勢いよく燃えた。かなりの強風にもかかわらず、燃料が尽きるまで燃えつづけた。もしあれが船ならば、この火に気づかぬはずはない。間違いなく見えただろうと思った。その証拠に、火が燃え上がるとすぐに再び大砲の音が聞こえ、その後もしばらく、大砲の音が同じ方角から聞こえてきた。日が昇るまで一晩中、私はせっせと火を焚きつづけた。そしてとうとう夜が明けた。天候は回復し、海のはるか彼方に何かが見えた。島の真東の方角だった。それが帆なのか、それとも船体なのか、判別できなかった。あまりに遠い上に、沖合には靄がかかり、望遠鏡も役には立たなかった。

私は一日中その物体を注視し、それが動いていないことを知った。あれは船で、錨を下ろしているのだ。そう私は思った。気になって仕方がないので、銃を手にとって島の南側、かつて私が海流に流された岩礁へと急いだ。到着する頃には空もすっかり晴れ渡った。しかし悲しいかな、そこで私が目にしたのは昨晩漂流していた船の残骸だった。船はかつて私がカヌーに乗って発見した例の暗礁に乗り上げてしまっていた。その岩礁は私がカヌーで流されたときに、荒々しい海流の勢いを弱めて逆流を生み出し、生涯における最大のピンチを救ってくれた岩礁であった。

ある人間の命を救うものが別の人間の命を奪うこともある。彼らが何者であれ、海面下に岩があるとは夢にも思わなかったに違いない。船は東北微東の強風を受けて流

難破した船を見つける

され、昨夜のうちにこの暗礁に乗り上げたのであろう。彼らが島の存在に気づいたようには思われない。もし気づいていたとしたら、救命ボートを下ろして必死に漕ぎ、島にたどり着いたはずだからである。しかしそれなら、私が焚いた火――彼らはそれを確かに認めたと思うのだが――に対し、彼らが救難信号の大砲で応えたことをどう解釈すべきか。私は考えあぐねた。想像するに、彼らは灯りを見てボートに乗りこみ、岸を目指そうとしたが、高波にさらわれたのではないだろうか。また、こうも思った。彼らにはボートがなかったのではないか。ボートを失った理由はいろいろ考えられる。大波が船に押し寄せた場合、船乗りがボートを壊すか海に捨てるのはよくあることだ。それからまた、僚船が救難信号に気づき、彼らを助け出した可能性も考えた。さらに、救命ボートに乗りこんだはいいが、かつての私のように海流に呑まれ、大洋まで運ばれたことも考えた。後者の場合、彼らを待ち受けているのは悲惨な餓死に他ならない。ひょっとして彼らは今頃、飢え苦しみ、仲間を食べることを考えているかもしれない。

だが、こうしたことはすべて私の想像にすぎない。生きている私には、不幸な人々の災難を思い、憐れむ以外になす術はなかった。しかしその恩恵もあった。孤独ではあるが、この島で居心地よく幸福に暮らせるよう取り計らってくれた神に、以前に増して感謝するようになったからである。しかも、この島の付近で二隻の船が遭難して、救われたのは私一人きりなのである。ここから私が学んだのは次のようなことだ。つまり、神によって惨めな境遇に落とされることがあっても、それでもやはり神に感謝すべき点はあり、自分以上に不幸な人間もまたこの世にはいる、ということである。

このときの遭難者がよい例だろう。彼らが命拾いしたとはとうてい思えず、全員が死んだわけではないと想像する理由はなかった。仲間の船が救助したという可能性もあるにはあったが、これはあくまで可能性にすぎない。仲間が救助したという証拠はどこにもなかったからである。

この事態を前にした私が、魂の底でいかなる奇妙な渇望を覚えたか。それは、どんな言葉によっても表現できるものではない。私はときどきこう叫ばずにはいられなかった。「ああ、一人か二人でいいのだ。乗組員の一人でも助かって島にたどり着いていてくれたら。そうすれば、私に話しかけ、語り合う仲間ができたのに」長い孤独な日々のなかで、このときほど切実に仲間が欲しいという強い渇望――そして同時に、仲間がいないという深い悲しみ――を感じたことはなかった。

人間の感情には目に見えぬバネのようなものがある。私たちが目にした何か、あるいは実際に目にしなくとも、想像力によって心に浮かんだ何かによって、このバネがひとたび動き出すと、魂は猛烈な勢いでそれを欲するようになり、それなしには落ち着かなくなってしまうのである。

「一人でも助かってくれたならば」という私の切なる願いは、まさにそうした魂の叫びであった。「一人でもいい！」私はこの言葉を千度は口にしたと思う。それにより渇望はいや増し、握りしめる拳に力が入り、指が手のひらに食いこむほどだった。手に何か柔らかいものを持っていたら、我知らず握りつぶしていたであろう。それに、尋常ならぬ力で歯を食いしばっていたので、しばらくは口を開けないほどであった。

こうした感情の動きの正体や原因は、科学的な説明が好きな人々に任せておこう。私にはありのままの事実、我ながら驚いた自身の経験そのものを語ることしかできない。私がなぜそのような行動をしたか、科学的な原因は知らない。だが、自分と同じキリスト者と話がしたい、そうして慰めを得たいという激しい心の欲求が関係していることは間違いないであろう。

しかし私の願いはかなえられなかった。彼らの運命のためか、それとも私の運命のためかはわからない。あるいは両方の運命のためだったのかもしれない。この島における最後の年まで、生存者がいたのかどうか、私が知ることはとうとうなかった。ただ数日後、難破船からほど近い島の突端の浜辺に、溺死した少年の遺体が打ち上げられていた。私はこれを見て悲嘆に暮れた。彼は船員用ベストとリネンの半ズボン、青いリネンのシャツの他は何も身にまとわず、どこの国の人間かを示すものはいっさい身につけていなかった。ポケットから出てきたものは、八レアル銀貨二枚とタバコ用パイプ一本、ただそれだけである。ちなみにパイプは私にとって銀貨の十倍の価値があった。

今、波は穏やかだった。そこで思いきってカヌーを出し、難破船まで行ってみようと思った。生活に役立つものが見つかるだろうと踏んだのである。だがそれ以上に私の背中を押したのは、生存者がいるかもしれないという可能性であった。その人物の命を救えば、仲間を得るというこれ以上ない幸運に恵まれるかもしれない。こうした思いは昼夜の別なく私の念頭を去らなかった。こうなればもう、すべてを神に委ねてカヌーで難破船に行ってみる以外にない。私を後押しする力は思いのほか強力だった。これは目に見えぬ領域から私に働きかけている力であり、行かねばきっと後悔するという気がした。

衝動に駆られた私は自分の城に舞い戻り、さっそく航海の準備にとりかかった。私が用意したのは、大量のパン、大甕いっぱいの真水、羅針盤、ラム酒一瓶——ラム酒はまだかなり残っていた——、それからカゴいっぱいのレーズンであった。こうして必要な品物を揃え、カヌーのある場所へ向かった。隠してあったカヌーから水をかき出し、海に浮かべて荷を積みこんだ。それが済むと自宅に引き返し、第二陣の荷物を準備した。大きな袋につめた米、日よけの傘、大甕いっぱいの真水をもうひとつ、大麦パンの小さな塊二ダース、ヤギの乳一瓶、そしてチーズなどである。大汗をかいてこれらも同様にカヌーへ運ぶと、航海の無事を神に祈っていざ出発した。カヌーを漕ぎ、岸に沿って進め、やがて島の北東部の突端に到着した。ここから先は大洋に漕ぎ出すことになる。進むべきか、私はためらった。遠くには、島の両側を流れる荒々しい海流の動きが見えた。その海流に流されて危険な目に遭った記憶がよみがえり、私は戦慄し、怖気づいた。その海流に巻きこまれたら、間違いなく沖の彼方まで流されてしまう。そうなったら最後で、再びこの目で島を見ることはあるまい。それに私のカヌーは小舟である。ちょっとでも強い風が吹けばそれでお終いであろう。

こんなことを考えているうちに気が滅入ってしまい、計画を諦めかけた。とりあえずカヌーを岸辺の小さな入江に着け、私は陸に上がった。そして盛り上がった地面に腰を下ろした。私の心は恐怖と願望のあいだを揺れ動き、どうすべきか思い悩んだ。そうこうしているうちに潮の流れが変わり、上げ潮となった。こうなれば当分のあいだ舟は出せない。そこで私は、この辺りで一番の高台へ上がり、満潮の際に海流がどんな具合に流れるか見てみようと思った。そうすれば、仮に海流に呑まれた場合、似たような別の急流に乗って島に戻れるかどうかの判断もつくであろう。こう思うが早いか、私は近くの小高い丘に目をとめた。そこに登ると、島の両側の海を見渡すことができ、島の北と南を流れる海流の動きも手に取るようにわかった。そのため復路に取るべき針路も明らかになった。引き潮のときには海流が島の南岸近くを流れ、上げ潮のときには島の北岸近くを流れることがわかったからである。帰りは島の北側にカヌーを寄せるだけで、無事に島に戻ることができそうであった。

この観察結果に励まされた私は、翌朝、引き潮になり次第舟を出す決心をした。その日の晩はカヌーに身を横たえ、以前に言及した、船乗りが着る防寒コートをかぶって眠りについた。そして朝になると出発した。まず海流のある場所まで北に向かってカヌーを漕いだ。海流は東に向かって流れていた。その圏内に入るとカヌーは勢いよく押し流されたが、島の南側の海流に呑まれたときのように操舵不能に陥ることはなかった。懸命に櫂を漕ぐと、カヌーは難破船めがけて一直線に進み、ものの二時間足らずでそこへ到着した。

見るにしのびない光景であった。難破した船は作りから判断するにスペイン船で、岩と岩のあいだにはまりこんでいた。船の後ろ半分は波で無残にも破壊され、船首部分が岩に激しく乗り上げたためにメインマストもフォアマストもへし折られていた。

しかし、バウスプリット[2]だけは難を逃れ、船首部分も無事のようだった。そばまで行くと一匹の犬が船上に現れ、私に気がついてキャンキャン鳴きはじめた。私が声をかけると犬は海に飛びこんで私のカヌーまで泳いできた。カヌーに引き上げると、犬は渇きと飢えで死にかけていることがわかった。私は犬にパンのかけらを与えた。犬はそれをがつがつと食べた。二週間も雪のなかに閉じこめられた飢えたオオカミのようだった。真水も飲ませてやった。私が途中で止めなければ、腹がはちきれるまで飲みつづけたであろう。

その後、私は難破船に乗り移った。まず船首部分にある調理場でしっかり抱き合っている男二人の溺死体を見つけた。どうやら船が座礁した際、嵐のために高波が船をくり返し襲い、大量の水が船に流れこんで沈没同然になったらしい。彼らはそれで溺死したのである。犬のほかに生き残った者はおらず、積荷もすべて水没してしまっていた。ワインだかブランデーだかの酒樽が船倉の底にいくつかあった。幸い潮が引いているのでそこまで行けたのである。だが持ち帰るには大きすぎた。それから、船員のものとおぼしき荷物箱をいくつか見つけ、そのうちの二個を中身も見ずに自分のカ

2　巻頭の図を参照。

ヌーに移した。

もし岩に乗り上げたのが船尾のほうで、破壊されたのが船首であったとしたら、私はかなりの見返りを得ていたはずである。荷物箱の中身から察して、この船には相当量の財宝が積まれていたに違いなかった。船はその航路から考えて、南米大陸のブラジルのもっと先にある、ブエノスアイレスからラ・プラタ川周辺を発ち、メキシコ湾に面するハバナか、あるいはスペインに向かう予定であったと思われる。そして間違いなくかなりの財宝を積んでいたのだ。だがそれも今では何の役にも立たなかった。他の乗組員の消息についても、そのときは何もわからずじまいだった。

荷物箱の他に、酒が二十ガロン[3]近くつまった小さな樽を発見し、これも苦労してカヌーに積みこんだ。キャビンにはマスケット銃が数挺あり、二キロほどの火薬が入った特大の角製火薬入れもあった[4]。マスケット銃は必要ないので置いていき、火薬だけ頂戴することにした。是非とも欲しいと思っていた石炭用のシャベルとトング、それから真鍮製の小さなやかん二つ、チョコレートを作るための銅製の鍋、焼き網なども見つけた。これら獲得品と犬を載せて、私のカヌーは帰路についた。潮流が再び島へ向かって流れはじめていた。同日の夕刻、日が没して一時間ほど経った時刻にようやく島に帰り着いたが、疲労困憊して動けない有様だった。

その日の夜はカヌーで寝た。翌朝、難破船から回収した物資は自宅の城まで持ち帰らず、新しく手に入れた洞窟へ運ぶことにした。簡単な食事を済ませてから積荷をすべて陸揚げし、品物の点検を行った。樽の酒はラム酒の一種だった。だがブラジルのラム酒とは全く違っていた。一言でいえば、低級品だった。荷物箱からはいろいろと役立ちそうなものが出てきた。たとえば、立派な木箱に収まった美しい瓶の数々である。これには味のよい強壮飲料が入っていた。瓶一つの容量は約三パイント[5]、瓶の口は銀製であった。上等な砂糖漬けの果物を入れた壺も二つあった。蓋がしっかりしていたので海水の難を逃れていた。同じ壺がほかに二つあったが、残念ながらこちらは海水で駄目になっていた。何枚かの上等なシャツも出てきた。これはとても有難かった。それに、一ダース半ばかりのリネン製の白のハンカチ、色物のネッカチーフもあった。ハンカチは大歓迎で、これさえあれば暑い日に顔を拭くことができる。さらに、貴重品入れを探ると、八レアル銀貨の大袋が三つ出てきた。銀貨は全部で千百枚

3 約九十リットル。
4 火薬の保存容器は牛の角に蓋をつけたものが用いられた。
5 約一・七リットル。

近くあった。おまけに、紙で包まれた六枚のダブルーン金貨[6]、小ぶりの金《きん》のかけらまで見つけた。この金のかけらは寄せ集めると目方が五百グラム近くあったと思う。

もう一つの荷物箱には衣類が入っていたが、こちらはあまり上等なものではなかった。この荷物箱は砲手の持ち物だったようだ。というのも、三個の小瓶に保管された鳥撃ち銃用の、光沢のある火薬が見つかったからである。全体として、この難破船での収穫は思いのほか少なかったといわざるをえない。金はあっても使う機会がなく、足元の土くれと大差なかった。もしイギリス製の靴と靴下を三足か四足得られるなら、その金全部と交換してもよかった。靴や靴下はかなりの年月身につけたことがなく、喉から手が出るほど欲しかったのである。もっとも、私は難破船の溺死した二人の船員の靴をそれぞれ失敬し、荷物箱のひとつからさらに二足の靴を発見することができた。これはこれで有難かったが、残念なことにイギリス製ではなかった。履きやすくもなければ使い勝手も悪い、かかとのない平靴の類いだったのである。五十枚ほどの八レアル銀貨もあったが、金貨は一枚もなかった。この荷物箱は航海士のものではなく、もっと身分が低い船員の持ち物だったに違いない。

しかし、ともかくも私はこの金を洞窟まで引きずっていき、その昔に自分の船から荷揚げした品々のように大切に保存することにした。それにしても悔やまれるのは、船の後ろ半分が失われていたことである。残っていれば、財宝を陸揚げするのに何度もカヌーで往復せねばならぬほどであったに違いない。そしていつか祖国へ帰る日が来たら、誰にも見つからぬ場所へ隠しておき、あとでこっそり取りに来ただろうと思う。

荷をすべて陸揚げして安全な場所へ隠すと、私は再びカヌーへ乗りこんだ。岸辺に沿ってカヌーを進め、このカヌーの隠し場所まで行った。そこに舟を係留すると大急ぎで城へと戻った。何もかも元通りで、平穏だった。私は休息し、普段通りの生活に戻り、家事などをして日々を過ごした。しばらくはのんびりとした生活がつづいた。もっとも、警戒して周囲に気を配り、無用の外出は避けるようにした。気兼ねなく出歩けるのは島の東側に限られた。東側は野蛮人が来る心配がなく、さほど用心せずに済んだのだ。島の逆側へ行く場合のように、山のような武器と弾薬をたずさえる必要もなかった。

こうした日々が二年もつづいたが、私の厄介な頭――我が肉体を苦しめるために存在しているようなこの頭――は常に様々な計画でいっぱいだった。たとえば、この島

6　かつてスペインおよびスペイン領で鋳造された金貨。

を脱出する方法を空想したりした。もう一度危険を冒してまで行く価値はないとわかっているのに、あの難破船に行ってみようかと考えることもあった。どこかへ行きたくて仕方がなかった。サレを脱出した際に使ったあの立派なボートがもしここにあれば、私は間違いなく海原に漕ぎ出していたと思う。行き先などはどこでも構わなかった。

私という存在はその人生のどこを切り取っても、あの人類共通の普遍的な病――人間の不幸の大半がそこに起因する病、つまりは神や自然が定めた場所にじっとしていられないという病――を患う人々に、ひとつの教訓を示している。その昔、父の賢明な助言に背いたことがいわゆる原罪としてあり、その後も同種の過ちを積み重ね、私はとうとう今のような惨めな境遇へ陥った。かつて神はブラジルの農園主として生きる道を私に与え、禁欲ということを教えた。馬鹿なことを考えずその生活を続けていたら、今頃はブラジルでも有数の農園主になっていたに違いない。そこに暮らした短期間にも、いろいろと改良工夫に努めたのだ。収益は次第に増加したに相違なく、もしそのままとどまっていれば、モイドール[7]金貨十万枚分ぐらいの財産を手にしていたと私は確信している。増え続ける資産と、成功が約束された立派な農園を放棄してまで、なぜ私は奴隷を連れ帰るギニア行き商船の船荷監督になったのか。ブラジルに身を落ち着けて辛抱していれば、資産は着実に増えた。そして奴隷が欲しければ奴隷商人から買えばよかった。値ははったに違いない。しかしアフリカに行く危険を考えたら安いものだった。

けれども若いうちはこのような馬鹿をやるものだ。その愚かしさがわかるようになるのは普通、年を重ね、経験を積んだ後のことにすぎない。私自身がそうであった。しかし私の性向は少しも変わらなかった。またもや現状に満足することができなくなり、何とかしてこの島から脱出する手立てはないかと考えつづけた。読者諸氏も興味があると思うので、ここから先は、私が愚かしい脱出計画をどうやって思いついたか、そしてまた、どのような考えに基づき、いかに行動したかを語るのが妥当だと思う。

7　一六四〇年から一七三二年までポルトガルおよびブラジルで鋳造されていた金貨。

# 13

難破船への航海を終え、カヌーを水中に隠して城に帰ると、私は再び引きこもって暮らし、以前のような生活に戻った。前よりも金持ちにはなったが、裕福になったわけではなかった。金の使いようがないからである。私は、スペイン人が来る前のペルーのインディオと何ら変わるところがなかった。

この孤島へ足を踏み入れて二十四年目の、雨季の時期にあたる三月の夜のことである。私は眠らずにハンモックに身を横たえていた。身体の調子はすこぶるよかった。どこも痛くなければ気分がすぐれないわけでもなく、普段に増して不安を感じているわけでもなかった。にもかかわらず、目を閉じることができず、眠ることもできなかった。まだ一睡もしていなかった。それはこんなわけである。

夜に脳裏をよぎる無数の想念を書きとめることは、不可能であり、また無意味であるが、ともかく、私は島に来る以前と以後の全生涯を、要約されたかたちで、小さな絵でも眺めるように振り返っていた。この島に流れ着いてからの不安と恐怖と心労の日々を顧み、最初の頃の幸福な暮らしぶりと、砂浜に足跡を見つけてからの不安と恐怖と心労の日々を比べてもみた。もちろん、足跡を発見する前から、野蛮人たちは幾度もこの島を訪れていたに違いない。時には何百人という大勢で訪れたこともあったであろう。しかし、そんなことを知らない私は、不安を抱くこともなかった。危険であることは今と変わらなかったが、この上なく幸福だった。危険であることを知らなければ、その脅威にさらされることもなく、幸せでいられたのである。この事実は多くのことを考えさせ、有益な省察へと私を導いた。たとえば、神が人間に限られた視野や知識しか与えなかったのは、この上なく幸いなことであると思った。人間は無数の危険に囲まれて生きている。もしそれがすべてありありと見えたら、慌てふためき、とても正気ではいられまい。自分を取り囲む危険を知らず、様々なことが見えないからこそ人は平静でいられるのである。

こんなことをしばらく考えたあとで、今度はこの島における私自身の危険、長年にわたって私を取り巻いていた危険について真剣に考えはじめた。私は何の不安もなく安心して島を歩きまわっていたが、丘や大木、あるいは夜の帳にさえぎられて、間一髪のところで食人鬼の手に落ちる最悪の事態を免れていたのかもしれない。もし見つかっていたら、私がヤギやウミガメを捕まえるように彼らは私を捕らえ、私が鳩やシギを食べるように彼らは私を殺して食べたに違いない。そして自分たちの行為を犯罪だなどとは思わなかったであろう。そのとき私が偉大なる神に心から感謝しなかったといえば、不当に自分の名誉を傷つけることになる。私は神の御心により、これまで幾度も、我知らず救われてきたことを謙虚な気持ちで認めた。神に守られていなければ、私はきっと残忍な野蛮人の手に落ちていたはずだ。

ここまで考えたとき、今度はあの哀れな連中、野蛮人たちの本性に思いが及んだ。万物の聡明な支配者たる神が、なぜまた自らの創造物をあのような非人間的存在、いやそれ以下の、同類をむさぼり喰うような野獣へおとしめることになったのであろうか。この疑問に対し、私は――そのときはまったく実りない――闇雲な想像を巡らせるばかりで、満足な答えを見出すことはできなかった。次いで私は、こうした哀れな連中がどこに住み、どれくらい離れた場所からやって来るのか、なぜこんな遠くまでやって来るのか、どんな舟を持っているのかを考えた。そしてまた、連中がこっちへ来られるのなら、私もしっかり準備さえすれば、きっと本土へ渡れるだろうと思った。

本土へ渡ったときにどうするか、もし野蛮人に捕まったらどうなるか、追われたらどうやって逃げたらいいか、といったことは考えもしなかった。向こう岸に渡る手段も、連中に捕まらずに済む方法も考えなかった。捕まれば助かる可能性はゼロであったにもかかわらず、である。それに、野蛮人に捕まらずとも食料はどうやって得るのか。舟を出すにしても、どちらの方角へ針路をとったらよいのか。こうした疑問もまるで頭をよぎることはなかった。それほど自分の舟で陸地へ渡るというアイデアに夢中だったのである。私の目には、現況は考えうる最悪の事態と映った。これより悪くなるとすれば、死ぬこと以外になかった。大陸にさえたどり着ければ救助されることだってありうる。アフリカを旅したときのように岸に沿って舟を進めれば、やがては人の住む土地に出るだろうし、そうなれば救われる機会も増える。キリスト教徒の乗る船に出くわして、乗せてもらえないとも限らない。それに、これ以上ひどい目に遭うとしても所詮は死ぬだけである。いっそ死んでしまえばもうこんな惨めさともおさらばできる、そんな風にも思った。もっとも、このような考えは苦労に次ぐ苦労で自暴自棄に陥った、病んだ心の産物であることを忘れてはならない。難破船での失望も大きかった。何しろ、あと一歩のところであれほど熱望していた人間に出会えたのだ。もし出会えていたら、言葉を交わし、私のいる場所についての情報を入手できたかもしれない。島を脱出する方途も見つかったかもしれない。おわかりだと思うが、私の心はこのようにあれこれ思いを巡らした結果、かなりの興奮状態にあった。神に万事を委ね、天の導きを待つという諦念はどこかへ消え去っていたのである。本土に舟で渡るという計画以外は何も考えられず、その想念は逆らいがたい力で私に迫り、今すぐ取りかかれと私の背中を押すのだった。

二時間以上もこんなことを考えつづけたので、私の心はすっかりかき乱された。心が常になく動揺しただけであったが、血は沸き立ち、熱でもあるみたいに脈が高鳴った。そしてとうとう疲れ果て、自然と深い眠りへ落ちた。おそらく本土へ漕ぎ出す夢でも見たのだろうと人はいうかもしれない。しかしそうではなかった。夢は見たが、まったく別の夢であった。それはこんな夢である。明け方、私はいつも通りに城を出た。そして岸辺に二艘のカヌーを見つけ、十一人の野蛮人が陸地へと上がって来るのを見た。彼らは一人の捕虜を連れている。今から殺して食べようというのだ。そのときである。捕虜が野蛮人の手をふり払い、一目散に逃げ出した。彼が私の自宅前の森へ駆けこみ、そこに身を隠したことが私にはわかった。彼が一人きりで、追手がそばにいないことを確認すると、私は彼の前に姿を現し、微笑みかけて彼を安心させた。すると彼はひざまずき、助けてくれという素振りで私に祈った。私は梯子を示し、彼に登るようにいって洞窟へと招じ入れた。こうして彼は私の召使となった。私は思った。この男がいればきっと本土までたどり着ける。彼に水先案内人になってもらえばいい。食料を得る場所も、野蛮人に食われないためにはどこを通り、どこを避ければいいのかも教えてもらえるだろう。ここまで考えたとき私は夢から覚めた。夢の中では島から脱出できると有頂天だったので、目が覚めて夢だと知ったとき、私の失望は大きかった。私は絶望のどん底に叩き落とされた。

だが、この夢から学んだことがあった。それは、島を脱出するための唯一の方途は野蛮人を一人仲間につけることであり、できれば殺されて食われるために島へ連れて来られた捕虜がよいということである。しかし一方で、この方法には大きな問題もあった。この計画を実行するためには野蛮人の集団と戦わねばならず、彼らを一人残らず殺さねばならない。かなりの危険をともなう試みであり、失敗する可能性もある。そんな行為が果たして許されるものだろうかと、大いにためらいも覚えた。それに、自分が助かるためとはいえ、おびただしい血が流れることを思うと動揺も禁じえなかった。このときの私の心の葛藤については詳述を控えよう。前にも同じようなことを書いた覚えがあるからだ。だが今回は正当と呼べる理由がいくつかあった。まず、彼らは私の生命を脅かす敵であった。機会さえあれば私を食うに相違なかった。食い殺されないように身を守ることは完全な正当防衛であろう。もし彼らが実際に私を襲うとすれば、私は防御のために戦うにすぎない。この理屈は筋が通っていたが、血が流れることを考えると大いに尻ごみし、なかなかその気にはなれずにいた。

私は心の中で自分自身と長い討論を重ね、ああでもないこうでもないとしばらく悩み苦しんだ。しかしとうとう島から脱出したいという気持ちが勝ちを占めた。私はどんな犠牲を払っても野蛮人を一人手に入れようと決心した。そう決心すると、次なる問題はその方法である。これは大変な難問だった。これだという案はなかなか思いつかなかった。仕方がないので、とにかく野蛮人が島に来るのを見張り、あとは成り行きに任せ、臨機応変に行動することにした。なるようになれという心境だった。

こう心を決めるとできる限り見張りに赴いた。あまり頻繁にこれを実行したため、とうとう気が滅入ってしまったほどである。私はほとんど毎日のように島の西端および西南端へと出かけていき、野蛮人のカヌーが見えやしないかと目を凝らした。この日課はおよそ一年半にわたってつづけられた。だがカヌーはまったく姿を現さなかった。私はひどく落胆し、やきもきしはじめた。しかし前回のときのように気をくじかれるようなことはなかった。長く待てば待つほど、待ち望む気持ちが強まった。以前は野蛮人に出くわさないよう、見つからないように気を配っていたのが、今では彼らに会いたくて仕方がなくなっていたのである。

それに、捕まえてしまえば、一人といわず二、三人の野蛮人くらいはうまいこと操れる気がした。自分の奴隷にし、命じるままに従わせ、間違っても自分に歯向かったりしないように支配できる自信があった。こんなことを考えて私は一人満足していた。が、ずいぶん長いこと何も起こらず、私のもくろみや計画はついに実現の機会を持たなかった。いつになっても野蛮人たちはやって来なかったからである。

こうした考えを抱いてから一年半ほど後のことである。計画を実行に移す機会が訪れないまま時がすぎ、悩んだ挙句、計画を白紙に戻そうと考えていた矢先だった。ある日の早朝、住居近くの海岸に五艘ものカヌーがあるのを発見し、息を呑んだ。野蛮人たちは皆陸に上がったらしく、姿は見えなかった。彼らは一艘の舟に四、五人、ときにはそれ以上が乗りこむのが普通だ。それほどの大人数を相手にするとは思ってもみず、私の計画はすっかり狂ってしまった。たった一人で二、三十人の野蛮人を相手にどう戦ったらいいのかわからず、途方に暮れた。私は落ち着きを失い、困りきって城に戻り、じっとしていたが、やがて前から決めていた通りに戦闘態勢を整え、敵に動きあればすぐに戦える準備をした。何か音が聞こえないかと耳を澄まし、かなり長いことじっとしていたが、何も聞こえなかった。しびれを切らした私は、梯子の下に銃を置き、いつもしているように梯子を二回使って丘の頂上へと登った。野蛮人たちに見つからないように頭を下げ、姿勢を低く保った。望遠鏡を覗くと、数にして三十人を下らない野蛮人たちの姿が目に入った。すでに火が焚かれ、肉が用意されていた。それが何の肉か、どうやって料理したのかはわからなかった。今、彼らは火を囲み、独特の、得体の知れない野蛮な踊りに興じているところであった。

しばらく見ていると、哀れな二人の犠牲者がカヌーから連れて来られた。多分、カヌーに留め置かれていたのだろう。とうとう殺されるときが来たのだ。まもなく一人が棍棒か木製の剣で打たれたらしく、地面に倒れた。それが彼らのやり方なのだ。するとニ、三人の野蛮人がその肉を食らうべく手早くその身体を切り裂きはじめた。もう一人の方は、自分の番が来るまでそこに一人で立たされていた。そのときこの哀れな男は、今なら逃げられることを悟ったようだった。助かるかもしれない。彼は駆け出すと、信じられない速度で砂浜を走り、私のいる方角へと一直線に向かってきた。私のいる方角というのは、つまり、私の住居がある海岸という意味である。

こちらへ走ってくる彼の姿を見て、私はぎょっとした。野蛮人が総出で彼を追いかけてくるだろうと思ったからである。夢の一部が現実になろうとしているかのようだった。私は、彼が私の住居を隠している木立の中に身を隠すだろうと思った。しかし、それから後のことが、私の見た夢の通りになると期待するのは虫がよすぎた。夢の通りならば、野蛮人たちはそこまで彼を追っては来ず、彼が見つかることもないはずだった。私はじっと見守っていた。追手が三人以上はいないとわかると、私の勇気も戻ってきた。彼がぐんぐんと追手を引き離しているのを見たときには、なお一層勇気づけられた。あと三十分も走りつづければ、間違いなく追手を振りきれるだろうと思った。

彼らと私の城のあいだには入江があった。入江というのは、この話の前半部で船からの荷揚げ作業を記した際に、しばしば言及したあの入江である。逃亡者はそこを泳いで渡る必要があった。泳げなければそこで捕まるのは必至だった。だが男はそこまでくると、潮が満ちた入江にひるむことなく飛びこみ、三十回ほど水を掻いただけで対岸にたどり着いた。そして衰えぬ体力で、再びものすごい速さで駆け出した。三人の追手も入江に着いたが、そのうちの二人は泳げ、残る一人は泳げない様子であった。泳げない者は岸辺に立ちすくんで対岸へ目をやり、もうそれ以上進もうとはしなかった。やがて来た道をのろのろと引き返していった。後々、これが逃亡者にとっての救いとなった。

残る二人は泳げはしたものの、その入江を泳ぎきるのに逃げた男の倍以上の時間を要した。私は今や確信した。とうとう私の召使か仲間、あるいは助手となる人間を得る機会が訪れたのだと。これは、あの哀れな男の命を救えという神の思し召しに違いない。私は大急ぎで梯子を駆け下り、梯子の足元に置いておいた二挺の銃をつかむと、再び全速力で梯子を駆け上った。そして丘の上から海の方角へと走り、近道をして丘を下り、逃げる彼と追手二人のあいだへ躍り出た。私は逃げている男に大声で呼びかけた。彼は振り向いたが、追手に対するのと同じように、私の姿にも恐怖を覚えた様子だった。私は男に手振りでこちらへ来るように伝えると、すぐさま追手たちの方へと近づいて行った。そして先頭の野蛮人に駆け寄り、そいつを銃床で殴り倒した。他の野蛮人たちに銃声を聞かれたくなかったので、できる限り発砲したくなかったのである。もっとも浜辺からは距離があるので、聞こえるとも思えず、硝煙も見えるはずはなかった。万が一銃声が聞こえたところで、何の音だか見当もつかなかったに違いない。

私が追手の一人を打ち倒すと、もう一人の野蛮人は恐怖に駆られたように立ちすくんだ。私はじりじりと間合いをつめていった。相手は弓と矢を使って私を射る態勢をとった。そこで私は仕方なく銃を撃つことにした。発砲すると野蛮人は倒れた。追手二人が倒れたものの、銃の火炎と轟音に肝を潰し、逃げてきた男の方もその場に棒立ちになった。彼は歩みを止めた。私の方へ来るよりはむしろ、どこでもいいから逃げ出したい様子であった。私はもう一度呼びかけ、身振り手振りでそばへ来るように伝えた。彼はすぐにその意味を理解したらしく、少し歩いては立ち止まり、また少し歩いては立ち止まった。私に捕まって他の二人同様に殺されると思ったのか、ぶるぶる震えているのが見てとれた。私はさらにもう一度彼に手振りでそばへ来るようにいい、大丈夫、安心しろというこちらの意図を懸命に伝えようとした。彼はだんだんと近づいてきた。そして十歩か十二歩ほど歩くたびにひざまずき、命を救われたことに感謝を表した。私は微笑みかけ、友好を表明し、もっとそばへ来るよう手招きした。とうとう彼は私のところへやって来た。またひざまずき、大地に口をつけて平伏すると、私の足をとってその足を自分の頭へ載せた。これは、いつまでも私の奴隷として仕えるという、その宣誓の動作であると見えた。私は彼を立ち上がらせ、優しく扱い、できる限り元気づけた。

けれども私にはまだ仕事が残っていた。最初に殴り倒した追手は死んではおらず、気絶していただけであった。この野蛮人は今、意識を取り戻しつつあった。私は追手を指差し、男に奴が死んでいないことを伝えた。彼はこれに対して何か喋った。私にはその言葉の意味は理解できなかったが、言葉を聞くのは心地よかった。何しろ、自分自身の声を別にすれば、二十五年振りに耳にした人間の声だったのである。しかし感慨にふけっている暇はなかった。倒れた野蛮人はすっかり意識を取り戻し、地面の上

フライデーを救出する

に身を起こしていた。私の仲間となった男はその姿を見て怖気づいた。私はその様子を見て取り、もう一挺の銃で敵に狙いを定め、撃とうとした。すると私の野蛮人――そう呼ぶことにする――は、私が腰のベルトに下げている抜き身の剣を貸してくれという仕草をした。そこで私が剣を貸してやると、彼はそれを手にして一目散に敵へ向かい、一太刀で相手の首を切り落とした。ドイツの死刑執行人さえかなわぬ見事な腕前であった。私はこれを見てかなり意表をつかれた。彼は木製の剣以外に刀剣を知らなかったはずだからである。だが、やがて判明したところでは、野蛮人の作る木刀はずしりと重く、刃先も極めて鋭いのだ。とても硬い木を素材としているからで、この木刀ならば、人間の首でも腕でも一太刀で切り落とすことができるのだった。彼は敵を倒すと、勝利のしるしに笑いながら私に近づき、剣を返し、私にはよくわからぬいろいろな身振りをしてから、たった今殺した野蛮人の首を地面に置いた。

彼を一番驚かせたのは、私がかなり離れた場所から二人目の野蛮人を殺したことであるらしく、どうやってやったのかを知りたがった。彼は倒れた野蛮人を指差し、見てきていいかという身振りをした。見てこい、と私は応じた。彼は死骸のところへ行くと、しげしげと見てから驚き立ちすくんだ。彼は死骸を何度もひっくり返し、弾が貫いた傷を観察した。どうやら弾は胸の真ん中に命中したらしく、そこに穴が空いていた。思ったほどの出血はなかったが、完全に絶命していることから推して、内出血した様子だった。私の野蛮人は死人の弓と矢を拾い上げ、私のところへ戻った。そこで、私はその場から立ち去ろうと思い、彼についてくるよう命じ、ぼやぼやしていると別の追手が来るぞと身振り手振りで伝えた。

これに対し彼は、別の追手に見つからないよう、自分に遺体を埋めさせてくれと身振りで応じた。私がそうするようにいうと、彼はさっそく仕事に取りかかった。彼はまたたく間に手で砂を掘り起こし、人間一人が入れるほどの穴を作った。そして死体を引きずってきてそこへ投げこみ、砂をかけて元通りにした。もう一体も同様にした。二つの死体を隠すのに十五分ほどしかかからなかっただろう。その仕事が済むと、私は彼を呼び、私の城ではなく、遠く離れた森の洞窟まで連れていった。夢では彼が城の木立へ逃げこむはずだったのだが、そこまでは現実にならなかった。

洞窟に着くと私は彼にパンとレーズンを食べさせた。走ってひどく喉が渇いている様子だったので水も飲ませた。軽食を与えると、稲藁のベッドと毛布がある場所を指差し、そこで休むようにいった。このベッドはときどき私自身が寝るために使っていたものである。哀れな野蛮人は横になるとすぐに寝てしまった。

彼は顔立ちの整った美男子だった。まっすぐに伸びた手足はがっしりしていたが、図体が大きいというほどではない。背は高く、身体は引き締まっていて、年齢は二十六歳といったところ。顔つきはとてもよく、獰猛そうなところもなければ無愛想でもなく、とても男らしい雰囲気があった。笑うと西洋人に似た柔和さと優しさがその顔に浮かんだ。髪は長くて黒く、羊の毛のような巻き毛ではなかった。額が非常に広く、瞳には陽気さと利発さが見てとれた。肌の色はそれほど黒くはない褐色であり、かといってブラジル人やヴァージニア人、その他のアメリカの原住民のような醜い黄色の褐色ではなく、もっと感じのよい明るいオリーブ色をしていた。顔は丸顔で肉づきがよく、鼻は小さくて黒人のように平たくはなかった。口は大きすぎも小さすぎもせず、唇は薄く、象牙のように白い歯をして、歯並びがよかった。彼は眠ったというより三十分ほどうとうとした後、目を覚まして洞窟から出てきた。そのとき私は洞窟そばの囲い地にいて、ヤギの乳を搾っているところだった。私を見つけると彼は走り寄り、今一度地面にひざまずいた。そして私に対する恩義を風変わりな身振り手振りで伝えようとした。その後、またもや私の足元の地面に額ずき、私の足を彼の頭に載せた。そして、私に対する服従と隷属を身振り手振りで示した。生ある限り私に仕えるといいたいらしかった。彼のいっていることをだいたい理解した私は、彼に対して私が大変な好意を持っていることを伝えた。ほどなくして私は彼に言葉を使って語りかけ、彼に言葉を教えはじめた。とりあえず私は彼の名前をフライデーと決め、そのことを彼に伝えた。フライデーという名前にしたのは、彼を助けた日が金曜日だったからで、その記念としたのである。同様にして、主人を意味するマスターという言葉も教え、それを私の名前とした。またイエスとノーという言葉とその意味も教えた。その後、容器からミルクを飲み、そこにパンを浸して食べて見せ、彼にも容器に入ったミルクとパンを渡し、自分のまねをするようにいった。彼はすぐにこれに応じ、同じようにして食べ、とても美味いという身振りをした。

その晩は彼とそこで過ごし、日が昇ると彼について来るようにいって洞窟をあとにした。私は彼に衣服を与えると伝えた。彼は素っ裸だったので、これを聞いて喜んだ。野蛮人二人を埋めた場所を通りかかったとき、フライデーは埋めた場所につけたしるしを指差し、死体を掘り起こして食べようという仕草をした。これに対して私は怒りをあらわにした。考えただけでも吐き気がすると告げ、嫌悪の態度を示した。さあ行こうと私が手招きすると、彼は逆らわずに従った。その後、私たちは他の野蛮人たちが島を去ったか確認するために丘の頂上へ登った。私は望遠鏡を取り出した。彼らの姿はどこにもなく、カヌーも消えていた。彼らが帰らぬ仲間二人を島に残し、捜索もせずに引き上げたことは明らかだった。

この発見だけでは私は満足しなかった。前より度胸もつき、好奇心も湧いていたので、私は従僕フライデーとともに丘を下りることにした。彼が武器の扱いに慣れていることがわかったので、私は剣を手渡し、背中には弓と矢を背負わせ、さらに私が使う銃一挺を持たせた。残りの銃二挺は自分でかついだ。こうして私たちは野蛮人たちがいた浜辺へと向かった。野蛮人の正体についてもっと詳しく知りたいと思ったからである。浜辺に着いてみると、私はそこにくり広げられた凄惨な光景に全身が凍りつき、気が滅入った。フライデーは何でもない顔をしていたが、私にとっては間違いなく陰惨な光景だった。あたり一面に人骨が転がり、地面は血で赤く染まり、食べかけの、引きちぎられて焼かれた大きな肉の塊が散乱していた。敵を倒した勝利の宴がここで開かれたのだ。頭蓋骨が三つ、手が五本、足の三、四本の骨が確認できたが、その他にもおびただしい肉片が散らばっていた。フライデーが身振り手振りで伝えたところによれば、彼らは宴のために四人の捕虜を連れてきたということであった。そして四人のうちの三人が食べられ、残った一人が自分である、とフライデーは自分を指差した。どうやら、あの野蛮人たちと隣国の王――フライデーはこちらの人間のようである――のあいだで大きな戦闘があり、勝利者たちは大勢を捕虜にし、その捕虜をいろいろなところへ連れて行っては、この島で行われたのと同様の宴を催したらしかった。

私はフライデーに頭蓋骨や骨や肉片を残らず拾わせた。そしてそれを一カ所に集めて火をつけ、灰になるまで燃やした。見れば、フライデーは人肉に食欲をそそられていた。彼は依然として人食いであった。しかし、私は人間を食うことに強い嫌悪感を示し、そんなことは微塵も考えたくないということを彼に理解させた。そして、もしそのことに触れたら彼を殺すつもりであるとも教えた。このため彼はもう何もいえなくなった。

死体の後片づけを終えると、私たちは城に戻った。私はフライデーに服を着せることにし、まずリネン製のズボンを与えた。これは私が難破船の砲手の荷物箱から見つけたもので、わずかな手直しでフライデーの足にぴったりと合った。それから、ヤギ皮で立派なチョッキを一着拵えてやった。仕立屋としての私の腕前は熟練の域に達していたのである。うさぎの皮で作った、とても便利で格好のよい帽子も与えた。こうしたものを身につけたフライデーはぐんと見栄えがよくなり、主人の格好と比べても遜色がなく、私は大いに満足した。もっとも最初のうちは窮屈そうにしていた。ズボンを穿いて動くのは彼にとって難儀らしく、チョッキの袖が狭くて肩や腕の内側が擦りむけたりもした。しかし、痛がる箇所を手直しして緩めてやると、だんだん彼も服

フライデーに服を与える

に慣れ、しまいには自然に着こなすようになった。

フライデーを連れて住居に戻った翌日、私は彼をどこに住まわせようかと考えはじめた。彼に不都合がなく、かつ私の安全が確保されるような場所がよかった。そこで私の築いた二つの壁、つまり、最初に作った塀と後で作った塀のあいだの空地にフライデー用の小さなテントを張ることにした。洞窟に通じる入口があったが、私は木材でちゃんとしたドア枠とドアを作り、これを洞窟への通路——入ってすぐのところ——にはめこんだ。そしてこのドアは洞窟の内側からしか開かないようにし、夜にはかんぬきをかけて施錠し、梯子も片づけてしまうことにした。こうすれば、フライデーは絶対に私のところまで来ることができない。内側の塀を無理に越えようとすれば、大きな音をたてることになる。従って私が目を覚まさないはずはなかった。内側の塀の上部と背後の岩山のあいだには、長い木の棒を並べた屋根がかかり、私のテントを保護していた。そしてその屋根は細板の代わりに細木を網状に組んで補強され、葦と同じくらい丈夫な稲藁が幾重にも葺いてあった。その上、念には念を入れて、梯子を使ってこの内側に出入りする穴には引き戸に似たものを備えつけた。この引き戸は外側からは絶対に開かず、無理に開けようとすれば梯子から落ち、けたたましい音を立てることになる。もちろん毎晩、武器はひとつ残らず手元に保管することにした。

だが、これほど用心する必要はまったくなかったのである。フライデーほど真面目で情け深い、忠実な召使は他に考えられない。彼はいつも穏やかで上機嫌であり、腹黒いところは微塵もなく、恩義に厚かった。彼の私に対する愛情は、子が父に抱く愛情に似ていた。多分、彼は私を助けるためならば命をも投げ出しただろう。彼は実際そのように私に何度も宣誓したので、この点について疑いを差しはさむ余地はなかった。やがて私は、彼に対する警戒はまったく無用だったと確信するに至った。

このことを受けて、私はしばしば次のように考えた。神の摂理、神の御手が支配するこの世界にあって、多くの被造物がなお、精神や魂が本来備える能力を正しく発揮できていない。そして神はそれをよしとされている。これは驚くべきことである。しかしその一方で、神は被造物に等しく同じ能力を与えている。つまり、理性や愛情、親切心や忠誠心、悪に憤る心、感謝する気持ちや正直さ、誠実さ、善行を施し、また受け取る一切の力などである。それゆえ、神が被造物にその能力を発揮する機会を与えるならば、彼ら、つまり野蛮人も、われわれ以上にその天与の能力を正しく用いるはずだ。こうした想像は私の気を滅入らせもした。なぜなら、われわれ西洋人は神の御霊に照らされ、神の御言葉によって啓蒙され、高い知性を備えているにもかかわらず、こうした能力を正しく行使できていないことが脳裏をよぎったからである。また、神が何百万という野蛮人の魂に福音をもたらさぬのは、一体どういうわけであろうか。私の哀れな野蛮人を見ていると、彼らのほうがこの能力をずっと正しく用いることができるのではないか、そう思われてならなかった。

このため私は、神の統治に疑いを抱きもした。神はある人間にはその光を与え、ある人間には与えない。それでいて、万人に同様の務めを果たせという。そんな気ままな天の配剤を正義と呼べるのかと、私は神を非難しそうになった。しかし立ち止まって考え直し、こう結論した。第一に、野蛮人がああした境遇にあるのは、神のどんな光と律法によるものか、われわれは知らない。神はその本性からして絶対的に正しく、誤らない。よって、もし野蛮人たちが一人残らず神に見放されているとすれば、それは聖書にもあるように、万人の律法である神の光に対して罪を犯したからに他ならない。[1]野蛮人の良心がどのようなものか、われわれには不明である。しかし彼らも、この万人の律法を正しいと認めぬわけにはいかないであろう。第二に、われわれは皆、神という陶工の手になる粘土にすぎない。器が陶工に「どうして私をこのようなかたちにしたのか」[2]と問うことはできない。

私の新しい仲間の話題に戻ろう。私は仲間を得たことを喜び、彼を器用で有用な人物にしようとさまざまなことを教えた。とりわけ、彼に英語を話させ、私が喋ることを理解できるよう訓練した。彼はこの上なく優秀な学生であり、熱心で常に勤勉だった。私の言葉を理解できたときや、自分の言葉が私に伝わったときなど、彼は大喜びするのだった。そのため彼との会話はすこぶる楽しかった。おかげで私の生活はとてもくつろいだものとなり、野蛮人の心配さえなければ一生島から出られなくとも構わない、そう思ったほどだ。

1 新約聖書「ローマの信徒への手紙」二章十四節参照。
2 新約聖書「ローマの信徒への手紙」九章二十節参照。

# 14

自宅の城に戻って二、三日経ったとき、フライデーの忌むべき食習慣である人肉の嗜好を捨てさせるためには、他の肉の味を教える必要があると考えた。ある朝、私は家畜のヤギを一頭潰し、持ち帰って調理しようと考え、フライデーを連れて森へ出かけた。しかし森へ行く途中で、おりよく木陰に寝そべる雌ヤギと子ヤギ二頭を見つけた。私はフライデーの腕をとり、じっとしているように命じ、物音をたてないよう手振りで命じた。そしてすぐさま銃を取り出して撃ち、子ヤギ一頭をしとめた。哀れなのはむしろフライデーであった。以前、彼は私が敵の野蛮人を撃ち殺すところを遠くから見たはずだが、どうやって殺したのかわからず、想像もできなかったのだ。そのため今度もひどくおびえて震えていた。すっかり度肝を抜かれた様子で、ばったり倒れてしまうのではないかと私は思った。彼は、私が撃った子ヤギも目に入らず、私がヤギをしとめたことも理解できていなかった。彼はチョッキをたくし上げ、撃たれたのは自分ではないことを確かめていた。私が彼を殺そうとしていると思ったらしかった。その証拠に、彼は私のところへ来てひざまずくと、私の足にすがりつき、いろいろなことをわめき立てた。私にはその言葉が理解できなかったが、殺さないでくれといっているのは明らかだった。

私は、危害を加えるつもりはないことを彼にわからせ、手を取って彼を立ち上がらせた。そして彼に笑いかけ、しとめた子ヤギを指差し、獲物を取って来るように手で合図した。彼は獲物のところへ行き、私がどうやってヤギを殺したかを調べて訝しんでいた。そのあいだに私は銃に弾をこめ直した。そうこうするうちに鷹に似た大きな鳥が射程内の木にとまるのが目に入った。私はフライデーに私のすることを理解させようと思い、彼を呼び戻し、その鳥――私には鷹に見えたが、実際はオウムであった――と、私の銃と、オウムの下の地面を指差し、今からあの鳥を撃ち落とすつもりであることを理解させた。そして私は銃を撃ち、彼によく見るよう命じた。彼は間髪いれずに鳥が落ちるのを見た。ところが、私がすっかり説明したにもかかわらず、今度もまたぎょっとして立ちつくした。私が銃に弾をこめるのを見ていなかったせいで、なおさら驚いた様子だった。彼は銃に人智を超えた死と破壊の力が宿り、人間でも獣でも鳥でも何でも、そばにいようと遠くにいようと、殺す力があるのだと思ったらしい。フライデーの驚愕は大変なもので、その興奮はなかなか彼のもとを去らなかった。放っておけば、彼はきっと私と銃を崇めたことだろう。その後何日ものあいだ、彼は銃に触れようとはしなかった。しかし、一人きりになると、まるで銃が喋りでもするように何事か話しかけていた。あとで彼に訊いてみたところ、自分を殺さぬようお願いしていたということであった。

彼の驚きがおさまると、私は撃ち落とした鳥を取って来るように彼に命じた。彼は走って行ったが、すぐには戻らなかった。オウムは死んでおらず、落ちた場所からかなり遠くまで逃げていたからである。ようやくオウムを見つけて捕まえると、私のところに持って来た。彼は銃に関してまったく無知であったので、私はこっそりと彼が見ていないところで弾をこめ、次の獲物に備えた。しかしもう何も現れなかった。それで私はヤギをかついで帰り、その日の晩、皮を剝いで肉を細かく切り、専用の鍋で煮こんで素晴らしいスープを作った。私が食べ、フライデーにも分けてやったところ、彼は喜んだ様子で食べた。とても美味しいということだった。彼にとって奇妙に映ったのは、私がスープに塩を入れることであった。彼は、塩は美味くないという仕草をし、塩を軽く舐めてみせ、とてもまずいという顔をし、それをぺっと吐き出すと水でうがいをした。私も彼をまねて、塩がないとまずいという表情をしてスープを吐き出すふりをした。しかし彼は納得せず、肉やスープに塩を加えることを嫌がった。ずいぶん後まで彼は塩の味に慣れず、慣れてもほんの少量しか使わなかった。

この日の食事は肉とスープだったが、翌日はヤギのローストを彼にふるまうことにした。イングランド流のやり方に従い、私は火の左右に棒を立て、その上に横棒を渡し、この横棒に紐で肉を吊るした。こうすると肉はくるくるまわり、まんべんなく焼くことができるのである。フライデーはこの仕掛けにいたく感心していた。出来上がった肉を食べたとき、彼はしつこいくらいに「これは美味しい」といった。彼はヤギ肉を大変気に入ったらしかった。そして、もう二度と人間は食べないといった。私はこれを聞いて心から喜んだ。

翌日、私はフライデーに穀物を潰して粉にし、ふるいにかける方法を教えた。彼はすぐそのやり方を覚えた。これがパンを作って焼くための作業であることを理解した後では、私と同じくらい上手にやってのけた。間もなく、彼はその他の仕事も私が自分でするのと変わらないくらい上手にこなせるようになった。

今や、食料は一人分ではなく二人分必要だった。畑の土地を広げ、これまでよりも多くの種を蒔く必要があると私は思った。そこで、より広い土地を確保すると、以前と同じやり方で柵作りを開始した。フライデーは喜んでこれをやってくれた。彼は極めて勤勉に働き、作業も丁寧だった。私はこれが何のための作業であるか彼に説明した。つまり、二人で暮らすためにはもっと多くのパンを作る必要があり、二人が食べる十分な量を得るためだと説明した。彼はちゃんと理解した様子で、自分のために私の仕事が増えたことを案じ、何でもいってくれれば一生懸命に働くといった。

それからの一年は、この島で暮らしはじめて最も愉快な一年になった。フライデーは上手に話ができるようになり、私が使う言葉をあらかた覚え、私が彼を使いにやる場所の名前もすべて理解するようになり、よく喋るようになった。こうして私も以前にはほとんど使う場面がなかった言葉——つまり話し言葉——を使う機会を得た。彼と話す喜びに加え、私は彼に特別な愛情を覚えた。彼の素朴な真っ正直さを日増しに痛感し、私は彼という人間を心から愛するようになった。そして彼もまた、他の誰よりも私を愛するようになったと私は信じる。

私は、彼が故郷に帰りたいかどうか訊ねてみたかった。私の質問におおかた答えられるほど彼は英語が上手になっていたので、彼の部族が戦いで勝ったことがないのかどうか、私は訊ねてみた。この質問に彼は笑って、「いいえ、いいえ、私たちはいつも強いほう戦う」と答えた。これは「戦いではいつも勝つ」という意味である。それから次のようなやりとりになった。「お前たちがいつも勝つなら、どうしてお前は捕虜にされたのだ」と私は訊ねた。
フライデー　でも私たちすごく勝つ。
主人　どう勝つのだ？　お前たちが敵に勝つなら、どうしてお前は捕虜になったのだ？
フライデー　私がいた場所、私の仲間よりずっと敵多い。彼らは一人、二人、三人捕まえる。そして私を捕まえる。私いない向こうの場所では、私の仲間が勝つ。そこでは私の仲間が千人、二千人の敵を捕まえる。
主人　どうして仲間たちは敵の手からお前を奪い返さなかった？
フライデー　彼ら、一人、二人、三人、そして私を連れて行く。カヌーに乗る。私の仲間、そのときカヌーない。
主人　それじゃあ、お前の仲間たちは捕まえた連中をどうする？　敵と同じように連れ去って食べるのか？
フライデー　そう、私の仲間も人間食べる。全部食べる。
主人　どこに連れて行くのだ？
フライデー　仲間が考える場所に行く。

主人　この島へ来ることもあるのか？
フライデー　そう。ここへも来る。他の場所にも来る。
主人　前にもお前はここへ来たことがあるのか？
フライデー　はい。ここに来たことある（そういって、彼は島の北西方向を指差した。どうやらそちら側がフライデーの仲間たちがいつも訪れる場所のようであった）。

この話を聞いて、フライデーがかつて仲間たちとこの島の反対側を訪れていたことがわかった。その時は自分が人間を食うために来たが、次に来たときには自分が食われるために連れて来られたのだった。その後、思いきって彼を島の反対側へ連れて行った。フライデーはその場所をよく知っていた。一度ここへ来たことがあり、二十人の男と二人の女、一人の子供を食べた、と彼は私に語った。彼は二十という英語を知らなかったので、小石を並べてその数を示した。

この話をここに書いておくのは、後の話に関係があるからである。このやりとりの後、私はフライデーに島から陸地までどれくらいの距離があるか、そしてカヌーで渡るのはどれくらい危険かを訊ねた。彼は、危険はまったくなく、カヌーが流されたこともない、と答えた。彼がいうには、少し沖合へ出ると海流があり、風も吹いている。朝と午後で潮の流れは逆になる、ということだった。

私は最初、そのように海流が流れを変えるのは潮の満ち引きによるものであろうと思った。だが後になって、オリノコ川の水の流れによって引き起こされていることが判明した。私たちのいるこの島は、どうやらオリノコ川の河口、つまりは湾の先に位置しているらしかった。すると私が西から北西の方向にかけて望見したあの陸地は、オリノコの河口の北に位置するトリニダード島だということになる。私はその陸地についてフライデーにしつこく何度も質問した。そこの住民や周辺の海や海岸の具合、他にどんな民族が住んでいるか等々。彼は少しも隠し立てせずに知っていることは何でも教えてくれた。彼の民族の名前を訊ねると、彼はただカリブ人とだけ答えた。となると、ここはカリブ諸島なのだ。私たちヨーロッパの地図でいうところの、オリノコの河口やギアナから、サンタ・マルタ[1]へ至るアメリカ大陸の一部を形成している地域である。フライデーによれば、月の没する場所のずっと彼方、つまり、彼らの住む地域の西側には、私のように髭を生やした人々——彼はそういって私の頰髭を指差し

1　カリブ海に面するコロンビアの港町。

た——が住んでいる。そして彼らは大勢の人々を殺したとのことである。ここでフライデーがいう人々とはスペイン人のことだ。彼らはアメリカ大陸における残虐行為で世界中に悪名を馳せ、その悪行はどの国でも父から子へと語り継がれていたのである。私はフライデーに、この島から脱出し、その白人たちのいるところまでたどり着くことが果たして可能か訊ねた。彼は可能だといい、「二つのカヌーであれば」行けると答えた。私には彼のいっていることの意味がわからず、彼もまた「二つのカヌー」の意味をうまく説明できなかった。しかし、頭を悩ませた挙句、とうとうそれがカヌー二艘分くらいの大きさのボートの意味だとわかった。

フライデーの話は私に大きな慰安をもたらした。これ以降、私はこの哀れな野蛮人の手を借り、島を脱出する日が現実のものとなるだろうという希望を抱くようになった。

私はフライデーとずいぶん長いこと暮らした。その間、私たちはいろいろな話をし、彼は私の話すことを理解するようになった。そこで私はフライデーに宗教の基本的な知識も教授することにした。たとえば、私は彼に、彼を作ったのは誰かと訊ねた。彼は私の質問の意味がまったく理解できず、父親のことを訊かれているのだと勘違いした。そこで私は質問を変えて、海や、われわれが踏みしめる大地、そして丘や森を作ったのは誰かと訊ねた。すると彼は、それは万物の彼方に住む、ベナマッキー翁だと答えた。しかしフライデーは、この人物が大変な年寄りで、海や地面や月や星ができる前から生きているということ以外何も知らなかった。そこで私は、もしその老人が万物を作ったならば、なぜ人々はその老人を崇拝しないのかと訊ねた。フライデーは真面目な顔で、無邪気にこう答えた。「すべてのものが彼に、おお、といいます」それから私は、彼の国で死んだ者はどこへ行くのか訊ねた。彼は、生きとし生けるものはみなベナマッキーのところへ行くと答えた。それなら、食べられた者たちもそこへ行くのかと訊ねると、そうだという返事であった。

このようなやりとりの後、私は彼に真の神について説いて聞かせた。万物の大いなる創造者はあそこ——私はそういって天を指差した——に住んでいる。そして神は、万物を創ったときと同じ力と摂理でもってこの世を治めている。神は全能であり、われわれはその手中にあるのであって、われわれが何かを得たり失ったりすることも、すべて神の御心次第なのだ、と私はいった。私はこうしてゆっくりと、彼の目を開いていった。フライデーは私の話に聴き入っていた。私はイエス・キリストがわれわれを救いに現れたことや、われわれの神への祈り方、また、神はたとえ天にいてもわれわれの声を聞いておられるということを教えた。フライデーはこうしたことを喜んで

神の教えを説く

受け入れた。ある日、彼は私にいった。もし神が太陽の彼方で自分たちの声を聞くことができるなら、神はベナマッキーより偉いに違いない。なぜなら、ベナマッキーはもっとそばに住んでいるにもかかわらず、人間の声は彼の住む山々まで行かないと届かないからだ。そうフライデーはいうのだった。私は、お前はベナマッキーと話すためにその山へ登ったことがあるのか、と訊ねた。すると彼は、いや、若い人たちは決して山には登らない、行くのは老人たちだけだと答えた。彼はこの老人たちをウウォカキーと呼んだ。彼の説明によれば、この老人たちは神官のようなもので、彼らは山へ行って「おお」――この「おお」というのが祈りにあたるのであろう――という。そして戻って来てベナマッキーが語ったことを人々に伝えるのだという。こうして私は、世界でもっとも無知蒙昧とおぼしき異教徒の社会にも聖職者がいることを知った。人々に聖職者を崇めさせ、また崇めさせつづけるために秘儀的宗教を作るというやり口は、カトリック教会に限ったものではないのだ。おそらく、世界のあらゆる宗教、もっとも粗野で知性を欠いた野蛮人の宗教にさえ共通している事実なのである。

私はフライデーに対して、それはまやかしだと教えるべく努力した。私はいった。老人たちが山へ登り、彼らの神であるベナマッキーに「おお」というのは、いんちきである。そしてベナマッキーの言葉を山から持ち帰るというのは、もっとひどいいいかさまである。もし山で本当に誰かと話し、祈りに対して回答があるならば、それは悪魔の仕業に違いない。そこまで話すと私は、悪魔という存在について長々と説明をするはめになった。私は悪魔の起源、悪魔が神に背き、人間を憎むようになった経緯をフライデーに教え、悪魔が世界の暗黒部に身を置きながら、神のように人々に崇められるのをもくろんでいること、人々をだまし破滅させようとあらゆる手練手管を弄すること、悪魔は人間の情念や感情につけこみ、人が自分で自分を誘惑し、自ら身を滅ぼすような罠をしかけることなどを話した。

しかし神という存在に比べて、悪魔についての正確な観念をフライデーに伝授するのは、さほど容易ではなかった。万物を生み出す源であるとか、この世を支配し動かす力として、あるいはこの世における公正さ、正義の根拠として、神の存在を証明することは容易である。われわれやその他のものを生み出した神を敬うべきだというのも、誰にも納得できる議論である。しかし悪魔――悪魔がなぜ生まれ、どんな存在で、どんな本性を持つか、そしてなぜ悪を好み、人間を悪に導こうとするのか等々――について説明しようとすると、自然の道理はわれわれを助けてはくれない。そのため、フライデーが至極当然といえる素朴な質問をしたとき、私は困惑し、答える術を持たなかった。そのとき私は神の力についてのいろいろな話をしているところだった。私は、神が全能であり、罪に対しては容赦をせず、不正を働く者には焼き尽くす火となり[2]、われわれを創造したときのごとく、一瞬にしてわれわれと世界を滅ぼすことができるといった。その間、フライデーは一心に私の話を聞いていた。

それから私は、悪魔が人間の心に巣食う神の敵であること、悪魔は全力で神の良き計画を狂わそうと奸計をめぐらし、この世のキリストの王国を破壊しようと企んでいることを説いて聞かせた。そのときフライデーがいったのである。

「なるほど、しかしあなたは、神はとても強く、偉い方だといいます。神は悪魔より強いのではありませんか？」

「そうとも、フライデー、神は悪魔より強く、神は悪魔に勝る。だからこそ私たちは悪魔を足の下で打ち砕き[3]、その誘惑に打ち勝ち、火の矢を消す[4]ことができるようにと神に祈るのだ」

私がそういうと、フライデーは再び質問した。「でも、もし神、悪魔よりずっと強

2　旧約聖書「申命記」四章二十四節参照。
3　新約聖書「ローマの信徒への手紙」十六章二十節参照。
4　新約聖書「エフェソの信徒への手紙」六章十六節参照。

いなら、なぜ神、悪魔を殺して、悪さしないようにしない？」

この質問に私は思わず虚をつかれた。私はその頃、すでにそれなりの年齢になっていたが、教師としては新米もいいところで、決疑論者——つまりは、神学上の難問の解決者——としては資格不十分であった。私は最初何と答えていいかわからず、聞こえなかったふりをして、彼に何といったのかと聞き返した。熱心なフライデーは自分の質問を忘れることはなかった。彼は片言の英語で、最初とまったく同じ質問をくり返した。多少とも落ち着きを取り戻した私は、次のように答えた。「神も最後には悪魔を厳しく罰するだろう。だが最後の審判のときまでは保留される。悪魔は底なしの淵に投げ込まれ、永遠に消えることのない劫火に焼かれるのだ」この説明にフライデーは満足しなかった。彼は私の言葉を反復していった。「保留する？　最後には？　自分わからない。なぜ今すぐ悪魔殺さない？　なぜずっと前に殺さない？」私はいった。「なるほど。しかしそれじゃあ、なぜ神はお前や私を殺さないのだ？　われわれもまた悪いことをして、神を怒らせているではないか？　つまり、われわれは保留されているのだ。それはわれわれが悔い改めて、赦されるためなのだ」フライデーはしばらく考えて、心から同意して答えた。「なるほど、わかりました。あなたも私も悪魔も、みんな悪い。みんな保留され、悔い改める。神はみんなを赦す」ここで私は完全にお手上げになってしまった。これは次のことを証明しているように思われる。理性ある人間は自然の道理というものに導かれ、神を知り、最高の存在である神への畏怖、つまりは信仰に目覚めるものだ。しかしその一方で、イエス・キリストがどのような存在で、イエスがわれわれの救済のために犠牲になり、新しい契約の仲介者となり、神の玉座の足台における調停者になったということが、一体どういうことであるのか、自然の道理は説明してくれない。それを解き明かすのは神の啓示以外にない。神の啓示だけがわれわれの魂にこうしたことを教えてくれるのだ。それはつまり、われわれの魂が神を知り、救済されるためには、我らが主である救世主イエス・キリストの福音――神の言葉――と、人間を教え導くために遣わされた聖霊が絶対に必要だということである。

私はここでフライデーとの対話を中断した。そして不意に外へ出かける用事ができたというように慌ただしく立ち上がり、フライデーをかなり遠くまで使いにやった。一人になると私は、あの哀れな野蛮人を教え導くことができるようにと一心に神の助けを乞うた。私は、聖霊があの哀れで無知な男の心を助け、彼がキリストに体現され

5　新約聖書「ヨハネの黙示録」二十章三節参照。

る神の知識の光を見て神を受け入れるように祈り、それからまた、私が正しく神の言葉を伝え、その結果、フライデーが正しい善悪の判断力を持ち、彼の目が開かれ、彼の魂が救われるようにと祈った。彼が戻ってくると、私は世界の救世主イエス・キリストによる人間の救済、天よりもたらされた福音にある、神に悔い改めよという教え、主イエスへの信仰などについて長々と説いて聞かせた。それから、できるだけわかりやすく、キリストが天使ではなくアブラハムの子として生まれ、その結果、堕天使である悪魔は救済の対象とはならず、「イスラエルの家の失われた羊」[6]だけが救われることになった経緯などを話してやった。

この哀れな男を教え導くために、私は知識よりももっぱら誠意に頼った。同じような経験がある者は皆知っていると思うが、私は教えながら、自分がそれまで知らなかったことや深く考えてみなかった多くのことを学んだ。哀れな野蛮人に教えるために問題を深く追求したことで、自然とそのように導かれたのだった。私はこうした問題の探求にかつてない熱意を覚えるようになった。その点、この哀れな野蛮人が私のおかげでよりよい人間になったかどうかは別として、私は彼が来たことに大いに感謝せねばならなかった。悲しみは薄らぎ、日々の暮らしは以前とは比べものにならないほど充実した。考えてみれば私はこの孤独の生活において、天を仰ぐことを学び、私をこの島へと導いた神の御手を求めるようになったのであり、そして今度は神の計らいにより、哀れな野蛮人の生を救い、その魂の導き手となることを命じられ、彼に宗教やキリスト教について真の知識を授け、そうして彼に永遠の命を持つ救世主イエスについて知らしめる役目を与えられたのであった。こうした一連のことを顧みるとき、ひそかな喜びが私の魂を駆けめぐったことを私は告白する。かつてはこの島への流刑を人生における最大の不幸と考えていたが、今ではこの運命を喜び、感謝するほどになっていたのである。

この感謝のうちに私は残りの日々を過ごした。フライデーとの会話は、われわれがともに暮らした三年という時間をこの上なく幸福なものにしてくれた。もっとも、この上ない幸福というものがこの地上でありえると仮定しての話ではあるが。そしてこの野蛮人は今や私に勝る立派なキリスト教徒となった。勝るといっても、われわれは同じように悔い改め、慰めを得て救われていたので、そこに優劣はないものと私は信じる。われわれはここで神の言葉を読み、神の聖霊がわれわれを教え導いた。その点、孤島に暮らしていようとイギリスにいるのと何ら変わりはなかった。

6 新約聖書「マタイによる福音書」十章六節参照。

私は、読んだ箇所の意味をできるだけ正確にフライデーに伝えようと、聖書を開くたびにかなり真剣に読んだ。前にも書いたように、フライデーはいつも熱心に質問してきたからである。おかげで私は聖書に関してかなり該博な知識を得るに至った。一人で漫然と読んでいたのでは、とてもこうはいかなかっただろう。この孤独な生活で気づいたもうひとつのことは、聖書には、神とはどのような存在で、イエス・キリストによる救いの教えとは何であるかが非常にわかりやすく、誰にでも理解できるように簡明に述べられているということである。そのため私は、聖書を読んだだけで、我が罪を悔い改めるという務めを理解し、我が命を救い、この身を救済する存在に気づくことができた。そして行いを改め、神の命令に残らず従うようになったのである。私はこうしたことを学ぶのに教師――人間の、という意味である――を必要とはしなかった。野蛮人のフライデーを教え導くのにも、簡単な説明で十分にこと足りた。それでも彼は、私が人生のなかで出会ったどんな人々にも劣らない、立派なキリスト教徒になったのだった。

教義上の些細な違いや、教会のあり方をめぐる無数の論争や言い争いがこの世には溢れているが、私とフライデーはそうしたものの一切と無縁だった。多分、そのようなものは私たちだけでなく、世のすべての人々にとって無用であろうと思う。われわれには聖書という、天国へ至る誤りのない道標がある。幸いにしてわれわれは、神の霊が言葉を通じ、われわれを教え導くということを知っている。神はわれわれを真理へと導き、われわれは喜んで神の導きにその身を委ねる。世間では教義上のいろいろな論争があるが、それらは大いなる混乱を招いているだけである。その論争を知ることで益するところがあるとは、どうにも私には思われない。しかし脱線はこれくらいにして、この後の出来事を語るとしよう。

# 15

フライデーが私の話すことをほとんど理解できるようになり、積極的に――拙い英語ではあったが――話すようになってお互い打ち解けてくると、私は自分の身の上話を彼に話して聞かせた。つまり、どうやってこの島にたどり着き、どのように暮らし、どれくらいこの島にいるのか、といったことである。それから、フライデーが仰天した火薬や弾の秘密を話し、銃の撃ち方も教えた。ナイフを一本進呈すると、彼はこの贈り物をとても喜んだ。イギリスでよく見るような穴の空いたベルトも作ってやった。手斧も彼に進呈し、ベルトには短剣の代わりにそれを吊るすようにいった。手斧は立派な武器になるばかりでなく、様々な場面で活用することができたからである。

私は彼にヨーロッパ、特に私の故郷であるイギリスのことも話した。私たちの生活がどのようなもので、どのように神を信仰し、互いにどうつきあっているかといったことや、世界中に船で出かけて貿易をしていることも話した。島のそばで座礁した船があり、その船まで出かけた話もした。そこで、実際にフライデーに見せようと現場近くまで行ってみた。しかし船はすでにばらばらになってもはや跡形もなかった。

昔、私が他の船乗りたちと船を脱出するときに使い、転覆したボートの残骸も見せた。かつてどんなに頑張ってもびくともしなかったボートであるが、今は壊れてばらばらになりかけていた。このボートを見て、フライデーは黙って何か考えこんでいる様子だった。どうかしたのかと私が訊ねると、彼はしばらくして、「私、こんなボート、私の国来るの見る」といった。

私には彼のいっていることがわからなかった。しばらく考えて、ようやく似たようなボートが彼の住んでいた地域に流れ着いた、という意味だとわかった。彼の説明によれば、嵐で押し流されたという話であった。これを聞いて、ヨーロッパの船が沿岸で難破し、船のボートがやがて流され、岸に流れ着いたに違いないと私は思った。しかし頭の鈍い私は、その難破船の生存者のこととか、彼らの国籍についてはまったく注意を払わなかった。私はただ、それがどんなボートだったかと彼に訊ねた。

フライデーはそのボートについて詳しく語った。彼が興奮気味に「私たち溺れるから白人たち助ける」とつけ加えたとき、ことの次第が私にもようやくはっきりした。「ボートに白人が乗っていたのか？」と私は聞き返した。「はい、ボート白人いっぱい」と彼は答えた。「何人いた?」と私が訊くと、彼は指を使って十七人だといった。「彼らはどうなった?」私は訊いた。「彼ら生きている。彼ら私の仲間たちと住んでいる」と彼は答えた。

この話を聞いて、私の脳裏にひらめいたことがあった。かつて私の島のすぐそばで座礁した船があったが、フライデーが見た白人はこの船の乗組員ではないのか。彼らは船が暗礁に乗り上げた後、船を諦めてボートに乗りこみ、野蛮人の住む海岸に流れ着いたのではないだろうか。

そこで私はフライデーに、彼らがその後どうなったか慎重に問いただした。フライデーによれば、彼らは相変わらずそこで暮らしており、もう四年近くになるが、野蛮人たちは彼らの好きなようにさせ、食事も与えてやっているという話だった。「お前の仲間たちは白人を殺して食べたりはしないのか?」と私が訊くと、彼は「食べない。私の仲間、彼らと兄弟になる」といった。私はそれを、争いが中断され、何らかの和解があったという意味に解した。彼は次のようにもいった。「戦争ないとき、私たち人食べない」つまり、戦いで捕虜になった者しか食べないという話だった。

この後しばらくして島の東側にある丘の頂上まで出かけた。以前、ある晴れた日に、アメリカ大陸を望見したあの場所である。このときもよい天気だった。フライデーは陸地の方角をじっと見ていて、突然驚いたように飛び上がり、踊り出して私を呼んだ。私は少し離れた場所にいた。「どうした?」と私は訊いた。「嬉しい。有難い。あそこ私の国見えます。あそこに私の仲間います!」

彼の顔に見たこともない喜びの色が浮かんでいた。目は輝き、その表情には見慣れぬ熱情がうかがわれた。国に帰りたいという望郷の念に駆られているようだった。これを見て、私はいろいろと考えこまざるをえなかった。少なくとも最初のうちは、前ほどフライデーを信頼できなくなってしまった。彼が仲間たちのところへ帰れば、キリスト教の教えも私に対する恩もすべて忘れ、仲間たちに私のことをぺらぺら喋るに違いない。そして百人、二百人という仲間たちを連れて戻ってきて、戦争で敵の野蛮人を得たときのように、私を捕らえて宴を開き、浮かれ騒ぐに違いない。そう思ったのである。

だが、これは大変な邪推だったのであり、私は後々大いに後悔することになった。しかし最初は猜疑心に悩まされ、そんな状態で数週間を過ごした。多少とも用心深くなり、以前ほど打ち解けて親しげに接することができなくなってしまった。もちろん、誤っていたのは私である。正直で恩義に厚いフライデーは、邪《よこしま》なことは何も考えておらず、キリスト教徒としても友人としても非の打ちどころがなかった。やがて私にもそれがわかり、ようやく安心することができたのだった。

けれども猜疑心が消えないうちは、それとない質問をぶつけて彼の思惑を聞き出そうとする日々が続いた。しかし彼の返答はまったく腹蔵のないものであり、私の疑念を裏打ちするようなものではなかった。結果、私の不安は消え、彼は全面的に信頼を回復するに至った。私の不安に彼は少しも気づかぬ様子だったので、何か企んでいると疑う余地はなかったのである。

ある日、再び島の東側の丘を登っているときのことである。海にはガスがかかり、陸地の姿は見えなかった。私はフライデーを呼び、こう訊ねた。「フライデー、国に帰って仲間たちと一緒に暮らしたくはないのか?」彼は答えた。「はい、仲間のところに帰る、とても嬉しい」「帰ったらどうする。また人間の肉を食べ、もと通りの野蛮人として暮らすのか?」フライデーは真剣な顔で首を振り、「いいえ、彼らに立派に生きるようにいいます。神に祈り、人間ではなくパンやヤギの肉やミルクを食べるようにいいます」私は彼にいった。「そんなことをすれば、仲間たちはお前を殺してしまうのではないか?」彼は真面目な顔でいった。「いいえ、彼ら私を殺さない。彼ら、喜んで学ぶこと愛する」つまり、喜んでフライデーのいうことを聞くだろうと、彼はいうのだった。そして仲間たちはすでにボートでやって来た髭の男たちから、いろいろと学んでいるともつけ加えた。私は、彼が仲間のところへ帰るつもりかと訊ねた。フライデーは苦笑し、あそこまで泳いでいくのは無理だといった。ならばカヌーを作ってやろうと私はいった。これに対してフライデーは、もし私が一緒に来るというなら行く、と答えた。「私も一緒に！　私が行けば食われてしまうぞ」私はいった。「いいえ、私、仲間にあなたを食べないようにいう。あなたを愛するようにいう」フライデーはいった。私が敵を殺して彼の命を救ったことを話せば、仲間たちは私を愛するようになるだろうというのだ。それからフライデーは、自分の仲間たちが、漂流して岸に流れ着いた髭の男たち、つまりは十七人の白人にも、大変親切にしていることを一生懸命私に説明した。

このときから私は、向こう岸に渡り、フライデーたちのいう髭の男たち――間違いなくスペイン人かポルトガル人であろう――に合流することを思い描きはじめた。向こう岸に渡ることさえできれば、そこはもはや大陸で、しかも白人たちもいるのだから、陸地から四十マイルも離れた無人島に一人でいるよりずっとましだった。そこまで行けば、さらに遠くまで行く方法も見つかるような気がしたのである。数日後、私はフライデーを仕事に連れ出し、仲間のところへ帰るためのカヌーをお前にやろうといった。そして島の反対側にあるカヌーのところまで彼を連れていった。私は水に沈めて隠してあったカヌーを引き上げ、それをフライデーに見せ、二人して乗りこんだ。舟を操ることにかけてフライデーは非常に巧みだった。私が漕ぐよりおよそ二倍のスピードでカヌーを走らせることができた。彼がカヌーを岸に着けたとき、私はいった。「よし、それじゃあフライデー、お前の仲間たちのところへ行ってみるか」私がそういうと、彼は表情を曇らせた。どうやら、遠くまで行くには舟が小さすぎると思ったらしかった。もっと大きなカヌーもあると私はいった。翌日になると、最初に建造し、結局水辺まで運べなかったカヌーのある場所へ出かけた。フライデーは、この大きさなら大丈夫だといった。しかし、何の手入れもせずに二十二、三年その場に放置してあったカヌーである。日に焼けて乾燥し、ひび割れていた。朽ち果てているといってもよかった。彼は、この大きさのカヌーなら「すごくたっぷりの食料、水、パン」が運べる、申し分ないと、彼特有の言葉遣いでいった。

そんなわけで、この頃までに私は、フライデーとともに大陸へ渡る計画を真剣に練りはじめた。あのカヌーと同じ大きさのものをもう一艘拵えよう、そうすればお前も故郷に帰れる、と私は彼にいった。フライデーは何も返事をせず、憂いと悲しみの表情を浮かべたので、私は何が気に入らないのだと訊ねた。彼は私にいった。「あなたはどうしてフライデーに怒っていますか？　私、何かしましたか？」私は、どういうことだと彼にいい、自分はまったく怒ってなどいないと伝えた。「怒っていない！　怒っていない！」彼はこの言葉をくり返した。「ならばどうしてフライデー、仲間たちのところへ送り返す？」「なぜって、お前は故郷に帰りたいといわなかったか？」「はい、はい、二人一緒に行きたい。ご主人様行かない。フライデー行きたくない」と彼はいった。つまり、私が一緒でなければ行くつもりはないというのだった。「私が行ったって、どうしようもないではないか」そう私はいった。彼はこの言葉を聞くと私の方に向き直った。「あなたとても多くのよいことする。野蛮な人たちを教えて、ちゃんとしたおとなしいよい人間にする。彼らに神のことを教え、神に祈り、新しい生活をするようにいう」「ああ、フライデー、お前は自分が何をいっているかわかっていない。私は無知な人間にすぎないのだ」「はい、あなたは私によいこと教える。あなたは私の仲間たちにもよいこと教える」「いや、フライデー、お前は一人で行くのだ。私はここに残り、これまでのように一人で暮らす」私のこの言葉を聞くと、彼は困ったような顔になり、普段身につけている手斧のひとつを取りに行き、戻って来るとそれを私に渡した。「これで何をしろというのだ」と私は訊いた。「それでフライデー殺す」「何だって私がお前を殺すのだ」と私がまた訊くと、彼は間髪を容れず答えた。「どうしてフライデー送り返す？　それでフライデーを殺す。フライデー帰らない」彼の口調は真剣そのものだった。見れば、彼は目に涙をためていた。こうして、私に対する彼の愛情が揺るぎないものであることを私は知ったのだった。彼の決意は固かった。どうしても私と一緒にいたいというなら行けとはいわない、と私は答えた。そしてその後も、くり返しこの言葉を復唱することになった。

彼とのやりとりから、私は自分に対する彼の愛情を知り、私のもとを去る気が少しもないことを知った。彼は故郷に帰りたいといったが、それは仲間たちを心から愛していて、私の力で彼らが善良な人間になることを願ったためである。もっとも、私は自分がそんなことをするのは想像もつかず、そのつもりもなかった。けれどもフライデーの話では向こう岸には十七人の髭の白人がいるという。そのことを考えれば、依然として脱出計画は魅力的であった。そこで、さっそくフライデーと一緒に大きな木を探し、それを切り倒し、航海用の巨大なボートを建造する作業に取りかかった。島には船団を作れるほど木々が豊富にあった。ボートの船団ではなく、大型船の船団さえ作ることができたと思う。この作業で肝心なことは、海辺に近い場所に生えた木を選ぶという点にあった。そうすればボートが完成したときに容易に進水できる。一度犯した過ちをまたここでくり返すわけにはいかなかった。

しばらくしてフライデーは格好の木を見つけ出した。彼は私よりも、ボートを作る

クルーソーへの愛情を示すフライデー

のに適した木を熟知していた。私はといえば、今に至るまで、切り倒したその木が何の木だったのか知らない有様である。黄木《おうぼく》[1]やニカラグア木に、色や匂いがとてもよく似ていたとしかいえない。フライデーは火で焼いて木に穴を開けようとしたが、私は道具を使ってくり抜いたほうがよいといった。道具の使い方を教えると、彼はとても上手に道具を操り、およそ一カ月の労働でその仕事を終え、手斧による仕上げの作業に入った。私はフライデーに手斧の使い方を教え、二人がかりで外側を削り、ボートらしい形に整えていった。それが済むと、今度は水際まで運ぶ労働が私たちを待っていた。大きな転《ころ》にボートを載せて運ぶのであるが、この作業は遅々として進まず、二週間近くを費やした。けれどもとうとうボートは海に浮かんだ。見れば、優に二十人の人間を乗せられそうであった。

　海に浮かんだボートはずいぶんと大きかったが、我がフライデーは巧みに船を操った。彼が漕ぐとかなりのスピードが出て、方向を変えるのも意のままだった。私はそれを見て思わず目を見張った。そこで彼に、この船で漕ぎ出しても大丈夫かと訊ねた。「はい、この船なら大丈夫。強い風吹いても」と彼は答えた。だが私には秘密裡の計画がひとつあった。それは、マストと帆を用意し、錨と鎖をボートに装備することだった。マストを作るのは造作なかった。すぐそばに手頃な、幹がまっすぐなヒマラヤ杉の若木が生えていた——ヒマラヤ杉は島の至るところに生えていた——ので、フライデーに命じてこの木を切り倒させ、指示通りに削らせた。ところが帆はこうはいかなかった。確かに古い帆はあり、かなりの量が保管してあったが、帆の切れ端にすぎなかった。しかも、もう二十六年近く前のものなのだ。こんな風に用いることになるとは夢にも思わなかったので、しっかり保存していたとはいい難い代物であった。引っ張り出してみると、大部分は案の定、とても使いものにならないだろうと思った。しかし、見れば二枚ほどかなり状態のよいものがあった。私はこの二枚を使うことにした。針がないので——読者の想像通り——これを縫い合わせる作業は困難を極めた。ようやく完成した三角形の帆は不格好なものであった。これはイギリスで三角帆と呼ばれる帆で、底部をブームに、上の部分をスプリット[2]に固定して用いる。通常、帆船に積まれる特大ボートがこのような三角帆を備えており、私はこの帆の扱いには自信があった。この話の前半で、私がバーバリー地方からの脱出を試みた際にも、私が乗ったボートはこれと同じ三角帆を

1　熱帯アメリカ産のクワ科の木。
2　斜めに帆を張り出す帆柱。ブームはこのように張った帆の下側を支える支柱。

備えていた。

ボートにマストと帆を備えつければ完成であったが、この作業におよそ二カ月を要した。これは念には念を入れ、風上に舵を切ったときに備えて、マストを支えるロープとボートの前方に張る補助用の帆も取りつけたからである。さらに船尾には舵も装備し、自由に操縦できるようにした。船大工として私は三流ではあったが、こうした装備はただ役に立つばかりでなく、今回の航海に必要なものであった。私は苦労してこの作業を進めてようやく完成に至った。作っては失敗するという不手際が多くあったので、結局この作業もボートそれ自体の建造と同じくらいの手間がかかった。

ボートが完成すると、私はフライデーに船の操り方を教えた。彼はカヌーを漕ぐ技術には長けていたが、帆や舵の扱いについては何も知らなかった。そのため、私がボートに乗りこみ、舵を操って帆の向きを変え、自由自在に針路を変えるのを見ると仰天した。彼は度肝を抜かれたように啞然として立ちつくしていた。しかしほどなくして彼は操縦法を覚え、立派な船乗りとなった。ただし羅針盤の使い方だけは別で、ひどく呑みこみが悪かった。だが島の周辺で雲がかかることは稀であり、霧が出ることも滅多になく、羅針盤を必要とする機会はほとんどなかった。夜になれば星が見え、昼間には陸地を見ることができた。雨季は例外であったが、雨季には陸上であれ海上であれ、外に出ないにこしたことはなかった。

島に幽閉されて二十七年目を迎えた。もっとも、フライデーと暮らしたそのうちの三年間は、幽閉と呼ぶにはふさわしくないだろう。私の暮らしはかつてとはうって変わり、別種のものになっていたからである。上陸記念日には、最初のときと同様、神の慈悲に感謝を捧げて過ごした。最初の記念日にも神に感謝すべきことがあったが、今はあのとき以上に神に感謝すべきことがあった。神の恩恵を受けているというさらなる証拠があり、まもなくこの島から救い出されるという大きな希望が湧いていたからである。救出の日は近い、それも一年も先のことではない、という打ち消しがたい予感が私にはあった。しかし、こうした予感を覚えつつも、私は普段通りに暮らした。土を掘り、種を蒔き、囲いを作った。ぶどうを収穫し、乾燥させ、必要なことはすべて欠かさずに行った。

そのあいだに雨季になり、屋内で過ごす機会が多くなった。新しく作ったボートは流されないよう、以前筏で荷物を運んだ際に使用した入江に、潮が満ちたときを見計らって移動させた。私はフライデーに命じて、ボートを収容できる大きさと深さのある小さなドックを作らせた。潮が引いた後にはドックの隅に堰《せき》も設けて排水できるようにした。このようにしてボートは海水に浸からない状態で保管された。さらに雨をよけるために大きな木の枝をかぶせ、分厚い屋根も作り、小屋のようなものを作った。私は冒険の決行を十一月か十二月と決めた。そうして私たち二人は時機の到来を待った。

予定の乾季に入り、好天に恵まれるようになると、私は毎日のように航海の準備にいそしんだ。まず、航海に必要な十分な食料を確保した。一週間ないし二週間後にはドックを開き、ボートを海に戻す予定であった。こうした仕事に追われて忙しく過ごしていたある朝、私はフライデーを呼び、海辺に行ってウミガメを探してくるように命じた。われわれはウミガメの卵と肉を週に一度は食べていたのである。ところが、フライデーは出かけたかと思うとすぐに駆け戻ってきた。彼は、地面に足がつく暇もないくらいに大慌てで、住居の外側の壁を飛び越えてきた。私が話しかけるより前に、彼は叫んでいった。「ご主人様、ご主人様、おお悲しい！　おおひどい！」「どうしたんだ」と私は訊いた。「むこう、あっち、ひとつ、ふたつ、みっつのカヌー！　ひとつ、ふたつ、みっつ！」フライデーの話し振りから六艘の意味かと早合点したが、問いただすと三艘で間違いなかった。「わかった、フライデー、取り乱すんじゃない」私はそういって彼を落ち着かせた。かわいそうに、彼は敵の野蛮人が自分を捕まえて切り刻み、食べてしまうためにやって来たと信じきっていたのだ。彼は半狂乱だった。

どうしていいかわからないほど、がたがたと震えていた。私は精一杯彼をなだめ、危険なのは自分も同じで、食われるときは一緒だといった。「とにかく、まず、戦わねばならない。戦えるな、フライデー？」「私、銃撃つ。だけど、すごくたくさん来る」と彼はいった。「数は問題ではない。全員殺せなくても、銃で脅かすことはできる」そこで私は彼に訊いた。「私はお前を守る。だからお前も私を守り、そばから離れず、私のいう通りに動くのだ。できるな？」「ご主人様が死ねといえば、自分死ぬ」と彼はいった。私は容器になみなみとラム酒を入れて持ってきて、彼に飲ませた。ラム酒はまだかなり残っていた。フライデーがそれを飲み干すと、私は彼に鳥撃ち銃二挺を渡した。これは日頃から持ち歩いているもので、拳銃の弾くらいの特大の散弾がこめてあった。私自身はマスケット銃四挺を手に取り、それぞれに散弾二発と通常の弾五発を装填した。二挺の拳銃にも二発ずつ弾をこめておいた。そしていつも通り、抜き身の大振りの剣を腰に下げ、フライデーには手斧を渡した。

こうして戦闘準備が整うと、様子をうかがうため、私は望遠鏡を手に丘へ登った。野蛮人たちの姿はすぐに見つかった。彼らは総勢二十一人で、捕虜が三人おり、カヌーは三艘あった。島に来た目的はどうやら三人の人間を殺して祝宴を開くことのようだった。実に野蛮な祝宴であったが、すでに見た通り、彼らにとっては至極自然な

野蛮人たちを見張る

ことであった。

今彼らがいるのは、以前フライデーが逃亡を図った場所ではなく、私の家のそばの入江近くだった。そこは海岸が低く、森が海辺のそばまで続いていた。連中が行おうとしている非人間的な催しに対する嫌悪感も手伝って、私は憤りを抑えられず、フライデーのところに戻ると、自分は連中のところに乗りこみ、一人残らず殺すつもりだと告げた。そして彼に一緒に来るつもりがあるか訊ねた。フライデーはすでに恐怖を克服していた。私が飲ませたラム酒のせいで気も静まり、元気を取り戻していた。彼は、私が命じれば死ぬとくり返した。

怒りに駆られるまま、私は用意した武器を二人で分けた。フライデーには拳銃一挺をベルトに吊るさせ、銃を三挺担がせた。私も同様にして拳銃一挺と三挺の銃を装備した。この格好で私たちは行軍を開始した。ポケットにはラム酒の入った小さな瓶を携帯し、フライデーには火薬と弾丸を入れた大きな袋を運ばせ、指示があるまで自分のすぐ後ろを歩き、勝手に銃を撃ったり動いたりしないように命じた。喋ることも禁じた。私は一キロ半近く右手に迂回路をとり、入江を越えて森に入るつもりだった。事前に望遠鏡で確認したところ、そのルートならば連中に見つかる前に、彼らを容易に銃の射程内に収めることができる。

だがそうして歩いていると、以前の理屈がよみがえり、私の決心を鈍らせた。大勢の野蛮人が怖かったからでは決してない。彼らは裸で、丸腰であり、私は一人とはいえ圧倒的に有利だった。そうではなく、なぜ、どんな使命と必要があって、自分は進んで手を血に染め、自分に何の危害も加えるつもりのない人間を攻撃するのかという疑問が湧いたのである。彼らは私にどんな悪さもしていない。彼らの野蛮な習俗は、彼ら自身の災いである。それは世界の他の地域の野蛮人同様、神が彼らに、愚かで非人間的な運命を背負わせたことを意味している。しかし神は、私を連中の行いの裁き手として召喚したわけではなく、彼らに正義の鉄槌を下せとも命じていない。神は、適当だと思えばいつでも彼らの蛮行を止めることができるし、民族全体の罪として彼らを罰することもできる。間違ってもそれは私の役目ではない。あるいはフライデーならば、正当な理由があったかもしれない。彼は連中から敵と見なされ、彼らと戦争状態にあったからである。それゆえ彼が連中に手出ししても理屈にかなっている。だが私はそうではない。道中、私の心に重くのしかかってきたのはこうした思いであった。そこで、とりあえず近くまで行き、身を潜めて彼らの野蛮な祝宴を偵察し、その後は神の命令に身を委ねようと思った。そしてよほどの強い呼びかけがない限り、余計な手出しはしないことに決めた。

こうした決意を胸に私は森へ入った。フライデーは細心の注意を払って、物音ひとつ立てないようにして私のすぐ後ろをついてきた。私は奥へ奥へと歩を進め、やがて森の終わる場所までたどり着いた。そこまで来れば野蛮人たちはもう目と鼻の先で、私と彼らは森のちょっとした木陰で隔てられているに過ぎなかった。私は小声でフライデーを呼び、森が終わる場所に立つ一本の巨木を指差し、そこまで近づいて連中の様子を見てくるように命じた。彼は偵察に出かけ、すぐに戻ってくると、連中の姿ははっきり見えた、彼らは全員火の周りにおり、捕虜の一人を食べている、もう一人の捕虜がそばの砂の上に縛られて寝かされているが、連中は次にこの捕虜を食べようとしていると報告した。これを聞くと、私は抑えきれないほどの憤りを感じた。それからフライデーはこうもいった。あれは自分の仲間ではないが、以前に話した、髭を生やした男たちの一人であると。私は髭のある白い男という言葉を聞いてぞっとし、巨木のところまで近づくと望遠鏡を覗きこんだ。確かにそれは白人だった。イグサのような植物で手足を縛られ、砂浜に寝かされていた。彼はヨーロッパ人で、服は身につけたままだった。

前方には別の木がもう一本生えており、その背後に小さな灌木の茂みがあった。今いる場所より五十メートルほど連中に近い場所である。見つからずにまわりこんで、そこまで行けるだろうと私は思った。そこまで行けば彼らを銃で狙うことは極めて容易である。私は激情を抑え――私は完全に激昂していた――二十歩ほど後退し、木陰に身を隠しながらその木の近くまで行った。そこは土地が少し盛り上がっており、連中の姿がすっかり一望できた。彼らまでの距離は七十メートルといったところだった。

十九人の恐ろしい野蛮人たちは寄り集って地面に座りこみ、残りの二人が哀れなキリスト教徒を切り刻みに立ち上がった。もはや一刻の猶予もなかった。四肢を一本一本引きちぎって火で焼こうというのかもしれない。二人の野蛮人は捕虜を縛っている紐を解こうと屈みこんだ。私はフライデーの方を向いて「フライデー、私のいう通りに行動しろ」といった。「わかった」と彼は答えた。「よし、私とまったく同じようにやれ。とちるなよ」そういうと私はマスケット銃一挺と鳥撃ち銃を地面に置いた。フライデーもそれに倣った。私はもう一挺のマスケット銃を構え、野蛮人たちに狙いを定め、フライデーにもそうするように指示した。そして準備はいいかと訊いた。「大丈夫」と彼はいった。「よし、撃て」私はそういって、自分でも引き金を引いた。

狙いは私よりフライデーの方が正確だった。彼は連中のうち二人を射殺し、三人に傷を負わせた。私は一人殺し、二人負傷させた。いうまでもなく、連中は大恐慌をきたした。弾が当たらなかった連中は一人残らず飛び上がった。しかしどっちに逃げ、どっちに注意したらよいのか、彼らには見当もつかなかった。弾がどこから飛んできたのかわからなかったのだ。フライデーは私を凝視していた。私が自分のやることに倣えといったので、私の行動に注意しているのだった。一発目の射撃の後、私は構えた銃を置き、今度は鳥撃ち銃を手に取った。フライデーも同じようにした。私が撃鉄を起こして狙いをつけると、それを見て彼も同じようにした。「いいか？　フライデー」と私はいった。「いい」と彼は答えた。「神の名において撃つのだ」私はそういって、慌てふためく連中に再び発砲した。フライデーも撃った。鳥撃ち銃には特大の散弾がこめてあった。倒れたのは僅か二人だったが、かなり大勢の野蛮人が傷を負った。彼らはわめき立てながら逃げ惑い、狂った獣のように金切り声をあげた。全員血を流し、多くがひどい傷を負っていて、まもなくそのうちの三人がばったりと倒れた。しかし完全に息絶えてはいなかった。

私は弾切れの銃を地面に置くと、まだ弾の残っているマスケット銃を手に取り、「よし、フライデー、ついて来い」といった。彼は非常に勇んで私の後に従った。私は森から飛び出し、連中の前に姿を現した。フライデーはぴったりついて来た。連中が私に気がついたのを認めると、私はあらん限りの大声で威嚇し、フライデーにも同じように叫ぶよう命じ、全速力で走った——全速力といっても、重装備であるので決して速くはなかったが。私はまっすぐに犠牲者のところへ向かった。彼は野蛮人たちが座を囲んでいた場所より海に近い浜辺に転がされていた。彼を調理しようとした二人は最初の射撃で肝を潰し、犠牲者を置き去りにして一目散に海辺へ逃げ、カヌーに飛び乗った。他の三人の野蛮人も同じように海辺へと駆け出した。私はフライデーを呼んでこっちへ来るようにいい、彼らを撃てと命じた。彼はすぐに了解し、四十メートルほど駆けてきて、彼らに追いつくと銃を撃った。全員がカヌーの上で倒れるのが見えた。一人残らずしとめたと私は思ったが、すぐに二人が身を起こした。しかしフライデーは彼ら二人を撃ち殺し、もう一人の野蛮人にも傷を負わせた。この野蛮人は舟の中に倒れこんで死んだように動かなかった。

フライデーが銃を撃っているあいだ、私はナイフを取り出し、犠牲者を縛っている草の紐を切ってやった。手足が自由になった彼を助け起こし、私はポルトガル語で素姓を訊ねた。「キリスト教徒です」と、彼はラテン語で答えた。しかしとても衰弱しており、立っているのも口をきくのもままならなかった。私はポケットから酒瓶を取り出して彼に渡し、これを飲みなさいと身振りで示した。彼は私のいう通りにした。パンも与えると彼はそれを食べた。それから、あなたはどこの国の人かと訊ねると、彼はスペイン人だと答えた。彼は少し気力を取り戻した。命を助けてもらい、いくら感謝してもしきれないと身振り手振りで私にいった。そこで私は「セニョール、話は後ほど。今は戦わねばなりません。もし少しでも体力が残っているなら、この拳銃と剣をお使い下さい」と知っている限りのスペイン語を並べていった。彼はうやうやしく礼をいって武器を取った。武器を手にとるや、急に力が湧いてきたかのようだった。彼は復讐鬼のごとく敵に向かっていった。そしてまたたく間に二人の野蛮人を斬り殺した。野蛮人たちにとっては万事が予期しない出来事であった。彼らは銃声におびえて狼狽し、その驚きと恐怖だけで倒れ、銃撃に立ち向かうどころか逃げる力さえ残ってはいなかった。フライデーが銃で狙ったカヌーの連中がまさにそうで、そのうちの三人は被弾して倒れたのだったが、残る二人は恐怖で倒れたのだった。

私の銃にはまだ弾が残っていた。スペイン人に拳銃と剣を貸してしまったので、弾を浪費する気にはなれなかった。私はフライデーを呼び、最初に射撃を行った巨木のところへ行き、弾切れでそこへ放置した銃を取ってくるようにといいつけた。フライデーはすぐに銃を持ってきた。手元のマスケット銃をフライデーに渡し、私は地面に座りこんで銃に弾をこめ直した。そして何かあれば自分のところへ来るように他の二人に指示した。銃の装塡が終わる前に、野蛮人の一人とスペイン人の激しい一騎打ちがはじまった。野蛮人は巨大な木刀でスペイン人に襲いかかった。先ほど私が救出しなかったら、スペイン人はこの木刀で切り刻まれていたはずだった。スペイン人は弱ってはいたが度胸があって勇敢だった。彼はしばらく戦い、相手の頭に傷を二つ負わせた。だが、野蛮人は図体のでかい頑丈そうな男で、スペイン人に組みつき、意識が朦朧としている彼を投げとばし、その手から剣を奪い取ろうとした。地面に倒れたスペイン人は、機転を利かせて剣を手放し、その代わりに腰のベルトから拳銃を抜いて撃った。弾は相手の身体を貫通し、野蛮人は即死した。私はスペイン人を助けようと走り出していたが、彼のそばまで行ったとき、野蛮人はすでに息絶えていた。

一方、フライデーは手斧だけを手にして、自分の判断で、遁走する敵を追跡していた。彼はその武器で、前述の、最初に負傷して倒れた三人にとどめを刺し、追いかけて捕まえた者全員を殺した。スペイン人は私に別の銃を貸してくれといい、私が鳥撃ち銃を渡してやると、野蛮人二人を追いかけて発砲し、彼らに傷を負わせた。だがスペイン人にはもう走る体力が残っていなかった。野蛮人二人は森へと逃げこんだ。今度はフライデーがその二人を追い、そのうちの一人を捕まえてとどめを刺した。だがもう一人は足が速かった。負傷していたにもかかわらず、海に飛びこんで逃げ、カヌーに乗った二人のところまで死に物狂いで泳いだ。こうしてカヌーの三人の野蛮人――あともう一人、負傷したが死んだかどうか不明の野蛮人が一人、カヌーにはい

野蛮人と戦うスペイン人

たはずである——だけが、二十一人のうちでわれわれの手を逃れた。全員の詳細については以下の通りである。

巨木のところからの最初の銃撃で死んだ者　三名
二回目の銃撃で死んだ者　二名
カヌーで逃げようとしてフライデーによって殺された者　二名
銃撃で負傷し、その後フライデーによって殺された者　二名
森でフライデーに殺された者　一名
スペイン人に殺された者　三名
負傷して倒れているところを殺された者、あるいはフライデーに追われて殺された者　四名
カヌーで逃げた者、ただしそのうち一名は生死不明　四名
以上合計二十一名

カヌーに乗った連中は銃の弾が届かぬ場所まで必死になって舟を漕いだ。フライデーはなお二、三発彼らに向けて発砲したが、弾が当たったようには見えなかった。

フライデーは、彼らのカヌーで連中を追いかけようといった。彼らをこのまま逃し、仲間にこの出来事を報告されるのは、確かに非常にまずいことだと私も思った。彼らはおそらく二百、三百のカヌーの大群を率いて島に戻って来るだろう。人海戦術にものをいわせて、われわれを食い殺すに違いなかった。私は連中を舟で追跡することに同意した。私はカヌーのひとつに駆け寄って飛び乗ると、フライデーにもついて来るようにいった。しかし、飛び乗ったカヌーには、われわれが気づかなかった捕虜がもう一人横たわっていたのである。私は息をのんだ。スペイン人と同じように手足を縛られ、恐怖でほとんど死んだようになっていたが、この捕虜はまだ生きていた。ただし首と足をかなりきつく紐で縛られ、身動きできないようにされていた。そのため何が起こっているか身体を起こして見ることもできず、しかも長時間その格好で放置されていたので虫の息も同然だった。

私はすぐにその紐を切ってやり、彼を助け起こそうとした。しかし彼は立ち上がることも口をきくこともできなかった。ただただ哀れにうめくばかりであった。殺される番が来て紐を解かれたのだと、すっかり信じこんでいる様子だった。

そこへフライデーがやって来た。私はフライデーに、この男と話をし、彼が助かったことを伝えるように頼んだ。私は酒の入った瓶を取り出して、飲ませてやるようにフライデーにいった。男はそれを飲み、自分が助かったと告げられ、生気を取り戻してカヌーの上に身を起こした。ところが、フライデーは男の声を聞くと、その顔をまじまじと見て、彼に接吻して抱きつき、その身体を抱擁した。見ている誰もが涙を誘われるような光景だった。フライデーは大声で泣き、笑い、うめき、飛びまわり、踊り出して歌い、再び泣き出してその男の手を握りしめた。それから、自分の顔や頭を叩き、また歌い出し、飛びまわった。私の存在をフライデーに思い出させ、事情を聞き出すまでにはずいぶん時間を取られた。フライデーはようやく少し落ち着きを取り戻し、この人は自分の父親だと私に告げた。

父親に再会し、しかもその父親がすんでのところで命拾いしたとあって、フライデーは感極まり、親に対する深い愛情に包まれていた。その様子を見ていた私がどれほど心動かされたか、それを言葉で表現することは難しい。この後に彼が父親に示した尋常ならぬ愛情も、私にはその半分も書き綴ることはできない。フライデーは何度も父親のいるカヌーに乗ったり降りたりした。彼は父親のところへ行くと、そばに座りこんで上着を脱ぎ、自分の胸に父親の頭を押しあてて半時間もそのままにしていた。私はそれから縛られたためすっかり麻痺した父の腕や足首を揉んだりさすったりした。私はそれを見て、フライデーに瓶のラム酒をやり、それを父親の足首につけて揉むようにいった。この療法はとても効果があった。

こうして、逃げた野蛮人の追跡は中止になった。今やカヌーは遠くへ漕ぎ去り、視界から消え去ろうとしていた。だが、後を追わなかったのは幸いだった。二時間もしないうち、つまりは連中が航程の四分の一も行かないうちに風が強まり、悪天候が一晩中続いたからである。北西の風で、逆風だった。連中が無事に目的地までたどり着けたとはとても思えなかった。

フライデーに話を戻すと、彼はかいがいしく父親の世話を焼いていたので、私には彼を呼びつけることもためらわれた。しかしもう父親を一人きりにしても大丈夫だろうと思われた頃、私はフライデーをそばへと呼んだ。彼は飛び跳ねながら笑顔でやって来た。この上なくご機嫌だった。私は父親にパンを食べさせたかどうか訊ねた。彼は首を振って「いいえ。醜い犬が全部食べてしまう」といった。そこで私は、携帯していた小さな袋からパンを一切れ取り出して彼に渡した。フライデーが飲むためのラム酒も渡したが、彼はそれに口をつけず、父親のところへ持って行った。ポケットにはまだレーズンが二房か三房分あったので、それも一掴み分、父親のために持って来て行かせた。彼は父親にレーズンを持って行くと、すぐにまたカヌーから飛び出して来た。魔法でもかけられたようにとんでもないスピードで彼は走り去った。私の知る限りフライデーは誰よりも足が速かったが、このときは一瞬で姿が見えなくなるくらい速かった。いくら大声を出しても彼の耳には届かず、彼は行ってしまった。そして十五分もすると彼は戻って来た。今度はさっきほどの勢いではなかった。近づいて来る彼を見ると、何かを運んでいるからだとわかった。

そばまで来ると、それは土器の甕であることがわかった。父親に真水を飲ませようと家まで取りに行ったらしい。水だけでなくパンの塊も二つたずさえていた。パンは私に預け、水は自分で父親のところへ持って行った。私もひどく喉が渇いていたので一口もらった。水のほうが私が与えたラム酒よりずっと効果があり、父親は水を飲むと生気を取り戻した。喉の渇きで気を失いかけていたのである。

フライデーの父親が水を飲み終わると、まだ残っているかどうか私はフライデーに訊ねた。まだあるという返事だったので、スペイン人にも飲ませるように命じた。彼もまた同じくらい水を欲していた。フライデーが自宅から持って来たパンも分けてやった。彼は衰弱して木陰の草地にねそべっていた。乱暴に縛られていたせいで、手足が硬直してひどく腫れ上がっていたのである。フライデーが水を持って行くと、彼は身体を起こして水を飲み、パンを手に取って食べはじめた。私も彼のそばへ行き、一摑み分のレーズンを与えた。スペイン人は感謝に溢れた表情で私を見上げた。しかし戦闘ではあれほど健闘した彼であったが、今は弱りきって立ち上がることさえできなかった。二、三度立ち上がろうとしたが、足首は腫れ上がって激痛が走り、とても無理であった。私は彼にじっとしているようにいった。そしてフライデーを呼ぶと、父親にしたようにスペイン人の足首を揉み、ラム酒を塗りこむようにと命じた。

フライデーはいわれた通りにしたが、哀れで愛情深い彼はこの作業のあいだ、二分に一度、あるいはそれ以上の頻度で振り返り、父親がさっきと同じ場所に同じ格好でいるかどうか確かめていた。やがて父親の姿が見えなくなると飛び上がって驚き、無言のまま、足が地面につくのも見えぬようなスピードで父親のいた場所に駆け寄った。しかしそばまで行くと、父親は手足を休めるために横になっただけであることがわかり、彼はまたすぐに私のいる方へと戻って来た。私はスペイン人に話しかけ、もし歩けるようであれば、フライデーについてカヌーまで移動してはくれまいかと頼んだ。そうすれば彼がわれわれの家まであなたを案内する。家に来てくれれば私が手当てをしよう。そのように私はいった。快活で屈強なフライデーはスペイン人をひょいと肩に担ぎ上げると、カヌーのところまで運んで一度彼をカヌーの外に下ろし、カヌーの内側から再びスペイン人を持ち上げて父親のすぐ横に座らせた。そしてフライデーはカヌーを漕ぎはじめた。強風が吹いていたが、私が歩くよりずっと速いスピードで、彼は海岸沿いにカヌーを進めた。こうして父親とスペイン人は無事にわれわれの住居そばの入江に到着した。フライデーはカヌーに二人を残したまま、もう一艘のカヌーを取りに駆け戻って来た。すれ違いざま私がどこへ行くのだと訊くと、「もっとカヌー持ってくる」と彼は応じた。風のように彼は去って行った。人でも馬でも、足の速さで彼にかなうものはいなかった。私が徒歩で入江まで来たとき、フライデーももう一艘のカヌーで到着した。彼は私をカヌーに乗せて対岸まで運び、それから自分の父親とスペイン人を舟から降ろした。だが彼らは二人とも自力では歩けず、哀れなフライデーはすっかり困り果てた。

そこで私は知恵を絞り、二人を岸辺に座らせておくようフライデーに指示すると、担架らしきものを拵《こしら》え、そこに二人を乗せてフライデーと運んだ。しかし住居の外側の壁のところまで来ると、二人をどうやって中に入れたらいいのか頭を抱えてしまった。壁を壊すわけにはいかなかった。結局、私とフライデーは外側の壁の前、つまり壁と、私が木々を植えて作った木立のあいだの空間に、立派なテントを設営することにした。テントは古い帆布で覆い、その上に木の枝の屋根をつけた。およそ二時間でテントは完成した。そして稲藁でベッドを二つ作り、敷布と掛け布団代わりに二枚の毛布を用意した。

# 16

　こうして私の島もにぎやかになった。国民の数は十分だった。自分はこの島の王様のようだと考え、悦に入ることもしばしばだった。この島全体が私の所有であり、支配権は疑いなくこの私にあった。それに、仲間たちは私のいうことを何でもきくので、私は絶対的な君主であり立法者であった。彼らが生きているのは私のおかげで、彼らはいつでも私のためにその命を投げ出す覚悟だったのである。国民は三人しかいないのに、それぞれの宗教が異なっているのは注目すべき点であった。家臣フライデーはプロテスタントで、彼の父親は人食いの異教徒、そしてスペイン人はカトリックだった。しかし私は我が国での信教の自由を許した。もっとも、こうした話は余談である。

　助けた二人の手当てをして休息所と寝床を作ってしまうと、今度は何か食べ物を与える必要があろうと私は思った。そこで、私の家畜のなかから若いヤギ――子ヤギと大人のヤギの中間、つまり一歳以上で二歳未満のヤギ――を一頭捕まえ、潰すようにとフライデーに命じた。私はそのヤギの後ろ脚を切り落として細かく刻み、フライデーにそれを煮こませてヤギ肉のスープを作った。このスープには大麦と米も入れてあった。内側の壁より奥では火を使わないことに決めていたので、私は調理を屋外で行った。それから新しく作ったテントまで食事を運び、テーブルをセットし、私も卓について全員で食事をとった。私は二人を励まして元気づけた。父親と話す場合にはフライデーが通訳となった。スペイン人と話すときも、フライデーは私たちの通訳として活躍した。スペイン人は野蛮人の言葉をかなり流暢に操ることができたのである。

ご馳走とはいえなかったが夕食を済ませると、私はフライデーに用事をいいつけた。野蛮人たちと戦った場所に放置したままになっているマスケット銃やその他の火器を、カヌーを使ってこちらへ持って来るように命じたのだ。翌日は再びフライデーに頼んで野蛮人の死骸を埋めさせた。日差しの下ではすぐに腐敗すると思ったからである。同様にして、彼らが宴で食い散らかしたおびただしい量の肉片も片づけさせた。私が自分でやるなど思いもよらなかった。そばへ行っても正視することさえできなかったと思う。フライデーはいわれた通りにこれらの仕事をしっかりこなし、野蛮人たちがいたあらゆる痕跡をきれいさっぱり消し去った。例の森の終わる場所という目印をのぞけば、再びそこを通っても、ここがあの現場であったことを示す何の手がかりもなかった。

その後、私は新しく仲間になった二人と話をした。まずフライデーを介して彼の父親に、カヌーで逃げた野蛮人について意見を求め、彼らが大軍勢を率いて戻って来るかどうか訊ねた。フライデーの父親の意見では、あの夜の嵐ではカヌーの連中はひとたまりもなく、溺死したか、そうでなくともずっと南の陸地まで流されたに違いない、その場合も殺されて食われたに違いなく、いずれにせよ生きてはいないだろうということだった。万が一無事に帰り着いた場合、彼らがどういう行動に出るかはわからない、とも彼はいった。しかし彼の意見では、あのような急襲に遭い、轟音と火炎を見て慄然となっていたので、人間に殺されたとはいわず、雷や稲妻にやられたと土地の者には告げるだろうという話だった。そして、突如として姿を現した二人——つまりフライデーと私——は、武器を手にした人間というより、天が彼らを滅ぼしに遣わした災いの力と考えるだろうといった。彼がこういったのは、野蛮人たちが口々にそのようにわめき立てる声を耳にしたからで、人間が炎を放ったり、雷のように吠えたり、手も使わず遠くから人を殺したりするなど彼らには及びもつかないことだと彼はいった。この老人の判断は正しかった。後に人づてに聞いた話では、野蛮人たちはその後決してこの島へ寄りつこうとしなかったという。例の四人——どうやら彼らは無事に海を渡ったらしい――の話に心底震え上がり、あの呪われた島へ行く者は皆、神々の火で焼き殺されると信じこんだのである。

だがそうした事情をこのときの私はまだ知らない。そのため当分のあいだ戦々恐々として暮らし、私と仲間たちからなる軍隊は警戒を怠らなかった。ただ現在の兵力は四人なので、向こうが百人で攻めて来ても十分に渡り合えるだろうと私は考えていた。ところが野蛮人たちのカヌーはやって来なかった。報復の恐怖が薄らぐと、私は再び大陸へ船で渡る計画について思いめぐらしはじめた。フライデーの父親は、私が仲間たちから歓迎されるように取り計らうと請け合ってくれた。

だが計画はすぐには実行されなかった。これは、スペイン人とじっくり話し合った結果、現地には漂流して流れ着いた彼の同国人とポルトガル人が合わせて十六人おり、彼らは野蛮人たちと仲良くやっているが、必要なものにも事欠き、命さえ危うい状態であることを知ったからである。私は彼にそこに流れ着くまでの航海の詳しい様子も訊ねた。彼の話によれば、彼らが乗っていた船はリオ・デ・ラ・プラタ発ハバナ行きのスペイン商船で、動物の革と銀が大半を占める積荷をハバナで下ろし、代わりにヨーロッパ産の品物を積みこんで出発地に戻る予定であったという。船にはポルトガル人の船員五人が乗っていたが、彼らは難破した船から救助された者たちであった。

そしてスペイン船も難破し、五人のスペイン人が溺死した。残った者は命からがら船を脱出し、いつ人食いに食われるかわからない海岸に餓死寸前でたどり着いたというわけだった。

彼は、武器はあるが役には立たないといった。火薬も弾もなかったからである。火薬は大部分が海水に濡れて使い物にならなくなり、難を逃れたわずかな火薬も、最初に上陸した際、食料を得るために使い果たしてしまったという。

彼らは今後どうするつもりか、そこを逃げ出すつもりはないのかと、私は訊ねた。スペイン人は、そのことについては何度も話し合ったが、何しろ船がない。船を造るための道具もない。航海に必要な物資もまったくない。それゆえ、何度話し合っても泣く泣く諦めるしかなかった、と答えた。

そこで私は、彼らに脱出計画を持ちかけたとして、彼らがその誘いに乗るかどうか訊ねた。彼らが全員この島に来たとして、この島でなら船を造ることが可能ではないか、とも訊いた。それから私は率直に、自分が一番恐れるのは裏切られ、手荒く扱われることだといった。何しろ多勢に無勢である。感謝というのは人間に本来備わっている美徳ではない。人は必ずしも受けた恩に報いず、自分の損得を第一に考えて行動するものである。彼らの脱出を助けるために利用されるだけ利用されて、その後にスペイン領の植民地[1]で囚人にされるならば、たまったものではない。しかも噂では、その地に故意か偶然か入りこんだイギリス人は、例外なくひどい目に遭っている。血も涙もない司祭に引き裂かれ、異端審問にかけられるくらいなら、野蛮人に生きたまま食われるほうがましである。しかしその一方で――私はつけ加えた――もし彼らが全員ここに来れば、人手があるから、全員が乗りこむことのできる大きな帆船だって建造できる。そしてそれに乗って南方のブラジルや、北方の島々あるいはスペイン領の海岸まで行くこともできよう。だが私が彼らに武器を預けた際、彼らが手のひらを返して私を捕らえ、同国人に引き渡したとしたら、恩を仇で返されたことになる。その場合、私は今以上の不幸に陥ることになろう。

これを聞くと、スペイン人は腹蔵なく率直に答えた。彼らの今の生活は非常に惨めなものである。彼らはすっかり参っている。だから救いの手を差しのべてくれる人を裏切るなど、思いもよらないことであろう。もしあなたが望むなら、自分が野蛮人の老人と向こうへ行き、他の白人たちと話し合ってもよい。それからまた戻って来て、彼らの返事をお伝えしよう。いかなるときもあなたに従い、決して逆らわないと彼らに宣誓させよう。そしてあなたへの忠誠を秘蹟と福音にかけて誓わせ、あなたが望むキリスト教国にお供し、あなたがよしとする国に無事に上陸するまで、あなたのどんな命令にも絶対服従すると約束させよう。なんならその旨を記した誓約書に全員に署名させ、それをお渡ししよう、そのようにいうのだった。

　彼は、まず自分が宣誓するといった。「あなたがもういいとおっしゃるまで、生ある限りあなたと行動をともにします。私の仲間が少しでもあなたに背くようなことがあれば、命果てるまであなたと一緒に戦います」

　彼はまた次のようにもいった。「私の仲間は皆、礼儀正しい正直な人間です。彼らは今、考えうる最大の苦難に遭い、武器も衣服も食料もなく、野蛮人たちの慈悲にすがって生きています。故郷に帰れる希望などはとっくに捨てています。だから、もしあなたが彼らを救い出して下さるというなら、彼らは決死の覚悟であなたに仕えると思います」

　このように彼が請け合うので、私はできる限り彼らの救出に力を貸すことに決め、フライデーの父とこのスペイン人を対岸に送ることにした。しかし、万事用意が整ったとき、当のスペイン人がこの計画に異を唱えた。彼の反対は、聞けば極めて理にかなった、誠意から発せられたものであり、私はその意見を喜んで受け入れる以外にな

1　メキシコ・パナマ以北の中米地域およびカリブ海諸島。

かった。そして彼の忠告により、白人たちの救出は少なくとも半年先延ばしとなった。それはこんな事情であった。

スペイン人と暮らして一カ月ほど経った頃である。私は彼に、私が神の加護のもと、どのように生きる糧を得ているかを披露した。私は備蓄した大麦や米を彼に見せた。それは、私一人分と考えるなら十分過ぎる量であったが、家族全員分と考えれば——かなり節約しない限りは——不十分な量であった。対岸の白人たちが来ればなおさら足りなかった。彼らは十四人[2]もいるのである。その上、船を造った場合、アメリカ大陸にあるキリスト教国の植民地までの食料も必要であることを考えれば、足りないどころではなかった。スペイン人は「私と他の二人でもっと耕地を広げ、そこに蒔けるだけの種を蒔くのが賢明ではないでしょうか」といった。「次の収穫期まで待てば、私の仲間が来ても十分な量の穀物が得られます。食べ物が足りないと仲間割れをするかもしれず、彼らは命を救われたとは考えないかもしれません。ひとつの苦境を脱し、別の苦境に陥っただけだと考えるかもしれないのです。イスラエルの民はエジプトを脱出したとき大喜びしましたが、荒野で食べるパンに事欠くと、彼らを救った神にさえ悪態をついたではありませんか」

　彼の懸念はもっともであり、忠告は理にかなっていた。私は彼の忠誠心に満足し、その提案に喜んで従うことにした。さっそくわれわれは四人がかりで土を掘り返す作業にかかった。あるのは木製の農具だけだったが、やれるだけはやった。そうしておよそ一カ月後、種蒔きの時期になる頃までに、二十二ブッシェル[3]の大麦と甕十六個分の米を蒔くことができる農地を確保した。このとき蒔いた大麦と米は蒔くために使用できる最大量だった。自分たちが食べる分の大麦まで蒔いてしまい、次の収穫までの六カ月間――これは播種のための分をより分けた時点から六カ月という意味で、種を蒔いて実るまでに六カ月かかるという意味ではない――節約して食べねばならぬほどであった。

　仲間の数は十分だった。これだけいれば、よほどの群勢でない限り野蛮人が来ようと恐れるに足りない。私たちは必要があればどこへでも出かけ、自由に島じゅうを歩きまわった。われわれの目的はこの島からの脱出であったので、そのための手段を考えずに暮らすことは――少なくとも私にとっては――無理な相談であった。私は船を造るのに格好と思われる木々に目印をつけ、フライデーと彼の父に頼んでそれらを切

2　十六人の誤りか。
3　約八百リットル。

り倒してもらった。そしてスペイン人には私のもくろみを伝え、彼らの仕事の監督を任せた。根気強く大木を平たい板に削る方法を私は教え、同じことを彼らにやらせた。やがてオークの大板が一ダースも手に入った。板の幅は約六十センチ、縦の長さは十メートル、厚みは五センチから十センチほどであった。これだけの板を得るのにどれほど苦労したか、あらためて述べるまでもないだろう。

同時に家畜の数を増やす努力もした。ある日フライデーとスペイン人が狩りに出れば、その翌日は私とフライデーが、という具合に交代で狩りに出かけた。こうして子ヤギを二十頭近く得た。母ヤギを撃っても子ヤギは殺さずに捕らえ、家畜の群れに加えることにしていた。それからまた、レーズンを作る時期がめぐってくれば、大量のぶどうを天日干しにした。仮にここがアリカンテ[4]だったら、六十から八十の大樽をいっぱいにできるほど収穫できたはずである。主食のパンと並び、レーズンはわれわれの欠かせない食料のひとつだった。栄養価が極めて高かったからである。

そして穀物の収穫時期になった。上出来だった。島に来て以来の豊作とはいえなかったが、それでも目標とした量には十分に届いていた。蒔いたのは二十二ブッシェルの大麦だったが、二百二十ブッシェル以上の大麦を刈り入れ、脱穀した。米も十倍ほどに増え、これだけあれば十六人のスペイン人たちが来ても次の収穫まで十分に食べていけた。すぐに航海に出ることだってできた。アメリカ大陸のどこを目指すにしても、それだけあれば食料の心配はまったくなかった。

穀物を無事収穫して食料庫に収めると、次に枝編みの仕事、つまり穀物を保存する大きなカゴの製作に取りかかった。スペイン人はとても器用でこの仕事に向いていた。彼は、どうして防御用の道具をこれで作らないのかとしばしば私を責めた。しかし私はその必要はないと思ったのである。

島に呼び寄せる客人たちの食料をこうして確保すると、私はいよいよスペイン人を本土へ派遣し、取り残されたままの仲間たちと問題を協議させることにした。私は任務を書面でしたためて彼に渡した。そこには、島の人間を襲ったり暴行したりしないこと、私の目的は彼らの救出であること、万が一私が襲われたりした場合は、私に味方し、私を守ること、その後どこへ行こうとも、常に私の命令に絶対服従すること、こうしたすべての条件に同意でき、スペイン人とフライデーの父の前で宣誓し、しかもその宣誓を文書にして署名できる者だけを、島に連れ帰るようにと指示されていた。だがこれはどう考えても無茶な注文であった。彼らにはペンもインクもなかったから

4　スペイン南東部の港町。ワイン造りで有名。

だ。だが、そのときはそんなことまで頭がまわらなかった。

こうした指示を受けて、スペイン人とフライデーの父である老野蛮人はカヌーへ乗りこんだ。そのカヌーは、彼らが野蛮人たちに捕まり、食われるために島へ連行された際に乗っていた、いや、乗せられていたカヌーだった。

私は彼らに一挺ずつ発火装置つきのマスケット銃を持たせ、八発分の火薬と弾丸を手渡した。ただし無闇には使わず、緊急のとき以外は使用しないようにと指示した。

私の心は明るかった。二十七年余りもこの島で暮らして、はじめてこの島から脱出できる予感がした。二人には相当量のパンとレーズンを持たせたので、当分食事の心配はなかった。本土のスペイン人たち全員の八日分くらいの分量はあったと思う。私は航海の無事を祈り、二人を見送った。戻って来たときの合図も伝えてあった。そうして接岸まえに、遠くからでも彼らの舟だと確認できるようにしておいた。

彼らは強い追風に乗って出発した。その日は十月の、私の記録によれば満月の日であった。日を数えるのをかつて怠ったため、正確な日付はわからない。年数すらそれほど厳密に数えていなかったので怪しかった。しかし、後々記録を調べてみると、年数に誤りはなかったことが判明した。

彼らの帰りを待って八日間が過ぎようとする頃、予期せぬ事件がわれわれを見舞った。事によると、それほど妙な事件は歴史のどこを探しても見当たらないかもしれない。ある朝のことである。私は自分の小屋で熟睡していた。そこへフライデーが駆けこんで来てどなった。「ご主人さま、彼ら来た、彼ら来た！」

私は飛び起きて服を身につけると、家の前の木立――この頃にはすでに鬱蒼とした森になっていた――を抜け、身の危険も顧みずに外へ出た。つまり、武器を持たずに外へ出た。そんなことは普段ならありえなかった。海に目を向けたとき私は思わず息をのんだ。七、八キロほどの海上にボートの姿があった。強風に押されて三角帆のボートが島へ近づいて来る。よく見ると、そのボートは正面の海からではなく、島の南端方向からやって来たことがわかった。私はフライデーを呼び、そばを離れないように命じた。彼らは私たちが待ち望んでいる人々ではなく、敵か味方かも判然としなかったからである。

私は乗っている人間の正体を確かめようと自宅へ望遠鏡を取りに戻った。そして何かあった際にいつもそうするように、梯子を出して丘の頂上に登った。そこからなら相手をよく観察でき、見つかる心配もなかった。

丘に登るとすぐにボートではなく帆船が目に入った。その船は南南東の海上、私のいる場所から約十五キロの距離に碇泊していた。島の海岸からは七、八キロもない距離であった。私の目にはその船はイギリス船らしく映り、ボートもイギリス製の特大ボートのように見えた。

私の混乱ぶりをここに書き記すことは不可能である。私は同国の人間、つまりは私の仲間が乗っているとおぼしき船を目にして大喜びした。しかし同時に正体不明の不安も覚えた。その不安がどこからやって来たのかはわからない。だがその不安は私に警戒せよと促した。イギリス船がこんな場所にどんな用事があるのか。まずそのような疑問が浮かんだ。この島の周辺はどう考えてもイギリス船の交易路に位置していない。嵐もなかったので、船がここまで流されたり、難破したりしたということも考えにくい。つまり、もしあの船が本当にイギリス船であれば、まともな理由でここへ来たとは思われなかった。出て行けば盗賊や人殺しに捕まるかもしれない。ひとまずじっとしている方がよい。そう私は判断した。

どんなに途方もないと思われる場合でも、危険を知らせる兆候や予感をあなどってはならない。まともな見識を持つ人で、この種の兆候や予感を知らぬ人はほとんどいないだろう。実際、こうした予感は目に見えぬ世界からの啓示であり、霊と霊の交流であるといってよい。そして、その目的がわれわれに危険を知らせることにあるとすれば、その何者かはわれわれの身を案じているわけである。従って、その正体が至高の存在かそうでないかはこの際どうでもよい。その何者かは私たちのためを思って、そのように知らせているのだから。

このとき生じた事態は、私の考えが正しかったことを幾重にも証明している。虫の知らせの発信源が何であったにせよ、もし私がこの知らせを受けて警戒していなかったとしたら、間違いなく今よりもはるかにひどい事態に陥り、破滅していたことと思う。理由はこの後すぐに明らかとなろう。

私がじっと見ていると、やがてボートは岸辺に近づいて来た。上陸に適した入江のような場所を探している様子だった。だが遠くまでは行かなかったので、私が以前に筏を着けた小さな湾には気づかず、代わりに私のいる場所から一キロほどの海岸にボートを着けた。これは私にとって大変に幸運だった。なぜなら、そうでなければ私の自宅のすぐ前に上陸し、城を乗っ取られ、持ち物をすべて奪われたかもしれないからである。

乗員たちは陸に上がった。彼らの大多数がイギリス人であることは間違いなかった。そのうちの一人か二人はオランダ人のように見えたが、これは早合点だった。全部で十一人おり、そのうちの三人は武器を持たず、縛られている様子だった。まず四、五人がボートから飛び降り、捕虜の三人を外へ連れ出した。捕虜の一人は大仰な身振りで命乞いをし、絶望に身をよじっていた。常軌を逸しているといってもよかった。他の二人はときどき両手を挙げて不安な様子をしていたが、最初の男ほど取り乱してはいなかった。

この光景に私はすっかり戸惑った。どういうことなのか訳がわからなかった。フライデーは彼なりの英語で私にこう話しかけた。「おお、ご主人様！　見てください。イギリス人、野蛮人と同じに捕まえた者を食べます」「何だって？　お前は連中が捕虜を食べると思うのか」と私はいった。「はい、彼ら捕虜を食べる」「それはない。捕虜を殺すかもしれないが、食べたりは絶対にしない」

私には何が何やらわからず、眼前の光景の恐ろしさに身が震えるばかりだった。いつ捕虜の三人が殺されるかとひやひやしながら事態を見守っていた。悪者の一人が、船乗りがカトラスと呼ぶ大きな剣を振りかざし、哀れな捕虜の一人を殴打するのを私は見た。打たれた男は今にも地面に突っ伏しそうであった。それを見ると、私は身体中の血が凍りつくような気がした。

私は心底スペイン人とフライデーの父がここにいてくれたらと思った。また、あの悪者どもを銃で狙える距離までこっそり近づきさえすれば、三人の捕虜を救い出せるかもしれないとも考えた。見たところ、悪者どもは火器の類いは持っていなかった。

だが、まもなく別の手立てを私は思いついた。島の様子を調べようとでも思ったのだろう。三人の捕虜に暴行を加えていた粗暴な船乗りたちが、島の奥へと散って行くのを目にしたからである。このとき、残された三人の捕虜はその気になれば逃げることだってできたのだが、意気消沈して地面に座りこみ、動かなかった。すっかり絶望している様子だった。

これを見て、私は島に上陸した日のことを思い出した。あのとき私は周りを見渡し、もう助からないと絶望し、狂わんばかりにびくびくしていた。私の不安は尋常なものではなかった。野獣に食われるのを恐れ、一晩中木から下りることもできなかった。

あの日の夜の私は、まもなく神の恵みにより、乗り捨てた船が嵐で島まで押し流され、思わぬ物資を手にすることを知らなかった。そしてその物資によって救われ、後々まで生き長らえることを知らなかった。あの哀れな三人の捕虜も同じだった。彼らは救いの手がすぐそこにあることを何も知らない。彼らは実際のところ、身の安全を保証されていた。しかしそんなことには気づかず、自分たちは終わりだと考え、絶望していた。

われわれは眼前にあるもののほとんどが目に入らない。それゆえに、偉大なる世界の創造主に進んで身を委ねる必要がある。神は被造物を完全に見捨てることはなく、最悪の状況においてもわれわれは何らかの感謝すべきものを得ている。時にはそれと知らず、救いの手がすぐそばに差しのべられていることもある。いや、破滅に導かれているように見えて、救いに導かれているときだってあるのだ。

彼らが岸に上がったのは潮が最も満ちている時刻だった。しかし悪者どもは連行した捕虜たちに暴行したり、島の様子を探ったりして、うっかりと長居をしてしまった。そして気がつけば潮はすっかり引いていた。水際はもうかなり後退し、当然ながらボートは砂浜に乗り上げてしまっていた。

ボートには二人の人間が残っていた。後で判明したが、この二人はブランデーをしこたま飲んで泥酔していたのである。一人が目を覚ましたが、時すでに遅しで、ボートはすっかり陸に乗り上げて動かせなくなっていた。彼は島をうろついていた連中を大声で呼んだ。それを聞きつけると悪者どもはすぐにボートのところまで戻って来たが、全員の力を合わせてもボートを水際まで運ぶことはできなかった。ボートはとても重かった。おまけにその辺りの海岸は、流砂に似た軟らかい、泥のような砂浜だったのである。

こうなると彼らは、この世で最も向こう見ずな人種である船乗りらしく、さっさとボートを諦めてまた島をうろつき出した。そのとき私は、ボートの一人の呼びかけに対し、陸に上がった連中の一人が英語でこう叫ぶのを耳にした。「放っておけよ、ジャック。また潮が満ちれば浮くさ」これを聞き、彼らがどこの国の人間かという最大の疑問はすっかり氷解したのであった。

この間私は、丘の頂上近くの偵察場所をのぞいては、自分の城から一歩も外へは出なかった。家を要塞のようにしておいてよかったと心から思った。連中のボートが浮き上がるまで、まだたっぷり十時間はかかる。それまでには暗くなるだろう。そうすればこっちも監視がしやすく、会話も漏れ聞くことができるかもしれない。

それまでに私は、野蛮人相手のときと同じように戦闘の準備をした。もっとも、今度の相手は野蛮人とは別種の敵であるので、いっそう用心することにした。フライデーにも武器を用意するように命じた。私が教えこみ、彼はすでに一流の射撃手になっていた。自分では鳥撃ち銃を二挺持ち、フライデーにはマスケット銃三挺を預けた。私は薄気味悪いヤギ皮の上着を着こみ、例の帽子をかぶり、腰に抜き身の剣を吊るしていた。おまけに二挺の拳銃を差したベルトをつけ、両肩に猟銃をかついでいた。その姿は実際かなり化け物じみていた。

先に述べたように、暗くなるまで行動は控えた。日差しが一番強くなる午後二時頃、悪者どもは森へ入って行って姿を消した。多分、昼寝でもしようというのだろう。一方、失意の三人はこんな状況なので眠ることもできず、私のいる場所から四百メートルほど離れた巨木の木陰にへたりこんでいた。そこは悪者どもの目の届かない場所のようだった。

そこで、思いきって彼らに会いに行き、事情を聞き出すことにした。私は例の格好ですぐに行動を開始した。フライデーも離れて私の後について来た。彼も重装備で大変な格好であったが、私ほど怪物のような出で立ちではなかった。

見つからぬように彼らのそばまで行き、向こうがこちらに気づく前に、スペイン語で話しかけた。「あなたがたは何者ですか?」その声に彼らは飛び上がったが、私の姿を見るとその十倍は驚愕した様子だった。彼らは何も返事をしなかった。彼らはその場から逃げ出そうとしていた。それを見て、今度は英語で話しかけた。「驚くことはありません。思わぬところで仲間にめぐり会うこともあります」「すると、この人は天から遣わされたのだ。われわれを救うのはもはや人間の力ではない」彼らの一人が大真面目な顔で私に向かってそういい、帽子を脱いだ。「救いの手はすべて天からのものです」と私はいった。「どうやったらあなた方を助けることができるか、お教え願いたい。見るところかなりの災難に遭われたようですね。あなた方が島に上陸し、一緒に来た悪漢たちに命乞いをするのを私は見ました。連中の一人があなたを殺そう

捕虜たちの前に姿を現す

と剣を振り上げるのも見ました」

その哀れな男は泣き出し、身を震わせ、驚いたようにいった。「私が話をしているのは、神なのだろうか、それとも人間なのだろうか。本物の人間でなければ、天使ではないか」それを聞いて私は答えた。「そんな心配は無用です。神があなたを救うために遣わした天使ならば、もっとましな格好をしていると思います。こんな武器も持っていないでしょう。どうか不安はお捨て下さい。私は人間です。イギリス人です。あなた方を助けに参りました。私には召使は一人しかおりません。しかしながら武器も弾薬もあります。どうか、率直にお話し下さい。何かわれわれにできることはありますか。これはどういうわけなのですか？」

彼はいった。「あの人殺しどもがそばにいるようでは、事情を長々と説明するわけにもいきません。早い話が、私はあの船の船長で、船員が反乱を起こしたのです。私を殺すことだけは何とか思いとどまりましたが、奴らはこの孤島に私とこちらの二人を置き去りにすることに決めたのです。一人は航海士、もう一人は乗客です。ここは無人島だと思ったので、死を覚悟しました。どうすればよいのか今もわかりません」

「あの悪漢たち、あなたの敵はどこです？」と私はいった。「あの連中がどこへ行ったのかわかりますか？」「連中はあそこに寝ています」彼はそういって灌木の茂みを指差した。「奴らがこっちを見たのではないか、あなたの声を聞いたのではないか、そう思うと恐ろしくてなりません。こちらに気づいたら、きっと私たちを皆殺しにします」

「連中は火器を持っていますか?」と私は訊いた。「銃は二挺あります。ただし一挺はボートの中です」と彼は答えた。私はいった。「それなら、あとは私にお任せ下さい。見たところ、彼らは皆寝ているようです。今なら全員殺すのはわけないでしょう。それとも、生かしたまま捕らえますか?」船長は、連中のうちの二人は手のつけようのない悪党であり、容赦するのはむしろ危険だといった。しかしその二人さえ捕らえてしまえば、他の連中は本来の職務に戻ると思う。そこで私は、「その二人というのはどの男たちですか」と訊ねた。船長は、この距離ではどんな奴か上手く説明できない、しかし私のどんな命令にも従うといった。「では、連中が目を覚ますと厄介ですので、向こうへ行って相談しましょう。あそこならばわれわれの姿も見えず、声も聞こえません」彼らは快諾して私の後について来た。森へ入るとわれわれの姿は完全に隠れた。

私はいった。「さて、私があなた方を助けるにあたって、お約束頂きたい条件が二つあります」彼は私が何をいおうとしているか察していた。つまり、もし命を救われ、船がこの手に戻った場合は、全面的に私の指示に従うと約束した。船が戻らなくとも、私が行く場所に同行し、私と生死をともにすると誓った。他の二人も同様のことを誓った。

「いや、私の条件というのはこの二つだけです。一つは、この島に滞在中は、いかなる権限も振りかざさず、私が武器を貸した場合は必ず私に返し、私の命令に従い、私や私のものに損害を与えないこと。そして二つ目は、もし船を奪還できた場合は、私と私の連れを無料でイギリスまで送り届けること」

船長は、私の要求は要求とさえ呼べないものだといい、極めて誠実な態度で必ずそうすると約束した。そしてまた、私は命の恩人であり、死ぬまで片時もこの恩を忘れはしないと誓った。

私はいった。「では、ここに三挺のマスケット銃と火薬と弾があります。これからどうしたらいいか、私にお教え下さい」彼はくり返し感謝の気持ちを述べ、「あなたの判断にお任せします」といった。そこで私は「どんな作戦も危険を伴いますが、最善の策は連中が寝ているところに銃弾を浴びせることでしょう。最初の射撃で死を免れ、降伏すると申し出た者は、助けてやることにします。つまり、誰に弾が当たるかはすべて神の御心に委ねるのです」といった。

船長は「できることなら連中を殺したくはない」と、とても控え目な調子で答えた。「しかし、例の二人は救いようのない悪党です。船での反乱の首謀者でもあります。取り逃がせば、こちらが厄介なことになるのは間違いありません。彼らは本船に戻り、仲間を全員引き連れて戻って来るでしょう。そして私たちをきっと皆殺しにします」「ということは、私の提案通りにするしか手はないということですね。われわれが助かるには、それしか方法はない」と私はいった。そして、船長がまだ流血を躊躇しているのを見てとると、「あなた方三人がよいと思うようにして下さい」といった。

この会話の最中に、悪者どもの何人かが目を覚ました様子だった。やがて、連中のうちの二人が茂みから立ち上がるのが見えた。私は船長に、あの二人のどちらかが反乱の首謀者かと訊ねた。船長は違うと答えた。「ならば、あの二人は逃がしてもよいわけですね。きっと神が彼らの命を救うために、彼らを起こしたのでしょう。しかし、これで他の者たちも逃げおおせたら、それは船長、あなたの責任です」そう私はいった。

この言葉に奮起した船長は、私の預けたマスケット銃を手に取り、ベルトに拳銃を差した。あとの二人も銃を手に取った。この二人が最初に躍り出た。このとき彼らは物音をたてたので、目を覚ましていた悪者どもの一人がこの音を耳にして振り返った。

彼は捕虜の二人が走って来るのを見ると、大声で仲間たちにがなり立てた。しかしもう遅かった。彼が大声を出した瞬間、二人は銃を撃った。二人であって三人ではない。船長は賢明にも弾を浪費しなかったからである。二人はよく知る悪党に狙いを定めて銃を撃ち、一人を即死させ、もう一人に重傷を負わせた。重傷の男は死なずに立ち上がり、仲間に必死に助けを求めた。しかし船長が彼に近寄った。「今さら助けを求めても無駄だ。これまでの悪行をお赦し下さるよう神に祈るがいい」そういって船長はマスケット銃の銃床で男を打ちのめした。彼は倒れて静かになった。悪党は他にも三人おり、そのうちの一人はかすり傷を負っていた。この時までに私も加勢していた。残りの連中は絶体絶命であることを悟り、命乞いをした。船長は彼らにいった。「お前たちが反逆の罪を心から悔いているなら、その証拠を私に見せろ。そして私に忠誠を誓い、船を奪い返して出航したジャマイカへ戻るのに協力できるというなら、命だけは助けてやろう」彼らがあらん限りの誠意を示したので、船長も彼らの言葉を信じることにし、助命してやった。私はそれに反対しなかった。しかし、彼らが島にいるあいだは手足を縛っておくよう命じた。

このあいだに、私はフライデーと一等航海士の二人をボートに行かせた。ボートを確保してオールと帆を奪うよう命じたのである。まもなく、捕まった連中とは別に行動していた悪運の強い三人が、銃声を聞きつけて戻って来た。そして捕虜のはずの船長が征服者になっているのを目の当たりにした。彼らは投降し、捕縛された。こうしてわれわれの勝利は完全なものとなった。

# 17

あとは船長と私が互いの事情を訊ね合うだけであった。最初に私が、これまでの自分の人生を語った。船長はその話に注意深く耳を傾け、驚愕した。特に、私が食料や弾薬を得た不思議な経緯を聞き、ひどく驚いていた。実際、私の物語は不思議の連続に違いなく、彼の心をひどく揺さぶったようであった。次いで船長は、今度は自分の身の上をふり返り、私がこの島で長年生きてきたのは彼の命を救うためであったように思い、涙を流して、もう一言も発することができなくなった。

身の上話が終わると、私は船長と連れの二人を住居に案内した。私が出入りに使っている丘の上から彼らを城に招じ入れ、食事を出してもてなし、この地で暮らした長い年月に製作した様々な発明品を披露した。

彼らにとっては、私が見せるものも話すこともすべてが驚嘆の的だった。しかし船長が一番感心したのは、私の要塞のごとき住居である。それは二十年近く前に植えた木々の木立に覆われ、完全な隠れ家となっていた。木はイギリスでよりもずっと早く成長するので、木立はもはや小さな森といってよかった。しかも鬱蒼とした森で、人間が通れる隙間は——私が片側に作っておいた、くねくねと曲がった細道をのぞいて——どこにもなかった。私は船長にいった。「これが私の城であり住居です。多くの王のように、ときどき出かける田舎家のようなものもあります。そちらはまた今度の機会にお見せしましょう」今われわれがすべき仕事は、本船を奪還する手段を講じることであった。船長もこれに同意したが、「しかし、どうやったら取り戻せるか、私には皆目見当もつきません」といった。「船には二十六名も残っています。彼らは忌まわしい謀反に加担したわけで、法に照らせば死罪は免れません。そのため自暴自棄になり、非情な態度で抵抗するでしょう。われわれの手に落ち、イギリスかイギリスの植民地に送られれば、間違いなく絞首台に上げられることを彼らは承知しているからです。従って、われわれのような少人数で戦うのは無理がありましょう」

船長のこの意見を聞いて、私はしばらく考えこんだ。そして、極めてもっともな結論だと思った。しかしそれならば、早急に何らかの手を打たねばならない。ぐずぐずしていると船の連中が上陸し、われわれを殺すかもしれない。それを防ぐためには、彼らの不意をつくような罠を仕掛ける必要があった。もう少しすれば船の連中は、上陸した仲間やボートがどうなったのかと訝しみ、別のボートで島へやって来るだろう。そして仲間を探すに違いない。私はそう思った。彼らは武装して来るかもしれず、そうなればわれわれはとても太刀打ちできない。私がそのようにいうと、船長も同意した。

そこで私は次のようにいった。「われわれがまずやるべきことは、浜辺にあるボートに穴を開け、連中がボートを持ち去れないようにすることです。そして載せてあるものは残らず奪い、船として役に立たないようにしてしまおう」そこでわれわれはボートまで行き、そこにあった武器のほか、見つけたものを手当たり次第にボートから運び出した。手に入れた物資は、ブランデーの瓶一本、ラム酒の瓶一本、ビスケット少々、角の容器に入った火薬、帆布でつつんだ砂糖の特大の塊などであった。砂糖は目方が二、三キロもあった。私にはどれもありがたい品々だったが、ブランデーと砂糖は特にそうだった。もう長いことお目にかかっていなかったからである。

こうした品物——オール、マスト、帆、船舵の類いはすでにフライデーたちが運び去っていた——をすべて陸まで運んでしまうと、船底に大きな穴を開けた。これで、もし連中が大挙して襲って来てもボートを動かすことはできない。

実際のところ、私は船を奪還できるとはあまり期待していなかった。しかし、ボートを見捨てて船が出発しても、ボートはまた使えるように直すことができる。そしてこのボートでなら、リーワード諸島[1]まで行くこともでき、途中で仲間のスペイン人たちのところに寄ることもできる。私はそのように考えていたのだった。私はスペイン人たちのことを忘れたわけではなかった。

こうしてわれわれは計画を進め、奮闘してボートを浜辺まで引き揚げた。かなり上まで引き揚げたので、満潮時にも水に浮く心配はなかった。それから船底に、すぐには修繕できないような大きな穴を穿った。そこまで仕事が済むと、次に何をすべきか地面に座りこんで思案した。そのときである。海上の船が大砲を撃った。そして信号旗が上がり、ボートに向けて船に戻れという合図を送るのが見えた。しかしボートが戻る気配はなかった。船の連中はくり返し大砲を撃ち、また別の信号を送った。

大砲も信号も無駄に終わり、ボートが戻って来ないことを知ると、彼らはとうとうもう一艘のボートを海に下ろした。この様子をわれわれは望遠鏡で見ていた。そしてボートは島へと近づいて来た。どう見ても十人は乗っており、彼らは火器を手にしていた。

1　西インド諸島の一部。

本船は海岸から十キロほどの海上に碇泊していたので、われわれには彼らの動向が手に取るようにわかった。顔まではっきり見分けることができたほどである。それほどよく見えたのは、潮の流れのせいで彼らのボートが最初のボートよりやや東寄りに流されたためだ。最初のボートが接岸したのと同じ場所を彼らは目指し、島の海岸に沿って漕ぎ進んで来たのである。

そのため連中をじっくり観察することができた。船長は、ボートに乗っている全員の人柄や性格を心得ていた。彼がいうには、そのうちの三人はとても正直な人間で、他の連中に力ずくで脅され、いやいや反乱に加担した者たちであった。

だが首領とおぼしき水夫長とその他の者は、船員の中でも凶悪な連中で、この反乱でかなり向こう見ずになっている。だとすれば、とてもわれわれの手には負えない。船長はそのことをひどく案じていた。

私は彼に微笑んでいった。「私たちのような境遇にある者に何を恐れることがありますか。未来がどうなろうと現状よりましなはずです。私たちを待ち受けているのが生であろうと死であろうと、それはひとつの救いに違いありません」私はさらに続けた。「私のような人生をどうご覧になりますか。この苦境を抜け出せるならば、どんな危険も冒す価値があるとは思いませんか。私という人間は、まさにあなたの命を救うためにこの島に留め置かれていたのだと、先程あなたはそのように堅く信じた。違いますか？」私はそこでつけ加えた。「奴らと戦うにあたって面倒な点がひとつあります」「それは何です？」と船長は訊いた。「それは、悪党の中に誠実な者が三、四人混じっていて、彼らの命は救わねばならないということです。連中が一人残らず悪党だったとしたら、神があなたの手に罪人を引き渡したのだ、そう考えたでしょう。なぜなら、島に上陸する者は誰でも、われわれの手の平の上にいるようなものだからです。彼らが生きるのも死ぬのも、彼らの態度次第だからです」

そのように話す私の声も表情も自信に満ちていたので、船長は大いに勇気づけられた様子だった。われわれは張りきって仕事にかかった。捕虜はすでにしっかりと監禁してあった。本船からボートがやって来るのが見えたとき、すぐにその必要に気づき、監禁したのだった。

船長がさほど信用していない二人の捕虜は、フライデーと投降した三人のうちの一人に、私の洞窟へと連行させた。そこなら十分離れているので声が届く心配もなければ発見される心配もなく、また、たとえ逃げ出したところで森を抜け出せるはずもなかった。縛ったまま置き去りにしたが、食料だけは与えた。そして、静かにしていれば一日か二日で自由にしてやる、ただし逃げようとすれば容赦なく殺すと伝えた。二人の捕虜はおとなしくじっとしていると堅く誓い、食料と灯りまでもらえてありがたいとその待遇に感謝した。灯りというのは、フライデーが温情から置いてきた自家製のロウソクのことである。ちなみに彼らは、フライデーが入口のところで番をしているとすっかり信じこんでいた。

その他の捕虜たちはもっとよい扱いを受けた。そのうちの二人はずっと縛られたままだったが、これは船長がどうしても彼らを信用する気にはなれなかったためである。他の二人は船長が大丈夫と請け合うので仲間に加え、われわれと生死をともにすると厳粛に誓わせた。こうして最初に助けた三人に加えて新たに二人が仲間となった。われわれは総勢七人となった。武器も揃っていた。しかも船長は、今から来る十人のうちの三、四人は誠実な連中であるという。十分に渡り合えるだろう。そう私は確信した。

ボートの連中は先発のボートがある場所まで来ると、ボートを浜辺に入れて上陸した。そして自分たちのボートを浜辺まで引き上げた。それを見て私はしめたと思った。彼らが用心深く、ボートを岸辺から離して碇泊させ、見張りを数名残していくのではないかと心配していたからである。彼らがもしそうしていたら、ボートを奪うことは不可能だった。

陸に上がると連中はまず先発のボートのところへ走り寄った。だがすでに述べたように、ボートは荷物も装備も奪い去られ、船底には大きな穴が開けられていた。彼らが仰天したことは無論である。

彼らはしばらくこの状況に頭を悩ました後、ありったけの声を張り上げて二、三度仲間たちに呼びかけた。しかし何度呼んでも返答はなかった。そこで、彼らは円陣を作って銃の一斉射撃を行った。この音はわれわれのところまで聞こえ、森にこだました。しかしそれだけだった。洞窟の連中の耳にはまず届かなかったと思う。われわれと一緒だった捕虜たちはこれを聞いたが、さすがに呼び返す度胸はなかった。

悪党どもはこの予期せぬ事態に仰天した。そして——後で聞いた話では——話し合いの末、本船に戻り、最初に上陸した者は一人残らず殺害され、ボートは破壊されたと報告することに決めた。そんなわけで、彼らはすぐにボートを海に戻して乗りこんだのだった。

これを見ると船長はひどく慌て、狼狽した。彼らが船に戻れば、仲間は死んだものと見なして船を出すだろうと思ったからである。そうなれば、もう船を奪還できる見込みはない。だがまもなく、別の新たな心配が彼を襲うことになった。

彼らはボートで漕ぎ出したが、見ればすぐにまた島へと戻りはじめた。相談の結果、

仲間に呼びかける水夫たち

新しい策を考えついた模様だった。その策というのは、ボートに三人残し、残りの七人が陸に上がって島に入り、仲間を捜索するというものであった。

これはかなりまずい展開であり、われわれはどうすべきか困り果てた。ボートの三人に逃げられれば、上陸した七人を捕らえたところでどうにもならない。ボートの連中が本船に逃げ帰れば、船は錨を上げて出帆してしまうに違いないからだ。そうなれば船を奪還する機会は永遠に失われる。

だが名案は浮かばず、われわれは事態の成り行きを見守る以外になかった。七人が上陸すると、残る三人は海岸と十分な距離をとってボートを碇泊させ、待機した。われわれがボートで連中に近づくのは不可能だった。

上陸した連中は群れを崩さず、私の住居がある小高い丘の方へと歩きはじめた。彼らはこちらの存在に気づいてはいなかった。しかしこちらからは、彼らの様子は手に取るようにわかった。近づいて来ようと離れて行こうとわれわれには歓迎だった。そばまで来れば連中を狙い撃つことができ、遠ざかればこちらが要塞の外へ出て行くことができるからである。

しかし、連中は丘の上の、北東方向に広がる谷や森を見渡せる場所まで来ると、声が嗄れるまで大声で仲間を呼んだ。やがて疲れ果て、どうするか思案するために木の下に座りこんだ。彼らはそれ以上海岸から離れることも、ばらばらに行動することも躊躇している様子だった。最初の連中のように、もし彼らがそこでひと眠りしてくれたら、私たちには大変都合がよかった。しかし彼らはひどく怯えていて、とてもうたた寝するどころではなかった。もっとも彼らは自分たちが一体何に怯えているのか、その正体をまるで知らなかったのであるが。

彼らが何やら話し合っているのを見て、船長は私に、極めて理にかなった提案をした。連中は何とかして仲間に合図を送ろうと、また一斉射撃を試みるに違いない。だから、彼らが弾を撃ち尽くしたときを狙い、こちらが全員で飛び出せば、血を流さずに制圧できるだろう。そういうのだった。私もこの提案に賛成だった。ただし、そのためには彼らが弾をこめ直す前に襲わねばならず、かなりそばまで接近せねばならない。

ところがである。彼らは一斉射撃を行わなかった。われわれはどう行動すべきか考えあぐねていつまでもじっとしていた。しばらくして私はいった。「夜になるまでは動けないと思います。夜になっても連中がボートに戻らなければ、海岸近くまで行き、ボートの奴らを罠にかけて岸に誘い出すことにしましょう」

私たちは連中が動くのをもどかしい思いで待ち続けた。かなりの時間が経った。長い談合の末、彼らが立ち上がって海の方へ歩き出したのを見たとき、私たちはひどく不安になった。彼らはこの島にとどまることに身の危険を感じ、かなりびくびくしている様子だった。どうやら連中は船に戻り、仲間のことは諦め、船を出して航海を続けることに決めたらしかった。

彼らが海岸へ向かうのを見たとき、私は彼らが仲間の捜索を諦めて撤退するつもりだなと推測した。私がそのようにいうと、船長は失望して倒れそうになった。そのとき、連中を呼び戻す妙案が私に浮かんだ。そしてこの作戦は大成功を収めた。

私はまず、フライデーと一等航海士の二人に入江を越えて西に向かい、以前野蛮人が上陸し、フライデーが救出された場所まで行くように命じた。そして一キロほど先の小高い場所に着いたら、あらん限りの大声で叫び、悪党連中が気づくまでそこで待機するようにいった。連中の返事が聞こえたらこちらも返事を返し、奴らに見つからぬようにまわりこみ、島の奥地、できることなら森の中へとおびき寄せる。そして私の教えたルートで戻ってくる。そのように私は彼らに指示した。

フライデーと航海士がそこまで行って大声を張り上げたとき、彼らはちょうどボートに乗りこむところであったが、声を聞きつけると呼び返し、声のする方、つまり西の方向へと海岸を走り出した。だがまもなく潮の満ちた入江に行く手を阻まれた。そして向こう岸に渡るために、彼らはボートを持ってくるよう仲間に命じた。私の筋書き通りだった。

連中は向こう岸に渡り、ボートは入江のかなり奥、陸地に接した湾のような場所に着いた。ボートの男たちの一人が捜索隊に加わり、残る二人がボートに残った。ボートは岸に生えた灌木の切り株にロープで係留された。

いよいよ好機到来だった。フライデーと航海士が陸の連中を誘導している隙に、私はすぐさま密かに仲間を率いて入江を渡り、残った二人に不意打ちをかけた。一人は岸辺に寝そべり、もう一人はボートにいた。岸辺の男はうつらうつらしていたが、われわれを見ると飛び上がった。私たちの先頭にいた船長が襲いかかり、彼を打ちのめすと、ボートの男にも「投降しろ、投降しないなら殺す」と叫んだ。

ボートの男を降参させるのにあれこれいう必要はなかった。こちらは五人だったし、彼の仲間はすでに岸辺に倒れていた。しかもこの男は、反乱に不承不承従った三人のうちの一人であったらしい。彼はおとなしく降参した。そして私たちの仲間に加わり、誠実に仕えることとなった。

フライデーと航海士も立派に役割をこなした。大声で呼びかけながら、敵を丘から丘、森から森へと連れまわし、歩けないほどくたびれさせて森の奥に置き去りにした。

明るいうちに連中がボートのところまで戻るのはもはや不可能だった。その後、フライデーと航海士は私たちのところへ戻って来たが、彼らもくたくただった。

あとはただ夜になるのを待ち、連中を待ち伏せして襲いかかればよかった。そうすればこちらの勝利は確実だった。

連中がボートに帰り着いたのはフライデーたちが戻って数時間後のことである。彼らの声はまだ遠くにいるうちから聞こえてきた。先頭の者が後ろの者へ「早く来い」というと、遅れている連中がそれに返事をし、「足が棒のようだ」「くたびれてもう歩けねえ」とぶつくさいっているのが聞こえた。私たちには歓迎すべき知らせだった。

彼らはようやくボートのところに帰り着いたが、そのときボートは干潮で陸に打ち上げられ、見張りの二人も姿を消していた。これを見た連中の混乱ぶりはとても言葉にできない。彼らは情けない声で「この島は呪われている」とか、「この島には誰かいる、みんなそいつらに殺されたんだ」とか、「さもなきゃ悪魔か幽霊の仕業だ。捕まって食い殺されたんだ」などとわめいた。

彼らはもう一度大声で消えた二人の名前を呼んだ。何度呼んでも返事はなかった。やがて彼らは手を握り合って周辺を駆けまわった。まだ薄明かりが残り、私たちにはその様子がまざまざと見えた。彼らはすっかり絶望している様子だった。やがてボートに腰を下ろして休み、それからまた岸辺をうろつきまわった。そんなことを何度もくり返していた。

夜になり、私の仲間たちは「かかれ」の命令が下るのを今か今かと待ち構えていた。しかし私は奇襲をかけるつもりだった。できることなら殺さずに捕らえ、助けられる者は助けたいと思った。それに敵はしっかり武装していた。私の仲間が殺される危険を冒すわけにはいかなかった。そこで、彼らが群れを崩すのを待つことに決め、見張りを派遣することにした。私はフライデーと船長に、できるだけ身を低くして這って敵に近づき、可能な限り接近してから射撃するよう命じた。

彼らが位置についてまもなく動きがあった。反乱の主犯格である水夫長は、誰よりも取り乱して意気消沈している様子だったが、とうとう二人の水夫を連れてフライデーたちの方へと近づいて来たのである。船長はやる気十分だった。この大悪党は今や彼の射程内にいた。声だけでなく姿が確認できる距離まで来るのを、船長はじりじりして待った。そして彼らがいよいよそばまで来たとき、船長とフライデーは素早く身を起こして銃を撃った。

水夫長は即死し、もう一人も撃たれてすぐそばに倒れた。この男は一、二時間生きていたが、その後息絶えた。残る一人は逃げ去った。

銃声が響き渡ると、私はすぐに八人総出で飛び出した。八人というのは大将の私以下、中将のフライデー、船長、船長の部下二人、信頼して武器をもたせた捕虜三人の計八人である。

私たちが攻撃をしかけたときはすでに真っ暗闇だった。そのため敵はこちらが何人いるのかもわからなかった。私は仲間に引き入れたボートの男に命じ、悪党どもの名前を呼ばせて、話し合いで投降を促すことにした。するとこちらの期待通りに事が運んだ。どう見ても戦況は彼らに不利で、降伏するのが一番の得策だったのである。ボートの男は声を張り上げて一人一人に呼びかけた。「トム・スミス、トム・スミス」トム・スミスはすぐに返事をした。「お前は誰だ？　ロビンソンか？」[2]どうやら声でわかったらしい。ロビンソンは答えた。「そうだ、トム・スミス。後生だから武器を捨てて降伏してくれ。さもないとすぐさま全員殺されちまうぞ」

「降伏するって誰にだ？　そいつらはどこにいる？」とスミスがまた訊いた。

「彼らはここにいる。船長もいて、五十人の仲間を率いている。ここ二時間、あんた

2　ここで言及されるロビンソンは、もちろん主人公とは別人である。ちなみに姓としてのロビンソンはイギリスではありふれており、特異なものではない。

らは追われていたんだ。水夫長は殺され、ウィル・フライはひどい怪我をした。俺は捕虜にされた。あんたが降伏しないと、みんな殺されるんだ」

「降伏すれば、命だけは助けてもらえるのか?」トム・スミスがいった。ロビンソンは「あんたが降伏すると約束するなら、行って訊いてくる」と答えた。彼は船長に訊ねた。今度は船長が呼びかけた。「おい、スミス。私の声がわかるな? すぐさま武器を捨てて降参するなら、命は助けてやる。他の連中もだ。ただし、ウィル・アトキンスだけは別だ」

これを聞いたウィル・アトキンスが声を張り上げていった。「そりゃ後生だ、船長。俺だって助けてくれ。何をしたっていうんだ? 他の奴らだって俺と同罪じゃねえか」これは事実ではなかった。反乱の際、真っ先に船長を捕らえて手を縛り、暴行を加えて口汚く罵ったのはアトキンスだった。船長はいった。「つべこべいわず投降しろ。そして総督の慈悲にすがることだ」総督というのは私のことである。仲間たちは皆、私をそう呼んだ。

結局、悪党たちは全員武器を捨てて命乞いをした。私は、交渉役のロビンソンとその他二人の仲間を連中のところへ行かせ、縄で縛るように指示した。その後、私の五十人からなる軍隊——実際のところは先の三人を入れてたった八人であったが——が進み出て、彼らを拘束してボートを差し押さえた。ただし、私ともう一人の者は高位の者らしく姿を現さずにいた。

次にやるべき仕事はボートの修繕と本船の奪還であった。船長は、今やじっくりと連中と話し合うことができ、連中の犯した罪の重さを説き、彼らの企みが許しがたいものであるといった。「こうなると、もはや悲惨な罰も免れることはできん。あるいは絞首刑かもしれんぞ」

悪党どもは全員罪を悔いている様子で、必死に助命を求めた。船長はいった。「お前らは私の捕虜なのではなく、この島の指揮官の捕虜なのだ。お前らは、私を無人島に連れて来たつもりだった。しかし神は正しい者の味方である。この島には人が住み、しかも総督はイギリス人だったのだ。総督がそういえば、お前らは全員絞首刑もありえた。しかし総督はお前ら全員を助命なさった。おそらく、イギリスへ送り返し、法の裁きを受けさせるお考えなのであろう。ただし、アトキンスは別である。私は総督からアトキンスに対し、死を覚悟せよとの伝令を仰せつかっている。アトキンスは明朝、絞首刑に処せられる」

これは初めから最後まで船長の作り話であったが、非常に効果があった。アトキンスはひざまずき、総督に助命を頼んでくれと懇願した。他の者も、どうかイギリスに送り返すことだけはご勘弁くださいと船長に泣きついた。

島を脱出するときが来たのだ、そう私は思った。この連中をまるめこみ、船の奪還に協力させることは造作ないことであろう。総督がどんな人物か連中に悟られぬよう、私は闇にまぎれてその場を離れ、船長を呼んだ。いかにも遠い場所に控えているように見せるため、仲間の一人に取り次ぎを頼み、「船長、指揮官殿がお呼びです」と呼びに行かせた。船長は答えた。「ただいま参りますと閣下にお伝えしてくれ」このやりとりに悪党どもはまんまと騙され、司令官とその部下五十人の存在を信じて疑わなかった。

船長が来ると、私は船の奪還計画を伝えた。彼はこの計画をとても気に入り、明朝実行に移すことで話が決まった。

だが巧妙かつ確実にこの計画をやり遂げるためには、捕虜たちを別々にしておく必要があった。私はこのことを船長に伝え、アトキンスと残る二人の悪党は例の洞窟へ閉じこめてしまったほうがよいと提案した。この仕事はフライデーと、最初に船長とともに島へ連れてこられた二人が行うことになった。

三人はアトキンスらを牢獄である洞窟へと連行した。洞窟は実際、薄気味悪い場所だった。捕虜にされ、幽閉される人間にとってはとりわけそうであった。

その他の連中は谷の小屋——どんな場所かはすでに書いた——に連行した。小屋には柵がめぐらしてあったし、連中も縛られていた上に従順だったので、そこでも大丈夫だと思ったのである。

翌朝、私は船長を谷の小屋に行かせた。連中との交渉が目的だった。早い話が、連中を信用して仲間に加え、本船の奪還に協力させられるかどうか、彼に見極めてもらおうと思ったのである。船長は彼らに、自分が受けた侮辱と損害について語り、彼らがどれほど重い罪を背負っているか、よくよく話して聞かせた。「総督はお前たちを助命して下さったが、それはあくまで島での暴挙についてである。イギリスに送還されれば全員、絞首刑になり、鎖で吊るされることは免れない。これは確実だ。だが、もし本船奪還という聖戦に加わるというなら、総督はお前たちに特赦をお与え下さるかもしれない」

重罪人である彼らがこの提案に飛びついたことはいうまでもない。彼らは船長の前にひざまずき、死ぬまで彼に誠実に仕える、この恩は絶対に忘れない、世界中どこまでもついて行き、生ある限り父として彼を敬い、服従する。そのように嘘偽りない言葉で誓った。

「そうか」と船長はいった。「ならば、お前たちの気持ちを総督にお伝えしよう。そして総督が特赦をお認め下さるよう、できるだけのことはしてみよう」船長は私に彼らの意向を報告し、彼らの忠誠は信じられるといった。

しかし慎重であるに越したことはない。私は船長に、戻って彼らのうちの五人を選び、こう伝えるように指示した。「いうまでもなく、総督は人手に困ってはいない。だがお前たちを補佐役としてお使い下さるという。残りの二人と牢の捕虜の三人は、人質となる。つまり、補佐役の五人の忠誠心を試そうというのだ。もし作戦に参加して裏切り行為があれば、人質五人は鎖で縛られ、生きたまま海岸に吊るされることになる」

これは容赦ない条件であったが、その分、総督が本気であることを彼らに信じさせた。彼らはその条件をのむ以外になかった。もはや船長ばかりでなく人質たちも、どうかしっかり役目を果たしてくれと補佐役の五人に頼む始末であった。

かくして作戦に従事する人間は以下のようになった。一、船長、航海士、乗客。二、最初に捕らえたが、船長が信用したので釈放し、仲間にして武器を持たせた二人。三、谷の小屋に監禁したが、船長の提案で釈放された二人。四、今回補佐役になった五人。全部で十二人である。この他に人質として洞窟に監禁されている人間が五人いた。

船に乗りこむのにこの兵力で大丈夫かどうか、私は船長に訊いた。私とフライデーは島に残ったほうがよいというのが私の意見だった。これは、島に七人もの捕虜がおり、彼らを見張ったり食事を与えたりする必要があったからだ。

洞窟の五人はそのまま閉じこめておくことにした。ただし、フライデーが日に二回食べ物を与えた。残る二人の捕虜の仕事は、見張りのフライデーのところまで食料を運ぶことであった。

私は船長と、二人の人質に会いに行った。船長は私を、総督の命で彼らの世話役に任じられた人物として紹介した。彼はいった。「お前たちは、この方の許可なく行動してはならない。これは総督のお考えである。違反すれば砦に連行され、鎖につながれる」つまり、私は総督としてではなく別の人間として彼らに接することになった。そして私は事あるごとに、総督やその守備隊、要塞などのことを話して聞かせた。

もはや障害はなかった。船長は二艘のボートに必要なものを積みこみ、水漏れを修繕して仲間を乗りこませた。片方のボートの船長役は乗客の男が務め、彼の下に四人の部下が配置された。もう一艘には船長と航海士、その他五人の人間が乗りこんだ。

彼らの作戦は極めて巧妙だった。真夜中に船に近づき、船の人間に声が届く距離まで来ると、「あいつらを見つけるのにずいぶん手間取っちまったが、どうにか連れ帰ったぜ」とロビンソンに大声で船に呼びかけさせた。そしてこちらのボートが船の真横につくまで彼に会話を続けさせた。まず船長と航海士が武器を手に乗りこんだ。彼らが二等航海士と船大工をマスケット銃の台尻で打ちのめすと、その他の仲間たちも忠実に後に続いた。船長たちは正甲板および後甲板にいた者を一人残らず拘束し、船の中にいる連中が上がって来られないように昇降口を閉じた。このとき、もう一艘の仲間のボートが到着した。彼らは船首から乗りこみ、船首楼と、炊事場に通じる昇降口を占拠し、そこにいた三人を捕虜にした。

これで甲板上の敵はすべて片づいた。次いで、船長は一等航海士と仲間三人を後部船室に突入させた。そこは反乱によって新たな船長となった人物がいる部屋であった。この新船長は、異変に気づいて寝床から飛び起き、手下二人と少年とともに火器を手に待ち構えていた。一等航海士がバールでドアを打ち破ると、新船長とその手下は航海士たちに向けて容赦なく発砲した。航海士はマスケット銃の銃弾が腕に当たり、その他二名の仲間も負傷したが、命を落とした者はいなかった。

航海士は援護を求めつつ船室に突入した。彼は傷を負っていたが、拳銃で新船長の頭を撃った。銃弾は相手の口から片耳の後ろへと貫通した。そのため新船長は一言も発することなく倒れた。これを見て手下たちは降伏した。かくしてそれ以上の死者を出すことなく、船はものの見事に奪還された。

射殺される新船長

船が確保されると、船長は七発の大砲を発射させた。これは事前に示し合わせてあった、作戦の成功を伝える合図であった。この大砲を聞き、私が飛び上がって喜んだことはいうまでもない。私は朝の二時近くまで海岸に座りこみ、事の行方を見守っていたのである。

号砲が聞こえると私は横になった。すっかり疲れきっていたのでぐっすり眠りこんでしまった。その後、大砲の音に驚いて飛び起きた。「総督、総督」と呼ぶ声が聞こえた。船長の声だとわかった。丘の上まで行くと、そこに立っていた船長は船を指差し、私を抱きしめた。彼はいった。「親友にして命の恩人よ、あそこにあなたの船があります。あれはあなたのものです。われわれと船の全部があなたのものです」私は船に目をやった。船は海岸から一キロほどの場所に碇泊していた。奪還に成功した船長たちはすぐに錨を上げ、天気も良好だったので、私の住居近くの入江まで船を移動させたのだった。おりよく潮が満ちていたので、私がかつて筏による荷揚げを行った場所まで船のボートで来て、私の住居前に上陸したというわけであった。

最初、私は驚きのあまり倒れそうになった。とうとう本当に島を脱出できるのだ、私の脱出を妨げるものは何もないのだ。そう実感したからである。この大きな船さえあればどこへだって行ける。しばらく私は何もいえなかった。船長は私を両腕で支え、

島を脱出できると知り、倒れかかる

私は彼にしがみついていた。そうでもしないととても立っていられなかった。

船長は私の動転ぶりを知ると、急いでポケットから強壮飲料の入った瓶を出して私に飲ませた。わざわざ私のために持って来てくれたのだった。私はそれを飲み、地面に座りこんだ。おかげでわれに返ったが、かなり長いこと言葉を発することができなかった。

哀れな船長も私と同じくらい恍惚とした状態にあったが、私のように気が動転してはいなかった。彼はいろいろと私に優しい言葉をかけ、私の気を落ち着かせようとしてくれた。だが私の胸には歓喜がこみ上げ、洪水のように溢れた。私はすっかり正気を失った。しかしとうとう、その歓喜は涙となって流れ出た。ほどなくして私はようやく話ができるようになった。

今度は私が感謝する番だった。私は恩人である船長を抱擁し、私たちはともに喜び合った。私は彼にいった。「天は私を救うために、あなたを遣わしたに違いありません。あらゆる出来事が神秘の連続と見えます。そのことは、私たちが世界の支配者たる神の御手のうちにあることを証しています。すべてを見通す神の眼は、世界のどんな片隅にも届き、苦しんでいる人間をお救い下さることの証明だといってよいでしょう」

私はもちろん天に感謝することも忘れなかった。このような、人もいない寂しい土地にあってなお、神は奇跡によって私に必要な物をお与え下さった。そればかりではない。神はあらゆる場面で私に救いの手を差しのべて下さった。それは疑いようのないことである。そんな神を讃えずにいることなど無理な話であった。

私たちはしばらく歓談した。船長は、船の積荷で、悪漢どもの略奪を免れた食べ物を少しばかり持って来たと私に告げた。彼はボートの仲間を大声で呼び、「総督へお渡しするものをこちらへ運んでくれ」といった。それは私への贈り物であったが、その物凄い量を見ると、まるで私だけ島に残り、これからもずっとここで暮らすような錯覚に陥るのを禁じえなかった。

まずやって来たのは上等な強壮飲料の瓶一ケース分、マデイラ産ワイン[3]が大瓶で六本——ここでいう大瓶は二クォート[4]が入る大きさである——、良質のタバコ葉一キロ、船舶用の牛肉の塊が十二個、豚肉の塊が六個、袋いっぱいのエンドウ豆、五十キロ近い量のビスケットである。

3　ポルトガル領のマデイラ島で造られるワイン。
4　約二・三リットル。

船長はさらに、砂糖と小麦粉を一箱分、袋いっぱいのレモン、瓶入りのライムジュースも二本くれた。その他にもまだまだあった。しかしこうした食料よりはるかに私が喜んだのは、新品の清潔なシャツ六枚、上等のネッカチーフ六枚、手袋二組、靴一足、帽子一つ、靴下一組といった衣類であった。おまけに船長は自分の洋服も一式私にくれた。未使用品ではなかったが、新品同様の服だった。つまり船長は私の頭から足元まで、身につけるもの一切の世話をしてくれたわけだった。

私のような境遇の者には、うってつけの親切な贈り物であった。ところがいざ身につけてみると、窮屈で気持ちが悪く、とても着ていられないと思った。

こうして祝いの品々が贈呈され、私の部屋へと運びこまれた。その後、私たちは捕虜たちの処遇について話し合った。彼らを一緒に連れてゆくかどうか、私たちは決断せねばならなかった。特に、凶悪で信用できない悪党二人の扱いが問題だった。「あの二人は始末に負えないごろつきです。船に乗せるなら鎖で縛り、最初に寄港するイギリスの植民地で降ろし、犯罪者として法の手に引き渡す以外にないでしょう」船長はこの問題でずいぶんと頭を悩ましているようであった。

そこで私はこういった。「もしあなたが希望するなら、島に置き去りにしてくれと彼らが自分からいい出すように、私が上手いこと話をしてみましょう」すると船長は

「それは大変ありがたい。心から感謝します」といった。

「それじゃあ、その二人を呼んで、あなたに代わって話をしてみます」私はフライデーと二人の人質──彼らは仲間たちが約束を果たしたのですでに釈放されていた──を使いにやった。彼らに洞窟に行ってもらい、拘束されている連中をそのままの状態で谷の小屋まで連れていき、私が到着するまで留め置かせたのである。

しばらく後、私は新しい服に着替えて小屋へと赴いた。私はふたたび総督と呼ばれた。こうして顔ぶれが揃った。船長も同席した。私はまず、罪人の二人を面前に引き出させていった。「船長に対するお前たちの許しがたい行為はすべて聞いた。どのように船を奪ったかも、どのように物資を強奪するつもりだったかも聞いた。しかし神は、お前たちが自ら蒔いた種で身を滅ぼすようにされた。結局お前たちは、他人を陥れようとして掘った穴に、自らはまったのだ」

私は次のようにもいった。「私の指示で船は奪還された。船は今、港外に碇泊中である。追々自分の目で見ることになると思うが、お前らの新船長は悪事の報いを受けて絞首刑となり、船の帆桁に吊るされている」

私は続けた。「さて、お前たちの処置だが、何か申し述べることがあるか？　私にその権限があることは十分承知だと思うが、お前たちを海賊として処刑することに何か異存はあるか?」

悪党の一人が代表して答えた。「これだけいわせて下さい。自分たちが捕まったとき、船長は命だけは助けてやるといいました。だから総督にもご慈悲を乞いたいと思います」私は答えた。「どんな慈悲を乞うているのか、私にはわかりかねる。私はこの部下たちと島を去ることに決めた。そしてこの船長とともにイギリスへ帰国する予定だ。船長は、お前たちを連れていくならば、囚人として鎖で縛り、連行する以外にないといっている。そして反乱と船の強奪の罪で裁判を受けさせるといっている。そうなった場合、お前たちがどうなるかわかるな? 間違いなく絞首刑だ。従ってどちらがよいか、私にはわかりかねる。ただ、お前たちが望んでこの島に残り、運を天に任せるというなら話は別だ。ここは私の島だ。好きにするがいい。この島でなんとかやっていけると思うなら、お前たちを置いて行こう。そうしてお前らの命を助けてやろう」

彼らはこの言葉に深く感謝して、「国に送還されて縛り首になるくらいなら、島に残ったほうがずっとましです」といった。それで、私はこの件は決着がついたものとした。

すると船長はわざとこの処置に異議があり、彼らをここに置いて行くことに反対する演技をした。私は船長に少しむっとした振りをして、「彼らは私の捕虜だ。あなたのではない。私は連中を助けてやるといった。その言葉は守るつもりだ。もしあなたが納得できないというなら、彼らは釈放しよう。その場合、あなたが自分で捕らえ、また捕虜にしたらよい」といってみせた。

私の言葉に彼らは深く感謝した。そこで私は彼らを自由にしてやり、森へ行ってそれまでいた場所に戻るよう命じた。島を出るときには多少の火器や弾薬も置いていくつもりだった。彼らさえよければ、居心地よくこの島で暮らす術を教えてやろうとも思った。

私は船旅の準備に取りかかった。船長には、「今夜は荷造りのために島に泊まります。あなたは先に船へ行って航海の準備をし、明日、迎えのボートを寄こして下さい」と頼んだ。死んだ新船長を帆桁に吊るすようにも命じた。悪党どもに見せるのが目的だった。

船長が島を去ると、私は悪党連中を住居に呼び、彼らの置かれた状況について真面目な話をした。「お前たちはよい決断をしたと思う。もし船長に連れて行かれたら、間違いなく絞首刑だった」私はそういって、船の帆桁にぶら下がる新船長の死体を見せた。「間違いなくあのような目に遭っていただろう」

彼らは一人残らず島に残りたいといったので、「それなら、私がこの島でどうやって暮らしてきたか、どうしたら快適に暮らせるか、そいつをひとつ教えてやろう」と私はいった。私はこの島のことを話し、私がこの島へ来た顚末についても教えてやった。そして彼らに私の要塞を見せ、パンの作り方、穀物の育て方、ぶどうの保存方法なども教えた。つまり、快適な生活を送るのに必要な知識のすべてを授けたのである。それから、十六人のスペイン人たちについても話し、彼らがそのうちやって来るだろうと伝えた。置き手紙も残した。そしてスペイン人たちが来た場合、必ず平等な扱いをするよう約束させた。

私は連中に火器——マスケット銃五挺、鳥撃ち銃三挺——と剣三本をくれてやった。手元には一樽半の火薬が残っていたが、これは最初の年や二年目をのぞいてわずかしか使わず、無駄遣いは一切しなかったからである。ヤギの育て方、乳搾りの仕方、太らせ方、バターやチーズの作り方も教えた。

要するに、私は島での生活のすべてを彼らに語ったのだった。私はいった。「船長に頼みこんで火薬を二樽分置いていかせよう。そして野菜の種もいくらか置いていってやろう。野菜の種があれば、どんなにありがたかったか知れない」船長がくれたエンドウ豆の入った袋も彼らにやり、忘れずに蒔いて殖やすようにいって聞かせた。

こうしたことを万事済ませ、翌日彼らと別れて船に乗りこんだ。出帆の準備にすぐに取りかかったが、その日の夜は錨を上げなかった。すると翌日の早朝、島に残る五人の悪党のうちの二人が船まで泳いでやって来た。この二人は、あの三人とはとても一緒に暮らせないと涙ながらに訴え、後生だから船に乗せてほしいと泣き言をいった。島に残ればすぐに殺されてしまう。すぐに縛り首になるのでもいいから、どうか連れて行ってくれ。二人はそのように船長に懇願した。

これを聞いた船長は、自分にはその権限がないという振りをして、総督に相談せねばならないといった。しかし、すったもんだのやり取りの後、彼らは改心を宣誓して、とうとう乗船を許可された。船でしたたかに鞭打たれ、傷口に塩や酢を塗りこまれると、彼らはすっかり正直でおとなしい人間になった。

この後しばらくして潮が満ちたので、ボートを島に行かせた。これは島に残る連中に約束の品を届けるためで、積荷には荷物箱や衣類も含まれていた。私が頼みこんで船長に提供してもらったのである。悪党どもはこの物資を受け取るととても感謝していた。私は、万が一迎えの船を出せるようなことがあれば、忘れずにそうしてやるといって彼らを激励した。

# 18

島を去るにあたり、私は思い出の品として自家製の巨大なヤギ皮の帽子と傘、そしてオウムを持って行った。使い道がなく、長らくしまいこまれていた貨幣も忘れずに持参した。すっかり錆びて変色していた。少し磨いてやらないととても銀貨には見えなかった。難破したスペイン船から回収した金貨も同じであった。

こうして私は島を去った。船のカレンダーで確認すると、一六八六年の十二月十九日だった。島に漂着して二十八年[1]と二カ月、十九日後のことである。ちなみに、この二度目の捕囚から解放された日付は、サレのムーア人たちのもとからボートで逃亡した日付と同じである。

この船での長い航海の末、私はとうとうイギリスに帰り着いた。これは一六八七年の六月十一日のことで、実に三十五年ぶりの帰郷だった。

イギリスに帰った私は完全な異邦人であった。自分がかつてこの土地で暮らしていたとはまるで思えなかった。私の恩人で信頼して金を預けた未亡人はまだ生きていたが、世の憂き目に遭い、再婚したものの二人目の夫にも先立たれて零落していた。私は、自分が預けた金のことは心配しなくていいと彼女を安心させ、これまでの恩義に感謝し、彼女の生活の足しになればとできる限りの援助をした。わずかな額であったが、当時の私にとっては精一杯の額であった。私は、あなたから受けた厚意を決して忘れないと請け合い、やがて彼女を救えるだけの十分な金ができたときには忘れずに彼女に送った。このことは後に語ろう。

その後、故郷のヨークシャーへ行った。けれども、私の父は死に、母もその他の家族もすでにこの世を去っていた。二人の姉妹と兄弟の一人の子供が二人まだ生きていたが、とっくに死んだものとされていた私に遺された財産などあるはずもなかった。つまり、生活の足しになる何ものも得ることはできなかった。私にはわずかな金しかなく、人並みの暮らしを送るにはまったく不十分な蓄えだった。

だが予期せぬところで救いの手が差しのべられた。私はかつてある船長を助け、それにより彼の船と船荷を救ったことがあったが、その船長が仲間と船を救った恩人と

1　二十七年の誤り。

して私のことを船主たちに話してくれていたのである。船主たちは私を招き、彼らと取引のある商人たちに引き合わせてくれた。そして彼らは私の活躍を褒めたたえ、二百ポンド近い額をお礼にと贈ってくれたのだった。

しかし、自分の境遇を思い、どこかに腰を落ち着けるには資金があまりに不足していたので、私は思いきってリスボンへ行き、ブラジルの私の農園がその後どうなり、私の共同経営者がどうしているか知りたいと思った。もっとも、彼が私を死んだものと見なしていることは間違いなかった。

このように考えて、私はリスボン行きの船に乗りこんだ。到着したのは四月のことである。ちなみに我がフライデーは、行き先定まらぬ私の旅に文句もいわずに随行し、いついかなるときも誠実に仕えてくれた。

リスボンに着くと、私は人づてに尋ね歩き、かつてアフリカ沖を漂流した際に私を助けてくれた船長、あの旧友の船長を探し出した。これは本当に嬉しい再会だった。彼はもうすっかり年老いて仕事を引退していた。代わりに彼の息子——といってももはや若くはないが——が船長として彼の船を引き継ぎ、ブラジルとの貿易を続けていた。最初老人は私がわからず、私自身も彼があのときの船長だとわからなかった。しかし私はすぐに思い出し、私が誰であるか告げると、彼のほうでもすぐに思い出して

旧友の船長と再会する

くれた。

旧友との再会を心から喜び合った後、私はブラジルの農園と共同経営者がその後どうなったか訊ねた。老人はいった。「最後にブラジルに行ったのは、もう九年近く前のことです。だが最後に行ったとき、あなたの共同経営者は生きていました。それは間違いありません。あなたが農園の管理を委託した人間は、どちらも死にました。ですが、農園はかなりのものになっているはずです。管理人たちはあなたが海で溺れ死んだと考え、あなたの農園の生産高についての書類を収税官に提出しました。そして収税官はあなたの農園を国のものとして没収しました。この措置は、あなたが権利を主張しに現れない限りという条件つきです。現在、あなたの農園の収益の三分の一が国王のものです。残りは聖オーガスティン修道院に納められて、貧者の救済事業やインディオをカトリックに改宗させる事業に使われています。あなたかあなたの代理人が土地の権利を主張した場合、もちろん土地はあなたの手に戻ります。ただし、農作物の分の収益は慈善事業にまわされたので、こちらは返還されませんが。しかし、国王の土地の管理者も修道院の管理者もしっかり土地を監督し、そこに住んでいるあなたの共同経営者は収益をちゃんと帳簿につけ、毎年提出しています。そして本来あなたのものである利益は、遺漏なく国や修道院に送られています」

私は彼に訊ねた。「私の共同経営者が、農園からどれくらいの収益を得ているかおわかりになりますか?」そして、農園は今からでも取り戻す価値があるかどうか、また、自分がブラジルへ行ってその収益の権利の主張をした場合、門前払いされやしないか、彼の意見を訊いた。

彼はいった。「私には、あなたの農園の利益は正確にはわからない。ただ、あなたの共同経営者が、農園の半分の利益で、かなり裕福に暮らしていることは確かです。そして本来のあなたの収益のうちで、国王に渡されている三分の一は、どこか別の修道院に送られていると耳にしたことがあります。確かその金額は、年に二百モイドールを超える額でした。ともかく、あなたが農園を取り戻すことに支障はありません。あなたの共同経営者は生きているのですから、彼があなたの所有権を証言してくれるでしょう。それにブラジルの登記簿にも、土地はあなたの名前で登録されているはずです」それから彼は次のようにもいった。「あなたの農園の管理人たちの遺族は、とても正直な、裕福な人々です。あなたが土地を取り戻そうとすれば、彼らがきっと力になってくれます。それに、あなたが受け取るべき相当額のお金も、彼らが保管しているはずです。それはつまり、彼らの父親たちが、あなたの土地を管理しているときに得た農園の収益です。先に述べた理由で、土地が没収される以前の収益ということです。土地が国に没収されるまで、確か十二年ほどありましたから」

この話を聞いて納得できないところがあった私は、老船長に問いただした。「私はブラジルを発つ前に遺言書を作り、ポルトガル人船長、つまりあなたを相続人としました。それはあなたもご存知のはずです。なのに、なぜ管理人たちは私の財産をそのように処分したのでしょうか」

老船長はいった。「なるほど。しかしあなたが死亡したという証拠はなかった。ですから、あなたが死んだという確かな証拠が出てくるまで、私は執行人となることはできなかったのです。それに、ブラジルのように遠い場所のことに、あえて首をつっこむ気にもなれませんでした。確かに、私はあなたの遺言書と、自分の権利を登録しました。ですから、もしあなたの生死がはっきりしていれば、代理人としての権限で製糖所を自分のものとし、ブラジルにいる息子にその経営を任せたでしょう」

老人は続けた。「しかし、あなたにお伝えせねばならないことがひとつあるのです。ひょっとしたら、あなたは気分を害されるかもしれません。こういうことがあったのです。あなたの共同経営者と管理人たちは、あなたが死んだものと思った。誰もがそう思ったのです。そこで、彼らは六年か八年分の収益を私に遺贈するといってきました。私はそれを受け取りました。当時、農園は事業を拡大するために出費がかさんでいました。製糖所を作り、奴隷も買い入れました。そのため、当時私が受け取った収益は、後年ほどの収益ではありません。私がどれだけ受け取り、どのように使ったか、ありのままにお話ししましょう」

私はこの古い友人と翌日も翌々日も会い、話をした。彼は農園の最初の六年間の、収入の明細を見せてくれた。明細には私の共同経営者と、私が管理を委託した商人たちの署名があり、ラム酒や糖蜜の他に、タバコ葉何巻き、砂糖何箱と書かれていた。生産品がそのまま船長に送られたらしかった。この明細を見ると、農園の収益は年を追ってかなり増加していた。ただし、前述のごとく出費もだいぶあったので、最初の頃の実利益は少なかった。老人が私に告げたところによると、彼は私に、砂糖六十箱、タバコ葉十五巻きの他、金貨四百七十モイドール分の負債があるといった。どういうことかというと、これらの品々は彼自身の船でリスボンまで運ばれる予定だったが、ブラジルを発った後に船が沈没し、失われてしまったというのである。

それから善良な彼は、自分が陥った不幸について話しはじめた。船が沈没したのでその負債を返し、新しい船の出資金を用意するため、私の金を使わざるをえなかったといった。「もちろん、それであなたが生活に困るようなことはあってはならない。息子が戻り次第、あなたの取り分はちゃんとお返しします」

こういって彼は古い財布を取り出すと、私に金貨で百六十モイドールを支払い、船──彼の息子がブラジルへ乗って行った船──の権利書を私に預けた。老人とその息子はそれぞれが船の四分の一の権利を保有していたのである。彼はこうしたものを、残りの負債の担保として私の手に握らせたのだった。

私は彼の誠実さと優しさに大いに心動かされた。彼にそんなことをさせるわけにはいかないと思った。私は、彼が私にしてくれたこと、私を海で拾い上げ、何かと親切にしてくれたことを思い出した。そして今もこうして誠実な友として私に接してくれている。私は彼の言葉に涙を禁じえなかった。そこで、これだけの金を私に渡してしまって大丈夫なのか、ひどく困ることになるのではないかと訊ねた。彼はいった。

「多少は困るかもしれませんが、もともとそれはあなたのお金です。それに、今は私よりあなたのほうがそれを必要としています」

彼の言葉のひとつひとつに愛情が溢れていた。彼が話しているあいだ、私の目には涙が滲んだ。結局、私は百モイドール受け取り、ペンとインクを借りて受領証を書いて渡した。残りの金貨と権利書は彼に返し、もし農園を取り戻したらこの百モイドールも返すと約束した──後日、実際に私はその金を彼に返済した。船の権利書については、私はそれを受け取る何の謂れもないといった。「もし金が入り用になれば、律儀なあなたはきっと用立ててくれるでしょう。それに、あなたがいうように農園が取り戻せるなら、この金で十分間に合うと思います」

　この話が済むと、老人は私に、農園を取り戻す手続きについて助言を申し出た。私は、自分で現地に行ってやるつもりだと答えた。彼は、「あなたがそうしたければ、もちろんそれでもいいのです。だが現地に行かずとも、権利を主張する手立てはいろいろあります。農園の収益をすぐに自分のものとすることもできるのです」といった。リスボンを流れるテージョ川には、おりよく、ブラジルへ出航する船がいくつか碇泊していた。そこで老船長はさっそく土地登記簿に私の名前を登録させた。そして同時に、私が生存しており、私が当該農園を最初に購入、開墾した人間と同一人物であるという宣誓供述書を提出してくれた。

　この内容が公証人によって正式に証明され、委任状も手に入ると、それを自分の手紙とともにブラジルへ送りなさい、と老船長は指示した。宛先は彼の知り合いの商人である。そして彼は、ブラジルから返事が来るまで自分の家で暮らしたらどうかといってくれた。

　この手続きは少しの滞りもなく完了した。七カ月が過ぎる前に、私を航海へ誘った人々であり、私が管理を委託することになった商人たちの遺族から、大きな小包が届いた。開けてみると、そこには次のような手紙と書類が入っていた。

まず、私の農園の収益に関する明細書があった。これは、彼らの父親がポルトガル人船長に決算を行った年からの六年分で、残高を見ると千百七十四モイドールだった。

それから、行政府が私を行方不明者——法律上の死亡者——として農園を没収するまでの四年間の明細書があった。残高は、農園の価値の上昇にともない、三万八千八百九十二クルザード、つまり三千二百四十一モイドール相当となっていた。

さらに、聖オーガスティン修道院長による会計報告も含まれていた。修道院は十四年以上にわたって農園の上がりを受け取っていたが、通常、慈善施設にまわされた分は報告の義務はないのである。けれども修道院長は律儀にも、八百七十二モイドールがまだ使われずに残っていると報告し、これは私に返すべき金貨であると認めてくれた。ちなみに国王に没収された分の還付金は一切なかった。

私の共同経営者からの手紙もあった。彼は私が生きていたことを心から喜んでくれて、農園がどれほど立派になり、年にどれくらいの収益があるか報告していた。農園の面積の正確な数字も挙げてあり、何を植え、何人の奴隷がいるかも書いてあった。そして、祝福を表す十字が全部で二十二個並び、アベマリアを繰り返し唱えて私の生還をマリア様に感謝したと、そう綴られていた。彼は熱心に、ブラジルに来て農園を取り戻すように勧め、もし来られないようであれば誰に収益を送ればいいか指示してくれといっていた。末尾では彼の変わらぬ友情を伝え、彼の家族もまた同様であると綴り、上等な豹の毛皮七枚を贈ると締めくくっていた。その毛皮はおそらく、彼の関係している貿易船が、アフリカから持ち帰った品物のひとつだった。私よりもずっと手堅く商売をしているようだった。毛皮に加えて、果実の砂糖漬けを五箱と、鋳造される前の山のような金《きん》のかけらも送ってくれた。金のかけらはひとつがモイドール金貨よりやや小さい程度の大きさだった。

また管理人の遺族たちは、砂糖千二百箱、タバコ葉八百巻き、そして未払い分の私の収益にあたる額を金でそっくり同じ船で私に送って寄こした。私もまた聖書のヨブ[2]のごとく、はじまりよりも終わりの方がよかった。これらの手紙を読んだとき、とりわけ自分の財産をそっくり手にしたとき、どれほど私の心臓が興奮に高鳴ったかとても言葉にはできない。ブラジルからの船は船団をなして到着したので、手紙と品物は同時に港に着いた。つまり、手紙が私のもとに届けられる前に、我が財産は無事にテージョ川に到着していたのである。私は青ざめて気分が悪くなった。もし老船長が

2　旧約聖書「ヨブ記」四十二章十二節参照。

急いで強壮飲料を飲ませてくれなければ、突然の歓喜にひっくり返り、そのまま死んでいたと思う。

その後、数時間が経っても私の容態は変わらず深刻だったので、とうとう医者が呼ばれた。医者は私の病の原因を知ると瀉血を施した。そうして私は一命を取りとめて回復した。だがもしそのようにして血を抜かれ、気を鎮めてもらわなかったとしたら、私は確実に死んでいたにちがいない。

一夜にして私は、五千ポンドを超える金とブラジルの土地を手にした。しかもこのブラジルの土地は、イギリスの地所と同様、年に千ポンドを上回る利潤を生んでくれる土地なのだった。とどのつまり、私は何が何やらわからず、あまりの嬉しさに正気でいられない状態に陥ったのである。

私はまず、そもそもの恩人である善良な老船長に報いることにした。彼は災難に遭った私を最初に助け、親切にしてくれたばかりでなく、今も誠実なる私の友人であった。私は受け取ったものを残らず彼に見せて、「私はこの世を支配している神の次に、あなたにこの人生を負っています。今こそあなたにお返しがしたい。できれば百倍にしてご恩をお返ししたいと思っています」といった。とりあえず私は、彼から受け取った百モイドールを返済し、それから公証人を呼んで、彼が私に負っていると

医者が呼ばれる

いう四百七十モイドール分の負債を、私が放棄する旨を記した書類を遺漏なく作成させた。その後、私は公証人に、私の農園の年間収益をすべて船長に託すという委任状を作らせ、船長にその収益を送る人間として私の共同経営者を指定した。こうして、農園の収穫物はブラジルからの定期船で、私名義で老船長に送られることとなった。さらに、委任状の項目の最後には、老船長に毎年私の資産のうちから百モイドールを贈与し、彼の死後は船長の息子に――彼が死去するまで――年に五十モイドールを贈与すると明記させた。私はこのようにして老船長に恩返しをしたのである。

それが済むと、今度は自分自身の身の処し方について、つまり、今後どのような進路をとり、天から授かった資産をどうすべきかについて考える番だった。島で静かに暮らしていたときと違い、今では心配すべきことが山のようにあった。島では自分の持ち物以外には何も要らなかった。どうしても必要なものだけあればよかった。だが今や大変な財産持ちとなり、しっかり管理する必要が出てきたわけである。もう金を隠しておける洞窟はなかった。誰の目にも触れず、カビが生えて変色するまで、鍵もかけずにしまっておける場所はもうないのである。けれども私は財産をどこに保管し、誰を信用して預けたらよいのかわからなかった。誠実なパトロンである老船長だけが頼みの綱だった。

自分の土地がそこにあるわけなので、ブラジルには是非行きたいと思った。しかし、そのためにはまず目の前の問題を片づけねばならない。資産を託すことのできる人間を探すのが先で、ブラジル行きの計画を練るのはその後である。最初に頭に浮かんだのは、古い友人である例の未亡人だった。真面目で正直な人間であることは間違いなかったからだ。ただ、もうかなりの年齢で、貧しく、借金があるかもしれなかった。だとすれば、自分で財産を持ってイギリスへ帰る以外に手はなかった。

だがこう決心したのは数カ月も後のことだ。私は、恩人の老船長には十分満足してもらえるようなお礼をしたわけであるが、未亡人にも何かせねばと思った。彼女の夫は私の最初の恩人で、彼の死後は彼女が、私を何かと助けて指南してくれたのだった。そこで、私はリスボンの商人に頼み、ロンドンの取引先に手紙を出してもらった。単に彼女に為替手形を振出してもらうためではない。彼女を見つけ出し、私からの贈り物として数百ポンドを手渡すよう依頼したのである。そしてまた、貧乏している彼女を励ます意味でも、私が生きている限りはまた送金する旨を彼女に伝えてほしいと頼んだ。このとき私は、イギリスの田舎にいる二人の姉妹にもそれぞれ百ポンドずつ送金した。この二人は貧しくはなかったが、金持ちというわけでもなかった。一人は夫に先立たれた未亡人で、もう一人の姉妹の夫は生きてはいたが、あまりよい夫ではなかった。

私の親戚や知人たちのうちで、私がブラジルに行っているあいだ、全財産を安心して託すことのできるような人物は一人も思いつかなかった。これが私の頭を悩ませた一番の問題だった。

いっそブラジルに行って永住しようかとも考えた。何しろよく知り、慣れ親しんだ土地である。だが宗教のことを考えると多少のためらいも覚え、何となく抵抗を感じた。このことについてはすぐに語るつもりである。だがそのときの私を引き止めていたのは宗教の問題ではなかった。ブラジルで暮らしていた頃、私はその国の宗教をおおっぴらに肯定していた。それでも良心の呵責を覚えたことはなく、今でもさほど気にならなかった。ただときおり、ブラジルで暮らし、死んでゆくことを考えると、以前カトリック教徒と称したことを悔やむようにはなった。カトリック教徒として死ぬのは自分にとって最善ではない。そう思ったことは確かである。

しかしすでに述べたように、ブラジル行きを躊躇させたのはこれが一番の理由ではない。やはり一番の問題は、誰に資産を託せばよいのかわからなかったことである。そこで最終的には、資産をたずさえてイギリスへ帰ることにした。帰郷後、信頼できるような知人を作るか親戚を見つけよう、そのように結論したのである。こうして全財産とともにイギリスへ帰る準備をはじめた。

帰郷の準備に先立ち、ひとまず――ちょうどブラジル行きの船が出港するところだったので――ブラジルからの懇切丁寧な報告書に対する返事を書くことにした。最初に聖オーガスティン修道院の院長に宛てて手紙をしたためた。公明正大な報告に深く感謝するとともに、未使用分の八百七十二モイドールの寄付を申し出た。そして、そのうち五百モイドールは修道院に納め、残りの三百七十二モイドールは、院長が必要と判断する貧者に分配してほしい旨を伝え、神父たちが私に祝福の祈りを唱えてくれますように云々と締めくくった。

次に、管財人の遺族に礼状を書き、彼らのこの上なく清廉で正直な態度に深謝した。贈り物はしなかった。贈り物など必要としないほど裕福な人々だったからである。

共同経営者にも手紙を書いた。農園を改良し、事業を拡大した彼の努力と手腕に礼をいい、私の収益分を今後どうすべきか指示を与えた。つまり、私が老船長に与えた権限により、私の分をそっくりこの老船長に送るよう頼んだのである。委細については追って知らせる、と書いておいた。そして、自分は必ずそちらへ行く、残りの人生をブラジルで送るつもりだ、と断言した。さらにこの手紙に加え、彼の妻と二人の娘への贈り物として――彼が結婚し、娘がいると船長の息子から聞いたのだった――イタリア製のシルク、リスボンで手に入る最も上等な英国製の織物を二反、ベーズ[3]の織物を五反、とびきり上物のフランドル製のレースを送った。

このようにすべきことを済ませた後、私はブラジルからの船荷を売り払い、全財産をすべて為替手形にした。次なる問題は、どのルートを通ってイギリスへ行くかという点だった。海には慣れていたが、そのときは海路でイギリスへ行く気になれなかった。なぜ行く気になれなかったのか、はっきりとした理由はわからない。しかし船旅への嫌悪は時とともにいや増すばかりだった。荷物を船まで積みこんだにもかかわらず、直前になって取り止めたことも一度ならず二度、三度とあった。

なるほど、私にとって海は不幸な思い出ばかりであった。それは理由の一端ではあった。しかしそればかりではなかった。不意にわれわれを襲う衝動の力、虫の知らせを決して馬鹿にしてはならない。私は一方に荷物を載せ、もう一方に自分が乗りこむつもりで、二隻の船を——行きあたりばったりでなく慎重に——選び、その船の船長と契約さえ交わしたのである。結局私は乗船しなかったが、船は二隻とも事故に遭った。一隻はアルジェリアの海賊たちに襲われ、もう一隻はイギリス海峡のトーベイに近いスタート岬[4]で難破した。この難破事故では乗員ほとんどが溺死し、生存者はわずか三名であった。どちらの船に乗っても同じくらい悲惨な目に遭っていたのである。

どうしたらいいかと途方に暮れていると、何でも相談に乗ってくれた友人の老船長は、海路はやめておくようにと真剣に私を諭した。そして代わりに陸路でスペインのコランナまで行き、ビスケー湾をフランスのラ・ロシェルへと渡り、陸路でパリへ出て、カレー、ドーヴァーと旅するのが容易で安全であろうといった。もうひとつの案としては、スペインのマドリッドまで北上し、そこからひたすら陸路でフランスを横断するルートがあった。

結局、どうしても海路をとる気にはなれなかったので、カレーからドーヴァーへ渡る区間を別にすれば、陸路をずっと旅することで私の腹は決まった。何しろ時間に追われる旅ではないし、旅費を気にする必要もなかったので、このルートのほうが遥かに好ましかった。私の旅をいっそう快適なものにしようと、老船長はあるイギリス紳士に私を引き合わせた。このイギリス紳士はリスボン在住のイギリス商人の息子だった。彼は私の旅に同伴させてほしいといった。その後さらに二人のイギリス商人と、

3　洋服の素材として用いられた毛織物の一種。
4　イングランド、デヴォン州南部に位置する岬。

パリまで行く予定の若いポルトガル紳士二人が旅の仲間に加わることになった。かくして私たちは総勢六名のグループとなり、従者五人を引き連れることになった。イギリス紳士と違い、イギリス商人たちとポルトガル紳士たちは、雇う従者は二人につき一人でよいといった。これは費用を抑えるためであった。一方私は、フライデーの他に、イギリス人の水夫を一人従者につけることにした。何しろフライデーにとっては未知の土地である。とても旅の従者は務まらないだろうと私は考えたのだった。

こうして私はリスボンを出発した。私たちは皆、立派な馬に乗り、武器もたずさえていた。ちょっとした騎馬隊といってよかった。私は光栄にも、仲間たちからこのグループの隊長に選ばれた。これは私が一番年上で、二人の従者を連れ、この旅のそもその企画者だったからである。

船旅の記述において、私は読者諸氏を退屈させないよう配慮した。同じように、この陸路の旅についても詳述を避けるつもりである。ただし、単調で困難な旅ではあったが、その途上で私たちが遭遇したいくつかの危険については省かずに書いておきたい。

マドリッドへ着いたとき、誰もがはじめて訪れる土地であったので、しばらく滞在したいというのが私たちの本音であった。スペインの宮廷やその他の場所を見物したいと思ったのである。しかし季節はもう夏の終わりで、旅路を急ぐ必要があり、私たちは十月の半ばにマドリッドを発った。けれどもバスク地方の外れまで来たとき、町々で不穏な知らせに接することになった。どうやらピレネー山脈のフランス側は豪雪に見舞われた模様で、あまりに危険で進むことができず、パンプローナ[5]までやむなく引き返した旅人もいるという話だった。

実際にパンプローナまで来てみると、噂の通りであった。服など着ていられない熱帯の気候に慣れている私にとって、この土地の寒さは耐え難かった。わずか十日前に滞在していたカスティリャ地方北部は厳しい暑さだったが、いつの間にかピレネー山脈の方から風が吹きはじめ、それがやがて身を切るような凍てつく寒さとなった。手足が感覚を失い、凍傷の危険さえ感じた。この急激な気温の変化は驚きであるというより苦痛だった。

雪に覆われた山々を生まれてはじめて目にし、一度も経験したことのない寒さのなかに置かれたフライデーは、かわいそうにすっかり怯えきっていた。

避難のつもりでパンプローナへやって来た私たちであったが、この街にも物凄い勢

5 スペイン北東部、ピレネー山脈の麓に位置する都市。

いで雪が降り積もり、なかなかやむ気配がなかった。街の人々は口々に、「ずいぶん早く冬が来たもんだ」とか「普段でも一苦労の道が、もう完全に通行不能だ」などといっていた。相当深く積もった場所があるらしく、私たちはそれ以上旅を続けることができなくなった。もっと北の地域ならいざ知らず、この辺りでは降り積もった雪が完全には凍らないため、無理をすれば生き埋めになる危険があるのだ。私たちは結局、パンプローナで二十日間も足止めをくらった。冬はこれからが本番であり、待っていても天候が回復する見込みはなかった。おまけにこの年の冬は、ヨーロッパ全土で、前例がないほどの厳しい寒さとなった。そこで私は、オンダリビア[6]まで行き、そこからボルドー行きの船に乗ったらどうかと仲間たちに提案した。船旅といっても、ボルドーまでは目と鼻の先である。

私たちがちょうどこの案を検討しているとき、街に四人のフランス紳士が到着した。彼らは、私たちがスペイン側で足止めをくらったように、フランス側の山道で足止めをくらったが、それでもめげずにガイドを探し、ガイドの助けでラングドック[7]の高地地方を横断、山越えを果たした人々だった。ガイドのおかげで比較的雪の少ないルートを取り、どうにか通過することができた、積雪がある場所では雪は完全に凍っており、人も馬も上を歩くことができた。そんな話であった。

私たちはこのガイドを呼びにやった。やって来たガイドは私たちにいった。「もし旦那たちが野獣から身を守る十分な武器をお持ちなら、引き受けましょう。雪の心配のない、今しがた通って来たルートを案内します」彼がいうには、豪雪になって土地が雪で埋まると、飢えたオオカミが食べ物を求め、山麓に頻繁に出没するということだった。私たちは、普段からそうした場合に備えて十分に武器は準備してあると答え、「それより二本足のオオカミ、山賊のほうが心配だ。とりわけ山のフランス側では、山賊に襲われる危険があると聞いている。その点は大丈夫かい?」と訊ねた。

「われわれが通るルートならば、その点の心配は無用です」と彼は請け合った。そこで、私たちだけでなく、従者を率いた十二人の旅人たちが、彼を案内人として出発することで話が決まった。この十二人のなかにはフランス人もいればスペイン人もいた。先に触れたように、彼らは山越えを試み、途中で諦めて引き返して来た人々だった。

十一月十五日、私たちはガイドとともにパンプローナを出発した。意外にも、ガイドの男は私たちの目指す方角とは逆に歩き出した。つまり、私たちがマドリッドから

6 スペイン、バスク州のフランス国境に近い町。
7 かつて中央フランスの南部にあった州の名称。

やって来たときの道を、三十キロも戻り出したのである。川を二つ越え、平坦な地域に入ると、再び温暖な気候となった。ここまで戻ると快適で、雪などどこにもなかった。しかしガイドは突然左に曲がり、別のルートを通って山へ近づいて行った。坂や断崖は恐ろしい様相を呈していたが、ガイドは右へ左へと迂回をくり返して私たちを導いた。そしてさほど雪に邪魔されることもなく、いつの間にか私たちは山々の頂を通過し、ガイド役の男が指差した先に、まったく突然、ラングドックやガスコーニュ地方の麗しく肥沃な大地が姿を現した。どこまでも青々として、緑が繁茂していた。とはいえ、そこまではだいぶ距離があり、行く手には難所がまだいくつか控えていた。

一日中雪が降りしきり、夜になっても勢いが衰えずに立ち往生したときは、さすがに少しばかり不安になった。だがガイドは私たちを安心させ、もうじき抜け出せると請け合った。なるほど私たちは毎日坂を下り、北へ北へと向かっている様子だった。私たちはガイドを信頼して前進した。

日没まであと二時間ほどという時刻だった。それは、ガイドがやや先へ行き、私たちの視界から消えているときの出来事だった。鬱蒼とした森のそばの窪地から、巨大なオオカミが三匹、その後にクマが飛び出してきたのである。最初、オオカミ二匹がガイドを襲った。もし私たちが一キロも後ろにいたら、助けに駆けつけることもできず、彼は確実に食い殺されていただろう。一匹のオオカミがガイドの連れていた馬に飛びかかり、もう一匹は猛烈な勢いでガイドの男に襲いかかった。彼は拳銃を抜く暇もなく、またそんな心の余裕もなかった。大声で私たちに助けを求めるのがやっとだった。すぐ脇にフライデーがいたので、私は彼に馬に乗って様子を見てくるよう命じた。ガイドの男が目に入ると、フライデーは彼に劣らないほどの大声で「ご主人様！　ご主人様！」と連呼した。だが彼は豪胆にもまっすぐガイドのところに駆けつけ、彼を襲っているオオカミの頭を拳銃で撃ち抜いた。

フライデーが助けに来たことは、この不幸なガイドにとって幸いだった。フライデーはこうした動物の扱いに慣れており、オオカミを少しも恐れなかったからである。だからこそ、そばまで来て、前述のように撃ち殺すことができたのだ。もし駆けつけたのが他の人間だったら、オオカミを恐れるあまり、遠く離れた場所から銃を撃ったであろう。そしてオオカミを撃ち損じ、ガイドを負傷させたかもしれない。

フライデーが拳銃を撃つと、周りの山々から、オオカミたちの世にも陰鬱な唸り声が上がった。その声は山から山へとこだまとなって響き渡った。物凄い数のオオカミに囲まれている気がした。気がするだけでなく、かなりの数のオオカミが実際にいたのかもしれない。だとすれば、私たちの心配は杞憂ではなかった。

オオカミからガイドを救うフライデー

しかし、フライデーがオオカミを撃ち殺すと、馬を襲ったもう一匹のオオカミはすぐに退散した。不幸中の幸いというか、オオカミが嚙みついたのは馬勒の金属部分で、このため馬は大した怪我もせずに済んだ。だがガイドのほうは重傷だった。凶暴なオオカミは彼に二度嚙みつき、まず腕、次に足の膝上部分に嚙みついた。フライデーが駆けつけ、オオカミを撃ち殺したとき、ガイドは暴れた馬の背から転げ落ちそうになっていた。

フライデーの銃声を聞きつけると、当然のことながら私たちは馬足を速めた。何事かと思い、険しい道のりを可能な限りの速度で進み、彼らに追いつこうとした。視界をさえぎっていた樹林帯を抜けたときようやく状況がのみこめた。私たちはフライデーがガイドの男を助けたことを知った。ただし、フライデーが撃ち殺した動物がオオカミだとはすぐにはわからなかった。

だが、この後に起こったフライデーとクマの小競り合いほど大胆で驚愕すべきものはなかった。最初は見ていて冷や冷やし、彼のことが心配になったが、その後は大いに愉快な展開になった。クマは身体が重く、動きが鈍い。身のこなしが軽いオオカミほど敏捷に動くことはできない。クマはその習性に関して大きな特徴が二つある。その一、クマは普通人間を食べない。もちろん例外はある。たとえば今のように、雪が降り積もって食べ物がなくなり、クマたちがひどく飢えた場合である。だが通常、人間のほうから攻撃しない限り、クマは人間を食べたりはしない。森でクマに出くわしても、こちらが何もしない限り向こうも何もしない。何もしないといっても、丁重に接する必要がある。進んで道を譲らねばならない。クマはかなり堅物な紳士であって、相手が王族だろうと自分から道を譲りはしない。本当にクマが怖ければ、一番いいのは目を合わせずに通り過ぎることだ。もしこちらが立ち止まり、じっとクマを見つめれば、クマはこっちの行動を無礼と思うであろう。もしクマに何か投げ、それがクマの身体に当たったとしたら、それがたとえ指ほどの大きさの木片だったとしても、やはりクマは無礼と思うであろう。そして無我夢中で追いかけてきて、やり返そうとするに違いない。クマは名誉を重んじる動物なのだ。これがクマの第一の特性である。第二の特性は、クマは一度無礼を受けると、復讐するまで昼夜なく相手をどこまでも追いかけるということである。しかもそうした場合のクマはかなり速く走る。

　ともあれ、我がフライデーはガイドの命を救った。私たちが追いついたとき、ちょうどガイドはフライデーの手を借りて馬から降りるところだった。ガイドは怪我をし、怯えていた。怪我より心の動揺のほうがひどかった。そのときである。突然、森の中からクマが姿を現した。とても巨大で、私がこれまでに見た中で一番大きなクマだった。クマを見て私たちはぎょっとしたが、フライデーだけは違った。彼の顔には喜びと気勢がみなぎっていた。「おー、おー、おー」と彼はクマを指差して三度叫んだ。「ご主人様、お願いがあります。私、クマと握手します。私、あなたをすごく笑わせます」

フライデーがこれほど喜んでいるのを見て、私は訝しんだ。「何を馬鹿な。クマはお前を食べてしまうぞ」「私を食べる！　私を食べる！」とフライデーはくり返した。「私、クマを食べる。私、あなたをすごく笑わせる。みんなここにいて下さい。私、あなたたちをすごく笑わせる」彼はそういって座りこみ、素早くブーツを脱ぐと、ポケットから取り出したかかとの低い靴に履き替えた。そして馬を仲間に託し、銃を手にして風のように走り去った。

クマは我がもの顔でのそのそ歩いていた。フライデーはすぐそばまで行き、クマには人間の言葉がわかるとでもいうような調子で、こう話しかけた。「おい、クマ。おい、クマ。私、お前と話がある」私たちはずっと後ろをついていった。私たちはすでに山をガスコーニュ側へ下り、広大な森林地へと差しかかっていた。木々がまばらに生えていたが、土地は平坦で開けていた。

フライデーはすぐにクマに追いつき、大きな石を拾うとそれをクマめがけて投げた。

石はクマの頭に当たった。だが壁に向かって投げたのも同然で、クマを傷つける威力はなかった。しかしフライデーにとって、そんなことは先刻承知の上だった。いたずら好きの彼はまったく怖いもの知らずで、クマに自分を追いかけさせるために、わざとそんなことをしたのだ。そして宣言通り、私たちを笑わせようという腹積もりだった。

石が当たったことに気づいたクマは、フライデーを見ると踵を返し、彼を追いかけた。恐ろしく大股で、馬が軽いギャロップで駆けるような予想外の速度で、足を引きずるようにしてクマは走った。フライデーは逃げ出し、私たちの方へと駆け戻ってきた。助けを求めているように見えたので、私たちはクマを銃で撃ち、彼を救おうとした。クマはこちらのことなど眼中になかったのに、わざわざクマの気を引き、しかも私たちの方へ連れてくるなんて、と私は激怒した。クマを私たちのいる場所へ突進させたのが、とりわけ腹立たしかった。私はどなった。「この間抜け。これでどうやって笑えというのだ？　さっさと逃げて馬に飛び乗れ。クマはこちらで撃ち殺す」私の言葉を聞いてフライデーは叫んだ。「撃たない。撃たない。じっとしている。あなたたちすごく笑う」足の速いフライデーはクマより倍の速度で逃げた。彼は私たちの方へ来てから不意に向きを変え、目的にかなう一本の巨大なオークの木に目をやると、われわれについて来るように手招きした。彼はさらに走る速度を上げた。そして銃をオークの木から四、五メートル離れた地面に置くと、するすると木に登りはじめた。クマはすぐに木のところまで来た。私たちは離れてついて行った。クマはまず銃の前で立ち止まった。匂いを嗅いだが、そのまま通り過ぎた。そして相当な体重にもかかわらず猫のように木を登りはじめた。私はフライデーの愚行に啞然とするほかなかった。笑えるようなところは何もなかった。やがてクマはすっかり木に登った。それを見て、私たちはクマのいる木のそばまで馬の歩を進めた。

私たちが木のそばまで来たとき、フライデーは大ぶりの枝の先まで移動した。クマはその枝の半ばまで迫っていた。クマが枝の細くなる部分まで来ると、フライデーは私たちの方を向いて「これからクマに踊りを教えるから見ていて」といった。彼は大枝を激しく揺すりはじめた。これにはクマもたまらず、よろめいて急いで枝にしがみついた。そして、どうやって引き返そうかと背後を振り返った。確かに、クマのそうした姿を見ると、私たちは大笑いした。しかしフライデーにとってはこれからだった。クマが枝にしがみついてじっとしていると、フライデーは英語が通じると思っているのか、また話しかけた。「どうしてもっとこっちへ来ない。どうぞこっちへいらっしゃい」そういって彼は枝を揺するのをやめた。フライデーのいったことがわかったかのように、クマは少し前進した。だがフライデーがまた枝を揺すると、クマは再び足を止めた。

クマを撃つ頃合いだろうと私たちは思った。私はフライデーに、クマを撃つからそこでじっとしているようにいった。すると彼は「お願いです。まだ撃たないで。後のとき私撃つ」と必死に訴えた。つまり、後で自分が撃つというのだ。どうなったかというと、フライデーは激しく木の上で踊り、クマが慌ててバランスをとる様を見て、私たちは大笑いした。しかし彼がどうするつもりかはわからなかった。最初はクマを枝から振り落とすのだろうと思った。だがクマもそれほど間抜けではなかった。落っこちるほど枝の先へ行こうとはせず、大きな足の爪を立てて踏ん張っていた。私たちは先の展開が読めず、この悪ふざけがどんな結末を迎えるか皆目見当がつかずにいた。

だがまもなく彼の意図が判明した。クマが枝にしがみつき、これ以上前に進むつもりがないことを知ると、フライデーはいった。「ほうほう。あなたこれ以上来ない。ならば私が行く。私が行く。あなたこっちに来ないなら、私があなたのほうへ行く」彼はそういうと枝先まで進んだ。すると枝は重みで弓なりに曲がり、彼はゆるゆると地面近くまで下りてきた。フライデーは枝を滑り下り、安全な高さになると飛び降りた。彼は銃を走って取りに行き、銃をつかむと動きを止めた。

クマを踊らせるフライデー

私は彼にいった。「よし、それで今度はどうするのだ？　どうして撃たないんだ？」「撃たない。まだ私撃たない。殺さない。も少し待つ。もう一度あなたたち笑わせる」とフライデーは答えた。彼のいう通り、私たちはもう一度笑うことになった。クマは敵がいなくなったことを知ると木を下りはじめた。下りはじめたといっても、おそるおそる慎重に、何度も後ろを振り返りつつ幹のところまで戻った。そして登ったときと同じ格好で、爪でしっかり身体を支えながら、ゆっくりとした速度で一歩、また一歩と下りて来た。クマの後ろ足があと一歩で地面に着くというとき、フライデーはそばへ行き、クマの耳に銃口を当てて一撃で撃ち殺した。

それからこのいたずら者はこちらを振り返った。私たちが笑っているか見たかったのだ。そして私たちがこの見世物に満足していることを知ると、彼も大声で笑い出した。「故郷では、私たちこのようにクマを殺す」とフライデーはいった。「なるほど、しかし銃はないだろう」と私はいった。「銃ない、でもすごく長い矢で撃ち殺す」そうフライデーは答えた。

これは確かによい気晴らしにはなった。しかし、私たちはまだ山の中におり、ガイドは重傷を負っていた。これからどうしたものやらわからなかった。オオカミの遠吠えがくり返し頭をよぎった。以前に触れたようにアフリカの海岸でも野獣の遠吠えを聞いたことがあったが、あれを別にすれば、これほど恐怖をかき立てる声を私は聞いたことがなかった。

こうした事情に加え、日暮れが迫っていたこともあり、先を急がねばならぬことを私たちは思い出した。思い出さなければ、フライデーがせがむので、この巨大な動物の毛皮を悠長に剝いでいるところだった。クマの毛皮はそれだけの価値があったのである。だが今日中にまだ十五キロ近くも進まねばならず、ガイドも先を急ごうといった。そこでクマの毛皮は諦め、旅を続けることになった。

山脈地帯のように危険なほど深く降り積もっているわけではなかったが、まだ一面の雪であった。そのため――後になって人から聞いたのだが――腹を空かせた動物たちが食べ物を求めて森や平地まで下りて来て、麓の村々でいろいろな狼藉を働いていた。村人たちを脅かし、かなりの数の羊や馬を食い殺していた。人間が食い殺される例もあった。

私たち一行は危険な場所に差しかかった。ガイドがそう告げたのである。もしこの地方でオオカミに出くわすとしたら、この辺りだと彼はいった。ここは周囲を森に囲まれた小さな平原地帯だった。そして森の一角にある長く狭い小径を抜けて行けば、今夜泊まる村が見えてくるはずであった。

最初の森に入ったとき、すでに日没まで三十分を切っていた。そして平原地帯へ出たとき、ちょうど日は没したところだった。最初の森では、四百メートルほどの開けた場所で、五匹の大きなオオカミが道を横切るのを見かけたぐらいだった。オオカミは獲物を追っているように全速力で駆け抜け、私たちには目もくれずに走り去った。まったくあっという間の出来事だった。

ひどく気の小さいガイド役の男はこれを見て、すぐ銃を撃てるように準備しておくようにいった。オオカミの群れがすぐにもやって来ると信じきっている様子だった。私たちは銃を構え、警戒して周囲を見渡した。しかしオオカミはそれ以上現れなかった。やがて二キロほどの森を抜け、平原地帯へ出た。そこまで来ると見通しが利いた。最初に見つけたのは死んだ馬だった。オオカミに食い殺された哀れな馬である。そして、その死骸に食らいつくオオカミが少なくとも十二匹はいた。食らいつくというより骨をしゃぶっているといったほうが正確だった。すでに肉はすっかり食い尽くされていたからだ。

彼らの晩餐の邪魔をするのは得策とはいえなかった。オオカミもこちらを気にしない様子だった。フライデーは銃を撃ちたそうにしていたが、私は発砲を厳しく禁じた。というのも、まもなくもっと面倒なことが起きるという予感があったからである。平原地帯を半分も行かないところでオオカミの遠吠えが聞こえはじめた。その声は左手の森の奥から聞こえてきた。ぞっとするような声だった。そしてすぐに百匹近いオオカミが飛び出し、まっすぐに私たちの方へと向かって来た。老練な将校たちに率いられているように隊列を組んでいた。私はどうやって迎え撃つべきかわからず、ただぴったりと仲間と身を寄せ合うことぐらいしかできなかった。私たちはすぐに隊列を作った。しかし悠長に弾をこめ直す時間はなさそうだったので、隊を二分して交互に射撃をすることにした。こうすれば、もしオオカミが続けて襲いかかったとしても、残りの半分がすぐに射撃を続けることができる。そして最初に撃った者は、弾をこめ直す代わりに拳銃を構えて待て、と私は命じた。私たちは全員が小型のマスケット銃一挺と拳銃二挺で武装していた。従ってこの戦術ならば、半数ずつ、計六回射撃を行うことができる。だがとりあえずそこまでの必要はなかった。というのも、最初の射撃を行うと、敵は銃声と火炎に驚き、ぴたりと足を止めたからである。この射撃で四匹のオオカミが頭を撃ち抜かれて倒れた。残りの数匹にも弾が当たり、血が流れた。雪が赤く染まったのでそれがわかった。しかし、オオカミたちは立ち止まったが、すぐに退却するわけでもなかった。そのとき私は、どんな獰猛な動物も人の声は怖がるという話を思い出した。そこで全員で大声を張り上げた。この説はあながち誤りではなかったようである。私たちが叫ぶと、オオカミたちは後戻りしはじめ、踵を返した。私は後列の部隊に二回目の射撃を命じた。オオカミたちは大慌てで逃げ出し、森へと逃げ去った。

これで銃に弾をこめ直す余裕ができた。ぐずぐずしている暇はないので先へと馬を進めた。だが弾を装塡して銃を構えると、すぐに森の左手から、再びぞっとするような物音が聞こえてきた。それは私たちが進まねばならない左前方の方角からだった。刻一刻と夜が近づき、光は薄らいでいった。形勢は私たちに不利だったが、例の物音はだんだん大きくなった。それは明らかに、あの悪魔のようなオオカミどもの唸声であった。そして突然、右手と背後、そして前方に、オオカミの群れが現れ、私たちは囲まれたかたちになった。しかしオオカミはすぐに襲っては来なかったので、私たちは馬を全速力で走らせて進んだ。もっとも行く手の道は悪路であり、馬は小走り程度の速度しか出せなかったが。

こうして森の入口が見えるところまで来た。ここで平原地帯は終わり、私たちは再び前方の森を抜けて行かねばならない。だが愕然とする光景が私たちを待ち受けていた。森の小径へ近づくと、その森の入口のところで待ち構えている、おびただしい数のオオカミが目に入ったのである。

その刹那、森の別の入口のところから銃声がとどろいた。その方角へ目をやると、一頭の馬が森から飛び出した。馬は鞍と轡《くつわ》[8]をつけていた。風のごときスピードで疾走し、十六、七匹のオオカミが全速力でその後を追った。馬のほうが速かったが、そのスピードを維持できるものではなかった。オオカミたちはやがて馬に追いついてしまうだろうと私たちは思った。そして実際にそうなったと思う。

この後、私たちはもっと恐ろしい光景に出くわすことになった。馬が飛び出した場所へ近づくと、別の馬と、二人の人間の死骸を見つけた。飢えたオオカミに食い殺されたのだ。一人はさっき銃を撃った男に違いなかった。なぜなら、彼のすぐそばに発射済みの銃が転がっていたからである。男の頭と上体部分はすっかり食い尽くされていた。

私たちは戦慄し、どうしていいか分からなかった。だがオオカミたちはこちらに考える猶予を与えなかった。彼らは獲物を求めて私たちをすぐに取り囲んだ。大げさに聞こえるかもしれないが、実際その数は三百はいたであろう。しかし何という幸運か、森の入口から少し離れた場所に、大きな丸太が何本か転がっていた。これは夏に切り

8　馬の口にはめて手綱につなぐ金具。

オオカミから全速力で逃げる馬

倒され、後で運ぶつもりで放置された木材らしかった。私はその木材のところへ小隊を移動させ、一本の長い丸太の背後に仲間たちを並ばせた。そして全員を馬から降ろし、正面の丸太を防御壁として、その背後に三角形を作るように彼らを整列させた。こうすれば射撃は三面から行うことができる。そして馬たちはこの三角形の陣地の中に収容した。

私たちのとった戦術はこのようなものであったが、これは功を奏した。このときオオカミたちが仕掛けてきた攻撃ほど猛烈で激しいものはなかったからである。連中は唸り声とともに、獲物に飛びかかる調子で襲いかかり、防御壁である丸太の上に飛び乗ってきた。連中の激しい興奮は、主として私たちの背後にいる馬の存在によるものらしかった。オオカミの目当ては馬だったのである。私は先ほどのように第一部隊に射撃を命じた。射手の狙いはきわめて正確で、この射撃でオオカミ数匹をしとめた。だが休む暇なく撃ち続けねばならなかった。連中は悪魔のごとく、我先にとこちらへ押し寄せて来たからである。

二度目の射撃の後、オオカミの攻勢が少しゆるんだ気がした。私は連中が退却するかと期待したが、そう思ったのも束の間、また別のオオカミたちが襲いかかって来たので、今度は拳銃による一斉射撃を二度くり返した。ここまでで計四回の射撃を行っ

オオカミたちと戦う

たが、殺したオオカミの数は十七、八匹ほど、足に弾を受けて走れなくなったオオカミは、その倍ほどの数であったと思う。それでもオオカミたちの攻勢はやまなかった。すぐに弾を撃ち尽くしたくなかったので、私は従者をそばへ呼んだ。従者といってもフライデーではない。フライデーは射撃のあいだ、私と自分のマスケット銃に物凄いスピードで弾をこめ直す係をしていて手が空いていなかった。私が呼んだのは新たに雇ったほうの従者である。私は彼に角の容器に入った火薬を渡し、防御壁の丸太に沿って火薬を撒き、そうして長い導火線を引いてくるようにいいつけた。彼はその通りにしたが、オオカミがすぐに防御壁までやって来たので、急いで逃げねばならなかった。何匹かが防御壁に飛び乗った。その瞬間、私は弾の入っていない拳銃をつかみ、火薬のそばで引き金を引き、火打石を発火させて火薬を爆発させた。これで丸太の上にいたオオカミたちは黒こげとなり、六、七匹がそのまま倒れた――より正確にいえば、火勢に肝を潰して丸太のこちら側へと飛び降りた。私たちはすぐにこのオオカミにとどめを刺した。残りのオオカミたちも火炎に恐怖を感じ――夜になってすっかり暗かったので、その効果はなおさらだった――少しひるんだ様子だった。

そこで私は拳銃による最後の一斉射撃を命じた。撃ち終えると、全員で大声を出して威嚇した。とうとうオオカミたちは退却し出した。私たちは休むことなく、傷を負い、地面でもがいている二十四近いオオカミに突撃し、剣で切りつけた。これは望み通りの効果を上げた。切りつけられた仲間の断末魔の叫びで、他のオオカミは戦意を失ったからである。かくして彼らは一匹残らず遁走した。

結局、全部で六十四ほどのオオカミを殺した。これが昼間であったらもっと殺すことができたと思う。戦いはこうして決着がつき、私たちは旅を再開した。まだ目的地まで五キロ近く距離があった。その途中、飢えた動物たちのうめき声や唸り声を聞いた。ときどきは、その姿を見たように思った。しかし、雪の照り返しで目がおかしくなっていたので、確かとはいえない。小一時間ほど進むと宿泊予定の町へ到着したが、着いてみると町は恐慌状態で、誰もが武器を手にしていた。昨晩、オオカミやクマが町を襲ったという話だった。住民たちは震え上がり、昼夜の別なく見張りを立てていた。特に夜が肝心だった。そうしないと家畜や人間が襲われる危険があった。

翌朝起きてみると、ガイドの怪我の具合はかなり悪化していた。嚙まれた二カ所の傷が化膿し、手足が腫れ上がり、これ以上旅を続けることは不可能だった。私たちはやむなく別のガイドを雇い、トゥールーズまで行った。そこまで行くと気温も上がり、実り豊かな気持ちのいい大地が広がっていた。雪もなく、オオカミやその他の野獣もいなかった。トゥールーズの町でこれまでの冒険を人々に話して聞かせると、山麓の森で、特に雪が降る時期なら、オオカミに襲われるのも当たり前だ、と彼らはいった。彼らは口々に、寒さの厳しい時期にそんなルートを取るなんて、一体どんなガイドを雇ったのだと呆れた。そして、全員食い殺されずに済んだのはとんでもない幸運だったといった。私たちは、自分たちがどのように身を守ったかを語り、囲むようにして馬を守ったことも話した。それを聞くと人々は「そりゃ随分とまずいやり方だ。大抵なら、まず間違いなく全員食い殺されていたはずさ」といった。オオカミをそんなにも凶暴にしたのは馬がいたからである。奴らの狙いは馬であり、そうでなければ銃声に驚いて逃げ出したはずだというのである。オオカミどもの飢えは凄まじく、そのため凶暴となり、もはや馬しか目に入らなかった。それで危険も顧みずに襲いかかってきたのだった。もし銃を撃ち続け、だめ押しに火薬の爆発をお見舞いして追っ払えていなければ、間違いなくむさぼり食われていただろうと人々はいった。彼らによれば、もし私たちが馬から降りず、馬上から射撃していたとしたら、これほどオオカミどももをその気にさせなかっただろうということだった。そして最後に彼らはこういった。「あんたたちが一カ所にじっとしていて、馬を捨ててしまえば、オオカミは馬しか目

9 フランス南西部の都市。

に入らなかったろうさ。馬が食われている間に逃げ出せばよかったんだ。何しろ武器はあるし、人数も大勢いたんだから」

私はといえば、これほど危険を感じたことはかつてなかった。何しろ、三百匹を超える悪魔たちが吠えながら、私たちを食い殺そうと大口を開けて襲いかかってきたのである。私たちには身を隠す場所もなかった。万事休すだった。もう二度とあの山を越えたいとは思わない。週に一度は嵐に遭うとしても、あの山越えに比べれば、海を五千キロ船で渡るほうがはるかにましな気がする。

フランスの旅については、特筆すべきことは何もない。フランスで私が目にしたものといえば、すでに多くの旅行家たちが——私よりずっと見事な文章で——報告しているものばかりである。トゥールーズからパリへ出たが、パリには長居せず、すぐカレーへ向かった。そして海を渡り、無事にドーヴァーへと上陸した。これが一月十四日のことである。旅をするにはひどく寒い季節であった。

こうしてついに我が旅の終点へとたどり着いた。ほどなく、新しく得た財産もそっくり無事に手にすることができた。手元の為替手形をすぐに現金に換えることができたからである。

私の財産管理人、そして専属の相談役になってくれたのは、あの旧知の未亡人であった。私は彼女に謝礼を送っていたが、彼女はそれに感謝して、私のためにいろいろと骨を折り、世話を焼いてくれた。そのため私は信頼して彼女に万事を任せ、財産の管理ではまったく呑気にしていることができた。私はこの善良なる淑女の一点の曇りもない清廉さのおかげで、冒険に乗り出した当初から現在に至るまで、幸福に暮らすことができたのだった。

私は次第に、彼女に自分の財産を託そうと考えるようになった。そして再びリスボンへ行き、そこからブラジルへ渡ることを考えはじめた。しかし、この計画を躊躇する理由がひとつあった。それは宗教である。私はずっとカトリックに疑念を持っており、海外で暮らしていたときもそうで、島で孤独に暮らしていた時期などは特にそうだった。カトリックの信仰をいささかの保留もなく全面的に受け入れることができない限り、ブラジルに行くなどまず不可能で、そこに定住することなどなおさらだと思った。あるいは、自分の信じる教義に殉じ、異端審問で処刑される覚悟をせねばならなかった。考えた結果、私は故郷にとどまることに決め、どうにかして農園を処分しようと決心した。

そこでリスボンの旧友である老船長に手紙を書いた。彼は返事のなかで、処分はわけないと知らせてくれた。ただしこう書いていた。「もし貴方が構わないというのでしたら、貴方の名前であの二人の商人、つまりはあなたの管財人の遺族にこの話を持ちかけてはどうでしょう。彼らはブラジルにおり、農園の価値をよく知っており、しかもその農園に住んでいる。そしてあなたもご存知の通り、彼らは金持ちです。喜んで農園を買い取ってくれると思います。八レアル銀貨で四千あるいは五千増しぐらいの値をつけてくれると請け合います」

私はこの提案を受け入れ、彼らに農園を売却するよう船長に依頼した。船長はその通りにしてくれ、およそ八カ月後、ブラジルからの船がリスボンに着くと、彼は私に手紙を寄こした。手紙には、ブラジルの商人たちが農園を買い取ると申し出たこと、銀貨三万三千枚の為替をリスボンの取引先に送ってきたことなどが書かれていた。

私はリスボンから送られた売渡証に署名をし、老船長へと送り返した。そして彼は農園の買い取り額である銀貨三万二千八百枚分の為替手形を私に送ってくれた。以前に約束した船長とその息子に対する、生涯にわたるそれぞれ百モイドール、五十モイドールの年金分は、農園の地代負担として支払われることになった。これで私の波瀾万丈の人生の第一部は終わりを告げる。天の摂理が生み出した、格子縞模様のように明暗激しく、起伏の多い人生であり、私のごとき人生は世界広しといえども稀と思われる。愚行とともにはじまった冒険であったが、最後には幸せな終着を迎えた。まったく、以前の私には予想もできなかったほどの幸福な結末であった。

紆余曲折を経てこのような幸福を手にした今、私がこれ以上どんな危険も冒すはずはない、誰でもそう考えるだろう。状況次第では、あるいは私も落ち着いていたのかもしれない。しかし放浪こそが私の慣れ親しんだ生活であった。何しろ私には家族もなく、親戚もほとんどなかった。金はあったが、知人友人も決して多くはなかった。確かにブラジルの地所はすでに売却してしまった。けれどもブラジルを忘れることはできず、もう一度あの土地を訪れたいと強く思った。とりわけ、私の島を再びこの目で見たい、あの哀れなスペイン人たちは結局島へ来たのか、もし来たならば、島に残してきた悪党たちはスペイン人たちをどう遇したのか知りたい、心の底からそのように思った。

私の親友である未亡人は躍起になって私をとめた。私は説得され、しばらくは馬鹿な考えを振り払った。私が七年近くものあいだ国外へ出なかったのは、ひとえに彼女のおかげである。その間、私は兄弟の子である二人の甥を手元に引き取った。長男のほうはそれなりの財産を持っていたので、紳士になる教育を受けさせた。そして私の死後は幾分か彼に遺産が行くようにしてやった。もう一人の甥については、ある船の船長のところへ奉公に出した。そして五年が経ったとき、この甥が賢く勇敢で、しかも商魂のある若者に育ったのを見て、私は彼を立派な船に乗りこませ、海に出した。そして後々この若者の手引きで、私は年甲斐もなく、さらなる冒険の旅へと出ることになる。

しかしそれまでの間、私はイギリスで暮らした。結婚したが、それによってどんな不幸な目にも遭わなかった。三人の子宝に恵まれ、息子が二人、娘が一人生まれた。しかしその後に妻が死んで、甥がスペインへの航海から凱旋した。外国へ行きたい衝動は募るばかりであった。甥も甥でしつこく私をけしかけたので、一商人として、とうとう彼の船で東インドへ出かけることになった。これが一六九四年のことだ。

この航海の途中でかつて住んだ島を訪れた私は、私が去った後に島に住み着いたスペイン人たちに会い、彼らの後日談を残らず聞いた。あの悪党連中は最初スペイン人たちを見下していたという。両者はその後、手を組んだり仲違いしたりをくり返し、最終的にはスペイン人たちが武力でもって連中を制圧した。しかし、スペイン人たちは彼らを公平に扱ってやったとの話であった。この話も細かく語り出せば、私の物語に劣らず波瀾万丈の、驚くべき出来事に満ち満ちている。その後、幾度か島へ攻めて来たカリブの野蛮人との戦いなどはその顕著な例である。スペイン人たちが島での生活を改善したこと、スペイン人五人が本土へ行って十一人の男と五人の女を捕虜として連れ帰ったこと、そして私が訪れた際には二十人ほどの子供たちがいたことも、ここにつけ加えておこう。

私は島におよそ二十日間滞在し、ありとあらゆる日用品、特に武器や火薬や弾丸の類い、それから洋服や工具などを住民たちに提供した。さらに、イギリスから連れてきた二人の職人——大工と鍛冶職人——がいて、彼らは島の住民として暮らすことになった。

このほか、私は島の土地を住人たちに分割して与えた。島全体の所有権はあくまで自分のものとしたが、住人たちが納得するような仕方で土地を人々に分け与えたのである。こうした問題をすべて片づけ、住民たちから勝手に島を去らないという約束を取りつけた上で、私は島を後にした。

島を出発した後、ブラジルにも立ち寄った。ブラジルで私は小型船を一艘買い求め、この船でさらに多くの人間を物資とともに島へと送りこんだ。ここには七人の女たちも含まれていた。スペイン人たちの召使あるいは妻として、しっかりやっていけそうな女たちだった。イギリス人連中には、大量の物資と一緒に、本国から女たちを連れて来てやると約束してあった。もっとも、これは島での畑仕事にしっかり精を出したらという条件つきであった。そして実際、後になって私はこの約束を果たした。悪党どもはスペイン人たちにやっつけられて以後は実直な働き者となり、スペイン人たちに許されて土地も分与された。私はブラジルから雌牛五頭――そのうち三頭は子を孕んだ大きな牛であった――、それから羊と豚も数頭、島へ送り届けた。次に私が島を訪れたときには、この家畜は殖えてかなりの数になっていた。

他にもいろいろなことがあった。三百人のカリブの野蛮人が来襲して島の農地をめちゃくちゃにしたこともあった。島の者たちとのあいだで戦闘が二度行われ、最初は野蛮人が勝利し、島の住民三人が戦死する結果となった。しかし次のときには嵐で野蛮人たちのカヌーが沈み、島の住民は残りの野蛮人たちを残らず殺し、奪われた農地を取り戻して元どおりにすることに成功した。そして彼らは今も島に住んでいる。

その後の十年間で、私自身いろいろと冒険を重ねた。その中にはあっと驚く出来事もある。こうした諸々の話は、また別の機会に物語ることにしよう。

# 解説

唐戸信嘉

イギリス文学史でダニエル・デフォーの『ロビンソン・クルーソー』は最初の小説のひとつに位置づけられる。出版は一七一九年。デフォーの親の世代を代表する文人というと、『失楽園』を書いたジョン・ミルトンとかジョン・ドライデンのような詩人、あるいは『当世風の男』で名を馳せたジョージ・エサリッジのような劇作家が有名だが、十八世紀に入る頃には重々しくも華麗でもない、もっと明快でわかりやすい散文の物語、小説という新しいジャンルが人気を博すようになる。そして『ロビンソン・クルーソー』こそ、その先駆けをなす作品だといわれている。

この小説を読んだことのない人が、今から三百年も前に書かれた作品だと聞かされれば、もうそれだけで尻込みするかもしれない。けれど読みはじめてしまえば杞憂だったと知るはずだ。出版当初からのベストセラーで、現在までに百カ国語以上の言語に翻訳されている作品ともなれば、そこには色褪せぬ魅力があって当然である。もちろん、その魅力は読む人によってさまざまだろう。人生の教訓がぎっしり詰まった箴言集として読むこともできるし、キリスト教の教えを分かりやすく述べた宗教書としても読める。だが何といっても冒険小説としての魅力が圧倒的だと思う。危機的状況に追いこまれ、知恵と勇気で生き抜き、最後には無事に生還するという普遍的な冒険物語のプロット。こうした冒険譚はホメロスの『オデュッセイア』から連綿と受け継がれ、人々に愛されてきたわけだが、主人公を英雄ではなく平均的な普通の人間に設定したところにデフォーの新しさがあった。そしてサバイバルに焦点をあて、その様子を事細かく描写することで、この作品に迫真さと面白みが加わることになった。『ロビンソン・クルーソー』が後代に与えた影響は大きい。古典的なところではジュール・ヴェルヌの『十五少年漂流記』、R・L・スティーヴンスンの『宝島』、ウィリアム・ゴールディングの『蠅の王』などが直接的な影響を受けている。近年では、二〇一五年にマット・デイモン主演で映画化もされたアンディ・ウィアーの『火星の人』を挙げることができる。間接的な影響となると、これは枚挙にいとまがない。原作を読んだことのない人でも、無人島でのサバイバルといえばロビンソン・クルーソーという名前を連想するだろう。それほどにこの物語は人々の心に根を下ろしている。ここでは、現代における『ロビンソン・クルーソー』の魅力を少し深く探ってみたいと思うのだが、その前にまず著者であるデフォーという人物について、そして彼が生きた時代について確認しておこう。

**『ロビンソン・クルーソー』誕生までの経緯**

ダニエル・デフォーは一六六〇年、ジェームズ・フォーとその妻アリスの息子としてロンドンに生まれた。姓はもともと「フォー」であって「デフォー」ではない。彼はのちに「デフォー」と名乗るようになったが、その理由ははっきりしない。祖先がフランス系プロテスタントだったという説もあるので、よりフランス的な響きの「デフォー」を好んだのかもしれない。

この時代、本格的な産業革命や資本主義の到来はまだ先のことだが、イギリス社会は空前の成長期にあった。デフォーはのちに『イギリス通商案——植民地拡充の政策』（泉谷治訳、法政大学出版局、二〇一〇年）で「女王の保護の下で通商が拡大し、取引が前進し、イギリス国家が帝国へと膨張し、イギリスの貿易商が世界のあらゆる地方で全面的に商交渉を展開した」と書いている。ヨーロッパの国々を牽引する超大国イギリスが、まさにこの時代に誕生しようとしていた。

デフォーはイギリス国教会に属さないプロテスタント、つまり非国教徒であった。そのため非国教徒のための小さな学院で教育を受けた。当時、大学には国教徒でないと入学できなかったのである。この学院でのデフォーの恩師はチャールズ・モートンという人物で、彼はオックスフォード大学在学中に数学や科学を修め、科学教育に力を入れていた。これは当時としてはきわめて先進的な教育といってよい。科学の精神は平明で即物的な散文をよしとしたので、モートンは明晰な英語による作文も熱心に教えた。デフォーは後年ジャーナリストとして活躍し、さらに小説家にもなるわけだが、きびきびとして明快な彼の文体に恩師の影響は色濃く現れている。『ロビンソン・クルーソー』でも随所に出てくるように、彼は細かい数字を挙げるのを好んだが、そうしたところにも具体的な叙述を奨励したモートンの影響が見てとれる。十七世紀は「科学革命」の時代であり、アイザック・ニュートンが『プリンキピア』を出版し、万有引力を含む自然界の運動法則を明らかにしたのは一六八七年、デフォーが二十七歳のときのことである。デフォーはモートンの教育を通じ、科学的な思想をいち早く吸収したのだった。

卒業後、デフォーは父親と同じように商人として身を立てた。靴下の卸売業からスタートし、ワインやタバコの輸入業にもたずさわった。二十三歳のときにワイン商の娘メアリー・タフリーと結婚。家庭生活も仕事もそれなりに順調だったが、カルヴァン派に属する非国教徒であった彼は、社会のなかで自分がマイノリティであることを強く意識しており、政治の情勢にはきわめて敏感だった。だから、カトリック信者であるジェームズ二世が即位すると、非国教徒の立場が危うくなると考え、モンマス公が起こした反乱にただちに加わっている。これを契機として、デフォーは政治の問題に首をつっこむ活動家となり、臆することなく自説を発信してゆく論客となる。

デフォーの人生の転機となったのは、「どうすれば速やかに非国教徒を撲滅できるか」（一七〇二年）と題された匿名による政治パンフレットの執筆である。非国教徒であるデフォーがこのような文章をものしたのは奇妙に見えるが、彼はあえて非国教徒を差別する側の視点に立つことで、差別者たちの非人道さを伝えようとしたのだった。だがこの諧謔は世間に理解されなかった。やがて作者がデフォーだと露見すると、彼は裏切り者として非国教徒からも強い非難を浴びることになる。それればかりではない。名誉毀損で逮捕され、裁判にかけられ、さらし台の刑が科せられた。さらし台の刑というのは罪人の首や手足を固定して広場にさらす刑罰だが、ひどい場合には観衆に殺される例もあり、デフォーが震え上がったことはいうまでもない。そこで刑の執行前に自分の当初の意図を弁明し、得意の弁舌でもって大衆を説得した。これが功を奏し、無事に刑の執行を終えることができた。デフォーの臨機応変の才が窺い知れるエピソードである。

その後、ニューゲート監獄に収容されたが、デフォーの文才を高く買った大物政治家ロバート・ハーリーが保釈金を払い、ほどなくして出獄することができた。これ以後十年近くにわたり、デフォーはハーリーの密偵として、そしてプロパガンダ活動を行う文筆家として働くことになる。密偵としてのデフォーの最大の活躍は、何といってもイングランドとスコットランドの合同(一七〇七年)に向けた諜報活動に従事し、見事これを成功に導いたことであろう。また物書きとしては定期刊行物『レヴュー』を創刊し(週一回の発行でスタートしたが、後に週二回、多いときで週三回のペースで発行)、ハーリーの政策を擁護する論陣を張った点がもっとも注目される。ハーリーとの仕事以外にも精力的に著作を発表し、四十代から五十代半ばにかけての時期は多忙に過ぎていった。

デフォーが小説の執筆をはじめたのは、ハーリーが隠遁し、政治ジャーナリズムの仕事に余裕が生まれた五十代の後半である。最初の作品である『ロビンソン・クルーソー』は、一七一九年、彼が五十九歳のときに出版された。そのときの彼に、自分が新しい文学形式を創出しつつあるという意識はまるでなかったに違いない。このときのデフォーに野心というものがあったとすれば、それは商人としての野心であったろう。つまり、本などあまり読まないような階層の人々が面白がって読むような本を書くこと、一言でいえば、文学の新しい市場の開拓である。航路の拡大にともない、十七世紀末から十八世紀初頭の時期、人々の興味は国外のエキゾチックな風物に向けられていた。そのため、旅行記や航海記が相次いで出版され、人気を博していた。ウィリアム・ダンピア『最新世界周航記』（一六九七年）やウッズ・ロジャーズ『世界巡航記』（一七一二年）はその代表的なものだ。特に後者で紹介された、無人島で四年あまりの月日を暮らした水夫アレグザンダー・セルカークの逸話は大きな話題を呼んだ。デフォーはこれに目をつけ、ルポルタージュという形式に虚構を織りこみ、『ロビンソン・クルーソー』を完成させた。イギリス文学史上初の小説のひとつはこのようにして生まれたのだった。

## 『ロビンソン・クルーソー』の魅力と近代

ではあらためて、出版後三百年を経てなお読者を惹きつけてやまない『ロビンソン・クルーソー』の魅力とは何なのだろうか。冒険活劇としての魅力はあらためて解説する必要はないと思う。子供の頃に翻案で読んだ読者は、ロビンソンがフライデーとともに「野蛮人」や海賊たちと戦う場面を強く記憶しているのではないだろうか。少なくとも私はそうだった。だが大人になってオリジナルの物語を読んだときには、まったく別の部分に魅力を感じた。それは、ロビンソンという主人公の性格と、彼のサバイバルへ向けた取り組みの部分である。しかし、私の目のつけどころは意外でも何でもなかったようだ。いろいろな人とこの小説の話をすると、魅力を感じる部分はだいたい同じであることが分かった。では、なぜ私たちはロビンソンの性格やサバイバルのエピソードに惹かれるのだろう。納得のいく答えを求めて考えるうちに、私は次第に「近代」という歴史の問題に引き寄せられていった。そして、ロビンソンの放浪癖や孤独な性格、自然状態でのサバイバルをことさら興味深く読んだのは、この「近代」という時代や文化を抜きにして考えることはできない、と確信するに至った。以下、私が考えたことを述べてみたい。

まずロビンソンの孤立感からはじめよう。彼は故郷の家族を捨てて旅に出る。決して人間嫌いというわけではないが、彼は基本的に一匹狼であり、どこか孤独である。旅の途上でいろいろな人物と知り合うが、そこにはよそよそしい雰囲気がある。彼らの多くが名前で呼ばれることがないのも、そうした印象を強めている。もちろん、ロビンソンは他人に無関心でもなければ、冷淡であるわけでもない。無人島に漂着した彼は、他人の存在に飢える。「仲間が欲しいという強い渇望」「仲間がいないという深い悲しみ」を覚える。ところが、二十四年という長い孤独な生活の後、フライデーという仲間をようやく得たときの彼の反応は、妙に淡白である。ロビンソンは、「私は彼という人間を心から愛するようになった」と、いってはいる。しかしそうした感情が表に出ることはほとんどない。これは、感情表現の豊かなフライデーと比較した場合、より顕著である。フライデーは間一髪のところで父親が救出されると、飛び上がって歓喜し、父親に対してしつこいくらいに愛情を表現する。対して、ロビンソンはもっと冷静でクールであり、他人に激しい感情を吐露することはない。彼と人々とのあいだには目に見えない壁のようなものがある。しかし、だからこそ読者には親しみが持てる。

ロビンソンの人物造形に、デフォーがどれだけ意識的であったかは不明だ。しかし、近代の入口に出現した小説第一号の主人公がこのような性格であることは、とても象徴的である。ジェルジ・ルカーチやヴァルター・ベンヤミンといった批評家は、小説の誕生と古い伝統的な共同体の解体が同時に起こった事実に注意をうながしている。十八世紀初頭のヨーロッパは、商業革命によって古い共同体が崩壊をはじめ、かつてのような社会的連帯感が失われつつあった(やがてそれは、近代化の過程で世界中で起こることになる)。デフォーがロンドンという都会に生まれ育ったことは、彼を伝統的な共同体の秩序からいち早く遠ざける結果となった。十七世紀を通じてロンドンは驚くほど規模を拡大し、十八世紀に入る頃には六十万の人口を抱え、パリを抜いて欧州でもっとも過密な都市へと成長していた。しかも、そこで暮らすデフォーは非国教徒というマイノリティなのだ。おまけに、彼の信じるカルヴィニズムは――社会学者マックス・ヴェーバーが指摘したように――神と人間の直接的なかかわりを強調するあまり、人間同士の絆を軽視する過激な個人主義を推進しつつあった。『ロビンソン・クルーソー』はデフォーの精神的自伝であるとしばしばいわれる。おそらく、ロビンソンは近代的自我の孤独をはからずも露呈している点において、著者デフォーのもっとも精細な自画像なのである。

古い共同体が終わりを迎えつつある時代に生まれた主人公が、流浪の民であることはむしろ当然であろうか。彼は放浪について、「人類共通の普遍的な病――人間の不幸の大半がそこに起因する病、つまりは神や自然が定めた場所にじっとしていられないという病」だといい、それを私たちはみな患っているのだといっている。もちろん、仕事を求めて移動を余儀なくされるという場合も多い。しかしロビンソンのように、今いる場所に退屈し、あるいは違和感を覚えて、移動をくり返すということもある。ロビンソンの旅は、イギリスからアフリカ、ブラジル、南米の無人島、そしてヨーロッパへの帰還を経て、再び西インド再訪というようにとどまるところがない。彼がなぜ一カ所に満足できないのか、その理由ははっきり書かれていないが、想像はできる。彼が求めているのは、彼の孤独を癒やしてくれるような、古い共同体が担っていたような居心地のよい社会、つまりは故郷のような場所ではないか。ロビンソンに故郷はない。彼の父親がドイツ人で、イギリスでは異邦人であった事実も暗示的だが、何より古い共同体そのものがこの世から姿を消しつつあったのである。ロビンソンが、放浪に憑かれているのは自分だけでなく、「人類共通の普遍的な病」だといっているのは至言というべきだろう。共同体という故郷の喪失、孤独な人間の誕生、孤独を癒やしてくれる故郷の探求は、連鎖的に発生した近代の病なのである。そしてこうした一連の問題は今も未解決で、私たち読者が抱える問題でもある。良くも悪くも私たち読者はロビンソンに似たところがあるに違いない。だからこそ、彼という人物にこれほど惹きつけられるのだ。

無人島でのサバイバルも、同じように興味深い。住まいの建設、狩りや採集、農業による食料の確保、衣服や道具の製作は、フィクションということを忘れてしまうほどに、実に具体的に、生き生きと描かれている。土を掘り返すシャベルや鍬や鋤、食料を調理し保存するための容器、ものを運ぶためのカゴ、夜を過ごすためのロウソクが、生きるためにどれほど必要であるか、それらなしには生活がどれほど大変であるか、ロビンソンは痛感する。彼はたまたまもの作りに長じていたわけではない。彼は、読者と変わらぬ文明人である。しかし、悪戦苦闘の末に彼が次のような真理を見出すとき、ホモ・ファーベル（作る人）としての人間が再発見される。

そんな訳で私は仕事に取りかかったが、まず述べておきたいことがある。それは、理性こそが数学の本質であり根底であるので、理性の導くままに測り計算し、合理的な判断を積み重ねていくことで、もの作りに熟練することは誰にでも可能だということである。何より私はそうした道具を使うのはこのときが初めてだった。けれどもとりあえずやってみて工夫してゆけば――道具があればなおさら――何でも拵《こしら》えることができるものだと知った。

（本文一四五頁）

ロビンソンは文明社会から追放されることで初めて、人間としての自らの能力と可能性を自覚するのである。必要なものを自ら作り、生活を統制してゆく過程で、彼は自活の喜びも見出す。「すべての品が使いやすく整然と並んでいるさま、そして必要なものがふんだんに揃っているさまを眺めるのは、私にとって非常な喜びであった」そしてまた、自分の手でものを作り、世界とかかわることで、彼は有限な存在である人間にふさわしい節度を学ぶ。「この世の事物について私が理解したことは、われわれが何かを指して価値があるというとき、それは何かに利用できるということを意味している、ということだ」この真理を自覚した彼は、「ますます今の境遇の悪い面ではなく良い面に目を向けるようになり、ないものではなくあるもの、あって享受しているものに関心を注ぐ」ようになる。彼が得る満足感、それは生を満たし、自らを養う喜びである。

ロビンソンのサバイバルへ向けた取り組みが、私たちにとって新鮮で魅力的なのは、そうした生活がすでに失われているからにほかならない。近代は私たち人間と世界のかかわり方も変えてしまった。古い共同体の終焉とともに、経済は本格的な資本主義へと移行し、それにともなって社会的分業が労働の基本となる。「私は少年の頃、住んでいた町の枝編み職人の仕事場の軒先で、彼らの仕事を飽きずに立って眺めたものである」と、ロビンソンは回想している。すでに職業は専門化が進んでいたのだ。もはや人間は、生活の必需品を自分たちで作るような、そうした社会に生きてはいなかった。彼がパン作りに苦労するエピソードも、同じ事情を物語っている。すでにベーカリーという職種が登場し、パンを自宅で焼く家庭は少なくなっていたのだ。私たちが忘れがちなのは、分業はものの生産効率を高め、経済を発展させ、近代文明を成立させたが、その一方で人間の一生の経験を驚くほどに矮小化させた、という事実だ。かつて人間は、生活のあらゆる面において必要なものを製作し、修繕する技術を身につけていた。そうして自らの身体を通じて世界のリアリティと結びついていた。だが、近代における分業の進行、消費社会の到来により、私たちは身体を通じた世界とのつながりを失いつつある。これは、十八世紀の読者より、さらに文明化が進んだ現代の読者にとって、より切実な問題として痛感されるに違いない。

ロビンソンの性格も、彼のサバイバルも、私たち読者にとって切実な問題を提起している。『ロビンソン・クルーソー』の魅力の背後に近代の不幸を見出すのは大いなる皮肉というほかないが、この作品の偉大さは、近代が抱える大問題にまで光を投げかけている点にあるといえるだろう。ロビンソンは近代人の典型であり、原型なのだ。だからこそ、彼の孤独な奮闘は私たち読者の生活を再活性化させるヒントに満ちあふれている。近代という時代が生んだ不幸がいつ解消されるのか私たちは知らない。しかし大麦を育て、土器を作り、日々を過ごしてゆくロビンソンは、明らかに近代の出口の方を向いている。この小説の魅力は、彼という主人公のその背中から湧き出てくるのだと思う。

## 日本における『ロビンソン・クルーソー』の受容

最後に、日本でどのように『ロビンソン・クルーソー』が紹介され、読まれてきたか、その歴史についても簡単にふり返っておこう。この小説の日本語訳は数多く、主なものをざっと数えただけでも四十は下らない。児童向けの翻案なども含めるならば、この数は優に百を上回る。初訳は、嘉永年間に出た黒田行元訳『漂荒紀事』で、同じく幕末の安政四年に横山由清訳『魯敏遜漂行紀略』が出ており、どちらもオランダ語からの重訳である。後者は若き新島襄が愛読し、彼の冒険心をかき立てる一助となったことで知られる。明治に入ってナショナリズムが高揚すると、主人公の不屈の開拓精神、特に物語後半の「野蛮人」を制圧するロビンソンのイメージが強く押し出され、井上勤訳『絶世奇談魯敏孫漂流記』(明治十六年)、牛山良助訳『新訳魯敏遜漂流記』(明治二十年)、高橋雄峯訳『ロビンソンクルーソー絶島漂流記』(明治二十七年)と、次々に翻訳が刊行された。このロビンソンブームは、明治期の富国強兵にともなう海軍力強化や南進論と深く関係している、と私市保彦は『ネモ船長と青ひげ』(晶文社、一九七八年)所収の論文「近代日本におけるロビンソン・クルーソー」で述べている。そのため児童向けの翻案も早くから出され、ロビンソンの物語は帝国主義的な教育の一環として広く児童にも親しまれることになり、この流行は昭和初期まで続く。

帝国主義的イデオロギーと結びついて広く読まれた『ロビンソン・クルーソー』であるが、かといって戦後に人気が衰えたわけではない。新しい翻訳は次々に刊行されている。昭和二十一年から二十二年にかけて野上豊一郎訳が岩波文庫から、二十六年に吉田健一訳が新潮文庫から、二十七年に阿部知二訳が岩波少年文庫から出ている。吉田健一はその解説で、「主人公が神の摂理とか、正義とかの問題をめぐって、大真面目に、また執拗に思案している」姿に注意をうながし、「この神様談義や、その他、随所に出て来る主人公一流の利己主義が加わって、本書が大人の物語であることが初めて理解できる」と、無人島で孤独な精神生活を営むロビンソンを強調している。このように、戦後からは主人公の内面に焦点が当てられていく。

その後、この小説の解釈に二つの重要な視点が加わる。ひとつは昭和四十年代に大塚久雄により、マルクスやヴェーバーの解釈が紹介され、ホモ・エコノミクス（経済人）としてのロビンソン像、イギリス中産階級という主人公の社会的属性が注目されたこと。もうひとつは、平成に入る頃から人種差別や植民地主義に対する批判意識が高まり、『ロビンソン・クルーソー』における奴隷貿易と「野蛮人」の描き方（特に食人行為)、そして「野蛮人」を銃で殺す場面などが、人種差別として問題含みであることを誰もが意識するようになったことである。そのため近年は、文学研究の分野を中心に、この作品の帝国主義的、植民地主義的な側面が槍玉にあげられることが多くなっている。

しかしながら、『ロビンソン・クルーソー』とこうした一連のイデオロギーを直結させてしまうと、解釈の枠を狭め、この物語が多くの文化圏で読み継がれている理由を取り逃がすことになる。帝国主義や植民地主義が、ロビンソン的強靭さを理想と仰いだことは確かであるとしても、前者は後者の必然的帰結とはいえないからだ。それによく読めば、彼は祖国のために生きるのでもないし、さらにいえば家族のために生きるのでもない。ロビンソンが生きる理由は自己完結している。そこがこの作品の一筋縄ではいかないところであり、奥深さなのだ。

ちなみに、『ロビンソン・クルーソー』には続編である第二部、第三部が存在する。日本で主として親しまれてきたのは第一部であり、第二部を含む訳は岩波文庫の野上豊一郎訳、その後続となる平井正穂訳、河出書房の『世界文学全集』に収められた小山東一訳ぐらいであり、第三部まで紹介しているものは講談社の『世界文学全集』所収の山本和平訳があるばかりである（といっても第三部は抄訳にとどまる）。内容を簡単に紹介すると、第二部『ロビンソン・クルーソーのその後の冒険』（一七一九年）は、妻と死別したロビンソンが甥に誘われ、フライデーとともにかつて暮らした無人島を再訪し、その後、アフリカ、インド、アジアを経てヨーロッパに帰還するまでの冒険を描く。第三部『ロビンソン・クルーソー反省録』（一七二〇年）は、小説というよりもロビンソンの人生（第一部、第二部で描かれた）を土台にした訓話集で、「孤独」や「誠実さ」や「宗教」に関するロビンソンの持論が展開されている。ただし、現在では多くの国で『ロビンソン・クルーソー』といえば第一部を指す場合が多く、第二部、第三部は省略される場合が多い。完成度という点ではやはり第一部が圧倒的に優れており、また第一部と続編を比べて見た場合、トーンに大きな差があることも確かなので、第一部だけを独立した作品として扱うここ二百年の傾向には、それなりに合理的な判断が働いているといえるだろう。

# ダニエル・デフォー年譜

一六六〇年（秋頃？）
商人ジェームズ・フォーおよびその妻アリスの長男としてロンドンに出生。

一六六五年　五歳
ロンドンでペストが大流行。

一六六六年　六歳
ロンドン大火。

一六七四年　一四歳
ロンドンのニューイントン・グリーンにあったチャールズ・モートンのアカデミーに入学（おそらく一六七九年頃まで在籍）。モートンはオックスフォード大学出身の教育者で、後にアメリカへ渡り、ハーヴァード大学の副学長を務めた。

一六八四年　二四歳
メアリー・タフリーと結婚（後に娘六人、息子二人をもうける）。

一六八五年　二五歳
チャールズ二世死去。新国王ジェームズ二世に対するモンマス公の反乱軍に参加。

一六八七年　二七歳
アイザック・ニュートンが『自然哲学

の数学的諸原理』(『プリンキピア』)を出版。

一六八八年　二八歳
ロンドン・シティの市政に参加できるフリーマンの権利を得て、手広く商売を行い、有望な商人として名を馳せる。

一六八九年　二九歳
二月、オレンジ公ウィリアム(ウィリアム三世)がジェームズ二世に代わり新国王として即位(名誉革命)。

一六九〇年　三〇歳
ジョン・ロックが『統治二論』を出版。

一六九二年　三二歳
立て続けに大口の投資に失敗する。多額の負債を抱えこみ、破産。一時的に負債者監獄に収監される。このときに負った借金は晩年まで彼を金銭的に苦しめることになる。

一六九五年　三五歳
この頃、姓を「フォー」から「デフォー」に変更。

一六九七年　三七歳
社会改善のための具体的な提言を盛りこんだ『事業計画案』(*An Essay upon Projects*)を出版。以降、著述家としてその名を知られる。

一七〇一年　四一歳
『生粋のイギリス人』(*The True-Born Englishman*)を出版。この年、スペイン継承戦争が勃発。

一七〇二年　四二歳
ウィリアム三世死去に伴い、アン王女

が即位。一二月、デフォーはパンフレット「どうすれば速やかに非国教徒を撲滅できるか」（*The Shortest Way with the Dissenters*）を刊行。

一七〇三年　四三歳
前述パンフレットの内容の過激さから、政治犯として逮捕され、さらし台に上げられる。その後、ニューゲート監獄に収監されるが、当時下院議長だった政治家ロバート・ハーリーの根回しにより一一月、釈放。以後、ハーリーの密偵として働く。

一七〇四年　四四歳
定期刊行物『レヴュー』の刊行を開始。

一七〇六年　四六歳
ハーリーの指示でスコットランドに滞在。イングランドとスコットランドの議会連合成立に向けた諜報活動に従事する。

一七〇七年　四七歳
イングランドとスコットランドが合併し、グレートブリテン王国が誕生。

一七〇八年　四八歳
ハーリーが国務大臣を辞して内閣を外れる。デフォーは大蔵卿であったシドニー・ゴドルフィンに密偵として仕える。

一七一〇年　五〇歳
ゴドルフィンが失脚し、ハーリーが財務府長官として政権に復帰（翌年、オックスフォード伯に叙爵され、大蔵卿に就任して政権を握る）。これに伴い、再びハーリーのもとで働く。

一七一一年　五一歳

奴隷貿易により財政再建をもくろむハーリーの政策を支持した『南海貿易論』（*An Essay on the South-Sea Trade*）を出版。

一七一二年　五二歳

アレグザンダー・セルカークによる無人島生活の逸話を載せた『世界巡航記』（*A Cruising Voyage Round the World*）をウッズ・ロジャーズが出版。

一七一三年　五三歳

ユトレヒト講和条約締結。これによりイギリスは海外植民地を拡大。九年間休まず発行されていた『レヴュー』が廃刊。

一七一四年　五四歳

ハーリーが大蔵卿を罷免され、失脚。アン王女死去に伴い、ハノーヴァー家のジョージ一世が即位。以後、トーリー党に代わってホイッグ党が政権を握る。前政権の外交政策にかねて異議を唱えていたホイッグ党の政敵により、ハーリーは反逆罪のかどで告発される。

一七一五年　五五歳

ハーリーがロンドン塔へ幽閉されると、デフォーは『ホワイトスタッフ秘史』（*The Secret History of the White Staff*）を出版してハーリーを擁護（無罪判決によりハーリーが放免されるのは一七一七年）。またこの年、家庭における宗教教育に関する提言をまとめた『家庭の教育者』（*The Family Instructor*）を出版。

**一七一九年**　**五九歳**

四月『ロビンソン・クルーソー』（*Robinson Crusoe*）を出版。売り上げ好調を受けて、八月、第二部にあたる『ロビンソン・クルーソーのその後の冒険』（*The Further Adventures of Robinson Crusoe*）を出版。

**一七二〇年**　**六〇歳**

南海会社の株価の高騰と暴落による南海泡沫事件が起こる。六月、海賊を主人公に据えた『シングルトン船長』（*Captain Singleton*）を出版。八月、ロビンソン物の第三部にあたる『ロビンソン・クルーソー反省録』（*Serious Reflections During the Life and Surprising Adventures of Robinson Crusoe: With His Vision of the Angelick World*）を出版。

**一七二一年**　**六一歳**

ロバート・ウォルポール政権が発足。

**一七二二年**　**六二歳**

一月、女すりが自らの人生をふりかえる『モル・フランダーズ』（*Moll Flanders*）、三月、一六六五年のペスト大流行の模様を伝える『疫病の年の記録』（*A Journal of the Plague Year*）、一二月、捨て子ジャックの波瀾万丈の人生を描く『ジャック大佐』（*Colonel Jack*）をそれぞれ出版。

**一七二四年**　**六四歳**

二月、高級娼婦の半生を描いた『ロクサーナ』（*Roxana*）を出版。また、ブリテン島の地誌をまとめた『グレートブリテン全島周遊記』（*A Tour through the Whole Island of Great Britain*）の刊行を開始。

一七二六年　六六歳

オカルト現象と悪魔の関係を論じる『悪魔の政治史』（*The Political History of the Devil*）を出版。

一七二七年　六七歳

幽霊の実在に関する自説を、豊富な目撃譚とともに展開する『幽霊の歴史と実在について』（*An Essay on the History and Reality of Apparitions*）を出版。

一七二八年　六八歳

三月、『イギリス通商案』（*A Plan of the English Commerce*）を発表し、イギリス経済における毛織物業の重要性を指摘するとともに、植民地拡充の必要性を説く。また秋頃、一六九二年の破産時に生じた未払い分の手形の件で訴訟を起こされる。デフォーはすでに支払ったとして裁判で争うが翌年、敗訴。

一七三〇年　七〇歳

自宅から失踪。

一七三一年

四月二四日、ロンドンのクリップルゲート地区の下宿屋で、老衰により死去。享年七一。バンヒルフィールズの墓地に埋葬される。

# 訳者あとがき

『ロビンソン・クルーソー』との出会いがいつだったか、はっきりと思い出せない。子供向けの絵本でだったことは確かであるが、家にあったものか、小学校の図書室にあったものか判然としない。その後、新潮文庫に収められた吉田健一訳によってはじめてオリジナルを読んだ。高校一年生のときだと思う。それからずっと後になって増田義郎訳が出ると、読みやすい日本語に惹かれ、買い求めて再読している。英語の原典を読んだのもその前後だったと記憶する。熱心に読み返しているとはいえないかもしれないが、それでも私にとって『ロビンソン・クルーソー』は強く影響を受けた小説のひとつである。日頃暮らしていて、この小説で出会った文句（たとえば「ものがないという不満は、あるものに対する感謝の不足から生じる」や「怪我や病が肉体を侵すように、不安もまた心を侵す」）を思い出すこともしばしばで、思いのほか人生の教訓をこの本から学んだ気がする。

だから、この作品の翻訳をすることになったときは非常にやりがいを覚えたが、その一方で重責も感じた。何しろ、日本では明治期以来くり返し翻訳され、広く読まれている海外文学のひとつである。新刊で入手できる翻訳も数多く、どれも相当な完成度に達している。既存の訳を凌駕するという愚かで僭越な考えは早々に捨て、原典を読んだときに受けた印象と魅力を、私なりに再現することが翻訳の第一の方針となった。具体的にいえば、原典の文体が持つスピード感と歯切れよいリズム、そしてときおり見られる十八世紀の文章らしい堅さを再現すること——平明な日本語を目指しつつも、あまり平明になり過ぎないこと——に力点を置いた。どれほど達成できているかについては、慎んで読者の方々の判断を仰ぎたいと思う。

底本には、トマス・キーマー編のオックスフォード・ワールズ・クラシックス版（二〇〇七年）を用い、既訳は吉田健一訳、平井正穂訳、増田義郎訳、武田将明訳を参照させて頂いた。原文では章分けはなされていないが、読みやすさを考慮して十八章に分けた。また、原文ではセリフが独立していないが（当時はセリフを引用符で地の文と区別する書法が確立していなかった）、これも読みやすさを考慮してセリフとして取り出した部分が多くある。行替えも、原則的には原文を尊重したが、内容のつながりの観点から改行をほどこした部分があることをここに付記しておきたい。

本書の挿絵には、一八六四年にロンドンのラウトリッジ社から出版された『ロビンソン・クルーソー』所収のJ・D・ワトソン画、ダルジール兄弟彫版のものを使用した。数多い『ロビンソン・クルーソー』の挿画のなかからワトソンのものを選んだ理由は、無人島で孤独に暮らし、神と語り合う内省的なロビンソン像が前景化され、私が本書の魅力と感じる部分がよく表現されていると思ったからである。児童書で強調されがちな行動的で精力的なロビンソン像もよいが、苦悩し、試行錯誤し、弱さを見せるロビンソンもまた、彼の本質であり魅力だと思う。ちなみに、本書一〇八頁および一一二頁の挿絵には犬が描かれている。最初の荷揚げの場面では犬への言及がないので、あれっと思った読者もいると思うが、一三九頁には「犬のほうは、最初の荷揚げの翌日に、自分で船から飛び降りて島まで泳いで来て」とあるので、よくよく考えれば荷揚げ初日に犬がいても不思議ではない。犬は、初日にロビンソンに連れて帰ってもらえなかったので、翌日には自分で船から飛び降り、島へとロビンソンを追っていった、というのが画家ワトソンの解釈のようである。

本書の刊行までには実に多くの方々のお世話になった。本書の翻訳の機会を与えて下さったのは光文社古典新訳文庫の前編集長の駒井稔さんであり、私を翻訳者として推薦してくれたのは学生時代の恩師、作家の辻原登先生とロシア文学者の亀山郁夫先生である。三氏の寛大さには感謝しかない。原稿の作成段階では編集者の今野哲男さんに、推敲の段階では同じく編集者の小都一郎さんにお世話になった。今野さんは、私の遅々とした仕事ぶりを、励ましをもって見守って下さった。また小都さんは、ワトソン画の版の美本を入手して下さったばかりではなく、原典と訳稿の丁寧な照合もして下さった。最終的な原稿をチェックして頂いた編集長の中町俊伸氏、校正を担当して下さったスタッフの方々にも、心から感謝申し上げる。最後に、私の妻にも感謝の意を表しておきたい。原稿が編集のプロの方々の手にわたる前に、日本語の問題点を最小限に抑えられたとすれば、それはひとえに彼女の指摘のおかげである。

本文中に、北西アフリカ一帯について「文字通りの野蛮地帯」、その先住民について「野蛮人」「蛮人のように私を食い殺そうとする」、また、カリブ海沿岸の先住民について「野蛮人」「カリブ海沿岸の連中は人食いだという話を私は聞いていた」「世界でもっとも無知蒙昧とおぼしき異教徒の社会」などの表現が出てきます。今日の観点からすると、特定の地域や先住民に対する差別的な表現ですが、これらは本作が書かれた一七一九年当時のイギリス社会における、植民地やまだ見ぬ異境についての見方に基づくものです。編集部では、物語の根幹に関わる設定と、当時の時代背景、および三百年前に上梓された本作の、歴史的価値および文学的価値を考慮した上で、原文に忠実に翻訳することを心がけました。差別の助長を意図するものではないということをご理解ください。

編集部

kobunsha classics
光文社古典新訳文庫

ロビンソン・クルーソー

著者　デフォー
訳者　唐戸《からと》 信嘉《のぶよし》

2018年8月20日　初版第1刷発行
2025年4月30日　　　第2刷発行

発行者　三宅貴久
印刷　大日本印刷
製本　大日本印刷

発行所　株式会社光文社
〒112-8011東京都文京区音羽1-16-6
電話　03（5395）8162（編集部）
03（5395）8116（書籍販売部）
03（5395）8125（制作部）
www.kobunsha.com


ISBN978-4-334-75382-5 Printed in Japan

# いま、息をしている言葉で、もういちど古典を

長い年月をかけて世界中で読み継がれてきたのが古典です。奥の深い味わいある作品ばかりがそろっており、この「古典の森」に分け入ることは人生のもっとも大きな喜びであることに異論のある人はいないはずです。しかしながら、こんなに豊饒で魅力に満ちた古典を、なぜわたしたちはこれほどまで疎んじてきたのでしょうか。

ひとつには古臭い教養主義からの逃走だったのかもしれません。真面目に文学や思想を論じることは、ある種の権威化であるという思いから、その呪縛から逃れるために、教養そのものを否定しすぎてしまったのではないでしょうか。

いま、時代は大きな転換期を迎えています。まれに見るスピードで歴史が動いていくのを多くの人々が実感していると思います。

こんな時わたしたちを支え、導いてくれるものが古典なのです。「いま、息をしている言葉で」――光文社の古典新訳文庫は、さまよえる現代人の心の奥底まで届くような言葉で、古典を現代に蘇らせることを意図して創刊されました。気取らず、自由に、心の赴くままに、気軽に手に取って楽しめる古典作品を、新訳という光のもとに読者に届けていくこと。それがこの文庫の使命だとわたしたちは考えています。

このシリーズについてのご意見、ご感想、ご要望をハガキ、手紙、メール等で翻訳編集部までお寄せください。今後の企画の参考にさせていただきます。
メール　info@kotensinyaku.jp

## 盗まれた細菌／初めての飛行機

**ウェルズ／南條《なんじょう》竹則《たけのり》◉訳**

「SFの父」ウェルズの新たな魅力を発見！飛び抜けたユーモア感覚で、文明批判から最新技術、世紀末のデカダンスまで「笑い」で包み込む、傑作ユーモア小説11篇！

## タイムマシン

**ウェルズ／池《いけ》央耿《ひろあき》◉訳**

時空を超える〈タイムマシン〉を発明したタイム・トラヴェラーは、八十万年後の世界に飛ぶが、そこで見たものは…。SFの不朽の名作を格調ある決定訳で。（解説・巽 孝之）

## 八十日間世界一周（上）

**ヴェルヌ／高野《たかの》優《ゆう》◉訳**

謎の紳士フォッグ氏は、八十日間あれば世界を一周できるという賭けをした。十九世紀の地球を旅する大冒険、極上のタイムリミット・サスペンスが、スピード感あふれる新訳で甦る！

## 八十日間世界一周（下）

**ヴェルヌ／高野《たかの》優《ゆう》◉訳**

汽船、汽車、象と、あらゆる乗り物を駆使して次々立ちはだかる障害を乗り越えていくフォッグ氏たち。インドで命を助けたアウダ夫人も仲間に加わり、中国から日本を目指すが…。

## 地底旅行

**ヴェルヌ／高野《たかの》優《ゆう》◉訳**

謎の暗号文を苦心のすえ解読したリーデンブロック教授と甥の助手アクセル。二人はガイドのハンスと地球の中心へと旅に出る。そこで目にしたものは…。臨場感あふれる新訳。

## 十五少年漂流記　二年間の休暇

**ヴェルヌ／鈴木《すずき》雅生《まさお》◉訳**

ニュージーランドの寄宿学校の生徒らが乗った船は南太平洋を漂流し、無人島の海岸に座礁する。過酷な環境の島で、少年たちは協力して生活基盤を築いていくが……。挿絵多数。

## 光文社古典新訳文庫　好評既刊

**ボートの三人男** もちろん犬も

ジェローム・K・ジェローム／小《こ》山《やま》太《た》一《いち》◉訳

「休養と変化」を求めてテムズ河をボートで遡り、風光明媚な土地をめぐるはずが、トラブルとハプニングの連続で…。読んでいて思わず笑いがこぼれる英国ユーモア小説の傑作！

**宝　島**

スティーヴンスン／村《むら》上《かみ》博《ひろ》基《き》◉訳

「ベンボウ提督亭」を手助けしていたジム少年は、大地主のトリローニ、医者のリヴジーたちと宝の眠る島へ。だが、コックのシルヴァーは、悪名高き海賊だった…。（解説・小林章夫）

**ジーキル博士とハイド氏**

スティーヴンスン／村《むら》上《かみ》博《ひろ》基《き》◉訳

高潔温厚な紳士ジーキル博士と、邪悪な冷血漢ハイド氏。善と悪に分離する人間の二面性を追究した怪奇小説の傑作が、名手による香り高い訳文で甦った。（解説・東　雅夫）

**闇の奥**

コンラッド／黒《くろ》原《はら》敏《とし》行《ゆき》◉訳

船乗りマーロウは、アフリカ奥地で権力を握る男を追跡するため河を遡る旅に出た。沈黙する密林の恐怖。謎めいた男の正体とは？二〇世紀最大の問題作。（解説・武田ちあき）

**失われた世界**

A・コナン・ドイル／伏《ふし》見《み》威《い》蕃《わん》◉訳

南米に絶滅動物たちの生息する台地が存在すると主張するチャレンジャー教授。恐竜が闊歩する台地の驚くべき秘密とは？シャーロック・ホームズの生みの親が贈る痛快冒険小説！

**キ　ム**

キプリング／木《き》村《むら》政《まさ》則《のり》◉訳

英国人孤児のキムは、チベットから来た老僧に感化され、聖なる川を探す旅に同道することにしたが…。植民地時代のインドを舞台に描かれる、ノーベル賞作家の代表的長篇。

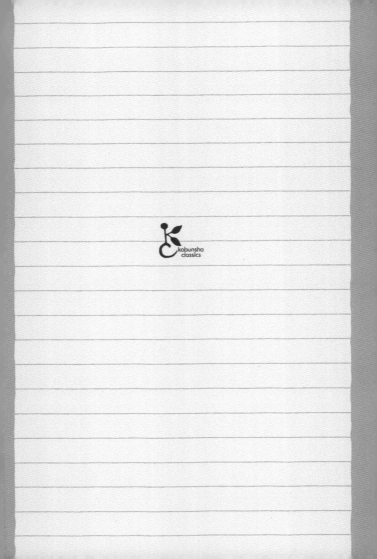